Sibylle Baillon

Wie Spuren am See
Die Erbin

Vᴇʀᴍᴀ̈ᴄʜᴛɴɪs ᴅᴇʀ Lɪᴇʙᴇ Isabella ist Anfang 30 und führt mit ihrem Lebensgefährten Bernd ein Dasein in geordneten Bahnen, als der Anruf eines Notars den scheinbar perfekten Hausfrieden gehörig durcheinanderwirbelt. Wer um Himmels willen ist diese Ada Beranger, die Isabella eine Villa am Bodensee vermacht haben soll? Kurz entschlossen und gegen Bernds ausdrücklichen Wunsch reist Isabella nach Lindau, um der Angelegenheit auf den Grund zu gehen. Mithilfe ihres neuen Nachbarn, des attraktiven Schriftstellers Chris, versucht sie, das Geheimnis um die Verstorbene zu lüften. Doch je näher sie der Wahrheit zu kommen scheinen, umso seltsamere Dinge gehen in der Villa vor sich. Im Sog der Vergangenheit droht Isabella sich selbst zu verlieren, sodass ihr bisheriges Leben völlig aus den Fugen gerät …

Sibylle Baillon wurde 1966 in Frankfurt am Main geboren. Nach einer erfolgreichen Ausbildung zur Bürokauffrau folgte sie dem Ruf der Ferne und zog nach Frankreich, wo sie als Leiterin der Exportabteilung im Blumengroßhandel Karriere gemacht hat und später Ausbilderin und Life-Coach wurde. Seit jeher von Geschichten vergangener Epochen fasziniert, arbeitet sie heute als freie Autorin und hat bereits zahlreiche Romane veröffentlicht. Wenn sie also nicht gerade in Büchern schmökert, gilt ihre Leidenschaft dem Schreiben romantischer, historischer sowie kriminalistischer Geschichten.

Sibylle Baillon

Wie Spuren am See

Die Erbin

Bodensee-Saga *Roman*

Immer informiert

Spannung pur – mit unserem Newsletter informieren wir Sie
regelmäßig über Wissenswertes aus unserer Bücherwelt.

Gefällt mir!

Facebook: @Gmeiner.Verlag
Instagram: @gmeinerverlag
Twitter: @GmeinerVerlag

Besuchen Sie uns im Internet:
www.gmeiner-verlag.de

© 2023 – Gmeiner-Verlag GmbH
Im Ehnried 5, 88605 Meßkirch
Telefon 0 75 75 / 20 95 - 0
info@gmeiner-verlag.de
Alle Rechte vorbehalten
1. Auflage 2023

Lektorat: Susanne Tachlinski
Herstellung: Mirjam Hecht
Umschlaggestaltung: U.O.R.G. Lutz Eberle, Stuttgart
unter Verwendung eines Fotos von: © pixel creator / shutterstock.com
und Stefan Arendt / stock.adobe.com
Druck: CPI books GmbH, Leck
Printed in Germany
ISBN 978-3-8392-0518-1

Für meine Söhne Tristan und Roméo

Die Seerose

Im fahlen Glanz der Nacht,
Mein Wesen lichterloh brennt,
Die Flamme verzehrt mit solcher Macht,
Ab jetzt uns nichts mehr trennt.

Vom dunklen Abgrund fortgetragen,
Tief aus der Unendlichkeit,
Steigt zu mir empor Dein Klagen,
Durchtrennt peinvoll die Wogen der Zeit.

Du köstliche Blüte trotzt dem Getose,
Schenkst mir ewigen Trost,
Ohne Stachel und doch eine Rose,
Ewig Dein Hauch mich liebkost.

Geheim bleibt der Zorn, wird verschmäht,
Begraben im Schleim, auf dem ich steh,
Das stumme Leid ins Herz sich gräbt,
So tief, so deutlich, wie Spuren am See …

Prolog

Stille. Es war eine alles umhüllende Stille. Die Stille, die einen umgab, wenn man mit allem durch war. Die, aus der es kein Zurück mehr geben konnte. Die Stille der Blume, die unwiderruflich dahinwelkte und die Erbarmungslosigkeit des Seins preisgab. Die Stille des Traumes, der nicht mehr war, von Hoffnungslosigkeit umhegt. Diese Stille des mit Tränen geschriebenen Szenarios, das wie ein betörendes Lied jäh verstummte. Einfach so. Die Stille nach wirbelndem Tanz durch Lichter, von erhitzter Sehnsucht umhüllt. Oder die Stille nach dem Verflüchtigen eines Duftes, dem man wie einem vielversprechenden Zauber gefolgt war. Aufgelöst in nichts.

Aber auch die Stille, die einsetzt, wenn sich euphorisches Lachen an Mauern bricht ... *Nein*, hatte das Verhängnis entschieden, *du darfst nicht dauern. Ihr dürft nicht dauern. Nicht das Lachen, nicht die Blume, nicht der Duft, nicht der Tanz, nicht der Traum – nur die Stille.*

Es war keine unangenehme Stille. Keine Leere. Alles hat seinen Preis; das zu Wenige ebenso wie das zu Viele ...

War es ein Irrtum gewesen zu hoffen, aufzubegehren und sich mehr zu ersehnen? Einen Tag mehr, eine Stunde mehr, eine Minute ... oder Sekunde?

Es fehlte nur ein Schritt in den Traum zurück, dorthin, wo alles schöner, heller, unglaublicher und wärmer war. Der Traum, der sie unwiderstehlich anzog.

Seufzend erhob sie sich von der Bettkante, ging zum Fenster und schaute noch einmal hinaus. Hinaus auf das idyllische Antlitz des Sees bei Sonnenuntergang, an dessen Ufern die Wellen wie hungrige Seelen verebbten, die immer wieder nach dem Unerreichbaren griffen, es flüchtig streiften, ohne es je festhalten zu können. Hinaus auf die rosaroten Wattewogen am Himmel, die wie tausend Schäfchen ins Reich des Morpheus einluden.

Dahinter, stolz und majestätisch, die malerische Kulisse der Schweizer Alpen, die zu jeder Jahreszeit ihre weißen Mäntel trugen. Paare lustwandelten eng umschlungen am Ufer entlang, frönten der milden Luft und der Abendröte. Gemächlich schipperte ein Kahn auf der spiegelglatten Wasseroberfläche dahin. So wie eh und je ... Ein Boot, ein Traum. Eine Welle, ein Lachen. Ein Glitzern, ein Kuss, und dann ein Versprechen ... das der Ewigkeit. Sie hatte ein Recht darauf gehabt, auf die Ewigkeit. Ja. All das würde ihr fehlen.

Die Legende hatte sich nicht bewahrheitet, denn niemals war das Urtier aus dem Wasser aufgetaucht, um die Seerose abzuholen. Vielleicht hatte sie nicht lange genug gewartet? Vielleicht war ein einziges Leben zu kurz gewesen? Wie dem auch sei, es waren keine Flossenfüße dem See entstiegen, um platschend Pfützen auf dem Asphalt zu hinterlassen. Nichts. Nie. Nie mehr?

Entschlossen packte sie mit beiden Händen die Vorhänge und zog den schweren roten Stoff zu, verharrte einen Augenblick, ließ schließlich die Arme sinken. Rötliches Halbdunkel umgab sie. *So fühlt es sich also an, wenn der Vorhang fällt*, dachte sie, *der letzte*. Vorbei. Das alles würde sie verlassen.

Von einer unwiderstehlichen Müdigkeit erfasst, schleppte sie sich zum Bett zurück, legte sich darauf. Ein Blick auf den Nachttisch, auf dem eine Tablettenpackung und ein halb volles Wasserglas standen. Ja, halb voll. So hatte sie immer alles betrachtet. Auch jetzt, nach all den Jahren.

Ihr Blick wanderte zu dem Gemälde an der Wand, dorthin, wo es mit der Mauer verankert schien wie die darauf abgebildeten grazilen Wasserblumen mit den Tiefen des Sees. Manche sagten, es sei zu verworren, zu abstrakt. Das hatte sie nie so empfunden. Darauf vermischte sich blaues Wirbeln mit weißen Klecksen und Strichen, mal kantig, mal sanft, mal verspielt, mal hart. Wie das Leben.

Und hier und da, im Strudel der Verschwommenheit aus Azur und Blattgrün niedergekommen, das lebendige Fuchsia mit seinem zartrosa Herzen, fragil, zerbrechlich, anmutig. Sie wusste es zu lesen, konnte die versteckte Botschaft darin entziffern. Musste man eingeweiht sein, um dies zu können? Wer es nicht verstand, der hatte nie geliebt, davon war sie überzeugt. Nie so leidenschaftlich wie die Malerin des Bildes …

Wie ich …

Was hätte sie darum gegeben, noch einmal von allem kosten, sich daran erbauen zu dürfen! Sich noch einmal zur Musik wiegen zu dürfen; zu vom Leben komponierten Klängen. Noch einmal das Blitzen lebenshungriger Augen zu sehen. Noch einmal das perlende Lachen zu vernehmen. Noch ein einziges Mal …

Sie schloss die Augen, bereute nichts. Wie war er noch gewesen, dieser hauchzarte Duft? Nur noch einmal genießen, nur noch einmal durch die flammenden Lichter tanzen, nur noch einmal küssen, lieben, den süßen Schmerz empfinden. Nur ein letztes Mal für einen kurzen Moment in diesen Traum eintauchen und darin verweilen … Für immer …

Kapitel 1 –
Die Neuigkeit

Frankfurt am Main – Dezember 2017

Meine Entscheidung, meinem Instinkt zu folgen, verfestigte sich, als an diesem Morgen der sonderbare Anruf einging.

Gleich beim Erwachen hatte ich gespürt, dass etwas anders war. Nur was?

Denn sich selbst treu, unausweichlich, nicht wegdenkbar – und so vorhersehbar wie das Leben, das ich führte – war da das Vogelgezwitscher gewesen, das seit Bestehen des Seins das Morgengrauen ankündigte. Wie eine ewig sich wiederholende Melodie schien es mir täglich bewusster machen zu wollen, dass ich in dem großen Ganzen klein und unbedeutend war, dass mein Dasein nichts am Ablauf der Dinge änderte, so wie der stets voranschreitende Fortgang der Natur mein Schicksal nur streifte.

Eine Natur, die in Wirklichkeit unvorhersehbar war, mit der sich im Schatten der Blicke ständige Wandlungen, Mutationen vollzogen. Dem Anschein nach blieb alles gleich, jedoch im Verborgenen nahmen die Veränderungen ihren Lauf.

Genau wie an diesem Morgen, als ich die kommende Wende zwar wahrnahm, sie aber nicht zu erklären vermochte. Wie ein Dieb hatte sie sich unbemerkt in mein

Inneres geschlichen, sich gleich eines Rumorens der Unzufriedenheit in mich eingenistet. Unsichtbar und trotzdem so präsent wie ein Geschwür, das unter der Oberfläche pulsierte und über kurz oder lang die Haut durchbrechen würde.

Während ich diesem undefinierbaren Gefühl nachspürte, beobachtete ich Bernd, wie er die Zeitung las und hin und wieder einen Schluck von seinem Morgenkaffee nahm. Er ahnte nicht im Geringsten, was in mir vorging, folgte wie eh und je dem alten Frühstücksritual. Würden wir auch in 20 Jahren noch auf diese Weise am Frühstückstisch sitzen? Wahrscheinlich …

Was mich mit warmer Zuversicht hätte erfüllen sollen, ließ auf einmal einen Anflug von Panik in mir aufwallen, ein Schaudern, das mich durchlief und das ich nur mit Mühe niederringen konnte.

Wie hatte es nur so weit kommen können? Liebten wir uns denn nicht schon seit unserer Jugend? Genossen wir nicht dieses ausgeglichene Beisammensein? Waren wir nicht glücklich miteinander? *Doch, doch und doch*, musste ich mir eingestehen. Natürlich waren wir das. Wir hatten eine tolle Wohnung in Frankfurt Sachsenhausen, waren Ehrenmitglieder im Tennisclub 1914 Palmengarten e. V., hatten beide einen einnehmenden, interessanten Beruf. Und trotzdem blieb am Ende des Tages immer öfter ein bitterer Nachgeschmack in mir zurück, ein Ziehen, ein Fehlen, eine Sehnsucht, die mich von innen auszubrennen drohte. Erwartete ich etwa zu viel vom Leben?

Es war, als hätte sich eine Art Gleichgültigkeit in unsere Beziehung eingeschlichen, als ob man den anderen nicht mehr richtig anschaute, wie einen alten Sessel, der tagein, tagaus, jahrein, jahraus in der gleichen Ecke stand. Er war einfach da. Er gefiel einem noch immer, auch wenn er an den Armlehnen schon ein wenig abgewetzt war. Aber man übersah ihn auch.

»Vergiss nicht, dass wir heute Abend im Club eine Jubiläumsfeier haben«, unterbrach Bernd das morgendliche Schweigen.

»Nein, keine Sorge, ist notiert.«

»Na, dann …« Er erhob sich, nahm seinen Blazer vom Stuhl und zog ihn sich über. »Bis heute Abend, Schatz.« Flüchtig küsste er mich auf die Stirn, als plötzlich das Telefon klingelte. Wer konnte das schon zu so früher Stunde sein? Mein Blick schwenkte zur Wanduhr hinüber: Es war erst 07.30 Uhr. Ob etwas passiert war?

Bernd nahm ab. »Bernd Günther, guten Tag.«

Selbst aus der Distanz hörte ich, wie eine tiefe männliche Stimme aus dem Apparat drang und nach mir fragte. Achselzuckend reichte Bernd mir den Hörer, drückte gleichzeitig auf die Lautsprechertaste. Ebenso überrascht stand ich auf und nahm den Anruf entgegen.

»Isabella Lampert, guten Morgen?«

»Guada Morga. Notar Baumann aus Lindau am Bodensee am Apparat«, wiederholte der Bariton seine Vorstellung. »Bitte verzeihen Sie mir die frühe Störung. Ich rufe Sie in einer wichtigen Angelegenheit an und wollte Sie erwischen, ehe Sie das Haus verlassen. Es geht um eine Erbschaft. Ich werde mich kurzfassen: Bei der Verstorbenen handelt es sich um die 94-jährige Ada Beranger. Mein herzliches Beileid.«

Verwundert zog ich die Augenbrauen zusammen. »Ich glaube, hier muss ein Irrtum vorliegen …«

»Sind Sie nicht Isabella Lampert aus Frankfurt am Main?«

»Doch, schon, aber sicher nicht die einzige –«

»Ihre Eltern sind Udo und Irena Lampert?«

»Ja, genau …«

»Dann gibt es keinen Zweifel. Sie sind die Erbin.«

Ich keuchte. »Aber …«

»Kennen Sie die Dame denn nicht?«

»Nein, nicht dass ich wüsste.«

»Das ist in der Tat sonderbar, denn Frau Beranger hat Sie als Alleinerbin eingesetzt.«

Bernds Blick begegnete meinem. Er runzelte die Stirn, starrte mich fragend an. Ich zuckte mit den Achseln.

»Das verstehe ich nicht«, sagte ich matt, tappte völlig im Dunkeln. War das ein Telefonscherz? Einer von Bernds Freunden, der uns mal so richtig auf den Arm nehmen wollte? Augenblicklich war ich davon überzeugt.

»Das Testament ist überdies beglaubigt, registriert und somit zwingend gültig, zumal es keine Nachfahren gibt.«

Ich öffnete den Mund, wollte etwas erwidern, wollte sagen: *Haha, kannst aufhören, ich habe dich durchschaut.* Doch ich war unfähig, einen klaren Gedanken zu fassen.

»Frau Lampert? Sind Sie noch dran?«

»Ja, ich … äh«, druckste ich herum. »Was soll ich denn eigentlich genau geerbt haben?«

»Es geht um ein Landhaus auf einem Grundstück von circa einem halben Hektar am Bodensee. Darüber hinaus beinhaltet das Erbe auch eine Geldsumme von 300.000 Euro, allerlei kostbares Mobiliar und ein paar wertvolle Kunstwerke, Gemälde vor allem.«

Meine Gedanken wirbelten umher. Plötzlich kroch Misstrauen in mir hoch. »Hatte die Dame … Schulden?«

»Nein«, versicherte der Notar.

Jetzt erwachte auch Bernd aus seiner Starre. »Frag ihn, wie viel das Haus wert ist«, flüsterte er mir diskret ins Ohr; anscheinend jedoch nicht diskret genug.

»Das Anwesen wird auf einenhalb Millionen Euro geschätzt«, kam prompt die Antwort.

Mir wurde schwindelig. Ich war Millionärin …

»Ich lasse Ihnen etwas Zeit, um eine Entscheidung zu treffen. Falls Sie das Erbe annehmen sollten, wäre es hilfreich, wenn Sie zur Vollstreckung an den Bodensee kommen könnten, um die Papiere zu unterschreiben.«

»Ja, natürlich.«

»Ist das zwingend notwendig?«, mischte Bernd sich ein. Er lehnte sich über den Hörer, während ich versuchte, wieder zur Besinnung zu kommen. »Ich meine, können wir das nicht auch brieflich abwickeln?«

»Durchaus«, antwortete der Notar und klang leicht pikiert. »Aber ich dachte, bei solch einer imposanten Erbschaft würde sich eine kleine Reise sicher lohnen –«

»Ohne Zweifel«, sagte Bernd. »Aber wir sind beide beruflich fest eingespannt, und eine Reise wird in den nächsten Tagen und Wochen leider nicht möglich sein.«

Verstört schaute ich ihn an.

»Ich schlage vor, dass Sie das untereinander abklären und mich dann bitte schnellstmöglich kontaktieren, um mir Ihre Entscheidung mitzuteilen.«

»Natürlich«, übernahm ich wieder die Zügel des Gesprächs. »Wäre es denn möglich, ein paar Fotos zu erhalten?«

Bernd nickte mir zustimmend zu: *Braves Mädchen.*

»Leider bin ich kein Immobilienmakler, junge Frau. Gerne kann ich Ihnen aber schon einmal ein Exposé der Erbschaft per Mail zukommen lassen. Weitere Unterlagen würden Sie dann per Post erhalten. Ich wollte Sie nur vorwarnen.«

»Äh, ja, das wäre sicher nützlich«, sagte ich benommen.

»Und was die Fotos anbelangt, so könnten Sie sich auf

Google Maps die Adresse über das Satellitenbild anschauen. Sicher ist das Anwesen recht gut darauf zu erkennen. Haben Sie etwas zu schreiben?«

Ich bejahte und er gab mir die Adresse. Hastig kritzelte ich mit, und die Buchstaben verwandelten das Ganze vor meinen Augen in etwas Konkretes. Immer weiter entfernte sich die Aura der Unwirklichkeit, immer näher rückte eine Realität, die zu erfassen mein Bewusstsein noch nicht bereit war.

Wir tauschten noch ein paar Höflichkeitsfloskeln aus und legten auf. Wie versteinert stand ich da, wusste nicht, wie ich reagieren sollte, schaute zu Bernd, der frohlockend die Augenbrauen hüpfen ließ. Grübchen, die ich verschwunden geglaubt hatte, bildeten sich auf seinen Wangen. Mein Herz galoppierte in meiner Brust. Alles wirkte neu und aufregend.

»Na, das ist doch wunderbar, oder? Gratuliere!«

»Ja«, hauchte ich, tastete nach der Stuhllehne und setzte mich wieder.

Nervös blickte Bernd auf seine Armbanduhr. »Selbstverständlich werden wir die Erbschaft annehmen, mein Schatz. Allerdings sollten wir bewirken, dass das Ganze ohne viel Aufhebens von hier aus abgewickelt werden kann. Weder du noch ich können uns derzeit freinehmen. Meinst du nicht auch?«

»Wir könnten uns ein verlängertes Wochenende gönnen und einfach mal dorthin fahren«, sagte ich matt. »Es wäre eine willkommene Abwechslung ... und so spannend.«

»Wozu? Und wann? In der nächsten Zeit sind unsere Wochenenden bereits restlos verplant.«

Wie immer, dachte ich beklommen. Tennisturniere, Besuch von Freunden aus Hamburg, Treffen mit den

Schwiegereltern … Endlich geschah mal etwas Unvorhergesehenes, etwas Abenteuerliches, und Bernd vermasselte alles mit seiner Nüchternheit. Ich schnaubte.

»Ich würde das Haus einfach gerne mal sehen, die Dame *kennenlernen*, sie verstehen …«

»Unsinn, wir werden nicht unser ganzes Leben auf den Kopf stellen, nur weil dir irgendeine alte Tusnelda aus weiß der Kuckuck was für dubiosen Gründen etwas vererbt hat.«

»Das Mindeste wäre doch, ihr Andenken zu respektieren und einfach mal hinzufahren«, insistierte ich. Das innere Rumoren ging wieder los. Wieder einmal ärgerte ich mich, dass Bernd so überhaupt kein Feingefühl bewies, alles nur pragmatisch betrachtete; kein Platz für Farbe, für Fantasie.

»Und dann? Ich kenne dich zu gut, Isa. Du wirst dich sofort in das Haus verlieben und es um jeden Preis behalten wollen.«

»Na, und wenn schon«, sagte ich trotzig. »Wäre das denn wirklich so schlimm?«

»Vielleicht nicht …« Bernd zog abwägend die Mundwinkel nach unten. »Aber dann hätten wir ein riesiges Gebäude und Gelände zu unterhalten, wären gezwungen, unseren Urlaub ab sofort nur noch am Bodensee zu verbringen, und müssten das Geld des Nachlasses für den kostspieligen Unterhalt des Anwesens verwenden. Das alles für ein Haus, das wir dann nur fünf Wochen im Jahr bewohnen würden.«

So gesehen … Ich seufzte zum gefühlt hundertsten Mal. »Du bist ein Spielverderber. Warum immer gleich so pessimistisch?«

»Nicht pessimistisch, Isa, sondern realistisch. Denk darüber nach, mein Schatz. Ich vertraue darauf, dass du dich richtig entscheiden wirst.«

»Vielleicht hast du ja recht, aber …« *… aber ich möchte mal etwas ganz Extravagantes tun, herrje!*, hätte ich am liebsten gesagt.

»Wir reden heute Abend darüber, in Ordnung?« Er wirkte gereizt. »Warum nimmst du dir heute nicht einfach mal einen halben Tag frei, um in Ruhe darüber nachzudenken? Am besten kontaktierst du dann auch gleich schon mal einen Immobilienmakler vor Ort. Wow, stell dir nur vor: Mit dem Geld aus dem Verkauf könnten wir uns endlich eine größere Wohnung im Taunus leisten.« Die Vernunft hatte gesprochen.

Ich nickte, lächelte. Irgendwie wollte sich die Freude bei mir nicht so richtig einstellen. Erneut drückte mir Bernd einen flüchtigen Kuss auf die Stirn; die Tür fiel ins Schloss und ich war alleine. Alleine mit meinen vielen offenen Fragen und meinem Herzklopfen. Es war wie Nebelwandeln: Egal, wo ich hintrat, ich sah nicht klarer.

Wer war diese Ada Beranger gewesen? Warum ich? Wie sah das Haus aus, das sie mir vererbt hatte? Verbarg sich hinter ihrer Entscheidung vielleicht ein Familiengeheimnis? In mir tobte ein Sturm. Die absurdesten Möglichkeiten kamen mir in den Sinn. War sie eine von der Familie verstoßene Großtante gewesen, die nach dem Zweiten Weltkrieg in Ungnade gefallen war? Oder gar meine leibliche Großmutter? War eine meiner Omis vielleicht nicht blutsverwandt mit mir? Mir schwirrte der Kopf. Die Welt um mich herum schien sich plötzlich viel zu schnell zu drehen, alles wirkte grell. Ich schloss kurz die Augen. Womit sollte ich beginnen? Bernds Worte schossen mir in den Sinn. *Am besten nimmst du dir heute mal einen halben Tag frei und kontaktierst einen Immobilienmakler … Ja*, dachte ich und klammerte mich an seine Instruktionen wie eine Ertrinkende an einen Rettungsring. Als Freiberuflerin stellte es eigentlich kein Problem für mich dar, mir mal eine kleine Auszeit zu gönnen, auch wenn ich gerade jetzt, zur Vorweihnachtszeit, mit Anfragen geradezu überhäuft wurde.

Mechanisch erhob ich mich, ging zu meiner Handtasche, kramte mein Smartphone hervor und googelte nach der Adresse, die der Notar mir diktiert hatte. Das Satellitenbild war zwar recht unscharf, aber trotzdem stockte mir der Atem, als ich das Grundstück, das direkt an den See grenzte, auf dem Bildschirm erblickte. Mit Daumen und Zeigefinger vergrößerte ich das Bild, um das Haus, das leider nur schemenhaft zu erkennen war, näher zu betrachten. In den Tiefen meines Inneren schwoll das Ziehen an, kroch in mir empor wie eine Nachricht aus dem Jenseits, ein fernes Sehnen.

Noch nie war ich am Bodensee gewesen. Und jetzt, da ich dort ein Haus besaß, sollte ich nicht wenigstens einmal dort hinfahren, um es mir anzuschauen? Was würde Ada Beranger von mir denken, wenn ich ihr Haus einfach verkaufte?

Nichts, meinte ich Bernds Stimme zu hören, *denn sie ist tot und begraben.* Ich seufzte abermals. Auch damit hätte er wieder mal recht gehabt. Gut. Bernd war immer der Bodenständigere von uns beiden gewesen, derjenige, der in jeder Situation immer einen nüchternen, klaren Kopf behielt. Er half mir, mich zu orientieren. Deshalb entschied ich mich gegen das Sich-Zusammenballen meiner Gefühlswelt, gegen den inneren Sturm, der kurz vorm Ausbruch stand, gegen den Wirbel meiner Empfindungen, entschlossen, Bernds Rat zu befolgen. Ich tippte »Immobilienmakler Lindau« ein und prompt erschien eine Liste mit mehreren Agenturen auf dem Bildschirm. Welche sollte ich wählen?

Mein Magen zog sich schmerzhaft zusammen. Rebellische Gedanken durchzuckten mein Gehirn. Ein weiteres Mal warf ich einen Blick auf die Wanduhr, rechnete. Es war knapp 8 Uhr. Kurz entschlossen drückte ich auf den grünen Kreis. Ich bekam weiche Knie. Es war das erste Mal, dass …

»Notarbüro Baumann am Apparat. Haben Sie sich etwa bereits entschieden?«

»Ja, das habe ich.« Mein Herz raste. »Noch heute Mittag werde ich in Lindau eintreffen …«

Kapitel 2 –
Die Begegnung

Lindau, Bodensee – Dezember 2017

»Na, dann heiße ich Sie herzlich willkommen bei uns«, sagte Notar Baumann, der meinetwegen seine Mittagspause hinausgezögert hatte, abschließend. Demonstrativ nahm er den Schlüsselbund, der neben der Akte bereitgelegen hatte, und reichte ihn mir feierlich. »Ich werde auch gleich den Nachbarn über Ihr Eintreffen informieren, damit er sich nicht wundert, dass eine Fremde auf dem anliegenden Grundstück herumgeistert. Nicht, dass er Sie womöglich noch für eine Einbrecherin hält.« Der füllige Mann räusperte sich umständlich.

»Prima, vielen Dank. Es wäre in der Tat hilfreich, wenn ich mich nicht mit einem nachbarlichen Spaten herumschlagen müsste.«

Der Notar lächelte nachsichtig und erhob sich. »Sicherlich werden Sie einiges über unsere gute Ada herausfinden. Ihr Privatleben soll recht geheimnisumwoben gewesen sein. Aber graben Sie lieber nicht zu tief …«

Verwirrt schaute ich ihn an, versuchte, in seiner Miene einen Anhaltspunkt zu finden. Er schien jedenfalls nicht gescherzt zu haben, denn er wich meinem Blick sichtlich aus.

»Wie meinen Sie das?«, fragte ich.

»Ist nur ein gut gemeinter Rat, mehr nicht. Was man nicht

weiß, macht einen bekanntlich nicht heiß. Akzeptieren Sie die Dinge einfach, wie sie sind, dann dürfte alles gut gehen ...«

Ich erhob mich ebenfalls und wir verabschiedeten uns. Kurz darauf stand ich völlig verdattert auf der Straße. Die nebulöse Warnung des Testamentsvollstreckers hatte mich nicht verängstigt, sondern eher meine Neugier geweckt. Und was ursprünglich eine trotzbewogene Reise gewesen war, die vor allem dazu hatte dienen sollen, Bernd eins auszuwischen und endlich mal aus der Routine auszubrechen – ganz nach dem Motto: *Das brauche ich jetzt einfach* –, entpuppte sich plötzlich als sehr viel interessanter als erwartet.

Sicher, ich hatte auch hierherkommen wollen, um herauszufinden, wer diese Ada Beranger gewesen war, und um mir das Haus genauer anzusehen. Im Grunde wusste ich, dass Bernds Argumente Hand und Fuß hatten, und innerlich hatte ich mich bereits gewappnet, um nicht in die *Ach-das-Haus-ist-so-herrlich-behalten-wir-es-doch-bitte*-Falle zu tappen.

Schließlich hatten die Abschiedsworte des Notars die menschliche Komponente in den Vordergrund gerückt, etwas, was ich hatte vermeiden wollen. Denn auch hierbei musste ich Bernd recht geben: Ich konnte kein Haus behalten, nur weil mir eine nette Omi etwas Gutes hatte tun wollen. Vielleicht hatte sie meine Eltern gekannt? Hatte der Notar mir nicht eröffnet, dass Ada eine Malerin gewesen war? Mein Vater war Kunstexperte. Möglicherweise waren sich die beiden ja mal begegnet? Er war ein sehr charmanter Mann, und vielleicht hatte Ada einen Narren an ihm gefressen und wollte ihm einen verspäteten Gunstbeweis erbringen. Ich nahm mir vor, ihn später gleich anzurufen.

Von neuem Wissensdurst beflügelt, stieg ich in meinen Wagen und ließ mich von meinem GPS in Richtung Bad Schachen lotsen. Über mir zogen sich Gewitterwolken zusammen, wirkten wie ein böses Omen. Mir war ganz schummrig zumute.

Warum war ich nur so verdammt nervös? Ein gleißender Blitz zuckte vor mir übers Firmament, badete die Umgebung für wenige Augenblicke in eine unheilvolle Atmosphäre, die an düstere Gruselfilme erinnerte. Das unmittelbar darauffolgende Krachen ließ mich erschrocken zusammenfahren und verlor sich schließlich in einem drohenden Rumpeln.

Je näher ich dem Seeufer und somit meinem Ziel kam, umso beeindruckter war ich von der Gegend. Zwischen Linden, Eichen und jahrhundertealten Buchen lagen hier und da schicke Villen in großen Gartenanlagen versteckt, eine prachtvoller als die andere. Ich schluckte hart, als ich endlich auf den Oeschländerweg einbog. 18 A, 20, 24, 24 A …

Ein alter Mann mit einem Stock stand direkt vor der Einfahrt und starrte mich sonderbar stoisch an, ganz so, als wüsste er, wer ich bin. Ob es sich bei ihm um den schaufelschwingenden Nachbarn handelte? Ich schmunzelte in mich hinein, versuchte, optimistisch zu bleiben.

Während mein Auto im Schneckentempo den kleinen Pfad entlangkroch, raste mein Herz. Mein Gott! Ich wollte meinen Augen nicht trauen.

Inmitten einer riesigen laubbedeckten Rasenfläche mit wunderschönen breitastigen Bäumen stand ein popeliges, leicht verwahrlost wirkendes Cottage, eine Art bessere Hütte, vor der ich langsam zum Stehen kam. Ich hielt mir die Hand vor den Mund, versuchte vehement, das aufsteigende Kichern zu zügeln. Hatte der Notar nicht etwas von über 100 Quadratmetern gesagt? Ich rief mir die unscharfe Google-Abbildung des Hauses in Erinnerung, was mir auch nicht weiterhalf.

Genau in diesem Moment setzte der Regen ein, als wollte er zur Krönung noch eins oben draufsetzen. Hatte es nicht geheißen, dass hier seit mehreren Wochen Minusgrade herrschten? Plötzlich musste ich grinsen. Über mich selbst, über das Komische dieser Situation. Spontan dachte ich an Bernd, der ein Luxusdomizil erwartet hatte, dachte daran, dass er tatsächlich die Befürchtung gehegt hatte, ich könnte ab sofort jeden freien Augenblick hier am Bodensee verbringen wollen. Es war urkomisch.

Ich konnte nicht umhin, mir das Gesicht vorzustellen, das er gemacht hätte, wenn er mitgekommen wäre. Belustigt schüttelte ich über mich selbst den Kopf. Es regnete immer heftiger, sodass ich im Auto sitzen blieb. Ich meinte, einen Schatten an mir vorbeihuschen zu sehen. Einbildung? Beunruhigt wandte ich mich nach allen Seiten um. Durch den Vorhang aus herabfallenden Wassermassen konnte ich nichts erkennen. Ein sonderbares Gefühl packte mich. Und wenn es ein Fehler gewesen war, hierherzukommen? Die Worte des Notars hallten in mir wider: *Akzeptieren Sie die Dinge einfach, wie sie sind, und vertrauen Sie sich niemandem an, dann dürfte alles gut gehen …* Was hatte er damit gemeint? Warum sollte denn nicht alles gut gehen? Ich ärgerte mich, dass ich nicht nachgehakt hatte.

Da! Erneut meinte ich, etwas im Augenwinkel zu sehen, und erschrak so heftig, dass ich herumfuhr. Vor meinem Seitenfenster hatte sich eine große Gestalt aufgebaut. Meine Hände wurden feucht, und mein Herz raste. Sollte ich den Motor anwerfen, den Rückwärtsgang einlegen und fliehen? *So ein Unsinn, jetzt drehst du völlig durch.* Zu allem Überfluss klopfte die Person plötzlich an die Scheibe. Ich zögerte. Durch die am Glas herabrinnenden Regenschlieren erkannte ich einen Mann, der mit tief ins Gesicht gezogener Kapuze im Regen stand und mir eifrig Zeichen machte – wie ein Indianer, der eine Nachricht übermitteln wollte. Ich kurbelte das Fenster etwas herunter, schaute dem Fremden in die Augen, die nicht unangenehm zu betrachten waren und sogar recht freundlich wirkten.

»Grüß Gott, haben Sie sich verfahren?«, fragte er mich.

»Nein, nein, vielen Dank der Nachfrage«, versuchte ich, ihn abzuwimmeln, und wollte die Scheibe wieder hochfahren.

»Wie Sie meinen. Falls Sie Hilfe benötigen: Ich drehe mit dem Hund schnell eine Runde und bin gleich wieder zurück.«

Mein Blick fiel auf seinen struppigen Begleiter, eine Art schottischer Hirtenhund, dessen schwarzes Fell bereits feucht glitzerte. Wie ein begossener Pudel schaute er zu mir auf. Mit traurigem Hundeblick schien er mir sein Mitgefühl ausdrücken zu wollen.

Hey, wollte ich antworten. *Siehst du, auch ich fühle mich wie begossen.* Ein zustimmendes Kläffen, dann waren mein Leidensgefährte und sein Herrchen auch schon wieder im rauschenden Regen verschwunden.

Na gut, jetzt bin ich hier. Ich habe A gesagt und werde auch B sagen müssen, versuchte ich, mich zu sammeln.

Entschlossen schaute ich auf das Gebäude vor mir. So schlimm war es gar nicht. *Nein, keine Luxusvilla, nicht mal ein kleines bisschen, nicht mal Villa ohne Luxus, und für einen Schuppen scheint es recht gepflegt*, dachte ich sarkastisch. Es gab sogar Gardinen an den kleinen Fenstern. Was wollte man mehr?

Bis heute Morgen hatte ich nichts – jetzt besitze ich einen Schuppen, auf einem Grundstück am See, und ein Geheimnis, das es zu lüften gilt, also sei nicht undankbar, redete ich mir ein.

Mein Eigentadel wirkte. Jegliche Lust zu fliehen war mir plötzlich vergangen, denn ich dachte an Ada – wer immer sie auch für mich gewesen sein mochte. So zog ich meinen Parka über, schnappte mir die Schlüssel, stieg aus dem Auto und näherte mich dem Haus.

Gut! Es war, was es war. Es wirkte nicht wirklich winzig, selbst wenn mir 100 Quadratmeter arg übertrieben erschienen. Aber wer konnte das von außen schon so genau beurteilen? Wie oft hatte ich vor Häusern gestanden, die klein und mickrig auf mich gewirkt hatten, und war hinterher von dem geräumigen Inneren überrascht gewesen? Erneut krachte ein Donnerschlag am Himmel, was mich in meinem Vorhaben, endlich das Haus zu betreten, bestärkte.

Klatschnass stand ich vor der verriegelten Tür und probierte den ersten Schlüssel aus. Fehlschlag. Ich nahm mir den zweiten vor, einen großen, flachen. Wieder ein Misserfolg. Es blieben nur noch zwei Möglichkeiten. Ich triefte und tropfte vor mich hin. Böen zerrten an meiner Kleidung. Allmählich wurde mir kalt und ich begann zu schlottern. Ich schaute mich um, meinte, am Ende des Weges erneut den alten Mann ausmachen zu können. Er schien mich noch immer zu beobachten. *Hat er denn kein Zuhause, wo er vor dem Gewitter Schutz suchen kann?*, fragte ich mich, um mich von dem Schaudern, das mich durchfuhr, abzulenken. Ganz geheuer war mir dieser Kerl jedenfalls nicht. Mit zittrigen Fingern probierte ich den dritten Schlüssel vergeblich aus.

Ein vorwurfsvolles Kläffen ließ mich herumfahren. Freudig lief mir der ebenfalls triefende Zottelhund entgegen, und ehe ich es mich versah, stemmten sich zwei schlammige Pfoten auf meine beigefarbene Flanellhose und hinterließen klebrige schwarze Abdrücke. Trotz meines Frustes streichelte ich meinen neuen vierbeinigen Freund.

»Verdammt, Rex«, schimpfte sein Herrchen, als er das Desaster bemerkte. »Es tut mir wirklich leid«, stammelte er. »Böser Hund!«

Der Vierbeiner schien zu verstehen, zog reumütig den Schwanz ein und streunte schuldbewusst um uns herum.

»Wie kann ich das nur wiedergutmachen?«

»Och, keine Sorge«, wiegelte ich ab. »Ist halb so schlimm.«

Mein Gegenüber schmunzelte.

Eigentlich sieht er ganz nett aus, dachte ich und versuchte mein Glück mit dem letzten Schlüssel, der aber schon von vornherein so wirkte, als würde er sich mit dem Schloss nicht anfreunden können. Ich schnaufte. *So ein Mist*, grummelte ich innerlich. Auch dieser Schlüssel passte nicht.

»Sagen Sie, kann ich Ihnen irgendwie behilflich sein?«

»Das ist sehr lieb von Ihnen, aber ich glaube kaum. Ich … ich habe dieses Haus hier geerbt, und der Notar hat mir offensichtlich den falschen Bund ausgehändigt.« Demonstrativ hielt ich das Ding in die Luft.

»Äh, ja. Sie meinen, diesen –«

»Ja, genau«, unterbrach ich ihn hektisch und meinte, einen Schatten über sein Gesicht huschen zu sehen. Oder bildete ich mir das nur ein? »Und zu allem Überfluss ist jetzt auch noch Mittagspause, und so werde ich den guten Mann erst am Nachmittag wieder erreichen können.« Erschöpft schaute ich mich um. »Ich bin doch hier richtig, oder? Nummer 24 A?«

»Ja, also –«

»Na dann …« Ich seufzte resigniert.

»Dann sind Sie sicher Adas Erbin?« Es klang fast zärtlich.

»Sie kannten sie?«

»Wir waren Nachbarn«, sagte er und es hörte sich an, als würde das alles sagen. »Unser Verhältnis war recht jovial. Aber –«

»Na prima«, unterbrach ich ihn ein weiteres Mal. »Vielleicht könnten Sie mir bei Gelegenheit ja mal ein paar Fragen beantworten?«

»Warum nicht«, brummte er. »Auch wenn sie sich mir nie wirklich anvertraut hat.« Es hörte sich wie eine Ausflucht an, aber er lächelte einnehmend. »Und um mich für das schlechte Benehmen meines Begleiters zu entschuldigen, könnte ich Ihnen sogar einen vorübergehenden Unterschlupf in meinem bescheidenen Heim nebst einer Tasse heißen Tees anbieten«, schlug er großzügig vor. »Bis Sie Ihren Notar erreichen können, meine ich.«

Ja, ich brauchte unbedingt etwas Warmes im Bauch. Meine unterkühlten Knochen gaben ihm recht.

»Ich kenne Sie doch gar nicht«, wandte ich dennoch ein und spürte sofort, dass es sich albern anhören musste.

»Dann lassen Sie uns das ändern«, sagte er schlicht.

Ich grinste verlegen. Seine lockere Art gefiel mir, und wer einen so charmanten Hund besaß, konnte eigentlich kein schlechter Mensch sein.

»Na gut. Eine Tasse Tee kann ich natürlich nicht ausschlagen.« In meinem Inneren meinte ich, die Stimme meiner besten Freundin Rita zu hören: *Bist du verrückt? Und wenn er ein Psychopath ist? Man hört so viel ...* Aber sah so ein Geisteskranker aus? Ich bezweifelte es.

Er lachte. »Natürlich nicht. Es käme bei uns im Schwabenland auch geradezu einem Frevel gleich.« Sein Augenlid zuckte.

»Ehrlich?«

»Nein.« Wir schmunzelten uns an. »Na, dann kommen Sie schnell, bevor Sie völlig durchgeweicht sind und mit dem See zerfließen ...«

Kapitel 3 –
Der Schabernack

»Hallo, Herr Baumann, hier ist noch einmal Isabella Lampert, die Erbin von Ada Beranger«, sprach ich auf dessen Anrufbeantworter, während ich meinem Retter in der Not über einen pfützenreichen Steinweg zu seinem Haus folgte. »Irgendetwas stimmt nicht mit den Schlüsseln, die Sie mir mitgegeben haben. Ich komme partout nicht ins Haus rein. Ich habe den von Ihnen erwähnten Nachbarn getroffen und warte bei ihm auf Ihren Rückruf.« Zufrieden legte ich auf und folgte – ganz entgegen meiner sonstigen Gewohnheit – einem Fremden, dessen Namen ich nicht einmal kannte. Hatte ich mir nicht mehr Abenteuer in meinem Leben gewünscht? Es schien, als steckte ich bereits mittendrin …

Sein bezauberndes Häuschen grenzte direkt an mein Grundstück, lag so nahe daran, dass es mich nicht wunderte, dass er und Ada so etwas wie Freunde geworden waren. Fast machte es den Eindruck, als ob Adas Cottage noch zu seinem Anwesen gehörte. Jäh erklang Bernds aufgebrachte Stimme in meinem Kopf: *Wie sollen wir diese Parzelle denn um Himmels willen abgrenzen und verkaufen können?*

Eilig schob ich den Gedanken weit von mir, wollte nicht darüber nachgrübeln, was wann wie zu erledigen war. Irgendwie fühlte ich mich nach so kurzer Zeit schon, als hätte mich eine neue Welt aufgesogen. Eine Welt, in der man mir nichts, dir nichts und ohne jemandem vorher Bescheid zu geben 400 Kilometer zurücklegte, um eine Villa zu besichtigen, die sich dann als kleine Hütte entpuppte. Eine Welt, in der man pitschnass im Regen stand, von schwarzen Pfoten besudelt wurde und nichts weiter dabei fand. Eine Welt, in der man von einem wildfremden Nachbarn einfach zum Tee eingeladen wurde und das Angebot, ohne mit der Wimper zu zucken, annahm. Es fühlte sich so neu, so anders – und so verdammt gut an. Ich brauchte das jetzt einfach.

Nach dem fehlenden Glück dieses Tages zu urteilen, hätte sich mein Gastgeber eigentlich als buckeliger Greis entpuppen müssen. Aber nein, ganz im Gegenteil schälte sich ein schlanker, breitschultriger Mittdreißiger mit genauso zotteligen dunklen Haaren wie denen seines treuen Begleiters aus dem tröpfelnden Anorak. Jetzt, da ich seine dunkelblauen Augen das erste Mal im Licht sah, musste ich schlucken. Die Gesamterscheinung war umwerfend.

»Wie –«, begannen wir gleichzeitig und lachten verlegen.

»Sie zuerst«, sagte mein neuer Nachbar.

»Wie heißen Sie?«

»Christian Zellenhofer, aber nennen Sie mich bitte Chris. Und Sie?«

»Isabella Lampert, aber die meisten sagen Isa oder Bella zu mir.«

»Bella … wie wahr«, murmelte er und zwinkerte vergnügt.

»Schmeichler«, schimpfte ich.

Er grinste. Mir wurde innerlich warm.

»Es hat sich noch keine beschwert.«

Ich lachte herzhaft. An Selbstbewusstsein fehlte es ihm jedenfalls nicht, und meine Befürchtungen, vielleicht im klebrigen Netz eines Spinnerichs gelandet zu sein, rückten in weite Ferne.

Das geräumige holzgetäfelte Haus besaß ein riesiges Wohnzimmer mit einer durchgehenden Fenstertürenfront, die dem Betrachter einen atemberaubenden Blick auf den See gewährte, der in stürmischer Pracht vor uns lag. *Wow,* dachte ich. Genauso hatte ich mir mein Erbe vorgestellt. Nur dass der See alles andere als zugefroren zu sein schien …

»Ehrlich gesagt hatte ich nicht mit Regen gerechnet«, brach es bei diesem Anblick spontan aus mir heraus. »In einem Artikel, den ich heute Morgen vor meiner Abreise noch schnell im Internet gelesen habe, wurde behauptet, dass es auf dem Kleinen See in diesem Jahr bestimmt zur sogenannten Seegfrörne kommen würde.« Meine Zunge stolperte über den ungewohnten schwäbischen Ausdruck, was mein Gegenüber zum Lächeln brachte. »Dies hier ist der ›Kleine See‹, nicht wahr?«, setzte ich hinzu und zeigte nach draußen.

»Nein, der Kleine See liegt etwas weiter östlich zwischen dem Festland und der Insel. Es ist nicht weit, bei gutem Wetter kann man ihn sogar hinter dem Eisenbahndamm erkennen«, antwortete Chris liebenswürdig. »Und ja, Sie haben ganz richtig gelesen: Von den wochenlangen Minusgraden ist er bereits zugefroren. Der Regen wird sicher nur von kurzer Dauer sein, schon heute Nacht sollen die Temperaturen wieder unter null sinken.«

»Gut, denn ich hatte ehrlich gesagt auf Schnee gehofft«, gestand ich. Insgeheim fragte ich mich, ob das bei der kläglichen Behausung, die mich erwartete, wirklich wünschenswert war.

»Hier, kommen Sie«, sagte Chris und führte mich in einen der anliegenden Räume. Im Nu hatte er ein frisches

Handtuch, eine dunkelblaue Jogginghose und ein dazu passendes Sweatshirt für mich bereitgelegt. »Sonst holen Sie sich noch einen Schnupfen.«

Fröstelnd bedankte ich mich, und er ließ mich alleine. Es war die reinste Wohltat, mich aus den klammen Klamotten zu pellen. Bibbernd rubbelte ich mich trocken, auch die Haare, die ich ganz entgegen meiner sonstigen Gewohnheit zu einem lose baumelnden Dutt zusammenknotete. Egal, dachte ich. Hier bin ich jemand anderes …

Kurze Zeit darauf erschien ich in meiner neuen Kluft im Wohnzimmer, wo Chris mich auf dem Sofa sitzend mit einer dampfenden Tasse erwartete. Auch er hatte sich umgezogen, trug solidarisch einen königsblauen Jogginganzug, der die Farbe seiner Augen noch besser zur Geltung brachte. In der Ecke neben dem Fenster knisterte ein Feuer im Kamin, vor dem Rex sich das feuchte Fell wärmte.

»So lässt sich schlechtes Wetter wahrlich aushalten«, sagte ich.

Mein Gastgeber nickte und lächelte wohlwollend. »Steht Ihnen gut«, bemerkte er beiläufig.

Ich spürte angenehme Wärme in mir aufsteigen. Vom Feuer?

»Kommen Sie, setzen Sie sich zu mir, der Tee wartet bereits sehnsüchtig auf Sie.«

»Na so was«, sagte ich im gleichen Tonfall und leistete seiner Aufforderung Folge, indem ich mich zu ihm auf die ausladende Eckcouch gegenüber der Fensterfront setzte. »Dann will ich den Guten aber auf keinen Fall warten lassen.«

Erneut huschte ein Lächeln über seine harmonisch geschwungenen Lippen; ihm schien das Geplänkel Spaß zu machen.

Während ich mich vorsichtig – mal pustend, mal nippend – dem heißen Getränk widmete, schaute ich mich verstohlen um. Auf dem hellen Parkettboden lagen kuschelige Webfellteppiche, und vor dem Kamin befand sich eine Art Leseecke mit zwei Sesseln und einem Tischchen in der Mitte, auf dem sich ein Sammelsurium an Büchern häufte. Über der Feuerstelle hing ein imposantes abstraktes Gemälde, das eine Art Blume darstellte. In einer geräumigen Fensternische thronte ein von Papieren schier überquellender Schreibtisch und seitlich davon mehrere überladene Bücherregale.

»Wie es scheint, lesen Sie gerne?«

»Nein, ich hasse es.« Wieder zuckte sein Augenlid.

»Wirklich?«

»Nein.«

Ich lachte. »Sie können es nicht bleiben lassen.«

»Stimmt«, antwortete er. »Besonders nicht bei jemandem, der so gutgläubig ist wie Sie.«

Aus zusammengekniffenen Augen blitzte ich ihn an und knurrte. »Sie sind scheußlich.«

»Ich weiß. Verzeihen Sie mir?«, fragte er mit Hundeblick.

»Sie kämpfen mit unfairen Mitteln«, sagte ich und er lachte ausgelassen.

»Was halten Sie vom Duzen?«

»Überhaupt nichts«, log ich, um mich zu rächen.

»Ja, letztendlich haben Sie recht, bäh, ist unheimlich banal«, konterte er.

»Genau, und respektlos«, setzte ich todernst noch einen drauf.

»Ehrlich?«

»Nein«, kam prompt meine Antwort.

Wir lachten. Seine Augen sprühten Funken. Meine vielleicht auch. Ich fühlte mich wohl. Einfach so. Es lag sicher an diesem Ort, der eine friedliche Atmosphäre ausstrahlte. Kein flüchtiges Auf-die-Uhr-Schauen, keine Hektik. Ich fragte mich, ob es eine solche hier überhaupt gab. Vielleicht war ich im Reich der Zeitlosigkeit gelandet, zwischen zwei Zahnrädchen einer stehen gebliebenen Uhr eingeklemmt.

Mein Blick schweifte nach draußen in den Garten, auf den See und blieb an der lieblichen Fassade eines Nachbarhauses hängen, das etwas unterhalb meines geerbten 100-Quadratmeter-Schuppens lag. Hohe Rosenranken umgaben das hübsche Gebäude, ließen es verträumt wirken, wie in einem Märchen.

»Wunderschön«, hauchte ich. Mit dem halbrunden Vorbau, den hohen Fenstern, Giebeln und eleganten schmiedeeisernen Balkongeländern vermittelte die einstöckige Villa den Eindruck, einem alten Film zu entstammen. »Fast wie an der Côte d'Azur der 20er-Jahre«, sagte ich. Kein Wunder, dass Ada sich hier wohlgefühlt hatte. Auch wenn sie sich selbst kein so schönes Anwesen hatte leisten können, so war sie von Schönheit und Pracht umgeben gewesen.

»Das ist putzig, was du da sagst, denn es passt zu seiner Besitzerin.«

Was er damit genau meinte, verstand ich nicht, aber das war mir auch sonderbarerweise egal. Ich mochte seine ungezwungene Art und seine ganz besondere Ausstrahlung sehr.

»Ich möchte nicht indiskret erscheinen«, wagte ich mich vor. »Aber was machen Sie … machst du … beruflich?«

»Das ist ganz und gar nicht indiskret. Ich bin Schriftsteller.«

»Wirklich?«, entfuhr es mir, obwohl ich so überrascht gar nicht war. Seine mysteriöse Aura passte haargenau zu dem Bild, das ich mir immer von Angehörigen dieses Berufsstandes gemacht hatte.

»Nein.«

»Oh.« Ich zog die Augenbrauen zusammen, was seinem amüsierten Gesichtsausdruck zufolge sehr komisch aussehen musste.

»Doch, doch. Falls du eine Gebrauchsanweisung haben möchtest: Wenn ich spaße, zuckt mein rechtes Lid.«

Er war unmöglich. Und unwiderstehlich locker ... Ich überging die neuerliche Flachserei.

»Du bist also tatsächlich Autor?«, fragte ich und fixierte sein rechtes Auge.

»Ja«, antwortete er mit einem Schmunzeln.

»Und was schreibst du so?«

»Ich überarbeite Legenden.«

»Legenden?« Das Lid blieb unbeweglich. Ob auch das angebliche Zucken nur ein Witz gewesen war?

»Hmhm. Gerade arbeite ich an einem Sammelband über alte schwäbische Sagen.«

»Hört sich wahnsinnig spannend an.«

»Das ist es auch. Und du?«

»Ich bin Fotografin.«

»Ah, deshalb.« Er nickte, als hätte er gerade eine Erleuchtung gehabt.

»Deshalb was?« Scherzte er etwa schon wieder?

»Na, unter Künstlern versteht man sich halt«, antwortete er schlicht, ohne eine Miene zu verziehen.

Langsam meinte ich, ihn besser einordnen zu können, zu begreifen, wann er mich verulkte und wann nicht.

»Ich habe sofort gespürt, dass du anders bist.«

»Ach ja? Wie das?«

»Du strahlst etwas Sensibles, auch ein wenig Hilfloses aus. Ganz entzückend, so authentisch. Wie ein Wesen aus einer anderen Epoche, aus einer meiner Legenden.« Jetzt schoss erneut Wärme in mir auf, sammelte sich diesmal in meinen Wangen. »Du hättest Ada gefallen.« Seine Augen bekamen einen sentimentalen Glanz.

Das Kompliment berührte mich. Noch wusste ich nicht, wer sie gewesen war, aber etwas sagte mir, dass auch ich sie gemocht hätte.

Chris schaute mir direkt in die Augen, sein Blick verharrte etwas länger als gewöhnlich, und es durchzuckte mich wie ein Blitz.

Verstört riss ich mich von dem Bann los, den er auf mich ausübte. *Mein Gott, was für ein Mann,* dachte ich. Gefährlich sanft, unverhohlen großzügig, ungehobelt ehrlich ... Alles war so gemütlich, so heimelig bei ihm. Etwas in mir wollte, dass sich dieser Augenblick noch hinzog. Ich versank in der Tiefe seiner Augen, lauschte seiner angenehmen Stimme und fühlte mich sonderbar geborgen. Eine Zeit lang plauderten wir arglos über die Gegend, das Haus und das Wetter, bis mich der Gedanke an den eigentlichen Grund meines Hierseins aus der Idylle riss. Ich musste zurück in die Wirklichkeit, raus aus den Zahnrädchen. Da waren Bernd, der Notar, das Erbe ... *Hallo, Isabella!*

»Wie spät ist es denn?«, lenkte ich ab und kramte mein Handy hervor. »Oh, schon 15 Uhr?« Ich erhob mich. »Vielen Dank für deine Gastfreundschaft«, sagte ich, war fast ein bisschen traurig, gehen zu müssen. »Ich bringe dir die Sachen später zurück.«

Chris erhob sich ebenfalls. »Nicht der Rede wert.« Er schaute mich mit warmem Lächeln an. »Es war mir ein ganz besonderes Vergnügen, deine Bekanntschaft zu machen.«

»Geht mir genauso.« Ich eilte zur Haustür.

»Wo willst du denn hin?«, fragte Chris. »Geh doch gleich durch den Garten.« In seinen Augen flimmerte es.

»Aber nein, ich will zu Adas Haus, um die Schlüssel noch einmal auszuprobieren.«

»Eben«, sagte er. »Adas Haus liegt in dieser Richtung.« Er zeigte auf das Côte-d'Azur-Luxushaus.

»Haha, sehr komisch.«

»Schau mich genau an. Hast du vielleicht das Gefühl, dass ich gerade spaße?«

Ich stand total auf der Leitung, beäugte ihn skeptisch. Nichts. Kein Zucken. Er hob vielsagend die Brauen, deutete zu dem zartgelben Nachbarhaus hinüber, das wie ein schlafendes Dornröschenschloss im Regen lag.

»Du meinst, Adas Haus ist … das dort?«

Er nickte, konnte sich ein Grinsen nicht mehr verkneifen.

Die Eröffnung wirkte auf mich wie eine Explosion. Wirre Gedanken wirbelten wie tausend zerfetzte Puzzleteilchen in meinem Kopf umher, fügten sich eins nach dem anderen zusammen.

»Du hast mich die ganze Zeit zum Narren gehalten?«, fragte ich.

»Verzeih, es war einfach zu verlockend.« Mühsam unterdrückte er ein Glucksen.

»Das ist doch …« Ich war außer mir, wusste nicht, ob ich verärgert oder belustigt sein sollte.

»Mea culpa. Deine Reaktion habe ich verdient, du hast recht.« Verlegen kratzte er sich am Hinterkopf, doch die Belustigung wollte nicht aus seinem Gesicht weichen. »Allerdings muss ich gestehen, dass ich eine äußerst angenehme Teestunde mit dir verbracht habe, und kann es deshalb leider nicht bereuen …« Er schnalzte bedauernd mit der Zunge.

»Ich glücklicherweise auch nicht«, sagte ich etwas versöhnlicher, wollte aber nicht sofort klein beigeben. »Hätte ja gerade noch gefehlt, wenn ich obendrein auch noch einen scheußlichen Nachmittag verlebt hätte.«

Wir grinsten uns verschwörerisch an. Wie eine gewaltige, unvorhersehbare Welle kam das Glücksgefühl über mich, griff nach mir, wo ich es niemals erwartet hätte, riss mich mit sich. Da war zum einen die Erkenntnis, dass mein Erbe tatsächlich dieses traumhafte Anwesen war, von dem ich kurz zuvor noch so inbrünstig geschwärmt hatte.

Aber nicht nur das ... Etwas anderes war geschehen. Etwas Außergewöhnliches. Etwas, das den Verdacht in mir weckte, dass ich bald vom vielen Lachen Krämpfe in den Wangenmuskeln bekommen würde.

»Und was ist das da drüben dann, bitte?«, fragte ich mit zusammengekniffenen Augen und zeigte in Richtung des Cottages.

»Das da?«, fragte Chris, setzte eine Unschuldsmiene auf und kratzte sich erneut die Locken. »Meinst du zufällig das niedliche Häuschen am Wegrand, vor dem du dein Auto so ungeschickt geparkt hast?«

»Hm, ja, genau das meine ich.«

»Och, das ... Wenn mich nicht alles täuscht, dann handelt es sich dabei um meinen Geräteschuppen.« Zur Bestätigung nickte er ernst, presste jedoch die Lippen fest aufeinander. Unvermittelt brachen wir in gellendes Gelächter aus.

Und während sich erneut eine wohlige Wärme in mir ausbreitete, wusste ich noch nicht, dass mir dieser Winter eine Vorstellung von der Kälte tiefster Hoffnungslosigkeit vermitteln sollte ... Nein, in diesem Augenblick war ich weit davon entfernt zu ahnen, was auf mich zukommen würde ...

Kapitel 4 –
Das Haus

Noch immer schmunzelte ich in mich hinein, als ich mit bebenden Händen die Tür der Côte-d'Azur-Villa aufschloss. Wie hatte ich mich so einfach beirren lassen können? Dabei hatte ich doch extra nach dem Haus gegoogelt. Aber die Aufregung und die unscharfe Vergrößerung der Karte hatten wohl dazu beigetragen, dass ich so leichtgläubig in die Falle getappt war. Als ich zaghaft über die Schwelle trat, fiel mir die Kinnlade herunter. Kaum traute ich meinen Augen. Das Innere des Hauses spiegelte das gleiche Ambiente einer längst vergangenen Epoche wider wie sein Äußeres.

Es war, als hätte ich eine fremde Dimension betreten, wie eine Zeitreisende, die durch die Jahrzehnte geschwebt und von einer Minute auf die andere um 70 Jahre zurückversetzt worden war. Jeden Augenblick konnte der große Gatsby mit einem Champagnerglas um die Ecke kommen, um mich zum Tanzen aufzufordern. Ich hatte das Gefühl, plötzlich von edlem Prunk und glitzernder Schönheit umgeben zu sein, eine Schönheit, die nichts Modernes an sich hatte. Und nachdem ich schon nahezu bereit gewesen war, mich mit dem Geräteschuppen des Nachbarn zufriedenzugeben, traf mich der Anblick geradezu wie ein Schlag.

Obendrein wirkte alles so, als wäre Ada nur mal eben kurz einkaufen gegangen. Es roch frisch nach Bohnerwachs und polierten Holzmöbeln. Das edle Fischgrätparkett glänzte, war hier und da von gut gepflegten Berberteppichen bedeckt. Große, teuer aussehende chinesische Vasen mit üppigen Trockensträußen standen vor den zahlreichen Pfeilern, die ans alte Griechenland denken ließen. Und die vielen Tischchen und Kommoden wurden von hübschen Häkeldeckchen geziert.

Ich meinte sogar, noch einen Hauch von Adas Parfüm wahrnehmen zu können. Ein Schauer durchlief mich. Warum hämmerte mein Herz so wild, als stünde ich im Begriff, bei jemandem einzubrechen? *Tue ich das denn nicht?*, spukte es mir durch den Sinn. Ich schob den Gedanken jedoch gleich wieder weit von mir.

Vorsichtig, beinahe ehrfürchtig bewegte ich mich durch die Räume. Hier eine riesige Wohnküche, dort ein noch größerer Salon mit zwei riesigen doppelflügeligen Glastüren, die auf eine ebenso großzügige Terrasse mit Blick auf den See führten. Weiße Gardinen hingen davor, wurden von mintgrünen Samtvorhängen gesäumt. Auch dieses Wohnzimmer besaß einen Kamin, vor dem zwei einladende und äußerst flauschig wirkende, ebenfalls mintgrüne Sofas einen kleinen Tisch einrahmten, auf dem sich Mode- und Kunstzeitschriften stapelten. Daneben stand ein wuchtiger Diwan, der mich lächeln ließ, denn auch er schien aus einem Antiquitätengeschäft zu stammen. Langsam näherte ich mich der Sitzecke, ließ mich auf einem der beiden Sofas nieder, in dessen Polstern ich wie in weicher Watte versank.

Ob Ada oft hier gesessen, aus dem Fenster geschaut und über ihr Leben nachgedacht hatte? Ich langte nach einer der Zeitschriften, öffnete sie und ließ die Seiten durch meine Finger flattern. Eines stand fest: Wer auch immer Ada gewesen war, sie hatte alles Schöne geliebt – vor allem die Vergangenheit, die sie wie ein kostbares Juwel gehütet zu haben schien.

Ich lehnte mich zurück, schweifte mit den Augen durch die Räumlichkeiten und versuchte, mich von dem Ort vereinnahmen zu lassen, versuchte, das Wesen der alten Dame festzuhalten, und vor allem, meinen Stress loszuwerden. Chris schoss mir in den Sinn, seine unbefangene Art, sein Witz und sein fröhliches Lachen, aber auch das Unfassbare, das ihn zu umgeben schien. Es hatte mir gutgetan, diesen kurzen Moment mit ihm zu verbringen, und insgeheim hoffte ich, dass es nicht der letzte sein würde.

Als ich an mir hinabschaute, war mir sofort klar, dass dies nicht der Fall sein würde, da ich noch immer seinen Jogginganzug trug. Zufrieden lächelte ich in mich hinein, fühlte mich schon wesentlich besser, bereit, die Erkundung der Villa fortzusetzen.

Auf der gegenüberliegenden Seite des Raums befand sich eine Mahagoni-Essecke; ein wuchtiges Buffet und eine lange Tafel mit acht Stühlen. An den Wänden hingen prächtige Gemälde, die nicht unbedingt meinen Geschmack trafen, aber trotzdem angenehm zu betrachten waren. Es musste sich um Werke aus der Epoche der Romantik handeln, denn auch die Motive schienen einem anderen Jahrhundert zu entstammen.

An einer Wand hingen Schwarz-Weiß-Fotos von französischen Kinostars der 40er- und 50er-Jahre. Ich erkannte Jean Gabin, Yves Montand, Fernandel, Bourvil, Simon Signoret, aber auch die Sängerin Édith Piaf. Nicht nur in Sachen Dekoration schien Ada also in einer anderen Epoche gelebt zu haben.

Ich saugte alle Eindrücke in mich auf, wie ein Meerschwamm den Plankton, und fühlte mich dabei wie ein

Eindringling in ein fremdes Leben, wie ein Voyeur, der unbefugt Dinge erforschte, die ihn nichts angingen; hatte Ada das wirklich so gewollt? Mir fiel es schwer, das zu glauben. Plötzlich spürte ich wieder ein beklemmendes Gefühl in mir aufsteigen. *Würde ich wollen, dass jemand nach meinem Tod mein Leben durchwühlt?* Die Antwort war definitiv Nein.

Und doch hatte Ada alle Hebel in Bewegung gesetzt, damit genau das geschah. Sie hatte dafür gesorgt, dass eine Wildfremde in ihre Intimsphäre eindringen und in ihrer Vergangenheit stöbern konnte. Absichtlich hatte sie mir Rätsel aufgegeben. Oder war Ada davon ausgegangen, dass ich das Erbe einfach annehmen würde, ohne das Warum und Wieso zu hinterfragen? Gab es Menschen, die so etwas taten? Sicher ... Bernd gehörte ohne Zweifel dazu. Vielleicht hatte er ja recht? Vielleicht war es ein Fehler gewesen, mehr herausbekommen zu wollen?

Zweifel krochen in mir hoch. Ich fragte mich, ob ich mich ihm gegenüber nicht unfair verhalten hatte. Waren wir nicht ein Team? War es richtig gewesen, mich einfach so über ihn hinwegzusetzen, nur um meine Launen auszuleben? Plötzlich stieg mir brennend heiße Schamröte ins Gesicht und ich fragte mich, warum es so wichtig für mich gewesen war, hierherzukommen.

Stirnrunzelnd suchte ich nach einer plausiblen Antwort. *Wollte ich vielleicht einfach nur meinem Alltag entfliehen?*, fragte ich mich verwirrt. *Vielleicht habe ich dies hier nur als willkommenen Vorwand benutzt, um einfach mal auszubrechen?* Mich beschlich das merkwürdige Gefühl, dass ich der Wahrheit damit ziemlich nahe gekommen war.

Ich wischte den Gedanken beiseite, um mich wieder auf mein Erbe zu konzentrieren. Ratlos schaute ich mich weiter um. Je stärker ich hoffte, das Haus könne mir Antworten liefern, umso mehr Fragen schwirrten mir im Kopf herum. Zum Beispiel konnte ich mir nicht erklären, warum Ada nicht einfach einen erklärenden Brief hinterlassen hatte. So nach dem Motto: *Hallo Isabella, ich bin Ada und möchte dir aus diesem oder jenem Grund mein Anwesen vermachen … oder so ähnlich.*

Ich seufzte. *Das ist aber nicht der Fall, und jetzt bist du hier, also mach das Beste daraus*, sprach ich mir Mut zu, während mein Blick weiter durch den Wohnraum glitt und an einem großen Ölgemälde mit verschnörkeltem Goldrahmen hängen blieb. Es schmückte die Wand über einer Kommode, auf der eine Schale mit pastellfarbenen Bonbons stand, die so gut zu den Farbtönen des Bildes passten, als wäre es beabsichtigt. Ich erhob mich und näherte mich dem Werk. Als ich es eingehender betrachtete, durchlief mich erneut ein Schauer, ohne dass ich hätte erklären können, was mich an dem Anblick so sehr berührte. Zwei junge, ausgesprochen hübsche Mädchen in altmodischen Kleidern saßen auf einem Diwan, der von weißem Stoff bedeckt war; wie eines dieser Tücher, die man früher zum Möbelabdecken verwendete, wenn man für längere Zeit das Haus verließ.

Ich schielte zu dem Diwan neben dem Kamin und stellte fest, dass es sich um genau diesen zu handeln schien.

Hinter den beiden Mädchen stand eine Vase mit halb verwelkten rosa Rosen auf einer Kommode. Die Kleidung der jungen Frauen ließ auf die späten 30er-, vielleicht sogar 40er-Jahre schließen. Beide waren sie barfuß und trugen weiße Seidenblusen mit Spitzenbesatz an Ärmeln und Kragen sowie knöchellange, dunkle Bleistiftröcke. Die eine hatte den rechten Ellbogen und die Stirn auf die Lehne gelegt und hielt die Augen geschlossen – eine Haltung, welche Assoziationen mit Trauer und Verlust in mir aufsteigen ließ. Eine Haarsträhne hatte sich aus ihrer locker nach hinten gesteckten Frisur gelöst und fiel ihr nachlässig ins Gesicht, um ihren schlanken Hals lag eine filigrane Silberkette, deren herzförmiger Anhänger über ihrem Ausschnitt hing. Der andere Arm baumelte vor dem Diwan ins Leere. Zwischen den Fingern steckte eine Rose, die ihr jeden Augenblick zu entgleiten drohte. Das zweite Mädchen saß seitlich hinter der Trauernden, ihr Gesicht auf deren Schulter ruhend. Wie aus Mitgefühl waren auch ihre Augen geschlossen und ihre Finger berührten sanft den herabhängenden Arm der anderen knapp oberhalb des Handgelenks; ein bisschen, als wollte sie verhindern, dass diese die Rose losließ.

Es wirkte wie ein letzter Versuch, ihr in ihrer Hoffnungslosigkeit Trost zu spenden, ihr zu sagen, dass sie ihren Kummer verstand. Oder teilten sie ihn sogar?

Wer waren sie? Freundinnen? Cousinen? Schwestern? Sie sahen sich sehr ähnlich, hatten die gleiche gerade Nase, ähnlich geschwungene Lippen und hohe Wangenknochen. Von ihnen ging etwas ganz Besonderes aus, etwas, das man nicht in Worte fassen konnte. Eine Mischung aus jugendlicher Unschuld, Leidenschaftlichkeit und Loyalität im Schicksalsschlag, der sie mit erbarmungsloser Wucht getroffen zu haben schien.

Ich hatte Schwierigkeiten, mich von dem Bann, der von dem nahezu zwei Meter hohen Werk ausging, loszureißen. Lag es an dem Realismus, den es ausstrahlte? Oder war es die Szene an sich? Ich trat noch etwas näher heran, bewunderte die feinen Pinselstriche, die Harmonie der Farben, die Genauigkeit aller Details. Ja, das lebensgroße Bild wirkte erschreckend authentisch, als ob es die beiden wirklich gegeben hätte, oder vielmehr, als ob die Szene nicht nur eine Pose zweier Modelle, sondern aus dem wahren Leben gegriffen worden wäre. Am linken unteren Rand erkannte ich zwei schnörkelige Initialen: *AB*.

Ich keuchte leise. *Wow*, dachte ich beeindruckt. *Hat das wirklich Ada gemalt?* Zu der Neugier, die seit der Ankündigung dieser unverhofften Erbschaft von mir Besitz ergriffen hatte, gesellte sich maßlose Bewunderung.

Ich gab meinem Herzen einen Stoß, um die Befangenheit, die seit Betreten des Hauses auf mir gelastet hatte, abzuschütteln, und machte mich zu einem Rundgang auf.

Schon allein im Erdgeschoss gab es drei Schlafzimmer. Zwei, die zur Allee hin ausgerichtet waren und wie Gästezimmer wirkten, und ein drittes, das an den Wohnbereich angrenzte und ebenfalls über Doppelfenstertüren verfügte, von denen man den gleichen wundervollen Blick auf den verträumten See hatte.

Als ich es betrat, spürte ich wieder Beklemmung in mir aufsteigen und wusste instinktiv, dass es sich um Adas Zimmer handeln musste. Auch hier schien es so, als könnte sie jeden Augenblick zurückkehren. Der zu den roten Vorhängen passende samtige Bettüberwurf war leicht zurückgezogen, als ob sie sich das Bett zum Schlafengehen hergerichtet hätte.

Auf dem Nachttisch stand ein Glas neben einer Packung mit Tabletten. Es fehlte eigentlich nur noch eine dampfende Tasse – deren Vorhandensein mich in diesem Augenblick nicht weiter überrascht hätte –, um den Eindruck zu vervollständigen, dass Ada in wenigen Minuten heimkehren würde.

Ich erzitterte leicht und meine Knie wurden weich. Hier schien ich ins Herz von Adas vergangenem Leben eingedrungen zu sein. Ich starrte aus dem Fenster. Obwohl es noch immer regnete, war der Anblick einfach berauschend. Der zauberhafte Garten mit den schmalen Gehwegen, die hier und da von romantischen, mit Rosenranken bewachsenen Laubenbögen überdacht waren, erstreckte sich bis an die Seepromenade. So weit das Auge reichte, vervollständigten ordentlich gestutzte Hecken, hübsch zugeschnittene Buchsbäumchen und sauber angelegte Beete den bukolischen Anblick. Etwas abseits befand sich ein kleiner Tümpel mit Sumpfpflanzen, auf dem auch Seerosen wuchsen. Ich malte mir aus, wie schön sie im Sommer in den prächtigsten Farben schillern würden. Im Sommer, wenn ich nicht mehr hier sein würde ...

Mein Auge glitt wieder zum See hinunter. Über dem Gewässer bildeten dunkle, tief hängende Wolkenmassen einen perfekten Kontrast zu all dieser Schönheit und tauchten die Umgebung in ein gespenstisches Ambiente. Auch erweckte alles den Anschein, als würde dem Anwesen noch immer regelmäßig Pflege zuteilwerden, als hätte Ada dem Gärtner eben erst ihre Anweisungen gegeben.

Ich seufzte. Das alles sollte jetzt allen Ernstes mir gehören? Obwohl es ja völlig ausgeschlossen war, dass ich diese Villa behielt, fragte ich mich, ob ich mich hier jemals hätte wohlfühlen können. Alles schien zu perfekt, um etwas daran zu ändern, und gleichzeitig zu fremdartig und individuell, um mich daran zu gewöhnen.

Mein Blick fiel auf ein weiteres Gemälde, das seitlich neben dem Bett an der Wand hing. Auch hierbei handelte es sich um eine Ölmalerei, diese war aber in einem völlig anderen Stil gehalten, der sich ein wenig dem Abstrakten annäherte. Diesmal fuhr mein Auge sofort zu der Signatur: *AB*!

Wie kann ein und dieselbe Person solch unterschiedliche Werke erschaffen?, fragte ich mich fasziniert, während ich das Bild genauer in Augenschein nahm. Darauf vermischten sich blauweiße Wasserstrudel mit verschwommener Dramatik aus Azur und Blattgrün, die einen See in Aufruhr darzustellen schien. Wie ein bewegtes Leben, vielleicht ein wenig chaotisch, nicht unbedingt angenehm.

Die grellen Farbtupfen aus Fuchsia mit dem zartrosa Herzen schienen ohne Zweifel Seerosen darzustellen und wirkten, im Gegensatz zur Abgründigkeit des Gewässers, erfrischend lebendig.

Auch hier spürte ich, dass das Bild wesentlich mehr aussagen wollte, als es seinem Betrachter auf Anhieb offenbarte. Ein bisschen kannte ich mich mit Kunst aus, wusste, dass jeder seine eigene Interpretation hatte. Aber im Grunde war es sehr viel spannender, sich die Intentionen des Künstlers vorzustellen, sich in ihn hineinzuversetzen, um zu erahnen, was er damit hatte ausdrücken wollen.

Auch dieses Bild vermittelte eine Ahnung von Trauer und dunklen Stunden der Einsamkeit auf stürmischen Gewässern, obwohl inmitten dieser Düsternis wundervolle Seerosen wie Hoffnungsschimmer aufblühten. Und im Zentrum des ganzen Farbenwirbels meinte ich, leicht oberhalb der Signatur noch etwas anderes entziffern zu können. Es war, als hätte es die Künstlerin vor flüchtigen Blicken verbergen und nur dem aufmerksamen Betrachter offenbaren wollen. Ich beugte mich leicht vor. »Für M.«, las ich leise.

Plötzlich spürte ich einen kalten Hauch an meinem Nacken vorbeiziehen und schüttelte mich. Es fühlte sich so an, als wollte mich etwas dazu einladen, richtig hinzuschauen, zu verstehen. *So ein Unsinn …*

Und von diesem Augenblick an fing Adas Schicksal mich ein wie die Angel eine flussaufwärts schwimmende Forelle, wollte mich nicht mehr loslassen, riss und zerrte an mir, um mich an Land zu ziehen, ans Ufer ihrer Geschichte. Bis dahin hatte ich die Dinge mit einem gewissen Abstand betrachtet, hatte versucht, die Angelegenheit neutral und nüchtern anzugehen. Doch je mehr ich über diese Frau erfuhr, und sei es auch nur durch ihren eigentümlichen Lebensstil und ihre Werke, umso stärker zog es mich zu ihr hin. Ein unsichtbares Band schien sich zwischen uns zu knüpfen, ohne dass es mir sofort bewusst wurde.

Wieder musste ich mich geradezu zwingen, von dem Gemälde abzulassen, entschied mich, eines der Gästezimmer zu beziehen. Adas Zimmer erschien mir heilig, und ich wollte auf keinen Fall mit meiner Gegenwart die beinah übersinnliche Atmosphäre, die darin zu herrschen schien, zerstören. Es war, als wäre Adas Geist noch immer anwesend, als würde er auf etwas warten. Aber auf was? Mit einem Schlag spürte ich deutlich – wie eine Vorahnung oder eine Warnung meines instinktiven Ichs –, dass ich erst am Anfang einer Reihe ungeheuerlicher Aufdeckungen stand …

Kapitel 5 –
Die Freiheit des Herzens

Letztendlich entschied ich mich für das grüne Zimmer, wie ich es insgeheim wegen seiner passend aufeinander abgestimmten Ausstattung getauft hatte. Von der Tagesdecke auf dem Bett über die Vorhänge und Teppiche bis zu den Bildern an den Wänden war alles in sanften Grüntönen gehalten, was eine beruhigende Wirkung auf mich ausübte. Daneben war es auch praktisch: Nur ein schmales Kämmerchen – eine Art großer Wandschrank – trennte das Zimmer vom Salon. Es roch stark nach Waschmittel, Lavendelsäckchen und ein bisschen auch nach Mottenkugeln. Vorsichtig ertastete ich den Lichtschalter und knipste die kleine Lampe an. Auf bis zur Decke reichenden Regalen lagen Handtücher, Tischdecken, Gardinen und Überwürfe. Sogar eine wunderschöne, fein säuberlich zusammengelegte Patchworkdecke war darunter. Wäre es keine Handarbeit gewesen, hätte ich sie für nagelneu gehalten. Beiläufig fragte ich mich, ob die vielen aneinandergereihten quadratischen Stoffstückchen eine Bedeutung für Ada gehabt haben könnten. Schließlich fand ich auch frisch duftende Bettwäsche, mit der ich mein auserkorenes Lager bezog.

Gerade hatte ich mein Gepäck aus dem Wagen geholt, meine paar Habseligkeiten in dem knarrenden Schrank untergebracht und das überraschend moderne Badezimmer begutachtet, da klingelte mein Handy, als wollte es mich in die Realität zurückholen. Als ich aufs Display schaute, zog sich mein Herz zusammen: Bernd!

Da werde ich wohl nicht drum herumkommen, dachte ich und nahm den Anruf an.

»Hallöchen«, trällerte ich so unbefangen wie nur möglich.

»Hi, Schatz. Sag mal, könntest du für heute Abend noch ein paar Blumen besorgen? Du hast dir doch freigenommen, oder?«

»Ja, schon, aber –«

»Na wunderbar«, unterbrach er mich. »Mir ist das völlig entfallen und es wäre wirklich peinlich, mit leeren Händen aufzutauchen …« Er lachte verlegen.

Mir blieb nichts anderes übrig, als den Sprung ins kalte Wasser zu wagen: »Leider wird das nicht möglich sein, Bernd …«

»Warum?« Er hörte sich erschrocken an. »Geht es dir nicht gut?«

»Ich bin nicht in Frankfurt«, platzte es aus mir heraus.

»Ist etwas mit deinen Eltern?«

»Nein, Bernd. Ich bin in Lindau.«

Es entstand eine Pause, die sich ellenlang hinzuziehen schien. Leises Fluchen unterbrach die angespannte Stille. »Spinnst du?«

»Wieso?«, stellte ich mich dumm.

»Isabella«, stieß er genervt aus. Nur wenn er wütend war, nannte er mich bei meinem vollen Vornamen. »Wir sind uns doch heute Morgen darüber einig gewesen, dass wir das Haus in die Obhut eines Maklers geben werden, oder etwa nicht?«

»*Du* warst dir einig«, antwortete ich so gelassen wie möglich. »Ich hatte da eigentlich kein Wörtchen mitzureden.«

Schnaufen. »Das kommt dir nur so vor, weil wir nicht genug Zeit hatten, um darüber zu reden.«

Mein Widerstand begann zu bröckeln. »Nicht nur, Bernd ...«

»Wie meinst du das?«

Plötzlich fiel es mir wie Schuppen von den Augen. »Damit meine ich, dass immer alles nach dir gehen muss.«

»Selbst wenn es so wäre, hat dich das bislang nie gestört, oder?«

Nie gestört, nie gestört, dachte ich abfällig. »Ich wollte keinen Streit und deshalb habe ich immer eingelenkt.«

»Das ist völliger Unsinn, Isa«, sagte er gepresst. »Was ist denn nur los mit dir?«

»Das ist kein Unsinn, Bernd«, antwortete ich, um einen ruhigen Tonfall bemüht. »Du entscheidest, was wir wann, wo und mit wem machen oder nicht.«

»Na toll, glaubst du, dass jetzt der richtige Moment ist, irgendwelche erfundenen Beziehungsprobleme auszudiskutieren?«

»Mit dir ist es nie der richtige Zeitpunkt, und sie sind nicht erfunden.«

Stöhnen. »Dann nenn doch ein Beispiel. Na? Natürlich fällt dir keines ein, wie?«

»Wenn ich im Kino ›Cold Mountain‹ sehen und du ›Star Wars‹ anschauen willst, wenn ich ein Haus will und du meinst, dass eine Wohnung praktischer ist, wenn ich Spaghetti kochen möchte, du aber Appetit auf Chinesisch hast, wenn ich im Norden Urlaub machen möchte und du am Mittelmeer ...«

Erneutes Schnaufen. »Also ehrlich, Isabella, willst du jetzt wirklich unsere ganze Beziehungsgeschichte aufrollen? Wozu soll das gut sein?«

»Du hast mich nach Beispielen gefragt.«

Stille. »Okay«, versuchte er es rational. »Angenommen, es gäbe ein paar Dinge zu verbessern: Meinst du, dass Abhauen die richtige Lösung ist?«

Nein, ich werde keine Schuldgefühle haben, beschloss ich. *Nein, ich werde nicht wie sonst klein beigeben, um den Hausfrieden zu retten.* »Ich bin nicht abgehauen, Bernd, sondern ich habe mir die Freiheit herausgenommen, etwas zu tun, wozu ich verdammt noch einmal Lust habe, nämlich mein Erbe zu besichtigen. Wenn dir das nicht passt, dann ist es eben so …«

»Was soll das heißen? Hör zu, ich habe keine Zeit für diese Mätzchen. Spring jetzt bitte gleich ins Auto und komm umgehend zurück. Dann kannst du noch rechtzeitig zur Feier –«

»Ich scheiß auf die Feier«, zischte ich wütend.

»Wie bitte?!« Ein Keuchen. »Bist du jetzt total übergeschnappt? Hat dir diese verdammte Erbschaft den Kopf verdreht?«

Hat sie das?

»Und wenn schon!« Ich war außer mir.

»Isa«, raunte Bernd, hörbar um Ruhe bemüht. »Schau mal, wir haben das Thema heute Morgen schon ausreichend durchgekaut … Es stimmt, vielleicht etwas zu hastig, weil ich auf die Arbeit musste, aber der Grundgedanke war trotzdem stimmig: Wir können es uns nicht leisten, dieses Haus zu unterhalten.«

Tränen traten mir in die Augen. Aus Müdigkeit von der Fahrt und all den Aufregungen? Vom Aufgewühltsein? Oder weil ich bereits in die Falle gegangen war?

»Das verstehst du nicht«, flüsterte ich. »Ich will es ja gar nicht behalten.«

»Was tust du dann da? Du wirst dich an einen Ort gewöhnen, der dir niemals gehören wird.«

Falsch, wollte ich antworten. *Er gehört mir ja schon …*

»Darum geht es doch überhaupt nicht«, versuchte ich, meine Intention in Worte zu fassen. »Ich brauch das jetzt einfach. Ich möchte wissen, wer Ada war.«

»Du liebe Zeit, nennst du die alte Schachtel jetzt schon beim Vornamen?«

»Nenn sie nicht so«, fauchte ich ins Handy.

»Warum? Wird sie sonst ihrem Grab entsteigen und mich heimsuchen?«

»Sarkasmus, Realismus, Zynismus«, sagte ich bitter. »Das ist alles, wozu du in der Lage bist.«

Bernd schnappte hörbar nach Luft. Ich fragte mich, ob ich erst jetzt, nach so vielen Jahren des Zusammenlebens, sein wahres Gesicht entdeckte, oder ob ich es schon immer gekannt, mir aber etwas vorgemacht hatte.

»Kommt es dir denn nicht einmal in den Sinn, dass es auch etwas anderes geben könnte? Mitgefühl, Neugierde, Träumerei?«

»Das bringt einen im Leben kaum weiter«, entgegnete er pampig.

»Nein«, sagte ich gedehnt und fühlte mich wieder selbstsicherer. »Das stimmt. Es bringt einen nicht weiter, aber es macht einen aus.«

»So ein Blödsinn«, schimpfte er. »Jetzt hör mir mal zu, entweder du springst jetzt sofort ins Auto und kommst zurück –«

»Oder?«, fragte ich provozierend.

»Oder wir werden unsere Beziehung ernsthaft überdenken müssen.«

»Das ist mir recht«, hörte ich mich sagen. *Habe ich das*

wirklich ausgesprochen? Es schien aus den ungeahnten Tiefen meines Herzens ausgebrochen zu sein.

»Wie bitte?« Bernd schien die Welt nicht mehr zu verstehen. »Ist das dein Ernst?«

»Ja«, antwortete ich überzeugter, als ich es war. »Ich glaube, eine Pause würde uns guttun.«

»Eine Pause?!«, bellte er. Seine Stimme nahm einen hysterischen Klang an. »Das Ganze ist dir regelrecht zu Kopf gestiegen.«

»Vielleicht«, sagte ich nachdenklich. »Vielleicht hat es auch einfach nur etwas zutage gefördert, was bislang irgendwo tief in mir geschlummert hat.«

Stille. Ich presste mein Ohr ans Telefon, hörte seine Atmung. Ich meinte, seinen inneren Zwiespalt förmlich spüren zu können. Sein überhebliches Ego und die Angst vorm Verlassenwerden schienen sich einen erbitterten Kampf zu liefern.

»In Ordnung, wie du willst«, sagte er schließlich mit abfälligem Unterton. Anscheinend hatte das Ego gesiegt.

»Gut«, antwortete ich. Trotzig presste ich die Lippen aufeinander. »Dann bis demnächst.«

Mit diesen Worten schob ich den roten Kreis auf dem Display zur Seite und warf das Telefon aufs Bett. Störrisch verschränkte ich die Arme vor der Brust und wandte mich dem Fenster zu.

Mannomann, was tue ich da? Es war, als hätten sich angestaute Frustrationen einen Weg aus langjähriger Unterdrückung ins Freie geschaufelt. Als ob ich plötzlich klarsehen würde.

Ja, antwortete mein Herz, *genau so ist es.*

Oder stand ich im Begriff, eine große Dummheit zu begehen?

Ja, das tust du, schrie mein Verstand.

Wie konnte ich eine eigentlich gut funktionierende Beziehung einfach so in Gefahr bringen, sie über den Haufen werfen, nur wegen eines Hauses, das nicht einmal wirklich meins war, und einer Dame, die ich gar nicht gekannt hatte?

Mir wurde bewusst, dass ich Bernd schon seit Längerem nicht mehr ertrug. Dass mir sein pedantischer Hang zur Ordnung erheblich auf den Geist ging, dass mich sein immer logisches, vernünftiges, nahezu kleinkariertes Denken einengte, dass ich Luft zum Atmen brauchte.

Sicherheit!, rief mein Verstand.

Freiheit!, flehte mein Herz, und ich beschloss, dem Letzteren – zum ersten Mal in meinem Leben – den ihm gebührenden Vorrang zu gewähren. *Die Freiheit des Herzens bedeutet unweigerlich die Ungewissheit des Verstandes*, philosophierte ich vor mich hin.

Ich atmete tief durch, sammelte meine Gedanken, um wieder zu meiner eigentlichen Aufgabe zurückzufinden. Es waren nur noch knapp zwei Wochen bis Weihnachten und ich wollte bis dahin unbedingt herausgefunden haben, was es mit Ada und dieser Erbschaft auf sich hatte.

Ich fröstelte und mir fiel plötzlich ein, dass ich vergessen hatte, die Heizung aufzudrehen. Ich schritt zu einem der Heizkörper, drehte ihn voll auf und hielt meine Hand darüber.

Es dauerte nicht lange, da spürte ich die Wärme, die allmählich von ihm aufstieg, ebenso wie der übliche Geruch von erhitztem Staub, der am Anfang immer von ungenutzten Radiatoren ausging.

Wunderbar, dachte ich, begab mich aufs Neue ins Wohnzimmer, um auch dort die Heizung anzustellen, und schloss im Vorbeigehen die Türen zu den ungeheizten Räumen.

In der Küche fand ich das Nötige, um mir einen Tee zu kochen. Während ich das Wasser auf dem Gasherd erhitzte, machte ich mich auch mit diesem Raum vertraut, öffnete Schubladen und Schränke, schnüffelte an Dosen und Kräutern.

Es riecht wie in jeder beliebigen Küche, dachte ich mit einem eigenartigen Gefühl der Beruhigung und musste über mich selbst schmunzeln. Was hatte ich erwartet? Dass Adas Küche genauso sonderbar wie der Rest ihres Lebens sein würde? Dass sich geheimnisvolle Kräuter wie Drudenfuß, Nieswurz und Stechapfel in ihren Schränken befänden?

Belustigt schüttelte ich den Kopf und goss das nunmehr brodelnde Wasser auf. Augenblicklich stieg mir das tröstliche Aroma des Vanille-Tees in die Nase. Ich trug die Tasse ins Wohnzimmer, wo ich mich mit meinem Handy auf der Coach niederließ. Wie sollte es weitergehen?

Gedankenversunken pustete ich auf den heißen Inhalt der Tasse und nippte vorsichtig daran. Wie ein glühendes Elixier lief mir der Tee brennend die Speiseröhre hinab, woraufhin sich wohltuende Wärme in meinem Magen ausbreitete.

Ich nahm mir vor, das ganze Haus umzukrempeln, hoffte inständig, dass Ada es mir nachsehen würde. Irgendwie musste ich ja vorankommen. Aber als Allererstes wollte ich meine Eltern anrufen.

Mit der freien Hand suchte ich in meiner Kontaktliste und drückte auf »Paps«. Es dauerte nicht lange, da erklang auch schon seine Stimme: »Hallo, mein Schatz.«

»Hallo, Paps«, piepste ich, wusste plötzlich nicht mehr, wo ich beginnen sollte.

»Ist alles in Ordnung? Du hörst dich so merkwürdig an.«

»Ja, kein Grund zur Sorge, aber sitzt du?«

Rascheln. »Jetzt ja.« Er lachte verunsichert.

»Ich habe von einer alten Dame namens Ada Beranger ein Haus am Bodensee geerbt.«

»Was?«

Mist. An der Reaktion meines Vaters erkannte ich sofort, dass Ada auch ihm nicht bekannt war.

»Was ist das denn für eine Geschichte? Haben die sich auch nicht geirrt?«

In wenigen Worten erklärte ich ihm die Zusammenhänge.

»Und so habe ich entschieden, der Geschichte auf den Grund zu gehen, um herauszubekommen, was es damit auf sich hat.«

»Das ist ja völlig verrückt«, japste mein Vater. »Aber auch irgendwie genial.«

Ich grinste. Endlich mal eine positive Reaktion. »Ja, das finde ich auch«, antwortete ich erfreut. »Es ist geheimnisvoll und aufregend zugleich.«

Auf der Uferpromenade ging gerade ein älterer Herr spazieren; er trug einen Hut und stützte sich auf einen Gehstock. Na, so was … War das nicht derselbe Mann, der schon zuvor vor dem Anwesen herumgelungert hatte? Als er auf Höhe des Hauses kam, hielt er schlagartig inne und blickte in Richtung der Wohnzimmerfenster. Eine unangenehme Gänsehaut überlief mich. Was hatte das zu bedeuten? Ich zog die Brauen zusammen und ließ den Mann nicht aus den Augen.

»Und wie willst du vorgehen?«, wollte Paps gerade wissen.

Ich zuckte die Achseln, war mir darüber im Klaren, dass mein Vater es nicht sehen konnte. »Ich möchte das ganze Haus auf den Kopf stellen, um hinter das Geheimnis zu

kommen. Wollte vorher nur wissen, ob ihr sie nicht vielleicht kennt.« Ein lautes Knacken ließ mich zusammenzu-
cken. Ich schaute zur Decke empor. Sicher war es nur das
Holz, das in der vom Heizkörper aufsteigenden Wärme
arbeitete, versuchte ich mich zu beruhigen.

Mein Vater schien nachzudenken. »Du meinst, ob es
sich zum Beispiel um eine entfernte Cousine, Großtante
oder Freundin handeln könnte?«

»Ja.«

»Nicht, dass ich wüsste. Aber ich kann gerne mal deine
Mutter fragen, ob ihr etwas dazu einfällt, und rufe dich
dann zurück.«

Noch immer stierte der fremde Herr in meine Richtung. Mir wurde immer mulmiger zumute. Langsam erhob
ich mich vom Sofa und trat zum Fenster. Bei genauerer
Betrachtung erkannte ich, dass er nicht zu mir in den Salon
herüberschaute, sondern in Richtung von Adas Schlafzimmer. Erneut stellten sich meine Nackenhaare auf. Was sollte
das? Hatte er Ada etwa gekannt?

Soweit ich das aus der Entfernung beurteilen konnte, war
sein Blick traurig. Er wirkte auf mich, als vollführe er eine
Art Ritual, wie jemand, der täglich zum Friedhof ging, um
dort Blumen auf ein Grab zu legen, was das Ganze gleich
weniger gruselig erscheinen ließ.

»Prima, danke, Paps«, sagte ich abwesend. Mir kam
plötzlich eine ungeheuerliche Idee: »Sag mal, könnte es
sein, dass einer meiner Großväter eine heimliche Geliebte
hatte?«

Mein Vater stieß laut die Luft aus. »Alles ist möglich.
Aber was meinen Vater betrifft, würde mich das wundern.
Der hat nie einen Fuß aus der Stadt gesetzt. Außer deine
Ada wäre irgendwann mal in Frankfurt gewesen?«

»Ja, das müsste ich prüfen«, antwortete ich. Ich wusste gar nicht, womit ich anfangen sollte. »Ach, und selbst in den Kriegsjahren ist dein Vater nie fortgezogen?«

»Nein, er hat als Mechaniker bei einem Flugzeughersteller in Frankfurt gearbeitet und wurde zu diesem Zweck vom Wehrdienst freigestellt.«

»Hmhm«, brummte ich ratlos. »Es ist erstaunlich, wie wenig man von seinen Großeltern eigentlich weiß. Wenn sie noch am Leben sind, ist man zu jung, um sich wirklich für die Vergangenheit zu interessieren …«

»… und wenn man es dann tut, sind sie nicht mehr da!«, beendete mein Vater den Satz, schien genau zu wissen, worauf ich hinauswollte. »So geht es vielen. Auch ich habe später bereut, die meinen nicht mehr ausgehorcht zu haben. Aber weißt du, ich hatte auch das Gefühl, dass bestimmte Themen einfach tabu waren.«

Ich nickte. »Ja, das ist auch wieder wahr. Außerdem glaube ich nicht, dass sie uns ihre Seitensprünge gestanden hätten.«

»Isabella!«, rief mein Vater, als ob der Gedanke nicht aussprechbar wäre.

»Na, was denn, stimmt doch, oder?«

Räuspern. »Wie gefällt euch denn das Haus?«, wechselte er prompt das Thema.

Ich zögerte. »Bernd ist nicht mitgekommen. Er fand es eine schlechte Idee, hierherzufahren.«

»Sieht ihm ähnlich«, brummte mein Vater. »Sorry …«

»Nein, du hast ja recht. Er meinte, ich solle die Erbschaft einfach annehmen und das Anwesen schnurstracks verkaufen, damit ich mich weder darin verlieben noch mich daran gewöhnen könne. Er findet es unvernünftig, Ada kennenlernen zu wollen.«

»Man könnte meinen, deine Mutter zu hören.«

Stimmt, dachte ich. Die war auch immer so praktisch veranlagt. »Ach, weißt du was? Sag ihr lieber erst einmal nichts von dem Ganzen.«

»Ja, damit magst du recht haben. Ich könnte das Thema ja mal ganz nebenbei anschneiden, ohne dass sie Verdacht schöpft.«

Ich lachte. »Das hört sich ja fast wie eine Verschwörung an.«

»Ist es doch auch«, konterte mein Vater. Ich stellte mir sein Grinsen vor und grinste ebenfalls. »Am liebsten würde ich zu dir fahren und dir bei der Suche helfen, aber leider bin ich verhindert. Du hältst mich doch auf dem Laufenden, gell?«

Wir glucksten vergnügt.

»Versprochen, Paps. Sobald ich etwas herausgefunden habe, rufe ich dich umgehend an.«

»Pass auf dich auf, ich hab dich lieb.«

»Ich dich auch, Paps.«

Wir legten auf.

Erneut schaute ich aus dem Fenster, hielt verdutzt inne. Der komische Kauz war plötzlich nicht mehr da. Dabei war ich davon überzeugt, ihn noch vor wenigen Sekunden deutlich gesehen zu haben. Meine Augen suchten die Seepromenade nach allen Seiten ab. Er schien wie vom Erdreich verschluckt. Es schüttelte mich. Innerlich stellte ich mich darauf ein, dass er jeden Moment direkt vor der Fensterscheibe aus dem Boden wachsen könnte. Aber der Mann blieb spurlos verschwunden, wie vom Nichts verschlungen …

Kapitel 6 –
Pizza und Kaminglut

Während ich frisch geduscht wieder in meine mittlerweile getrockneten Klamotten schlüpfte, dachte ich über mein weiteres Vorgehen nach. Ich fand einen Föhn und trocknete mir die Haare, streifte sie hinter die Ohren und ließ sie offen über den Rücken fallen – so, wie Bernd es nicht mochte. Zufrieden nickte ich meinem Spiegelbild zu. Ich fühlte mich wie eine Rebellin und musste schmunzeln.

Kurzerhand entschied ich, sofort mit der Suche nach Indizien zu beginnen, und begab mich zu Adas kleinem Sekretär, der, von Bücherregalen umgeben, in der Ecke neben dem Diwan stand. Er wirkte genauso ordentlich wie das restliche Haus.

Ich setzte mich auf den gepolsterten Stuhl, der sich davor befand, und zog langsam die oberste Schublade auf. Ein Wust an Kleinigkeiten quoll mir daraus entgegen. Das war so überraschend, dass ich erst einmal innehielt und stutzte. Ungläubig schaute ich auf das Gewirr an kleinen Gegenständen: Büroklammern in allen Größen, unterschiedliche Stifte, verschiedenfarbige Gummibänder, ein paar Knöpfe, bekritzelte Papierschnipsel, eine Nagelschere, Haarbänder aus Tüll ... Sogar ein einzelner Manschettenknopf war dabei.

Meine Finger schoben die Gegenstände hin und her, drückten sie zur Seite, wühlten in dem Krimskrams herum, fanden aber nichts, das mir Antworten auf meine vielen Fragen hätte liefern können.

Ich öffnete das nächste Schubfach, in dem mich das gleiche Chaos erwartete. Nachdem ich auch dieses ohne Ergebnis durchforstet hatte, wollte ich es gerade wieder schließen, als es plötzlich an der Scheibe klopfte. Mein Herz machte einen gewaltigen Satz. Wie ertappt fuhr ich herum, starrte zur Fensterfront, wo mir eine Gestalt im Dämmerlicht zuwinkte. Spontan dachte ich an den sonderbaren alten Mann und ein Schreck durchfuhr mich. Was wollte er von mir?

Tatsächlich hatte ich nicht bemerkt, dass die Nacht bereits angebrochen war. Zu meiner Erleichterung erkannte ich in dem unerwarteten Gast meinen neuen Nachbarn nebst seinem vierbeinigen Begleiter wieder. Erfreut erhob ich mich und ging zur Glastür hinüber, wo eine Pfote bereits ungeduldig an der Scheibe kratzte. Ich beeilte mich, ihnen aufzumachen.

»Na, ihr beiden?«, begrüßte ich sie. Der nasse Zottel stupste mich freudig wedelnd mit der Schnauze an.

»Hallo, Bella«, sagte Chris strahlend, als hätten wir uns eine Ewigkeit nicht mehr gesehen. Auch er hatte sich umgezogen, trug eine verwaschene, an den Knien abgewetzte Destroyed-Jeans und einen cremefarbenen Rollkragenpullover, der seinen Teint leuchten ließ. Die Kapuze seines offen stehenden Parkas hatte er zum Schutz vor dem andauernden Regen wieder weit in die Stirn gezogen.

»Ich dachte mir, dass du sicher noch keine Zeit zum Einkaufen hattest, daher wollte ich dich zu einer Pizza einladen.« Auf seiner Linken jonglierte er den flachen, quadratischen Karton wie ein Ober ein volles Tablett. In der Rechten hielt er eine Rotweinflasche. »Frisch vom Italiener«, versuchte er, mir das ohnehin schon reizvolle Angebot noch schmackhafter zu machen. Ich wusste nicht, was besser roch: sein herbes Aftershave oder die noch ofenwarme Pizza, die lockend ihr würziges Aroma verströmte.

»Willst du dich nach deinen Frechheiten von heute Nachmittag etwa lieb Kind bei mir machen?«, neckte ich ihn; das vertraute Gefühl war sofort wieder da.

Er setzte eine zerknautschte Miene auf. »Um ehrlich zu sein, ja.« Er blinzelte übertrieben.

Ich lächelte milde. »Den Hundeblick kann der Schnuffel hier besser«, sagte ich und streichelte Rex, der es mir mit einem freudigen Wedeln dankte. »Na, kommt schon rein in die gute Stube.«

Beide gehorchten. Der eine zog vor der Tür die Schuhe aus, trat ein und stellte Karton und Weinflasche auf dem Couchtisch ab, der andere ließ sich vor dem kalten Kamin nieder und schaute mich, den Kopf zwischen den Pfoten ruhend, vorwurfsvoll an.

Wir lachten. »Soll das eine Aufforderung sein?«, fragte ich in gespieltem Ernst. Neben dem Kamin lag ein Stapel mit Holz und Zeitungen. Ich zögerte.

»Soll ich mich darum kümmern?«, fragte Chris.

»Gerne. Dann hole ich schon mal die Teller und Gläser.« Der köstliche Duft der Pizza hatte sich im Raum verteilt und brachte meinen Magen zum Knurren.

»Gläser und ein Korkenzieher würden reichen«, antwortete Chris, der sich bereits am Kamin zu schaffen machte. »Außer es stört dich, aus dem Karton zu essen?«

»Ganz und gar nicht«, erwiderte ich und rauschte in die Küche. Noch so ein Punkt, bei dem Bernd und ich uns nie einig waren. Aber ich wollte nicht an Bernd denken und noch weniger irgendwelche Vergleiche anstellen.

Gläser und ein Korkenzieher, Gläser und ein Korkenzieher, wiederholte ich im Geiste, um mich auf meine Aufgabe zu konzentrieren. Mein Herz klopfte ungehörig wild. *Bingo, gefunden!* Ich schnappte mir zwei Weingläser, fand auch auf Anhieb den Korkenzieher und sauste zurück ins Wohnzimmer, wo im Kamin bereits hohe Flammen loderten und die Sitzecke in ein angenehmes Licht tauchten.

»Das ging aber schnell«, sagte ich erstaunt.

»Kann es dir gerne beibringen. Wenn man den Dreh erst einmal raushat, geht es ratzfatz.« Chris winkte mich heran. »Schau: Du nimmst ein bisschen Zeitungspapier, reißt es in Fetzen, dann legst du ein paar Kartonstreifen darüber. So. Anschließend nimmst du das Kleinholz und baust mit zwei von den großen Scheiten eine Art Zelt.«

»Das ist alles?«

»Ja. Dann brauchst du es nur noch anzuzünden. Ach, und zuvor solltest du noch die Luftzufuhr öffnen, schau hier …« Er schob den Eisenriegel am unteren Rand des geschlossenen Kamins zurück. »Zu guter Letzt«, fügte er hinzu, blickte zu dem Eisengestell mit dem Kaminbesteck hinüber und hielt verdutzt inne. »Nanu? Wo ist denn der Schürhaken geblieben?«

Er schaute sich nach allen Seiten um. Ich tat es ihm nach und suchte das Wohnzimmer nach dem fehlenden Werkzeug ab. »Egal«, winkte Chris schließlich ab und nahm die Zange. »Die tut's auch.« Demonstrativ schob er das funkensprühende Holz zusammen, schloss die Tür wieder, stellte die Zange zurück und klatschte in die Hände. »Und fertig!«

Ich war beeindruckt. »Hab ich mir immer sehr viel komplizierter vorgestellt. Wir hatten nie einen Kamin …«

Chris erhob sich und auf einmal standen wir uns ganz nah gegenüber. Sein warmer Blick brachte mich durcheinander. Warum schaute er mich nur immer so eindringlich an? Oder war es nur mein Wunschdenken, das seine Blicke falsch interpretierte?

Eigentlich kannte ich mich mit Männern nicht besonders gut aus, denn Bernd und ich waren seit dem Studium zusammen, und auch davor hatte ich nur kurze Flirts gehabt. Und ja, ich hatte schon den einen oder anderen anzüglichen Blick auf mir haften gespürt, es aber immer geflissentlich ignoriert.

Chris hingegen wirkte auf mich wie ein Wolf auf Beutesuche, einer, der allein mit seinem Blick sein Opfer lähmte. Nicht so aufdringlich wie manch anderer, aber so subtil und unterschwellig, dass es einen viel stärkeren Effekt zu haben schien.

So muss sich Hypnose anfühlen, dachte ich. *Du spinnst*, wiegelte ich den Gedanken eilig ab. *Deine Fantasie geht mit dir durch.*

»Hunger?«, riss Chris mich wieder in die Realität zurück.

»Jetzt schon«, gestand ich.

»Vorher nicht?«, fragte er erstaunt und setzte sich aufs Sofa. »Ich darf doch?«

»Nö, das darfst du nicht«, antwortete ich und nahm ihm gegenüber Platz. »Danke für die Lieferung. Geh jetzt und lass mich mit der Pizza, dem Wein und dem Zottel alleine.«

Er grinste. »Was ich ganz besonders an dir mag, Bella, ist dein Humor.«

Ganz besonders?, fragte ich mich und spürte Hitze auf meinem Gesicht. Was mochte er denn noch?

»Das Kompliment kann ich nur zurückgeben«, antwortete ich frech und lächelte schief.

Wieder traf mich sein warmer Blick wie eine Pfeilspitze direkt ins Herz. Wow, was war denn das?

»Und um deine Frage zu beantworten: Nein, ich habe den Hunger nicht gespürt, ich war viel zu sehr mit Ada beschäftigt.« Um meine Verwirrtheit zu überspielen, griff ich nach der Flasche und dem Korkenzieher und machte mich daran, sie zu öffnen. Der laute Plopp entlockte Chris ein genießerisches Augenbrauenzucken. Er lehnte sich auf dem Sofa zurück, kreuzte die Beine, musterte mich.

»Ada und ich haben oft bei einem Gläschen zusammengesessen«, sagte er wie nebenbei.

Meine Neugier war geweckt. »Echt? Also kanntet ihr euch ganz gut?«, fragte ich aufgeregt. »Dann musst du mir alles über sie erzählen.«

»Ja, gerne. Allerdings kann ich mir die Erinnerungen nicht einfach so aus dem Ärmel schütteln«, erwiderte er und lachte verhalten. Nachdenklich schaute er vor sich hin, um mir gleich darauf wieder direkt in die Augen zu blicken. »Zum Beispiel haben wir uns auch ab und zu mal zu einem Pizza-Abend getroffen.«

»Ach ja? Ada hat Pizza gegessen?«, fragte ich, als wäre der Gedanke völlig abwegig.

Chris schien die Frage zu amüsieren. »Warum denn nicht?«

Ich lachte verlegen, schenkte ein. Ja, warum denn nicht? »Also, ich weiß nicht. Nach ihrem Haus zu urteilen, stelle ich mir vor, dass sie irgendwie sehr vornehm und erhaben war. Fast wie eine Art Halbgöttin.«

Grinsend nahm Chris das halb volle Glas entgegen. »Das war sie ja auch. Aber das eine schließt das andere nicht aus, oder? Auch Halbgöttinnen können schlemmen.«

Wir schauten uns an. Das Feuer knisterte anheimelnd, warf tanzende Schatten auf sein ebenmäßiges Gesicht, das dadurch noch anziehender wirkte.

»Ja, schlemmen schon. Ich stelle sie mir beim Essen von Langusten, Kaviar und Austern vor«, sagte ich. »Versteh mich bitte nicht falsch: Ich liebe Pizza, wirklich! Aber du wirst mir sicher nicht widersprechen wollen, wenn ich behaupte, dass es ein eher einfaches Gericht ist, oder?«

Wir prosteten uns zu und einen kurzen Augenblick bildete ich mir ein, dass unsere Gläser kleine Funken sprühten, als sie gegeneinanderklirrten. Wir tranken. Chris schmatzte genießerisch und nickte zufrieden. »Gutes Tröpfchen.«

»Ja, wunderbar«, stimmte ich ihm zu.

»Bella«, sagte er plötzlich ernst, stellte sein Glas ab, rutschte leicht nach vorne und beugte sich, die Ellenbogen auf die Knie gestützt, zu mir. Seine Augen wurden zu Schlitzen.

»Ja?«, fragte ich verwundert. Es wurde immer wärmer im Raum.

»Du behauptest also allen Ernstes, dass diese Pizza hier *einfach* ist?«

Ich musste grinsen. Eines stand fest: Am Ende meines Aufenthalts hier würden meine Wangen gut durchtrainiert sein. Sicher würde ich bei einer Weltmeisterschaft im Dauerlächeln teilnehmen können.

»Ja, das tue ich in der Tat. Es ist ein Jedermanns-Gericht. Günstig, schnell zubereitet und meistens köstlich.«

Resigniert schüttelte er den Kopf und öffnete den Deckel des Kartons, was dazu führte, dass es noch stärker duftete. Mir lief das Wasser im Mund zusammen. »Hier, bedien dich«, forderte er mich auf.

»Das lass ich mir nicht zweimal sagen«, antwortete ich und griff zu. Auch er nahm sich ein Stück der mit Champignons, Zwiebeln und Schinken belegten Pizza.

Gerade wollte ich hineinbeißen, da legte er mir seine Hand auf den Arm, um mich davon abzuhalten. »Schließ die Augen.«

»Aber –«

»Tu es einfach.«

Ich gehorchte. »Okay, und jetzt?«

»So, wie du Pizza isst, so lebst du. Präge dir das gut ein.«

Ich schürzte die Lippen. »Okay …«

»Riech daran«, forderte er mich auf.

»Das mache ich schon seit zehn Minuten, und du kannst mir glauben, dass ich es kaum noch aushalte.«

»Wunderbar«, sagte er. »Dann zögere es hinaus.«

»Wie bitte?«

Ich hörte ihn leise lachen. »Du hast mich schon richtig verstanden. Schnuppere daran. Versuch, die einzelnen Aromen zu erkennen.«

Wieder tat ich, wie mir geheißen. Ich roch Tomatensoße und Basilikum, zerlaufenen Käse und süßliche Zwiebeln.

»Riecht wundervoll«, sagte ich.

»Jetzt berühre mit deiner Zunge die Pizzaspitze.«

Unvermittelt öffnete ich die Augen. »Du willst mir hoffentlich nicht weismachen, dass Ada so ihre Pizza gegessen hat?«

»Pscht. Schließ die Augen und tu, was ich sage.«

Ich gehorchte. Meine Zunge berührte das Pizzastück, schmeckte das Mehl, das noch, teilweise leicht verbrannt, an der unteren Seite haftete, sowie einen Hauch Tomatensoße.

Schmerzhaft zog sich das Wasser noch heftiger in meinem Mund zusammen. Es hatte etwas unverschämt Sinnliches. Hier saß ich mit geschlossenen Augen in Gegenwart eines beinahe Wildfremden am Kaminfeuer in meinem frisch geerbten Haus, dessen ehemalige Besitzerin ich nicht einmal gekannt hatte, und leckte an einer Pizza.

»Jetzt!«, flüsterte er rau, und eine Gänsehaut packte mich von Kopf bis Fuß. »Beiß vorsichtig ein kleines Stück ab … Nein, zu viel … Ja, so …«

Vor Hochgenuss stieß ich die Luft durch die Nase aus. Ein wohliges Kribbeln durchfuhr mich bis in die Zehenspitzen. In meinem Mund explodierte die »einfache« Pizza zu einer Symphonie verschiedenster Geschmacksnoten, erfüllte meinen Gaumen mit intensiven Aromen. Während ich kaute, schienen sich mit jeder Bewegung meines Kiefers neue Nuancen abzusetzen, sich mit den anderen zu vermengen und in meinem Mund zu tanzen.

Erstaunt öffnete ich die Augen, schaute auf das Stück in meiner Hand. Lag es an meinem Hunger oder waren die schwäbischen Pizzabäcker in ein Zutatengeheimnis eingeweiht, das die hessischen nicht kannten?

Chris grinste breit. »Und?«

»Wahnsinn! Was ist das für eine Pizza? Eine königliche Spezialmischung oder so etwas Ähnliches?«

Er lachte auf. »Nein, eine ganz normale, italienische.«

»Wie hast du das gemacht?«

»Es ist wie bei allem im Leben. Essen, arbeiten, spazieren gehen, einkaufen, lieben … Wenn man es mit Genuss und Sinnlichkeit tut, ändert das alles. Jetzt darfst du leidenschaftlich über sie herfallen.«

Abermals biss ich in meine Pizza und diesmal siegte der Heißhunger, der sich in mir angestaut hatte. »Ich werde es mir merken«, antwortete ich mampfend.

Auch Chris nahm genießerisch langsam einen ersten Bissen von seinem Pizzastück. Vehement ignorierte ich den Schauer, der mir über den Rücken lief.

»Du kanntest Ada also ganz gut?«, griff ich das eigentliche Thema wieder auf.

»Na ja, wir haben des Öfteren bei einem Glas Wein zusammengesessen – oder Pizzen vertilgt«, sagte er zwinkernd. »Wir tauschten uns gerne über Sagen aus.«

Wieder staunte ich. »Hat sie sich dafür interessiert?«

»Ja. Schau mal hinter dich ins Bücherregal. Ich glaube, sie besaß alle Bücher, die es über Sagen gibt. Das meine natürlich ausgeschlossen, da es ja noch nicht erschienen ist.« In der Tat waren die Regalbretter bis zum letzten Platz besetzt. »Darüber hatten wir uns übrigens auch kennengelernt.«

»Ach ja?«

Er nickte gedankenversunken, ein trauriges Lächeln umspielte seine Lippen. »Eines Tages hat sie ein kleines Grillfest für die Nachbarn veranstaltet, zu dem auch ich eingeladen war.«

»Wie lange ist das her?«

»Ein paar Jahre«, antwortete er und nippte an seinem Wein. »Natürlich bin ich mit Rex gekommen, und in einem unbeobachteten Moment ist er ins Haus geschlüpft; sicher vom Duft der leckeren Würstchen angezogen, die Ada in der Küche zum Grillen bereitgelegt hatte.«

»Höchstwahrscheinlich«, gab ich ihm recht und beide warfen wir einen vorwurfsvollen Blick auf den Schuldigen. Sich keines Vergehens bewusst, hob er nur gelangweilt den Kopf und wandte sich gähnend ab. Wir grinsten uns an.

»Und?«

»Er hatte es sich vor dem Kamin gemütlich gemacht, wie jetzt.«

»Oje, mitten im Sommer?«

»Hm. Und da habe ich die Regale mit all den wunderbaren Sagen und Legenden entdeckt. Schwäbische Sagen, hes-

sische Sagen, alemannische Sagen, Sagen aus dem Böhmer-
wald, Sagen der Brüder Grimm, das Nibelungenlied und
die Edda, griechische Götterdichtungen und antike Hel-
denepen … Ich könnte noch stundenlang aufzählen. Sie hat
auch alle Ausgaben der Märchen der Welt.«

»Wow«, stieß ich hervor.

»Ja, und so kamen wir dann ins Gespräch. Sie hat mir
erlaubt, ihre Bücher zu lesen, und im Gegenzug erzählte ich
ihr meine abgewandelten Versionen. Dann diskutierten wir
darüber. Es war ungemein inspirierend …« Er wirkte betrübt.

»Das glaube ich dir gerne.«

Wie er so dasaß, wirkte er plötzlich verlassen und traurig, aber auch wunderschön. Am liebsten hätte ich meinen
Fotoapparat gezückt, um diesen Moment der Echtheit einzufangen. »Du musst sie sehr vermissen.«

»Ja«, gab er prompt zu. »Sehr. Aber das ist eben der Lauf
des Lebens, es ist, wie es ist. Die Jungen leben, ohne zu
wissen, wie man wirklich genießt, die Alten wissen um die
Kürze des Daseins, aber keiner will ihnen zuhören.«

»Und wo würdest du dich da ansiedeln?«

Sein Lächeln war zurückgekehrt. »Irgendwo dazwischen, ich bin sozusagen die altbekannte Ausnahme, die
die Regel bestätigt.«

»Und ich eine Junge, die nicht zu leben weiß?«, schlussfolgerte ich.

Er nickte. »Aber lernfähig«, fügte er mit Schalk in den
Augen hinzu, und es war sonderbar, wie sehr ich mich über
diese Bemerkung freute.

Er hatte recht. Ich wollte leben, fühlen, tanzen … lieben … Verwirrt hob ich das Glas zum Mund, blinzelte
den Gedanken fort und trank. In seiner Gegenwart fühlte
ich meine Weiblichkeit erwachen, als hätte sie jahrelang in

einem Märchenschloss hinter hohen Mauern und meter-hohen Rosenranken eingesperrt geschlummert.

»Und du?«, wechselte er das Thema. Es war mir schier unmöglich zu erraten, was er empfand. »Konntest du schon etwas über deine Gönnerin herausfinden?«

Ich schüttelte den Kopf. »Nein, leider nicht«, antwortete ich. »Außer ...«

»Hm?«

»Außer dass sie nicht ganz so aufgeräumt war, wie es nach außen hin scheinen mochte.«

»Was meinst du mit ›aufgeräumt‹? Ordentlich?«

»Auch. Stell dir nur vor, gleich die erste Schublade, die ich zu öffnen gewagt habe, war voll mit wüstem Krimskrams.«

Chris lachte. »Die berühmt-berüchtigte Unordnung des Künstlers«, verteidigte er Ada.

»Meinst du?«

»Klar. Das brauchen wir. Du etwa nicht?«

»Also, ich ...«, druckste ich herum. In Anbetracht der Tatsache, dass ich mich nicht wie eine Künstlerin fühlte und obendrein mit einem Pedanten zusammenlebte, fühlte ich mich nicht wirklich davon betroffen. Bei uns gab es einfach keinen Platz für Unordnung. »Keine Ahnung«, wich ich aus. »Ich glaube nicht ...«

»Dann liegt es sicher daran, dass du dich als Künstlerin noch nicht wirklich entfalten konntest.«

Konnte er Gedanken lesen?

»Meinst du?«

»Ich persönlich brauche eine gewisse Unordnung, um etwas erschaffen zu können.«

»Aber dein Haus wirkt eigentlich sehr adrett und gepflegt.« Ich nahm mir ein zweites Stück Pizza.

»Dann hast du meinen Schreibtisch nicht aufmerksam genug betrachtet.«

»Doch, das habe ich.« Ich lächelte, begann zu verstehen. »Du meinst also, ein echter Künstler muss auf irgendeine Weise sein Bedürfnis nach Unordnung ausleben, um kreativ sein zu können, ja?« Ich nahm mir sofort vor, es mal auszuprobieren.

»Sag ich doch: absolut lernfähig.«

Wieder grinsten wir uns an, prosteten uns zu und tranken.

Eine nicht unangenehme Pause entstand, in der wir beide ins Kaminfeuer starrten. Jeder von uns hing seinen eigenen Gedanken nach. Allmählich spürte ich, wie mir der Wein zu Kopf stieg, eine gewisse Leichtigkeit durchströmte meine Glieder. Meine Anspannung löste sich.

Ich ertappte mich dabei, mein Gegenüber mit einem verstohlenen Seitenblick eingehender zu mustern. Er sah fantastisch aus. Hätte mich jemand in diesem Moment gebeten, meinen Traummann zu beschreiben, dann hätte ich nicht umhin gekonnt, Chris als Vorbild zu nehmen.

Ich erschrak. Nicht Bernd? Bernd, der mir – blond und schlaksig, wie er war – zwar auch gefiel, aber nicht unbedingt meinem Ideal entsprach, war das genaue Gegenteil von Chris, der um so vieles sinnlicher, aber auch mystischer auf mich wirkte. Was mir aber am meisten an ihm gefiel, war seine lockere Art, seine Ungezwungenheit, sein Humor, seine Weltanschauung … Seine Augen, sein Blick, sein Lachen, seine Stimme …

Oje!, keuchte ich innerlich. Die Liste schien schier endlos. Plötzlich ertappte ich mich dabei, mich zu fragen, wie es wäre, von ihm in den Armen gehalten und liebkost zu werden. Kostete er Frauen wie Pizzen? Erforschte er mit

Bedacht und Zärtlichkeit jeden Zentimeter ihrer Haut? Mir wurde abermals warm. Diesmal durchströmte ein hitziger Schauer meinen ganzen Körper.

Puh! Es sah ganz danach aus, als hätte ich mich verknallt. *Wie ist das möglich?*, erschrak mein Herz.

Ach was, wiegelte mein Verstand ab. *Das ist Unfug. So schnell verliebt man sich nicht; das kommt nur vom Wein ...*

»Und die Liebe?«, platzte ich unvermittelt heraus. Hatte ich das wirklich gesagt?

»Wie bitte?« Teils belustigt, teils irritiert schaute Chris mich an. »Was meinst du?«

Jetzt spürte ich, wie mir die brennende Röte ins Gesicht schoss und in rasender Geschwindigkeit bis zum Haaransatz stieg. »Ich ... ich meinte Ada. Hatte sie einen ... Liebhaber oder Freund?«, rettete ich mich aus der Klemme.

»Ach so«, sagte Chris, und es klang irgendwie erleichtert. Oder war das wieder nur Einbildung? »Sie war wirklich sehr diskret, was ihr Privatleben anbelangte«, fügte er hinzu. »Sie hatte viele Freunde und Bekannte, die bei ihr ein und aus gingen. Mal organisierte sie ein kleines Fest, mal eine Vernissage, mal eine Teestunde. Ihre Tür stand immer offen. Und unter den Besuchern waren mitunter auch schmucke Herren, ja. Aber inwieweit sie sich mit dem einen oder anderen auf ein engeres Verhältnis eingelassen hatte, kann ich dir leider nicht sagen.«

»Also niemand Festes?«, hakte ich nach.

Er schien nachzudenken, schüttelte schließlich den Kopf. »Nein, nicht dass ich wüsste.«

»Heute habe ich übrigens einen älteren Herrn gesehen, der von der Seepromenade aus lange und intensiv zum Haus hinübergeschaut hat. Irgendwie richtig unheimlich ...«

»Das will nichts heißen. In Lindau war Ada eine Berühmtheit«, antwortete Chris. »Wie gesagt: Sie hatte viele Anhänger.«

Ich schüttelte den Kopf. »Es schien mehr als nur ein Bewunderer ihrer Kunst zu sein. Er hat lange Minuten zu ihrem Zimmerfenster geblickt, schien unendlich traurig dabei und irgendwie auch ...« Ich suchte nach dem richtigen Wort. »Wütend.«

Chris zuckte die Achseln. »Vielleicht ein verlassener Liebhaber, der ihr nach all den Jahren noch nachträgt, dass sie damals ausgerissen ist?«

»Ausgerissen?«, fragte ich erstaunt.

»Ja. Du weißt ja wirklich gar nichts über Ada«, sagte er verblüfft. »Wie kommt das?«

»Sag ich doch die ganze Zeit: Für mich ist Ada eine wildfremde Frau, von der ich noch nie in meinem Leben etwas gehört habe. Vielleicht könntest du ja so nett sein, meine Wissenslücken zu füllen.«

Er seufzte. »Du lässt wohl nie locker?«

Ich grinste verlegen. »Ich würde so gerne mehr über die Dame erfahren, die mir so ein schönes Haus vermacht hat«, gestand ich ohne Umschweife.

Chris lächelte gewinnend. »Und wenn ich dich richtig verstanden habe, dann soll ich dir jetzt ein bisschen was vom alten ›Leddag'schwätz‹ erzählen, ja?«

Abrupt richtete ich mich kerzengerade auf. »Echt?! Das würdest du tun?«, hauchte ich und mein Herz tat einen Sprung. »Vielleicht würde mich das ja ein wenig weiterbringen.«

»Also gut, Bella«, sagte er mit belegter Stimme und schaute mich so eindringlich an, dass mir die Luft wegblieb. »Aber nur, weil du es bist. Denn es gibt kaum etwas,

was ich so sehr hasse wie Klatsch und Tratsch. Umso mehr, wenn es darum geht, die ›Schmutzwäsche‹ einer verstorbenen Freundin hervorzukramen.«

Schuldbewusst nickte ich. Aber meine innere Anspannung drückte etwas anderes aus. Mein ganzes Wesen schien nach einem Zipfelchen von diesem oder jenem Gerücht zu lechzen, wie eine heißhungrige Hyäne nach einem Happen frischen Fleisches. *Egal*, rechtfertigte ich mich vor mir selbst, *wie soll ich denn sonst an Informationen gelangen?* Erwartungsvoll schaute ich ihn an.

»Es heißt, Ada sei als junges Mädchen nach Paris gegangen und ihre Eltern sollen davon wenig begeistert gewesen sein, wie du dir sicher denken kannst«, begann Chris. »Besonders mit ihrem Vater soll sie im Argen gelegen haben.«

»Paris?«, fragte ich erstaunt. »Wie konnte eine junge Frau in dieser Epoche einfach so nach Paris gehen, ohne dass ihre Eltern es befürworteten? Ich meine, wie ist sie finanziell über die Runden gekommen?«

»Sie wollte unbedingt zum Film und die ›Studios de Boulogne‹ sollen ihr ein Angebot gemacht haben.«

»Die ›Studios de Boulogne‹?«, wiederholte ich nachdenklich. »Wurden da nicht auch amerikanische Filme gedreht?«

»Ganz genau. Soviel ich weiß, wurden die Studios 1948 auf 12.000 Quadratmeter und acht Drehflächen vergrößert.«

»Für jemanden, der behauptet, nichts über Ada zu wissen, bist du aber recht gut informiert«, warf ich ein.

Er zeigte auf die Fotos an der Wand und grinste. »Ich war neugierig und habe nachgeschlagen.«

»Dann war sie eine Berühmtheit?« Ich konnte es kaum fassen.

Er nickte. »Als sie nach dem Tod ihrer Eltern in die Heimat zurückgekehrt ist, war sie in Frankreich anscheinend schon recht bekannt. Sie hat in mehreren erfolgreichen Filmen gespielt, und als ein bekannter Regisseur ihr eine Hauptrolle in seinem Blockbuster angeboten hat, soll sie sogar kurz vor dem großen Durchbruch gestanden haben.«

Mir verschlug es die Sprache. Ungläubig starrte ich ihn an. »Und was ... was ist passiert?«

»Das weiß ich leider auch nicht. Irgendwann hat sie einfach alles hingeschmissen, um sich – wie es hieß – ihrer eigentlichen Leidenschaft, der Malerei, widmen zu können. Mehr ist mir nicht bekannt.« Er zuckte mit den Achseln.

Mein Gehirn arbeitete auf Hochtouren. Mit einem Schlag hatte ich das Gefühl, sehr viel schlauer als zuvor zu sein – und doch auch wieder nicht. »Soso ... Ein aufsteigender Stern, der Hals über Kopf alles hinter sich lässt, um sich in seiner Heimat zu verkriechen ... Das riecht nach einer enttäuschten Liebe, findest du nicht?«

Diesmal war es Chris, der nachdenklich die Lippen schürzte. »Ja, das ist durchaus möglich. Aber wie gesagt, sie hat nie das Geringste davon durchblicken lassen.«

Plötzlich durchzuckte mich ein Gedanke. »Weißt du, ob Ada einen Bekannten hatte, dessen Vorname mit M anfängt?«

»M?«, wiederholte Chris und verzog die Mundwinkel. Er überlegte. »Nein, dazu fällt mir nichts ein. Na ja, ich weiß im Grunde auch nur sehr wenig über sie.«

Wir schauten uns lange an. Wieder verspürte ich dieses Kribbeln, das mich verwirrte, und versuchte, einen klaren Gedanken zu fassen. Der Aufenthalt in diesem Haus wurde immer aufregender. Nicht nur, dass ich die Zeit, die ich mit Chris verbrachte, so genoss wie selten etwas zuvor. Noch dazu schien meine Gönnerin, die ich für eine unscheinbare, einsame und eigenbrötlerische alte Dame gehalten hatte, ein so reiches Leben gehabt zu haben, dass mir zwei Wochen arg kurz vorkamen, um all ihre Geheimnisse zu ergründen.

»Und du?«, fragte Chris plötzlich genauso direkt wie ich kurz zuvor.

»Was ist mit mir?«, stellte ich mich dumm, um Zeit zu gewinnen.

»Na, wie sieht es in deinem Leben mit der Liebe aus? Auf mich wirkst du ebenfalls wie jemand, der Hals über Kopf geflüchtet ist.«

Verdammt, war es so offensichtlich? Stand es mir ins Gesicht geschrieben? Wieder glühten meine Wangen. »Nein, nein …« Ich lachte gekünstelt. »Nicht wirklich geflohen.« Mein Gott, was sollte das denn heißen? *Nicht wirklich geflohen?* »Sagen wir mal, mir ist die Angelegenheit ganz gelegen gekommen, um eine Auszeit zu nehmen.«

»Eine Beziehungspause?«

Meine Haltung versteifte sich. »Ja, genau.« *Warum leugnen?* »Ich brauche etwas Abstand, um mir über meine Gefühle klar zu werden.«

Chris verzog skeptisch den Mund.

»Was?«, fragte ich und schenkte uns Wein nach.

»Nichts, nichts … Es geht mich ja nichts an, und ich kenne dich auch zu wenig, um mir ein Urteil zu erlauben.«

»Immerhin gut genug, um mich auf den Arm zu nehmen«, konterte ich und trank einen kräftigen Schluck.

Chris grinste, tat es mir nach. »Los, sag schon.«

»Nun, ich denke, dass allein das Bedürfnis, sich über Gefühle klar werden zu wollen, schon ein Anhaltspunkt für die Lösung des Problems ist.«

»Du meinst, wenn man zweifelt, ist es schon vorbei? Haben Künstler nicht immer Zweifel?«

Er schmunzelte über meinen lächerlichen Versuch, mich herauszureden. »Natürlich haben wir die. Wir fragen uns, ob wir von dem, was wir tun, leben können, fragen uns, ob wir uns nicht lieber eine ›richtige‹ Arbeit suchen sollten, um finanziell abgesichert zu sein, und wir fragen uns, ob unsere Werke dem Publikum gefallen werden«, gab er zu. »Aber wir zweifeln nicht an unserer Leidenschaft.«

Seine Offenheit erschütterte mich.

Und wenn er recht hatte? Wenn ich Bernd einfach nicht mehr liebte und es mir nur nicht eingestehen wollte? Aber warum? Hatte ich Angst vorm Alleinsein? Hatte ich Angst, ohne ihn vorwärtsblicken zu müssen?

Ich nickte. »Ja, das leuchtet mir ein«, antwortete ich matt und seufzte. »Und du?«

Es war, als hätte er mit der Frage gerechnet, ein schiefes Grinsen stahl sich auf sein Gesicht. »Ich bin ein freies Elektron, das sein Gegenstück noch nicht gefunden hat«, wich er aus.

»Noch nie?«, entfuhr es mir. »Ich meine, hast du noch nie geliebt?«

»Doch, natürlich«, sagte er ehrlich und seine Augen schienen mich zu durchdringen. »Aber entweder ist es nur Schein, oder es darf nicht sein.«

»Wie das?«

»Ich habe die lästige Angewohnheit, mich immer in die falschen Frauen zu verlieben. Außerdem bin ich ein Freigeist, der jede Art von Zwang und Einengung hasst. Ich glaube nicht an ewige Treue und solchen Hokuspokus.«

Ich nickte nachdenklich, hätte jetzt eigentlich enttäuscht sein müssen. Das Gegenteil war der Fall: Es machte ihn für mich nur noch anziehender, wie ein Glühwürmchen, das man gerne für eine Sekunde einfangen wollte, wohl wissend, dass es unmöglich war. Meine Augen mussten ihn angefunkelt haben, denn die seinen blitzten so heftig zurück, dass es mir den Atem raubte.

Plötzlich schlug Chris sich auf die Schenkel und stand auf. Rex spitzte die Ohren, schien aber nicht bereit, auch nur den Kopf zu heben, geschweige denn aufzubrechen.

»Dann will ich dich mal wieder alleine lassen«, sagte er sanft und sein Blick verursachte ein heftiges Ziehen in meinem Bauch. »Du bist sicher groggy, oder?«

Nein, nein, nein!, wollte ich protestieren. *Bleib!* Aber wieder einmal trug mein Verstand, der eher erleichtert darüber war, dass Chris die Notbremse gezogen hatte, den Sieg davon.

»Ja«, gab ich zu. »Noch dazu macht mich der Wein ganz schläfrig.« Ich stand ebenfalls auf, und wie zur Bestätigung meiner Worte schwankte ich leicht. Chris war mit einem Schritt bei mir, hielt mich mit beiden Händen an den Armen fest. Himmel, diese Nähe!

»Geht's wieder?«, fragte er und seine Augen schauten mich forschend an.

»Ja, alles gut«, winkte ich ab. »Ich bin so viel Alkohol nicht gewohnt.«

Er gluckste. »Du hast zwei Gläser getrunken, Bella«, raunte er.

Himmel, wie er meinen Namen ausspricht, stöhnte ich innerlich. *Und diese Stimme …*

Wusste er, was für einen elektrisierenden Effekt er auf mich hatte? Fragend bohrten sich meine Augen in die seinen.

»Eben«, lallte ich und musste kichern. Seine Berührung gab mir den Rest. Sein Aftershave, die Wärme seiner Hände, dieser sanfte Blick. Hätte er mich in diesem Augenblick geküsst, ich hätte mich ihm ohne Widerstand hingegeben. Einfach so ... Ich wünschte es mir sogar.

»Wenn du möchtest, kann ich morgen wiederkommen und dir bei deinen Nachforschungen helfen«, schlug er vor.

»Oh, das ist lieb«, antwortete ich, während ich ihn zur Terrasse begleitete. Allmählich hatte auch Rex eingesehen, dass sein Herrchen keine Gnade walten lassen würde, und folgte ihm nach draußen. »Aber hält dich das nicht vom Schreiben ab?«

»Ganz im Gegenteil, Bella, es inspiriert mich ungemein«, erwiderte er. »Und noch dazu fühle ich mich in deiner Gesellschaft pudelwohl.«

Mein Herz hüpfte. *So geht es mir auch*, wollte ich sagen. Es blieb mir im Halse stecken. Für solche Geständnisse hatte ich anscheinend noch nicht genug Wein intus. Wie schaffte er es nur, Dinge so hemmungslos auszusprechen?

Er steckt vielleicht nicht bis über beide Ohren in einer Beziehung, erinnerte mich die miesepetrige Stimme meines Verstandes.

Du Spielverderber!

Du Untreue!

Was denn? Ich habe doch nichts gemacht ...

Noch nicht ...

»Prima, dann freue ich mich«, sagte ich um Gelassenheit bemüht.

»Schön, ich mich auch. Bis morgen, Bella.«

»Bis morgen, Chris. Und danke für die Pizza und den Wein.«

»Aber nicht doch ...«

Unsere Blicke verfingen sich erneut ineinander, schienen sich nicht mehr loslassen zu wollen. Es war, als würden sie unabhängig von unserem eisernen Willen, dem einen Riegel vorzuschieben, handeln.

Ich hielt den Atem an. Mein Puls raste. Zögerte er? Bereute er es, bereits im Aufbruch zu sein? Plötzlich beugte Chris sich zu mir vor, drückte mir, wie zur Antwort auf meine stummen Fragen, einen freundschaftlichen Kuss auf die Wange und verschwand, von Rex gefolgt, ohne ein weiteres Wort in der Dunkelheit.

Wehmütig und auch ein bisschen erleichtert schaute ich ihm im Dunkeln hinterher, bis seine Konturen mit der Nacht verschmolzen. Ich sog tief die Luft ein, füllte meine Lungen mit der prickelnden Kälte, als könnte sie mir wieder Vernunft eintreiben. Ich ließ den Tag Revue passieren, dachte an die vielen neuen Eindrücke zurück. Und an den Abend, an die Magie, die ich ganz deutlich zwischen uns wahrgenommen hatte. Ich dachte an das, was ich über Ada erfahren hatte. Ada, die Ausreißerin. Ada, die Schauspielerin. Ada, die Geheimnisvolle ...

Kapitel 7 –
Zwischenspiel Ada

Lindau, Bodensee – 1946

Langsam war die Natur aus dem Schneewittchenschlaf erwacht und rund um den See das winterliche Grau in ein farbenprächtiges Schauspiel übergegangen. Durch die weit geöffnete Fenstertür drangen erste Sonnenstrahlen in den Raum und das schmiedeeiserne Balkongeländer warf ein anmutiges Schattenspiel aus Schnörkeln auf den Fußboden. Adas Blick schweifte über den See hinweg zu den schneebedeckten Alpen, schwenkte schließlich zur Lindauer Insel hinüber, wo die Vorbereitungen für das diesjährige Frühlingsfest in vollem Gange waren. Sogar aus der Ferne konnte Ada die Lampions im Wind schaukeln und die Girlanden flattern sehen, als wollten sie bevorstehende Wunder verkünden. *Komm, Ada, komm*, schienen sie zu rufen. Eine Gänsehaut überlief sie wie eine Vorahnung auf etwas, das zu nahen schien, aber noch nicht wirklich definierbar war.

Aufgeregt wandte Ada sich vom Fenster ab, ging zu ihrem Frisiertischchen hinüber und betrachtete sich noch einmal intensiv im Spiegel.

»Bist du sicher, dass du nicht mitkommen möchtest?«, fragte sie Erna, die hinter ihr stand, und schaute sie herausfordernd im Spiegel an. Die junge Haushälterin ihrer Eltern, die ihr zur lieben Freundin geworden war, arbeitete bereits seit ein paar Jahren bei ihnen. Adas Mutter hatte sie auf die Empfehlung von Bekannten hin eingestellt und war mit dem fleißigen, bescheidenen Mädchen zufrieden gewesen. Allerdings versuchte sie den Hang ihrer Tochter zu »unpassenden Vertraulichkeiten mit dem Personal« mit allen Mitteln zu unterbinden, was bislang jedoch gescheitert war. Denn zwischen den jungen Frauen war augenblicklich der Freundschaftsfunke übergesprungen, und es widerstrebte Ada sehr, die Gleichaltrige wie eine Untergebene zu behandeln.

Erna schüttelte den Kopf. »Wenn deine Mutter dahinterkäme, würde sie mich im hohen Bogen aus dem Haus werfen. Und dann?«

Störrisch zuckte Ada die Schultern. »Dann reißen wir eben beide aus«, antwortete sie. »Dann ziehen wir in die weite Welt.«

Erna unterdrückte ein Lächeln. »Ein schöner Gedanke«, hauchte sie. Ada konnte der Miene ihrer Freundin ansehen, dass sie in einen Tagtraum abgerückt war. »Wie schade, dass Träume nur Schäume sind.« Erna seufzte.

»So ein Schmarrn«, schimpfte Ada. »Du wirst schon sehen, auch für dich wird sich bald alles verändern.«

»Kaan Schmarrn«, antwortete Erna mit schlechter Aussprache. Nur wer von hier stammte, beherrschte den örtlichen Dialekt. »Die einzige Möglichkeit für unsereins, das Dienstbotendasein jemals hinter sich zu lassen, besteht in einer guten Heirat.« Sie verzog das Gesicht. »Und der alleinige Gedanke daran löst unangenehme Schauer in mir aus.« Sie schüttelte sich. »Hier geht es mir gut und ich fühle mich wirklich wohl. Ich habe dich. Und deine Eltern sind freundlich zu mir, es fehlt mir an nichts. Außerdem liebe ich dieses Haus. Warum sollte ich das alles aufs Spiel setzen wollen?«

»Ja, das Haus liebe ich auch«, sagte Ada wehmütig. »Auch wenn ich es mittlerweile mehr als goldenen Käfig empfinde. Wie ein Gefängnis ...«

»Das ist traurig«, entgegnete Erna betroffen, als wüsste Ada ihr Glück einfach nicht zu schätzen.

Es stimmt, dachte Ada. *Alles wurde mir in die Wiege gelegt. Viele träumen davon, so leben zu dürfen wie ich.*

War sie undankbar? War sie verrückt? War es falsch, nach mehr zu streben? Nach Liebe, nach Abenteuer, nach Freiheit, nach Ferne?

»Du wirst schon sehen«, sagte Ada bestimmt. »Bald ...«

»Woher nimmst du nur immer deine Überzeugung, Ada?«, fragte Erna skeptisch. »Dein Vater wird dich niemals gehen lassen.«

Mit einem Schnauben puderte sich Ada die Wangen, tippte sich mit dem Zeigefinger an die Nase. »Ich kann es geradezu riechen, meine Liebe«, antwortete sie und schaute ihre Freundin erneut im Frisierspiegel an. Erna war eine bezaubernde junge Frau, die ihre Vorzüge unter einer hochgeschlossenen Dienstbotentracht und einer Haube versteckte und wie ein scheues Vögelchen wirkte. Aber Ada ahnte, dass hinter der Schüchternheit ein Vulkan brodelte, der nach Leben schrie und nur darauf wartete, endlich zum Ausbruch zu kommen. Ein bisschen Schminke, ein hübsches Kleid und eine neue Frisur würden reichen, und jeder Mann würde Erna zu Füßen liegen. »Und ich kann es fühlen, hier.« Sie legte sich die Hand aufs Herz. »Glaubst du etwa, ich möchte ewig hier in diesem Haus versauern und darauf warten, dass sie mich einer ›guten Partie‹ unterjubeln? Auch du hast etwas Besseres verdient.«

Sie lächelten sich wissend an. Ada spürte, dass ihre Freundin nicht an ein Wunder glauben wollte. Dabei wartete Ada gar nicht auf ein Wunder, sondern vertraute auf die Kraft ihres Willen und ihren Stern. Aber nicht nur. Sie fühlte deutlich, dass sich ihr Leben nicht auf dieses Haus, auf diese Stadt oder auf dieses eintönige Dasein beschränken konnte. Sollte das etwa alles gewesen sein? Da war so viel mehr! Sie waren jung, gerade volljährig geworden und – zumindest was Ada betraf – zu allem Übermut bereit. Allerdings musste sie sich eingestehen, dass sich das Glück eine Menge Zeit ließ, dass jetzt endlich etwas passieren könnte.

Ausgelassen wandte sie sich vom Schminktisch ab und wirbelte mehrmals um die eigene Achse, sodass sich der Rock ihres wadenlangen Kleides wie ein Teller ausbreitete. Als sie zum Stehen kam, drehte sich alles um sie herum. Sie kicherte vergnügt, als Erna zu ihr eilte, um sie zu stützen.

»Du siehst hinreißend aus, Ada«, schwärmte sie. »Alle werden nur Augen für dich haben.«

Ada ergriff beide Hände ihrer Komplizin und wurde ernst. »Ich schwöre dir, Erna, bei allem, was mir heilig ist: Sollte ich diesen Ort jemals verlassen – und glaub mir, das werde ich –, dann nehme ich dich mit. Einverstanden?«

Ernas Augen leuchteten. Und das erste Mal, seit Ada die Freundin kannte, flackerte so etwas wie wahre Hoffnung darin auf. »Einverstanden«, flüsterte sie.

Vergnügt schnappte Ada sich ihre Tasche und lief zur Tür. »Das nächste Mal lasse ich keine Ausrede gelten und du kommst mit, ob es dir passt oder nicht.«

Sie lächelten sich ein letztes Mal zu, dann rauschte Ada aus dem Zimmer, schwebte die Treppe hinunter in den Salon, wo bereits Georg auf sie wartete. Georg, den ihr Vater vor Jahren in die Familie aufgenommen und ihm ein Studium ermöglicht hatte und den er bereits als seinen zukünftigen Schwiegersohn ansah. Doch hatte ihr alter Herr die Rechnung ohne seine Tochter gemacht. Bei dem bloßen Gedanken daran lief ihr ein eiskalter Schauer über den Rücken. Früher hatte sie den sonderbaren Jungen gemocht, aber mit der Zeit war er immer aufdringlicher geworden, schien des Vaters Wunsch wie ein Recht auf sie zu verstehen. Jetzt durfte sie ohne Georg gar nicht mehr das Haus verlassen, was ihr immer lästiger wurde.

Nervös wippte Georg auf den Schuhsohlen auf und ab, was nicht recht zu seiner schmucken Aufmachung passen wollte. Als er sie erblickte, klappte ihm die Kinnlade herunter und er schien wie aus einer Trance zu erwachen..
»Du … du siehst entzückend aus«, sagte er heiser und räusperte sich umständlich.

»Danke, Georg, du siehst auch recht fesch aus«, gab sie ihm höflich das Kompliment zurück.

»Danke«, presste er steif hervor.

Sie verließen das Haus. Um sie herum flirrte und schwirrte alles im jungfräulichen Zauber des Lenzes. In der Abenddämmerung wirkte die Uferpromenade noch romantischer als am Tage. Bläulich-rote Streifen vermischt mit orangenen Nuancen zogen sich am Horizont über den Alpen entlang. Der süße Duft von Kirschblüten und Jasmin lag in der Luft. Auch ein Hauch Flieder kitzelte Adas Nase. Sie sog die Aromen ein, als wäre deren Mischung ein Serum, das ihre Zukunft beeinflussen konnte.

Nacheinander stiegen Georg und sie in den Wagen, der sie bis zur Innenstadt bringen sollte. Erneut schweifte Adas Blick an den ausladenden Rhododendron- und Azaleenbüschen vorbei zum See, wo die untergehende Sonne eine Glitzerstraße auf der Wasseroberfläche ausgelegt hatte. Eine Entenfamilie ließ sich träge darauf treiben, als wären auch die gefiederten Bodenseebewohner unterwegs ins Neue, Ungewisse. Über ihnen schwebte eine Möwe im Tiefflug dahin. Und im Hintergrund lagen – gleich mächtigen Herrschern über all die Herrlichkeit – die gewaltigen Alpen, die Ada so vertraut waren, als gehörten sie zu ihrer Familie. Seit sie denken konnte, waren diese majestätischen Gebilde, die täglich ihr Antlitz änderten, ein fester Bestandteil ihres Seins. Mal funkelten sie mit ihren weißen Hauben wie kostbare Diamanten in der Sonne, als seien sie der Schatzkammer eines Riesen entsprungen, mal wirkten sie dunkel und bedrohlich, als wollten sie mit ihrer Düsternis die torhafte Menschheit mahnen. Und doch waren sie so beständig wie eine Verwünschung, so edel wie ein Feenzauber und so vollkommen wie die Schöpfung selbst.

Kleine Wölkchen zogen vor dem Gebirge dahin wie Schäfchen vor ihrem Hüter, als wollten sie das Wuchtige mit ihrer Weichheit verschönen. Hier und da bildeten sich Nebelschwaden, die den idyllischen Anblick mystisch einhüllten und ihm zur Vollkommenheit verhalfen.

Als sie die Brücke passiert hatten und anhielten, um das letzte Stück zur Altstadt zu Fuß zurückzulegen, trafen sie auf Bekannte und schlossen sich ihnen an. Fröhlich plaudernd liefen sie in Richtung des Stadtkerns. Über den engen Gassen hingen bunte Girlanden, die man von Hauswand zu Hauswand gespannt hatte. Die Fassaden der Geschäfte waren mit fantasievoll gestalteten Blumengehängen geschmückt; fleißige Lieschen, Begonien und Lobelien erfreuten das Auge des Betrachters. Es wimmelte von Menschen, die wie sie dem Vergnügen entgegeneilten. Frauen und Männer jeden Alters, die in ihre besten Kleider und Anzüge gehüllt waren, ebenso wie ganze Scharen Kinder und Jugendlicher.

Viele hatten die Lindauer Tracht angelegt, um wie üblich die althergebrachten Volkstänze aufzuführen. Die Herren trugen knielange Gehröcke und darunter hochgeschlossene gemusterte Westen, weiße Hemden mit gefälteltem Stehkragen und weiten Ärmeln mit Spitzenbesatz, und die Brust schmückte ein schmales Jabot. Schwarze Kniebundhosen mit Schnürbändeln, weiße Strümpfe, dunkle Halbschuhe mit Silberschnallen und ein mit Goldbordüren verzierter Dreispitz vervollständigten den würdevollen Anblick.

Die Damen waren in faltenreiche, knöchellange Röcke mit seidenen Schürzen gekleidet. Die Mieder hatten Dreiviertelärmel mit Spitzenbesatz und wurden an der Brust von einem reich bestickten Latz, der nach unten hin spitz zulief, geschmückt. Über den Schultern trugen sie ein in kunstvolle Falten gelegtes Spitzentuch, und natürlich durften auch die berühmten Lindauer Bockelhauben sowie die bis zum Ellbogen reichenden, gehäkelten weißen Handschuhe nicht fehlen.

Ada weidete ihre Augen an den hübschen Trachten. Sie liebte die Anspielung auf die Vergangenheit, liebte die Tradition, die seit Hunderten von Jahren verfolgt wurde.

Durch die Gassen flanierten auch zahlreiche französische Soldaten, die in ihren schmucken Uniformen umwerfend aussahen und deren ganz besondere Aura ein verlockendes Flair von Fremde mit sich brachte.

Beim Anblick all dieser Vorboten der Feierlichkeiten ging Adas Herzschlag schneller. Es war die Aufregung, die sie immer packte, sobald sie ein solches Fest besuchte. Die Aufregung über das, was kommen könnte, über alle Verheißungen, die sich zwischen den trutzigen Mauern der Stadt tummelten, die Aufregung des Unbekannten, das sie irgendwo inmitten dieser Herrlichkeiten zu erwarten schien.

Sie meinte zu spüren, dass diesmal wirklich etwas Bedeutendes geschehen würde. Oder hoffte sie es bloß so sehr, dass sie ihre Träume für die Realität hielt?

Je näher sie dem Markplatz kamen, umso festlicher war alles geschmückt und umso deutlicher hörten sie das Orchester, das traditionelle Volksweisen spielte. Und als sie den Festplatz endlich erreicht hatten, wurde Ada sofort von der ausgelassenen Stimmung mitgerissen. Um den Neptunbrunnen herum tanzten bereits etliche Paare. Buden mit Bänken und Tischen waren rund um den Platz aufgestellt worden.

Adas Wangen glühten, als sie sich ins Getümmel stürzten.

»Ich hol mir einen Homba Bier. Möchtest du auch etwas trinken?«, fragte Georg höflich.

»Ja, gerne. Eine Schorle, bitte.«

Ihr Begleiter nickte und ließ sie inmitten der Feiernden zurück, um das Gewünschte zu besorgen. Ein Walzer wurde aufgespielt und Adas Fuß begann im Rhythmus zu wippen, während sie sich nach weiteren Bekannten umsah.

»*Sapristi*«, stöhnte plötzlich eine Stimme neben ihr. Sie fuhr herum und sah sich einem attraktiven Mann um die 30 gegenüber.

»Wie bitte?«

»Sie sind das Schönste, was mir jemals unter die Augen gekommen ist«, antwortete er mit starkem französischem Akzent, der Ada nicht kaltließ. Ein Soldat?

»Sie übertreiben«, wiegelte sie wimpernklimpernd ab, auch wenn es nicht das erste Mal war, dass man ihr auf diese Weise schmeichelte.

Ihr Gegenüber musterte sie fasziniert. Es fühlte sich so eindringlich an, dass es ihr beinahe unanständig erschien. Aber genau das reizte Ada auch. Ja, sie wollte unanständig sein, verrucht, aufsässig und rebellisch. Sie wollte allen zeigen, dass das Leben sich nicht in Schranken weisen ließ, dass es Platz zur Entfaltung brauchte.

»Ganz und gar nicht«, protestierte der Mann. »Sagen Sie, tanzen Sie?«

»Und wenn es so wäre?«, erwiderte sie kokett mit einem gekonnten Augenaufschlag, der selten seine Wirkung verfehlte.

Er hielt ihr den Arm hin. »Meine Dame, darf ich bitten?«

»Aber gerne doch«, erwiderte sie prompt, und schon wurde sie von seinen starken Armen wie eine leichte Feder wogend über die Tanzfläche davongetragen.

Er tanzte wie ein junger Gott, und Ada fühlte sich unter seiner Führung wie in Watte eingepackt, musste weder lenken noch denken. Seine begehrlichen Blicke beschwingten sie ebenso wie die Musik. Beide schienen sie zu einem Ganzen zu zerfließen, wurden selbst Melodie, Rhythmus und Schwingung.

Ada hatte noch keinen Tropfen angerührt und fühlte sich dennoch beschwipst. Beschwipst vom Kreiseln, betört von unausgesprochenen Worten, verführt von der Ausstrahlung ihres Tanzpartners. Seine Haut strömte einen angenehm männlichen Geruch nach Rasierwasser, Tabak und Holz aus.

Ja, das ist Leben, schoss es Ada durch den Sinn, während der Himmel über ihren Köpfen vorbeirauschte. Der Fremde lächelte wissend auf sie hinab, und es war ihr plötzlich, als hätte sie ihn schon immer gekannt. Er war groß, breitschultrig und hatte einen sauber gestutzten Schnurrbart. Seine flink dreinschauenden braunen Augen mit den langen Wimpern verliehen seinem Blick einen warmen Charme. Dazu hatte er eine etwas zu breit geratene Nase, hohe Wangenknochen und mittellange braune Locken.

Seine Kleidung war einfach, aber elegant. Auf Anhieb gefiel er ihr. Sein freches Lächeln wirkte ansteckend, sodass sie gar nicht anders konnte, als es inbrünstig zu erwidern. *Herr im Himmel, was ist das?*, fragte sie sich.

Er schmunzelte. »Ich bin Marcel Beranger«, stellte er sich vor und schien sie weiter mit seinen Augen zu verschlingen. »Ich mache hier Urlaub.«

»Dann sind Sie kein Soldat?«, rutschte es Ada heraus. *Wie schade*, dachte sie. Urlauber fuhren fort, Soldaten blieben. Jedenfalls lange genug, um sie richtig kennenlernen zu können …

»Nein.« Er lachte verlegen. »Enttäuscht?«

»Aber nein, natürlich nicht«, antwortete sie hastig und blitzte ihn an. »Ich bin Ada Richter.« Sie lächelte gewinnend. »Auch ich wäre gerne hier im Urlaub.« Ihre Wangen wurden warm.

Er schmunzelte. »Sie stammen von hier?«

Ada nickte. »Ja.«

»*Magnifique*«, schwärmte er. »Wie Sie, Ada.«

»Man hat mich vor Ihnen gewarnt.«

»Vor mir?« In gespieltem Erstaunen riss er die Augen auf.

»Vor Ihresgleichen.«

»Franzosen?«

»Hmhm.«

»Ich verstehe«, sagte Marcel sehr ernst. »Aber bei mir verhält es sich anders. Wie gesagt: Ich bin kein Soldat.«

»Was sind Sie dann?«, fragte Ada frech. Sie liebte das Geplänkel.

»Wird das ein Verhör?«

»Vielleicht.«

»Ich komme aus Paris«, wich er einer direkten Antwort aus.

»Paris?«, wiederholte sie bewundernd.

»In der Tat.« Er lachte herzhaft, als würde er sich über sie lustig machen.

»Sie sprechen sehr gut Deutsch«, stellte Ada fest.

»Für einen Franzosen, der nur selten nach Deutschland kommt, meinen Sie?«

Ada lächelte verlegen, spürte, wie ihr die Röte noch heftiger ins Gesicht schoss. »Genau.«

Marcel räusperte sich umständlich und beugte sich verschwörerisch zu ihr vor, sodass sie seinen Brustkorb ganz nahe an dem ihren spürte. »Wenn man die 40er-Jahre in Paris verbracht hat, musste man die Sprache Goethes unweigerlich beherrschen, um Ärger zu vermeiden.«

»Oh«, hauchte Ada. »Natürlich.« Wie einfältig von ihr, nicht selbst darauf gekommen zu sein.

Aus dem Augenwinkel sah sie Georg, der mit zwei Krügen zurückgekommen war und am Rande des Platzes missmutig auf sie wartete.

Auch Marcel schien ihn bemerkt zu haben. »Ihr Verlobter?«

»Nein«, rief Ada erschrocken aus und musste augenblicklich über sich selbst lachen. »Das ist Georg, ein langjähriger Freund der Familie. Ich habe keinen Verlobten.«

Habe ich das wirklich gesagt?, fragte sie sich erschrocken.

Marcel runzelte die Stirn, schüttelte verwundert den Kopf. »Liebes Fräulein, wie ist das möglich? Ich wäre bereit gewesen, mein letztes Hemd darauf zu verwetten, dass Sie mit jemandem liiert sind.«

Geschmeichelt senkte Ada die Lider. »Das bin ich nicht.«

»Das ist eine ausgemachte Schande«, erwiderte er, und es hörte sich so aufrichtig an, dass Adas Herz einen Satz tat. Sie schauten sich an. Es war, als hätte sich alles Leben um sie herum plötzlich eingestellt, als würden sie nur noch den Anblick des jeweils anderen wahrnehmen, sonst nichts. Seine Augen strahlten wie Sterne, schienen Ada ins All der tausend Möglichkeiten hineinziehen zu wollen. Atmete sie noch?

»Er scheint auf Sie zu warten«, raunte Marcel.

Ada nickte seufzend. »Das ist nicht weiter schlimm. Er wurde von meinem Vater beauftragt, auf mich aufzupassen.«

»Wie gut ich ihn verstehen kann.«

»Georg?«

Marcel lachte. »Nein, Ihren Vater.«

Ada lächelte. »Ach ja?«

Er nickte schmunzelnd. »Sagen Sie, Ada: Wollen Sie ausreißen?«

»Ausreißen?« Ihr Puls raste. Es war das magische Wort, das alles änderte. Wie aufregend dieser Mann war! *Mit dir bis ans Ende der Welt!,* wollte sie in die laue Abendluft rufen. »Ja«, hauchte sie stattdessen.

»Dann lassen Sie uns einen Spaziergang zum Löwen machen.«

Sie lächelte. »Und wenn er Sie verschlingt? Er verteidigt seine Schützlinge.«

»Dieses Risiko möchte ich für ein paar Minuten allein mit Ihnen gerne auf mich nehmen.«

Ada kicherte. Der Walzer klang aus.

»Jetzt oder nie«, flüsterte er, nahm sie bei der Hand und zog sie durch die Menge fort, bis Georg sie nicht mehr sehen konnte. *Ja, ja, ja!,* rief es in ihr, und es war, als hätte sich eben eine Tür zu einer neuen Welt geöffnet, die Tür in die Freiheit …

Kapitel 8 –
Freundschaftliche
Ratschläge

Lindau, Bodensee – Dezember 2017

Prima, dann freue ich mich, prima, dann freue ich mich …
In Gedanken wiederholte ich meine bescheuerte Antwort
immer und immer wieder, schlug mir in meiner Frustration
mit der Hand an die Stirn. Was war ich nur für eine Voll-
idiotin? Er hatte mir gestanden, dass er sich wohl mit mir
fühlte, und ich hatte mich wie ein pubertierender Teenager
benommen: unbeholfen, linkisch, schüchtern.

Was ich das denn nicht auch? Zumindest, was den
Umgang mit einem Mann betraf, der mir so sehr gefiel
wie Chris. Ich konnte mich nicht daran erinnern, dass mir
das jemals passiert war.

Sicher, in meinem Beruf traf ich auf viele Menschen,
darunter war bisweilen auch der ein oder andere äußerst
attraktive Mann gewesen. Aber zum einen war es für mich
buchstäblich einem Tabu gleichgekommen, auch nur den
leisesten Gedanken in diese Richtung weiterzuspinnen,
zum anderen hatte mich keiner von ihnen so bewegt, wie
Chris das tat.

Noch nie war in mir eine solche Sehnsucht entfacht worden, eine Sehnsucht, die mein Herz schneller schlagen ließ,

die mir geradezu den Verstand raubte. *Obwohl, nicht ganz,* dachte ich zynisch. *Er ist ja noch sehr präsent, um mich zur Ordnung zu rufen.*

Ach, sei doch still …

Langsam begann ich sogar, mich zu fragen, ob mir die Erbschaft und der Abstand von Bernd vielleicht wirklich zu Kopf gestiegen waren, ob ich möglicherweise mitten in einer Art verfrühter Midlife-Crisis steckte – oder ob ich, ganz im Gegenteil, diese Beziehungspause überhaupt erst gefordert hatte, weil ich bereits im Begriff gewesen war, mich in den aufregenden Nachbarn zu vergucken? Hatte ich mir unbewusst den Weg freischaufeln wollen?

Seufzend rollte ich mich im Bett hin und her, grapschte schließlich nach meinem Handy. Oje! Es war erst 6 Uhr morgens. Trotz der Erschöpfung und dem für mich hohen Weinpegel hatte ich schlecht geschlafen. So viele Gedanken schwirrten mir im Kopf herum, so viele neue Eindrücke gab es zu verarbeiten, so viel Aufregendes schien bevor-zustehen …

Obwohl ich mir unsicher war, ob das nicht wieder nur meinen Wunschvorstellungen entsprang, spürte ich eine Vorfreude in mir wachsen, geheimnisvoll und unerklärlich. Eine Mischung aus Furcht vor dem, was ich noch nicht kannte, Angst vor der Wucht der Empfindungen, aber auch unverhohlenes Verlangen nach eben diesen neuen Gefüh-len, dem Sturm, der sich in mir anbahnte.

Es war wie die berühmte Stille vor dem Sturm, wenn man ahnte, dass er unweigerlich kommen würde, und anfing, Sandsäcke vor Türen und Fenster zu stapeln, ihn aber auch irgendwie herbeisehnte, weil man wusste, dass man im Inneren in Sicherheit war, dass ein heißer Kakao bei tosenden Winden noch besser schmeckte, dass das

Feuer im Kamin dann noch lauschiger wirkte. Ja, genau so sah ich dem kommenden Aufruhr meiner inneren Elemente entgegen: gewappnet, bereit und auch vor Erwartung erhitzt.

Gegen 7 Uhr gab ich es schließlich auf, trollte mich aus den Federn, duschte und zog mich an. Diesmal wählte ich meinen eigenen Jogginganzug, ein T-Shirt und einen Schlabberpulli, lauter Kleidungsstücke, die ich extra für das geplante Unternehmen in aller Eile noch eingepackt hatte, wohl ahnend, dass mich die Suche nach der Wahrheit früher oder später in einen staubigen Keller oder ein ähnliches Gelass führen würde.

Zum Frühstück bereitete ich mir einen Kaffee zu und schmierte selbst gemachte Erdbeermarmelade auf ein paar Cracker, das einzig Essbare, das im Haus noch vorrätig zu sein schien. Während ich auf dem Sofa meinen Wachmacher schlürfte, scrollte ich durch meine Nachrichten. Ein paar Kunden, die mir Aufträge bestätigten, meine Mutter, die wissen wollte, was sie denn an Heiligabend Gutes kochen sollte, und meine beste Freundin Rita, die wissen wollte, wo ich steckte.

Die Aufträge für Dezember sagte ich einen nach dem anderen ab, andere für Januar nahm ich an, was mir ein sonderbares Ziehen im Herzen verursachte, als würde mich der Gedanke an *danach* mit bitterem Unwohlsein erfüllen. Jedenfalls wollte ich nicht daran erinnert werden.

Noch nicht. Nicht jetzt.

Das war sicher auch der Grund, warum ich meine Mutter mit einem knappen »Mach's wie jedes Jahr« beschied und ernsthaft zögerte, ob ich Rita anrufen sollte. Es war schon kurz vor 8 Uhr, als ich mich endlich dazu durchringen konnte, ihre Nummer anzuklicken.

»Zum Glück bin ich Frühaufsteherin«, maulte sie ohne Begrüßung.

»Deswegen habe ich es ja auch gewagt«, frotzelte ich zurück. »Guten Morgen, danke, mir geht es gut, und dir?«

Wir lachten.

»Im Ernst, Isa, wo steckst du denn? Ich war gestern auf der Feier und habe Bernd getroffen ...«

Ich stöhnte innerlich auf.

»Seit wann gehst du denn zu solchen Veranstaltungen?«, fragte ich verwundert.

»Das ist eine lange Geschichte. Da gibt es ein neues Mitglied, Achim, der mir nicht ganz gleichgültig ist ...«

»Aha!«, sagte ich wissend. Rita hatte ständig einen neuen Schwarm. Ich hatte nie verstanden, wie sie das anstellte. Dabei schien sie sich nach einer festen Beziehung zu sehnen. »Und?«

»Erzähl ich dir ein andermal ... Jetzt sag mir doch bitte, was los ist.«

»Was soll denn los sein?«, fragte ich scheinheilig, nicht sicher, ob ich jetzt alles aufrollen wollte. Rita wäre durchaus in der Lage, mir die Leviten zu lesen, mir vorzuhalten, was ich doch für ein Glück mit Bernd hätte.

»Also, Bernd war gestern völlig neben der Kappe und ziemlich angetüdelt. Er hat wirres Zeug von einer ›Drecksbude‹ und ›Fürzen im Hirn‹ gefaselt.«

Es hätte komisch sein können, machte mich aber wütend. »Mit ›Drecksbude‹ meint er sicher das wundervolle Anwesen, das ich geerbt habe –«

»Du hast was?« Ritas Stimme wurde schrill. »Warum weiß ich davon denn nichts?«

»Ich weiß es auch erst seit gestern.«

»Und?«

»Ja … und mit Fürzen im Hirn meint er bestimmt die Tatsache, dass ich entgegen seinem Wunsch und Willen einfach mein Auto genommen habe und an den Bodensee gefahren bin, um es mir vor dem Verkauf einmal anzuschauen.«

»Wie aufregend«, hauchte Rita. Sie schien mich zu verstehen. In wenigen Worten erklärte ich ihr, warum ich das jetzt einfach brauchte und dass ich vor lauter Wut in eine Beziehungspause eingewilligt hatte.

»Oh, Mist«, flüsterte Rita. »Auch wenn ich dich verstehen kann, was das Haus betrifft –«

»Ich weiß, was du jetzt sagen wirst. Ja, Bernd ist ein toller Mann. Und ja, sicher habe ich Glück, ihn zu haben, und ja, ich muss aufpassen, dass ich ihn nicht verliere …«

»Aber?«

Ich keuchte. »Aber … ich glaube, das ist mir im Moment alles schnurzpiepegal.«

»Isa!« Jetzt war es Rita, die keuchte. »Hast du … hast du etwa jemand anderen?«

Es traf mich wie eine schallende Ohrfeige, die mich mit einem Schlag aus meinem süßen Traumparadies hinausbeförderte. Ich fühlte mich so ernüchtert wie ein Wurm, den man mit spitzen Fingernägeln aus einem herrlich saftigen Apfel gepult hatte und der jetzt splitternackt in der kalten Luft baumelte.

»Hör zu, Rita, ich werde dir später alles erklären, ja? Jetzt steht mir nicht wirklich der Sinn danach. Ich muss mich schleunigst an die Arbeit machen, denn mir läuft die Zeit davon.«

»Um 8 Uhr morgens an einem Samstag?« Es klang etwas spitz.

»Ja, denn ich möchte unbedingt herausfinden, was es mit der Erbschaft auf sich hat, verstehst du?«

»Klar, das leuchtet mir ein«, sagte Rita sanft. »Aber …
mach keine Dummheiten, die du später bereuen könntest,
okay, Süße?«

*Als ob ich neben meiner inneren Stimme noch weitere
Ermahnungen bräuchte*, dachte ich genervt. Irgendwie
wollte ich nur meine Ruhe haben und die Freiheit, gege-
benenfalls Fehler zu machen, wenn mir danach war.

»Ja, keine Sorge«, beteuerte ich stattdessen. »Bis Weihnachten bin ich auf jeden Fall zurück, und dann treffen
wir uns, ja?«

»Super, ich drück dich, Liebes.«

»Ich dich auch, Rita.«

Wir beendeten das Telefonat, und der frierende Wurm
wand sich verlegen …

Kapitel 9 –
Ali Babas Höhle

Während ich meinen Kaffee schlürfte, blieb ich noch eine Weile sitzen und sah dem Morgen beim Werden zu. Ich fieberte dem Augenblick entgegen, endlich mit meiner Suche beginnen zu können, und hielt erwartungsvoll nach Chris Ausschau. Eigentlich hatte ich vorgehabt, auf ihn zu warten, aber schließlich siegte meine Ungeduld. Nach und nach nahm ich mir noch einmal alle Wohnräume vor, doch außer Kunstzeitschriften und Rechnungsordnern konnte ich nichts finden.

Noch immer ließ Chris sich nicht blicken, und so entschied ich, als Nächstes den Keller zu durchsuchen, denn plötzlich wollte ich keine einzige Minute mehr verlieren. Irgendwo in diesem Haus musste es auf jeden Fall mehr Anhaltspunkte geben als ein paar unordentliche Schubladen und abstrakte Gemälde. Gedacht, getan, schlüpfte ich in meine Sneakers.

Die Tür, die ins Untergeschoss führte, war nicht abgeschlossen. Tastend suchte ich die Wand nach einem Schalter ab, fand ihn und knipste das Licht an. Dann stieg ich die Treppe hinab, während mein Herz unversehens schneller schlug. In Kellergewölben hatte ich schon immer eine unbestimmte Beklemmung gefühlt; so auch jetzt.

Es roch leicht modrig, aber nicht unangenehm. Unten empfing mich ein leises Brummen aus dem Heizungskeller. Daneben befand sich eine Waschküche, in der noch immer blumiger Waschmittelduft in der Luft hing, und daran grenzte ein großer Raum, in dem die Bretter eines auseinandergenommenen Kleiderschranks an der Wand lehnten und ein paar andere Möbelstücke deponiert worden waren. Hier ein zersplitterter Lampenschirm, dort ein paar Vasen und an einer anderen Wand einige abgedeckte Gemälde.

Flüchtig lüftete ich das staubige Tuch, das zum Schutz darüber hing, um sie mir anzuschauen. Hauptsächlich waren es Landschaftsmotive, die nur halb fertiggestellt zu sein schienen. Ich ließ das Stoffende wieder fallen und seufzte.

Hier gab es absolut nichts zu durchsuchen. Keine Kartons oder Kisten, keine verschlossenen Kommoden oder alten Überseekoffer. Enttäuscht biss ich mir auf die Unterlippe und verließ den Keller unverrichteter Dinge.

Und wenn es in Adas Leben nur das Haus und die paar Indizien, die ich bereits entdeckt hatte, zu ergründen gab?

Leicht entmutigt stieg ich in den ersten Stock hinauf, in dem es fünf weitere Gästezimmer gab, von denen ebenfalls jedes in einem anderen Farbton gehalten war.

Ohne große Hoffnung öffnete ich ein paar Schubladen, in denen aber nur Tagesdecken, Laken und Handtücher zu finden waren. Jetzt blieb nur noch der Dachboden übrig.

Ohne mir viel davon zu versprechen, begab ich mich ins Dachgeschoss, wo ich eine verschlossene Tür vorfand. Ich fluchte leise. Gerade wollte ich kehrtmachen, um am Schlüsselbrett oder in der Unordnung von Adas Schreibtisch nach dem dazugehörigen Schlüssel zu suchen, da erblickte ich etwas, das über dem Türrahmen hervorlugte. Auf Zehenspitzen streckte ich mich danach und bekam den Gegenstand zu fassen: ein Schlüssel! *Der* Schlüssel!

Oder vielmehr das Sesam-öffne-dich!, witzelte ich in Gedanken. *Das Glück ist mir endlich hold*, jubelte ich innerlich und schloss mit klopfendem Herzen auf. Bevor ich die Tür aufdrückte, hielt ich kurz inne und holte tief Luft. Bereitete mich auf eine mögliche neue Enttäuschung vor. Dann öffnete ich …

Ich hatte einiges erwartet: eine verstaubte, vollgestopfte Grotte voller unbrauchbarem Gerümpel, gähnende Leere oder vielleicht sogar gruselige Gespenster, die mir kettenrasselnd entgegensprangen. Ja, alles!

Aber auf den Anblick, der sich mir in diesem Moment bot, war ich absolut nicht vorbereitet gewesen. Wie versteinert stand ich da, traute kaum meinen Augen. Eben hatte ich in Gedanken noch darüber gespaßt, doch es übertraf fast Ali Babas prachtvolle Höhle aus »Tausendundeiner Nacht«. In dem großen Raum unterm Dach hatte Ada sich ihr Atelier eingerichtet.

Natürlich!, dachte ich. Die Frage nach ihrem Arbeitsplatz hatte ich mir noch gar nicht gestellt. Vielleicht war ich davon ausgegangen, dass eine Dame von über 90 nicht mehr malte? Wie einfältig …

Jedenfalls sah dieser Speicher nicht wie ein vergessenes Paradies, sondern eher wie eine aktiv geführte Malstube aus. Es handelte sich um einen hellen Raum mit weiß getünchten Wänden und einem gepflegten Holzboden. Es roch stark nach Farben und Terpentin. Unter den Dachschrägen standen überall Gemälde herum. Gemälde, die vor Lebenswille und Kraft nur so strotzten. Gemälde, die Geschichten aus vergangenen Zeiten erzählten; teils schaurige Darstellungen in düsteren Farben, dann wieder sonderbare Gestalten oder historische Szenen.

Am meisten beeindruckten mich jedoch die vielen kostbaren Requisiten aus den verschiedensten Epochen und Ländern. Sie schienen nur darauf zu warten, endlich auf Adas Leinwänden verewigt zu werden: Masken von Göttern diverser Kulturen, Figurinen von Feen und Geistern alter Sagen, Speere, Messer, Säbel, Äxte, Schmuckstücke, Büsten, Rüstungen, Kettenhemden, Keramiken, Uhren, Schachteln, Schnupftabakdosen, Kerzenhalter, antike Bilderrahmen …

Sogar eine beachtliche Perückenkollektion, deren Modelle bis zur Zeit der Aufklärung zurückzureichen schienen, war darunter. Und in einer Ecke, von all den vielfältigen Gegenständen abgesondert, befand sich ein offen stehender Kleiderschrank, in dem ausladende Kostüme inklusive Korsetts und Tournüren hingen.

Auch in diesem Mini-Universum wurden die Wände von Schwarz-Weiß-Bildern geziert, die sich bei genauerem Hinsehen als Filmszenen entpuppten.

Mir stockte der Atem. Vorsichtig trat ich näher, schaute auf ein großes Foto, das mich sofort in seinen Bann schlug. Im Mittelpunkt stand eine große, brünette Frau mit ebenmäßigen Gesichtszügen; sie trug ein reizendes Kleid mit extrem schmaler Taille und einen dazu passenden Hut.

Eine Gänsehaut überlief mich.

Für mich gab es keinen Zweifel: Bei der Frau auf dem Bild musste es sich um Ada handeln. Ein eigentümliches Gefühl von der Vergänglichkeit der Dinge packte mich. *Wie jung und schön sie gewesen ist*, dachte ich. *Wie heiter und unbeschwert sie wirkte.*

Ich hob meine Hand und strich mit den Fingern liebevoll über das gerahmte Foto. *Und jetzt gibt es dich nicht mehr, und ich habe dich niemals kennenlernen dürfen …*

Trotz der Schwarz-Weiß-Aufnahme konnte man ihren Lippenstift und die geschminkten Augen erkennen. Sie lachte jemanden an. Auf einem Plakat, das hinter ihr an einer Wand hing, stand in großen Lettern: »Festival international du Film – 1951 – Casino Municipal de Cannes«.

Donnerwetter! Nicht, dass ich Chris nicht geglaubt hatte, aber es mit eigenen Augen zu sehen, war überwältigend. Ich schluckte, betrachtete die anderen Fotografien. Und richtig, ich hatte mich nicht getäuscht, denn jetzt erkannte ich Ada auf jeder einzelnen der Aufnahmen wieder.

Auf einer saß sie neben bekannten Schauspielern auf einer Bank, schaute erwartungsvoll in die gleiche Richtung wie die beiden. *Sicher zur Bühne,* sagte ich mir.

Auf einer anderen stand sie in einem altmodischen Bikini, dessen Unterteil bis zur Taille reichte, in für die Epoche typischer aufreizender Starlett-Pose unter Palmen am Strand der Croisette und lächelte ins Objektiv.

In mir erwachte die Fotografin und ich kam nicht umhin, die perfekt gewählten Blickwinkel und das tolle Licht zu bewundern. Auch entging mir nicht, dass im Hintergrund immer der gleiche Mann zu sehen war, wie ein Hitchcock, der sich unauffällig in die eigenen Filme geschlichen hatte. Es vermittelte ganz den Eindruck, als wollte der Störenfried um jeden Preis auf seinem Platz in Adas Leben beharren. Eine unangenehme Gänsehaut überlief mich.

Aus irgendeinem mir unerfindlichen Grund wühlten mich die Fotos auf. Irgendwie schmerzte es mich, ihrem Namen ab jetzt ein Gesicht zuordnen zu können. Es fühlte sich ein bisschen so an, als ob man plötzlich erführe, dass der Lieblingsroman verfilmt werden sollte. Ein Teil von einem freute sich, alles mit eigenen Augen sehen zu dürfen, ein anderer wurde nostalgisch, verabschiedete sich von der Vorstellung, die man sich bisher von den Protagonisten und Schauplätzen gemacht hatte.

Nicht etwa, dass Adas Erscheinung enttäuschend gewesen wäre: Sie war atemberaubend schön. Und natürlich war es bewegend, endlich zu wissen, wie sie ausgesehen hatte. Dennoch verspürte ich die Einbuße der Ungewissheit wie ein inneres Ziehen, einen Verlustschmerz, etwas, das mir das Mysterium gelüftet und somit in gewisser Weise auch gestohlen hatte, oder vielmehr eines der vielen Mysterien, die meine Gönnerin zu umhüllen schienen … Aber war ich nicht genau deshalb hierhergekommen?

Jetzt, da ich wusste, wie sie als junge Frau ausgesehen hatte, meinte ich, auch die gealterte Ada vor mir zu sehen, wie sie Flohmärkte und Antiquitätengeschäfte auf der Suche nach gebrauchten Gegenständen durchstreifte, wie sie sich geradezu kindlich gefreut haben musste, wenn sie eine neue Errungenschaft gemacht hatte.

Vor mir sah ich eine selbst im Alter dynamische Frau, die genau wusste, was sie wollte. Und je besser ich Ada kennenlernte, je intensiver ich mir ihre Lebenseinstellung vor Augen führte und je mehr ich mich ihrem Wesen anzunähern schien, umso deutlicher erkor ich sie zu meinem Vorbild.

Nach einer gefühlten Ewigkeit zwang ich mich, den Blick von den Fotos loszureißen, um mich wieder meinem eigentlichen Vorhaben zu widmen.

Mit einem Schlag hatte ich das Gefühl, mich in einer überdimensionalen Schatztruhe zu befinden. Es war nicht der materielle Wert der Gegenstände, sondern der, den sie in Adas Augen gehabt haben mussten, der ihre Kostbarkeit ausmachte.

Ehrfürchtig drang ich tiefer in ihr Universum ein, ging dem Lichtschein entgegen, der das gesamte Dachgeschoss in ein nahezu heiliges Strahlen tauchte, bis ich vor ihrer

Staffelei innehielt, die schräg vor einem großen holländischen Doppelfenster stand. Der Ausblick auf den frostüberzogenen Garten und den See, der aus der Vogelperspektive eisig weiß erschien, war atemberaubend.

Mit der Insel im Zentrum und der malerischen Bergkulisse der Schweizer Alpen im Hintergrund machte es ganz den Anschein, als sei ich tatsächlich in eine Märchenwelt eingetaucht.

Auch dieser Tag kündigte keinen Sonnenschein an, aber immerhin hatte es aufgehört zu regnen, die Temperaturen waren gefallen und an manchen Stellen durchbrach grelles Licht die tief hängende dunkle Wolkendecke, als würden sich Zeus und Helios einen Machtkampf liefern.

Hier hatte Ada also ihre Leidenschaft ausgelebt. Hier hatte sie geträumt und geschaffen. Hier war die wirkliche Ada zu finden gewesen, die, die sich nicht auf Festen zeigte, die keine Grillabende veranstaltete, diejenige, die einfach nur sie selbst war, eine geistig jung gebliebene Frau in einem alternden Körper. Wie mutig sie gewesen sein musste, als junge Frau in dieser unsicheren Epoche alleine in die Welt gezogen zu sein. War es Mut oder Unvernunft der Jugend gewesen? Vielleicht beides. Ihr Motor war die Leidenschaft gewesen, und die konnte bekanntlich Berge versetzen. Ich fragte mich, wie es dazu gekommen war, dass sie eine solche Leidenschaft einfach aufgegeben hatte.

Hier stand ich in ihrem geheimen Garten, umgeben von sonderbaren Relikten, die nur darauf zu warten schienen, ihre Geschichten zu erzählen. Geschichten, die nur die wenigsten kannten.

Mir wurde mulmig. Wieder überkam mich das Gefühl, als wäre Ada noch anwesend, als blickte sie über meine Schulter, als würde sie jeden meiner Schritte und Handgriffe verfolgen, wenn nicht sogar leiten wollen. Und ich war bereit, mich ihrem Willen auszuliefern.

Aufs Neue meinte ich eine Präsenz zu spüren, die sich wie ein unsichtbarer Mantel und zugleich leicht wie eine Feder um meine Schultern legte. Erneut packte mich ein Schaudern. Ich bewegte mich langsam vorwärts, hörte nur das Knarzen der Dielenbretter unter meinen Füßen, das mit ein bisschen Vorstellungskraft wie das klägliche Ächzen einer Leidenden klang. Ich fröstelte, als mein Blick auf eine Truhe fiel.

Instinktiv spürte ich, dass es etwas ganz Besonderes mit dieser kofferartigen Kiste auf sich haben musste. Fast wie in Trance ging ich auf sie zu, kniete vor ihr nieder und hob den Deckel an, so vorsichtig, als könnte mir jeden Augenblick ein Ungeheuer daraus entgegenspringen.

Angespannt und mit zusammengekniffenen Augen versuchte ich, etwas durch den schmalen Spalt zu erkennen, doch da war nur diffuses Dunkel. Genau in dem Moment, als ich den Deckel ganz öffnen wollte, erklang neben mir ein ohrenbetäubendes Scheppern.

Erschrocken schnellte ich zurück, ließ den Deckel los, der laut polternd wieder zuschlug und Staub aufwirbelte. Dann sah ich sie …

Kapitel 10 –
Walhalla

Eine Maus! Es war nur eine verflixte Maus gewesen, die vor Schreck einen Satz gemacht und dabei einen mittelalterlichen Helm umgeworfen hatte. Ich fasste mir an die Brust, versuchte, meinen rasenden Puls unter Kontrolle zu bringen.

Mein Gott, was für ein Angsthase du aber auch bist, tadelte ich mich. Ich nahm einen zweiten Anlauf und diesmal ließ ich mir keine Zeit zum Nachdenken, sondern öffnete den Deckel der Truhe mit einem Ruck.

Vor Staunen blieb mir der Mund offen stehen. Hier lagen also die wahren Schätze der Diva vergraben. Vorsichtig strich meine Hand über eines der vielen gebundenen Büchlein, die sich in der Kiste stapelten. Ein großer brauner Umschlag stach mir ins Auge; ich holte ihn heraus und öffnete ihn.

Erstaunt erkannte ich, dass es sich um eine Heiratsurkunde zwischen Ada und einem gewissen Franzosen namens Marcel Beranger handelte. Sie war verheiratet gewesen? Mir fiel es wie Schuppen von den Augen: M! M wie Marcel. Warum hatte Chris mir nichts davon gesagt? Oder wusste er es vielleicht selbst nicht? Unsinn. Bestimmt war er darüber im Bilde. Jeder schien hier jeden zu kennen und alles zu wissen, besonders über Ada; auch wenn der eine oder andere gerne einen Hehl daraus machte. Der letzte Satz des Notars schoss mir wieder in den Sinn: *Ihr Privatleben soll recht geheimnisumwoben gewesen sein. Aber graben Sie lieber nicht zu tief ...*

Ich schüttelte den Gedanken ab und schaute auf das Datum, an dem das Dokument ausgestellt worden war: 30. Mai 1946. Gut. Sie hatte also einen Franzosen geheiratet. Vielleicht war die Ehe ja wieder geschieden worden, wie das so oft in diesem Milieu vorkam. Das wäre nicht weiter verwunderlich. Und vielleicht hatte Ada den Namen ihres Mannes behalten, weil es eleganter klang. Oder hatte sie den Namen ihres Vaters nicht mehr tragen wollen? Wenn ich Chris' Erzählungen Glauben schenken wollte, dann war ihr Verhältnis zu ihm anscheinend nicht das herzlichste gewesen.

Meine Hände wanderten zu den Büchlein zurück, klappten ein x-beliebiges auf. Seite um Seite war mit einer ordentlichen Schnörkelschrift beschrieben. Eines nach dem anderen hob ich die kleinen Bände an. Gefühlt waren es Hunderte. Schwarze, braune, dunkelrote, kleinere, größere, mit Schlössern, mit Bändern, mit goldenen Rändern ...

Ja, ein Schatz.

Daneben gab es noch einen Haufen Fotos. Diese schienen persönlicher als die gerahmten Bilder an der Wand. Sie zeigten Ada in Abendrobe am Arm eines feschen jungen Mannes im Smoking; an der Seite eines anderen, an dessen Schulter sie sich vertraulich anschmiegte; dann noch einen ...

Hui, dachte ich. *Ada scheint nichts ausgelassen zu haben.*

Andere Aufnahmen zeigten sie als schätzungsweise 50-Jährige, dann 70-Jährige und noch älter. Jedes Mal am Arm eines anderen Begleiters. Ich grinste in mich hinein. Nun, man konnte jedenfalls nicht behaupten, dass Ada ihr

Leben nicht genossen hätte. Das meine schien mir dagegen plötzlich unbedeutend und eintönig. Nichts geschah, alles blieb gleich. Außer im Moment …

Mir schoss die Röte ins Gesicht, wenn ich an Chris dachte. Wenn ich mir ins Gedächtnis rief, was ich am Vorabend empfunden hatte. Denn ja, ich musste es mir eingestehen: Ich hatte mich danach gesehnt, dass er mich nicht nur auf die Wange küsste … Ach du je! Sollte ich mich schuldig fühlen? Ich kam mir plötzlich furchtbar verrucht vor.

Ich legte die Bilder wieder beiseite und holte wahllos eines der kleinen Bücher hervor und öffnete es. Die altdeutsche Schnörkelschrift war gewöhnungsbedürftig und ich brauchte eine Weile, um sie vollständig entziffern zu können. Zuerst las ich zögerlich, dann immer zügiger:

Mai 1979 – Flimmerndes Lampenlicht, glitzernde Gewänder, strahlende Frauen und wohlbetuchte Herren: Nichts hat sich geändert. Wieder einmal komme ich nicht umhin, an die Vergangenheit zu denken, daran, wie es gewesen ist, daran, was gewesen ist, als wir solche Feste gemeinsam erleben durften. Und daran, was hätte sein können … Wie hätte unser Leben ausgesehen, wenn der Dämon nicht über uns hergefallen wäre? Wenn er uns nicht alles genommen hätte, was zählte? Wenn er nicht die Situation ausgenutzt hätte? Würden wir jetzt Hand in Hand am Ufer entlangspazieren? Würden wir uns noch immer lieben? Du fehlst mir so unsagbar, und selbst das Dahinplätschern der Jahre konnte mein Herz nicht erleichtern. Immer wieder stelle ich mir diese eine Frage: Warum? Warum hatte es nicht anders sein dürfen?

Ich schnappte nach Luft. *Wir?* Ich hatte das Gefühl, das entscheidende Teilchen eines Puzzles in Händen zu halten.

Ada musste jahrelang unglücklich verliebt gewesen sein, so viel stand fest. Handelte es sich um einen berühmten Schauspieler? Um einen verheirateten Mann? Um ihren eigenen Mann? Oder vielleicht einen Mann aus meiner Familie? Unsinn. Nach allem, was ich wusste, war keiner meiner Großeltern jemals in Frankreich gewesen. Meine Gedanken schwirrten ziellos umher.

Aufgewühlt griff ich nach einem anderen Tagebuch.

2014 – Er ist jung und unbekümmert. Er gefällt mir. Auch Dir hätte er gefallen, ja, davon bin ich überzeugt. Aus seinen Erzählungen sprüht so viel Wahres, aus seinen Sätzen so viel Echtes und aus seinen Worten so viel Weisheit. Ich fragte mich, ob sie von Chris sprach. *Sofort fühlte ich mich in die Zeit zurückversetzt, als wir gemeinsam am See entlanggelaufen sind, um uns Geschichten über fantastische Wesen zu erzählen. Nein, der Schmerz ist nicht vergangen. Nein, wie Du siehst, kann ich es noch immer nicht verwinden. Das Leben fließt dahin wie ein nimmer enden wollender Strom, aber das, worauf ich so sehnsüchtig warte, tritt nicht ein …*

Erschüttert starrte ich auf die Zeilen. War es immer dieselbe Person, an die sich Adas Worte richteten? Ich wagte es zu bezweifeln. Es lagen beinahe 25 Jahre zwischen den beiden Texten. Und wenn ich den Fotos Glauben schenken wollte, hatte Ada mehr als einen Liebhaber gehabt, selbst im hohen Alter. Ich seufzte, langte nach einem weiteren Büchlein.

1957 – Liebling, mein Liebling, wie soll ich das nur aushalten? Warum ist das Leben so grausam? Warum spielt es einem so entsetzliche Streiche? Wenn ein Sinn dahinterstecken soll, dann habe ich ihn noch nicht gefunden. Soll es eine Prüfung sein? Wird er irgendwann von der Hölle verschluckt werden, sodass wir endlich erlöst sind? Wirst Du mich dann überhaupt noch wollen? M. M. M., du fehlst mir mehr, als ich sagen kann …

Nachdenklich hielt ich inne und fragte mich, ob Ada vielleicht einen Hang zum Melodramatischen gehabt haben könnte. Es schien keine Seite in diesen Aufzeichnungen zu geben, die nicht vom herzzerreißenden Verlust einer großen Liebe sprach. War sie vielleicht einer dieser Menschen gewesen, die sich ständig verliebten, sofort Feuer fingen, glaubten, es wäre die einzige, große Liebe, und jedes Mal enttäuscht zurückblieben? Allmählich beschlich mich dieses Gefühl, auch wenn es so gar nicht zu dem Bild passen wollte, das ich mir bislang von Ada gemacht hatte.

Ein Geräusch riss mich aus meinen Grübeleien. Es schien vom Treppenhaus zu kommen. Die Maus? Ich runzelte die Stirn. Unmöglich. Der Laut war zu dumpf gewesen, eher ein Poltern. Ich versteifte mich.

»Hallo?«, rief ich. Meine Stimme bebte leicht. »Ist da jemand?«

Keine Antwort. Ich erhob mich vorsichtig, horchte.

»Chris?«

Stille.

Meine Ohren rauschten so laut, dass ich davon überzeugt war, selbst einen auf den Stufen herumtrampelnden Elefanten nicht hören zu können. Trotzdem meinte ich, Schritte zu vernehmen, die sich eilig zu entfernen schienen. Erschrocken lief ich in den Flur, lehnte mich über das Geländer und konnte gerade noch einen Schatten davonhuschen sehen. Chris? Verdammt. Sollte das wieder einer seiner Scherze gewesen sein? Das war nicht lustig! Mein Herz raste. Kurz darauf bildete ich mir ein, die Haustür leise ins Schloss fallen zu hören.

Wie angewurzelt verharrte ich auf der Stelle. Das konnte nicht nur meiner Vorstellungskraft entsprungen sein. Obwohl – diese Gänsehautatmosphäre im Haus, die Einsamkeit des riesigen Dachbodens, Adas Präsenz … Ich begann, an meinen Wahrnehmungen zu zweifeln.

Ruckartig löste ich mich aus diesen unschönen Gedanken und stürzte zum Fenster, durch das man auf den hinter dem Haus gelegenen Garten und den See blicken konnte. Ich riss es auf und schaute auf die Terrasse hinunter. Chris! Bei seinem Anblick machte mein Herz einen heftigen Satz.

»Ich bin auf dem Dachboden«, rief ich.

Prompt sah er zu mir hoch. »Hast du mich etwa vergessen?«

»Nein, nein, warum?«

»Weil ich hier schon seit zehn Minuten an die Scheibe klopfe.«

»Warst du denn eben nicht schon im Haus?«

Chris runzelte die Stirn und schüttelte den Kopf, als wollte er mich fragen, warum er dann hier stünde. »Nein, wie kommst du darauf?«

Ich rechnete. Nein, so schnell hätte er sicher nicht um das Haus herumlaufen können. »Es tut mir leid, ich habe dich nicht gehört«, überging ich die Frage. »Komm einfach rein, die Tür ist nicht abgeschlossen.«

Er betrat das Haus.

Hastig schloss ich das Fenster wieder und betrachtete mich in einem verzogenen Spiegel, der an der Wand hing. Meine Hände wurden feucht. Was war nur los mit mir? Warum löste Chris so viel in mir aus?

Wieder hörte ich die Stufen knarzen, hörte seinen energischen Schritt, er schien immer zwei Stufen auf einmal zu nehmen. Bevor er hereinkam, hockte ich mich wieder vor die Truhe und tat so, als würde ich gelassen in einem der Bücher lesen. Dann fiel er, gleich eines verirrten Sonnenstrahls, der durch eine Ritze brach, durch die Tür in den Speicher ein. Seine Augen blitzten mich an.

»Wow!«, stieß er aus und schaute sich um. »Jetzt verstehe ich besser, warum du mich nicht dabeihaben wolltest.«

Ich grinste. »Doofian«, patzte ich zurück und vergaß glatt den unbefugten Eindringling von gerade eben.

Chris nahm einen Helm, hielt ihn sich vors Gesicht. »Elende Sünderin, die mir das Göttliche vorenthalten wollte«, grollte er mit tiefer Stimme.

Zur Antwort schnappte ich mir eine der Göttermasken, die neben der Truhe an der Wand hingen, und tat es ihm gleich. »Das Göttliche bin ich, du Unhold. Schweig oder fahre in die Abgründe der Unterwelt, auf dass sie dich auf ewig vertilgen möge.«

»Passt«, sagte er sachlich und grinste. »Du hast eine Keltenmaske gewählt. Obwohl mir die Odinmaske lieber gewesen wäre.«

Ich begriff sofort. »Ja, ich kann mir schon vorstellen, dass du lieber in Odins Siegeshalle schlemmen würdest, als in der keltischen Unterwelt zu schmoren, du elender Frevler. Aber das könnte dir so passen.«

»Ich?!«, rief er theatralisch und fasste sich ans Herz. »Ein Frevler? Holde Göttin, wie kannst du so etwas auch nur denken?«

»Schau dich nur mal an«, zog ich ihn wegen seiner mit Farbe beschmierten Arbeiterkluft auf, die er offensichtlich zum Herumbasteln oder Renovieren benutzte. »Glaubst du wirklich, Odin würde dich so ohne Weiteres an seine Tafel lassen?«

»Och, das?«, wiegelte er ab und zuckte die Achseln. Seine Wangen glühten. »Ich dachte, wir würden in staubigen Kellern wühlen wie kleine Wildschweinchen im Morast.«

Es hörte sich beinahe unanständig an und ich musste über seinen Vergleich lachen. Demonstrativ schaute ich an mir hinab. »Zwei Dumme, ein Gedanke.«

»Auch du hast an wühlende Morast-Schweinchen gedacht?«, neckte er mich.

»Nein, nichts dergleichen. Jedenfalls nichts Schweinisches«, antwortete ich schlagfertig. »Nur an Keller, Ratten und Spinnweben. Vielleicht auch ein paar Geister oder Hexen.«

»Also doch an was Schmutziges«, konterte er.

Ich konnte mir ein Grinsen nicht verkneifen. »Ja, vielleicht.«

»Warum lästerst du dann über mich?«

»Ich möchte ja auch nicht unbedingt in Walhalla aufgenommen werden«, wandte ich ein.

»Auch wieder wahr. Ich ergebe mich. Eins zu null für dich.«

Wir lachten. Funken sprühten. Ich spürte ganz deutlich, dass sich da etwas anbahnte. Etwas, von dem ich nicht im Geringsten wusste, wie ich es würde aufhalten können …

Kapitel 11 –
Seerosen

Vorsichtig legte er den Helm wieder an seinen Platz zurück und kam auf mich zu. Seine Bewegungen waren so geschmeidig wie die eines Luchses auf Beutefang. »Es ist wirklich unglaublich hier. Schaurig und aufregend zugleich.«

Ich nickte zustimmend. »Ja, ich bin auch völlig in dieser Atmosphäre gefangen.«

»Konntest du denn schon etwas Interessantes herausfinden?«

Seine Nähe schien mir von Mal zu Mal beklemmender. »Ja, aber nichts ergibt wirklich Sinn.«

Im Schneidersitz nahm er neben mir vor der Truhe Platz. »Erzähl, vielleicht kann ich dir ja auf die eine oder andere Frage Auskunft geben.«

»Ich dachte, Ada hätte sich dir nie anvertraut?«

»Das stimmt, du Spürnase«, antwortete er und sein Blick wurde eindringlicher. Meine Finger verkrampften sich um den Truhenrand, an dem ich mich seit seiner Ankunft unbewusst festgehalten hatte. »Aber vielleicht erinnere ich mich doch noch an ein paar Dinge.«

»Schau, ich habe unzählige Fotografien von Ada und verschiedenen Männern gefunden, Fotos vom Filmfestival 1951 –«

»Ja, warte«, sagte er und schnippte mit den Fingern. »Sie hat mir mal von dem Filmfestival in Cannes erzählt.«

Ich wurde hellhörig. »Ach ja?«

Er dachte nach. »Wenn ich mich recht entsinne, hat sie an mehreren teilgenommen.«

»Wusstest du, dass sie verheiratet war?«

»Ehrlich?« Er schien aufrichtig erstaunt. »Dann kann die Ehe aber nicht lange gehalten haben, denn sie hat es mit keinem Wort erwähnt.«

»Aber sie trug sogar noch seinen Namen«, konterte ich und zeigte ihm die Urkunde.

»Donnerwetter«, stieß Chris aus. »Tatsächlich. Siehst du, da weißt du mittlerweile mehr als ich. Ich dachte immer, es wäre ein Künstlername gewesen, den sie sich zugelegt hat, um den Namen ihres Vaters nicht mehr tragen zu müssen.«

»Ja, stimmt. Ich habe mich auch schon gefragt, warum sie ihn behalten hat.«

»Vielleicht war er aber auch ihre mysteriöse große Liebe«, spekulierte Chris und zog die Augenbrauen hoch. »Hast du nicht nach einem ›M‹ gesucht?«

Ich nickte. »Ja«, gab ich gedankenversunken zu. »Die Spur scheint langsam wärmer zu werden.« Ich spürte instinktiv, dass Adas Kummer mit Marcel zusammenhängen musste.

Plötzlich kam mir ein Geistesblitz. »Hey, sicher können wir im Internet mehr über die beiden erfahren, oder?«

»Es wundert mich eh, dass du nicht schon längst nach Ada gegoogelt hast«, bemerkte er. »So gierig, wie du auf Informationen bist.«

Wir schauten uns in die Augen. *Nicht so gierig wie auf dich*, hätte ich beinahe geantwortet. Stattdessen konterte ich: »Ich gestehe, dass ich gar nicht auf die Idee gekommen bin, dass eine 94-Jährige im Netz vertreten sein könnte. Bis du mich aufgeklärt hast, konnte ich ja nicht ahnen, dass sie ein Filmstar war.« *Und außerdem bin ich von ganz anderen Dingen abgelenkt gewesen,* setzte ich in Gedanken hinzu.

»Auch wieder wahr.«

Glücklich über das einstweilig entstandene Einvernehmen, das sich wieder zwischen uns eingestellt hatte, lächelten wir uns an. Es war wie ein geheimes, vorläufiges Friedensabkommen.

»Lass uns zusammenfassen«, sagte ich. »Ada ist in jungen Jahren ausgerissen, um zum Film zu gehen. Etwa zur gleichen Zeit lernte sie ihren Mann kennen.«

»Das ist eine Vermutung«, schränkte Chris ein.

»Stimmt. Oder eine logische Schlussfolgerung. Ich kann mir kaum vorstellen, dass eine Frau in den Nachkriegsjahren einfach auf gut Glück nach Frankreich ausgewandert wäre.«

Chris wiegte den Kopf hin und her. »Ja, sicher hast du recht.«

»Prima, langsam wirst du vernünftig«, flachste ich und schmunzelte.

Chris lächelte. »Gut. Dann nehmen wir mal an, Ada hat ihren Mann hier in Lindau kennengelernt und ist ihm nach Paris gefolgt.«

»Genau.«

»Ich glaube, Lindau wurde nach dem Krieg von den Franzosen besetzt. Vielleicht war er ja beim Militär?«

»Möglich. Irgendwie schaffte sie es dann zum Filmgeschäft.«

»Außer, Marcel stammte vom Film und machte hier Urlaub«, spann Chris den Faden weiter.

»Machte man in der Nachkriegszeit denn schon Urlaub am Bodensee?«

»Unbedingt. Ich kann dir Fotos zeigen. Schon damals war Lindau ein sehr beliebter Ferienort.«

»Sie geht also nach Paris und wird dort zum aufsteigenden Stern. Und dann muss irgendetwas passiert sein. Jetzt müssten wir herausbekommen, warum sie ihre Karriere so schlagartig beendet hat und zurück nach Lindau gezogen ist.«

Chris zog die Stirn kraus. »Vielleicht hatte sie einfach die Nase voll von der Glitzerwelt?«, mutmaßte er.

Ich grummelte etwas Unverständliches, glaubte nicht daran. »All die Jahre danach hat sie den Glitter doch auch geliebt, oder?«

»Stimmt.«

»Und wie haben ihre Eltern auf ihre Rückkehr reagiert?«

»Die waren inzwischen verstorben.«

»Ach so«, erwiderte ich betroffen. Wie traurig. »Dann haben sie sich nie versöhnen können?«

»Das glaube ich kaum. Es war ein Autounfall, wenn ich mich recht entsinne.«

Ich schürzte die Lippen und legte den Kopf schief. »Hm. Wie wir es auch drehen und wenden, ergibt das alles keinen Sinn. Sie hat wohl immer ein Geheimnis aus diesem Abschnitt ihres Lebens gemacht, oder?«

Chris nickte. »Durchaus.« Er schien angestrengt nachzudenken. »Einmal habe ich sie auf einem ihrer Gartenfeste über all die Prominenten reden hören. Es war eher selten, dass sie sich darüber ausließ. Hat damals recht ungezwungen geklungen. Aber …«

»Aber?« Ich horchte auf.

»Ich hatte den Eindruck, dass sie allen Fragen ausgewichen ist, die sich um ihren Weggang aus Paris drehten. Etwas muss damals ihr Leben schlagartig verändert haben.«

»Etwas oder jemand«, fügte ich hinzu.

Chris hielt kurz inne, nickte schließlich. »Du meinst, sie hat einen anderen Mann kennengelernt? Oder dieser Marcel hat sie verlassen …«

Ich nickte heftig. »Das würde auch die Tagebucheinträge erklären. Ich glaube, jemand hat sich zwischen sie und ihre große Liebe gedrängt.«

»Wie kommst du darauf?«

»Wenn man ihre Zeilen liest, beschleicht einen das Gefühl, dass sie ihr ganzes Leben lang unglücklich gewesen ist und auf jemanden gewartet hat.«

Chris zögerte. Eine Art von Erkenntnis zeichnete sich auf seinem Gesicht ab und er lächelte geheimnisvoll. »Mir kommt da ein Gedanke«, sagte er und schien in seinem Gedächtnis zu wühlen.

»Mach's bitte nicht so spannend«, drängelte ich.

Er lächelte nachsichtig. »Einmal, als ich ihr eine Sage erzählt habe, ist sie in Tränen ausgebrochen. Einfach so. Ich habe ihr ganz unbefangen eine von mir abgewandelte Version vorgelesen, und als ich von meinem Manuskript aufgeschaut habe, hat sie mir schluchzend gegenübergesessen.«

»Und?«

»Ich habe mich bei ihr entschuldigt. Es ist nicht einfach, eine Dame ihres Formats weinen zu sehen … Ich meine, es ist nie einfach, jemanden weinen zu sehen, aber bei ihr … Ich weiß nicht. Für mich war sie immer die personifizierte Fröhlichkeit und Lebenslust schlechthin gewesen.«

»Ja, diesen Eindruck habe ich auch von ihr gewonnen«, gab ich zu und ließ die vielen Fotos vor meinem inneren Auge Revue passieren.

»Aber ich glaube, dass sie hinter dieser Fassade bitterlich gelitten haben muss«, gestand Chris.

»Und was hat sie zu dem Vorfall gesagt?«

Chris zuckte mit den Achseln. »Sie hat sich sofort wieder gefasst, sich in ihr Spitzentaschentuch geschnäuzt und gesagt: ›Aber nicht doch, mein Lieber, *ich* bin es, die sich für diese Gefühlsduselei bei Ihnen entschuldigen muss.‹« Er ahmte Adas hoheitliche Stimme nach, was mich abermals zum Schmunzeln brachte. »Sie sagte, dass die Geschichte sie an ihre eigene erinnern würde und sie deshalb sehr berührt hätte.«

Ich hielt die Luft an. »Und wovon handelte sie?«

Chris lächelte. »Das würdest du wohl gerne wissen, wie?« Er stupste meine Nase mit seinem Zeigefinger an. War er näher gekommen oder bildete ich mir das nur ein?

Ich verdrehte die Augen. »Jetzt spann mich nicht so auf die Folter!«

»Es handelt sich um die Sage vom Bodenseeungeheuer und der Seerose.«

Die Seerose!, hallte es in meinem Kopf nach. Sofort dachte ich an das Gemälde in Adas Zimmer und den wild belassenen Tümpel im Garten. Wie gebannt schauten wir einander an. Es war, als hätte Chris soeben ein Losungswort ausgesprochen. Kaum wagte ich zu atmen, geschweige denn zu sprechen. Es war, als hätten wir plötzlich ein gemeinsames Ziel, als teilten wir das Geheimnis um die sagenumwitterte Vergangenheit meiner Gönnerin.

Mit einem Mal fühlte ich mich ihm so nahe wie noch nie jemandem zuvor. Es war, als würden wir uns allein mit unseren Gedanken berühren. Es war, als würde mich jeder seiner Atemzüge streicheln, jeder seiner Blicke um den Verstand bringen. Ging es ihm genauso? Fühlte er wie ich?

In mir brodelte eine Mischung aus Vorfreude, Ada etwas näher kommen zu können, und der sich Bahn brechenden Anziehungskraft zwischen Chris und mir. Was ging hier gerade vor sich? Wurde ich verrückt? Verrückt nach ihm?

»Willst du sie hören?«, fragte er leise.

»Ja«, hauchte ich. Ich vergaß alles um mich herum.

Da saßen wir nebeneinander, ganz dicht. Auf einmal waren sich unsere Gesichter so nah, dass ich seinen Atem auf meiner Wange spürte. Ich wandte mich ihm zu, schaute ihn fragend an. Unsere Nasenspitzen berührten sich beinahe, was Blitze durch mein Inneres zucken ließ. »Erzählst du sie mir?«, wisperte ich.

»Natürlich«, antwortete er und ließ seinen Blick nicht von mir. Schaute er gerade auf meine Lippen? Ich tat es ihm nach. *Mannomann!* »Mit Vergnügen.«

Mein Körper drehte durch. Ich wollte ihn so sehr, ich wollte *es* so sehr. Ja, ich wollte, dass er mich küsste. Um mich herum begann die Welt zu tanzen, begannen Masken und Helme eine andere Sprache zu sprechen, begannen Gemälde Lieder zu singen … Alles verschwamm wie unter einem Hauch aus dem fernen Walhalla. Mein Bauch war nur noch ein Nest aus kleinen Tierchen, die wild umherflatterten. Waren das die berühmten Schmetterlinge? *Wow, wie heftig!*

Und gerade, als ich meinte, dass er mich küssen würde, schaute er plötzlich zur Tür, als suchte er nach einer Fluchtmöglichkeit. War das seine Art, die Spannung zu steigern? *Mehr braucht es eigentlich nicht*, dachte ich.

Als sich Chris mir erneut zuwandte, schaute er mich ernst an. Vielleicht sollte ich mich vor ihm hüten, vielleicht würde er mein Herz brechen? Aber ich begriff, dass es bereits zu spät war. Dass ich diesen Zauber, koste es, was es wolle, ausleben wollte. Egal, welche Folgen es nach sich ziehen würde.

Ein lautes Knacken im Treppenhaus ließ uns zusammenfahren. Chris wich leicht zurück. Fast schien es, als käme ihm die Unterbrechung gelegen, als hätte sie ihn in die Realität zurückgerufen und vor einer großen Dummheit bewahrt, denn seine Miene verfinsterte sich kaum merklich.

»Was war das?«, fragte er ernüchtert.

»Sicher wieder nur eine Maus«, antwortete ich achselzuckend. Eine Maus, die ich in diesem Moment verwünschte.

Auf einmal wirkte Chris distanziert. Was ging in ihm vor?

»Komm«, sagte er. »Lass uns hinuntergehen und den Kamin anzünden. Dann erzähle ich dir die Geschichte. Einverstanden?«

»Willst du es mit mir wie mit der Pizza halten?«, fragte ich frech, obwohl ich innerlich noch völlig aufgewühlt war. »Erst mal kurz dran lecken, dann ein wenig dran herumknabbern …«

Chris warf den Kopf in den Nacken und lachte schallend.

Als er mich wieder anschaute, funkelten seine Augen übermütig. Ich funkelte provozierend zurück. Zur Antwort wollte er mir einen Kuss auf die Wange drücken, doch ich wich leicht nach hinten aus.

»Anscheinend willst du den Spieß jetzt umdrehen.« Seine Augen wurden zu Schlitzen. Er wirkte so umwerfend männlich auf mich, dass es mich nahezu übermenschliche Überwindung kostete, nicht gleich über ihn herzufallen. Daran, dass ich es in Kürze tun würde, bestand kein

Zweifel. Genau wie bei der Pizza würde das Hinhalten nicht sehr lange andauern dürfen.

»Es heißt, ich sei sehr lernfähig«, feixte ich und stand auf.

»Wenn ich daran jemals auch nur den leisesten Zweifel gehegt hätte«, antwortete er, erhob sich ebenfalls und schaute mich herausfordernd an, »dann hättest du ihn eben ein für alle Mal ausgeräumt …«

Kapitel 12 –
Das Wesen von Sagen

Als wir ins Erdgeschoss hinuntergingen, stand ich noch immer unter dem Bann des Speichers; es fühlte sich an, als schwebte ich wie eine Feder dahin. Gleichzeitig wühlte mich die Situation auf. Ich spürte die sonderbare Atmosphäre, die von dem Haus ausging: ein mystisch-historisches Ambiente, das mal faszinierend, mal mysteriös und unheimlich auf mich wirkte. Hätte ich an Geister geglaubt, wäre ich sicher überzeugt gewesen, dass Ada noch anwesend war und nur darauf wartete, dass eine Wahrheit ans Licht kam.

Eine Wahrheit?, fragte ich mich, über meine eigenen Gedanken verwundert. Es war fast so, als spürte ich im tiefsten Inneren meines Seins, dass all dies hier einen geheimen Sinn hatte. Als ob Ada mit dem Nachlass etwas in Gang hatte bringen wollen. Als hätte sie postmortale Gerechtigkeit üben wollen. Je mehr ich darüber nachsann, umso plausibler erschien es mir.

Aber da war noch etwas anderes, das mich aus der Bahn warf – wahrscheinlich war es mein Gewissen, das mich zur Ordnung rufen wollte. *Du kennst diesen Mann doch gar nicht. Und was ist mit Bernd? Wie kannst du ihn einfach so betrügen?*, schien es mir zu sagen.

Betrügen? Wäre das wirklich Betrug, wenn ich einen anderen Mann küssen würde, während sich meine Beziehung vorläufig im Stand-by-Modus befand? Die Antwort wollte sich mir nicht erschließen, sicher auch, weil ich es gar nicht so genau wissen wollte.

Während Chris den Kamin anfeuerte, setzte ich einen starken Kaffee auf. Als ich damit ins Wohnzimmer zurückkam, fühlte ich mich wieder einigermaßen aufgeräumt. Chris stand am Fenster und blickte nach draußen, wo es zu schneien begonnen hatte. Ich ertappte mich dabei, verstohlen seinen Körper zu mustern. Breite Schultern, muskulöse Arme, lange Beine …

Hastig wandte ich den Blick ab, bevor Chris mich beim Schmachten ertappen konnte, und stellte das Tablett auf dem Couchtisch ab. Abrupt wandte Chris sich zu mir um, lächelte gewinnend.

Ich räusperte mich. »Wie schön, es schneit wieder«, versuchte ich, so unbefangen wie möglich zu klingen.

»Ja, es sieht wirklich danach aus, dass der Kleine See zufrieren wird und wir noch vor Weihnachten Schlittschuh fahren können.«

»Das muss ein Heidenspaß sein«, stimmte ich in seinen Enthusiasmus ein.

»Es ist einfach magisch«, schwärmte er. Wir schauten einander an. Es schien, als stellte er sich die gleichen Fragen, die mich beschäftigten. Als würde auch er zögern, weiterzugehen. Ich meinte, die Luft zwischen uns knistern zu hören. Oder kam das vom Kamin?

Wir setzten uns nebeneinander auf das flauschige Sofa, und ich schenkte ein, bemüht, das leichte Zittern meiner Hände zu verbergen. Unsere Knie berührten sich leicht und schon das allein trieb mir die Hitze durch den Körper.

»Hier«, presste ich hervor und reichte Chris eine Tasse, die er dankend annahm.

»Bist du bereit?«, fragte er, nachdem er vorsichtig einen kleinen Schluck genommen hatte. Verwirrt schaute ich ihn an. Was meinte er damit? »Dir Adas Lieblingssage anzuhören?« Er grinste, als würde er ahnen, was in mir vorging.

»Oh«, stieß ich aus. »Ja, natürlich.« Ich lachte verlegen. »Aber erzähl mir vorher bitte, wie du überhaupt zu dieser ungewöhnlichen Leidenschaft gekommen bist.«

»Du malst dir wohl gerade aus, wie ich mich als pickliger Jüngling in Bibliotheken herumgetrieben habe, um stundenlang in verstaubten Folianten zu schmökern?«

Ertappt. Ich unterdrückte ein Grinsen, wobei mir ein leises Glucksen entwischte. »Ja, genau.«

»Nun, ich hatte keine Freunde, niemand mochte mich und so mutierte ich eben zum einsamen Bücherwurm.« Seine Augenbraue zuckte.

Anklagend zog ich die meinen in die Höhe, reckte mit herausfordernder Miene das Kinn. »Du hättest mir deinen Trick nicht verraten dürfen, denn jetzt zieht er nicht mehr bei mir.«

»Mist.« Wir lachten. »Wenn es denn sein muss«, gab er sich geschlagen. »Ich habe es sozusagen in die Wiege gelegt bekommen.«

Sicherheitshalber schielte ich unauffällig auf seine Brauen, die jedoch regungslos blieben.

»Mein Großvater war wahnsinnig heimatverbunden. Ob beim Butzentanz zur Fasnet, beim Böllerschießen zum Kinderfest oder in der Weihnachtszeit als Belzmärte – überall war er dabei, hat mitgemischt, geholfen, halb vergessene Traditionen wiederzuerwecken, und versucht, uns Kindern die Bedeutung hinter den alten Bräuchen zu vermitteln. Vor allem die schwäbischen Sagen hatten es ihm angetan. Sobald er eine Gelegenheit fand, setzte er sich mit uns an den Kamin und erzählte uns von alten Zeiten.«

Wie schön, dachte ich und hatte Bilder vom kleinen Chris auf dem Schoß seines Opas vor Augen.

»Als ich älter wurde, habe ich meine Freizeit mit meinen Freunden im Wald verbracht, wo wir uns unsere eigenen Geschichten über kleine Waldwesen, Kobolde und Elfen ausgedacht haben.« Chris lächelte mich liebevoll an, und sofort spürte ich wieder dieses Ziehen im Bauch, diese Sehnsucht nach mehr. »Schon immer habe ich Märchen und Sagen geliebt, wobei ich Letztere ganz klar bevorzuge.«

»Warum? Ich meine, worin liegt für dich der Unterschied?« Ich war neugierig geworden, ließ mich in die bauschigen Polster sinken, um seinen Worten zu lauschen.

Chris schien kurz nachzudenken. Vorsichtig nahm er ein paar Schlucke von seinem Kaffee, stellte die Tasse schließlich wieder ab, lehnte sich ebenfalls zurück und schaute vor sich hin ins Leere, als würde er dort nach der Antwort auf meine Frage suchen. »Für mich sind Sagen ein Stück Heimat, die man uns mitgibt, um alte Überlieferungen am Leben zu erhalten.«

»Das gilt auch für Märchen, oder nicht?«, bohrte ich nach.

»Klar, aber Märchen sind universeller, allgemeiner gehalten, sprechen das kollektive Unbewusste in uns an. Sagen sind meist an einen bestimmten Ort gebunden, sie sind persönlicher, wenn du so willst.«

»Darüber habe ich noch nie nachgedacht«, antwortete ich erstaunt. »Jetzt, wo du es sagst, scheint es völlig einleuchtend.«

»Märchen sind wie Bruchteile von Dichtungen aus der Vergangenheit, die zu uns durchdringen. Sie verkörpern sozusagen eine Art Ursprache, die jedem verständlich ist. Im Unterschied dazu enthalten Sagen oft noch direkte Spuren aus der Mundart der jeweiligen Region, die sie hervorgebracht hat: Chiffren aus uralten Zeiten, die zu uns gelangen wie eine belebende Brise aus dem Geist unserer Vorfahren, durch alle Epochen hindurch.«

Eine Gänsehaut überlief mich. »Wow!«, hauchte ich. »Das hört sich wundervoll an.« Seine Leidenschaft war ansteckend. Ich vergaß fast, wie anziehend ich ihn fand, wollte unbedingt mehr erfahren.

Chris schien in eine andere Welt abgerückt zu sein. Er starrte durch mich hindurch, als wäre ich die Tür, die sich ins Reich der Legenden öffnete. »Märchen dienen zum Beispiel dazu, Kindern einen bestimmten Sachverhalt zu veranschaulichen, sie sind oft relativ leicht verdaulich. Wohingegen Sagen meistens einen ernsteren Hintergrund haben. Sie ermuntern einen dazu, ihnen nachzuspüren, in der Ortshistorie zu graben, den wahren Kern freizulegen.«

»Du meinst, Sagen sind tiefgründiger, weil sie einen zum Nachdenken anregen?«

»Genau«, sagte er. Es klang zufrieden. Wie ein Lehrer, der seiner Schülerin eine gute Note in Aufmerksamkeit erteilte. »Kinder glauben noch an Märchen – und manch ein Erwachsener an die alten Legenden seiner Heimat.«

Beflügelt von Chris' Euphorie konnte ich mich kaum noch bremsen. »Das stimmt«, befand ich. Bei näherer Betrachtung musste ich zugeben, dass mich die hessischen Sagen schon immer fasziniert hatten. »Sie sind wie Lieder, die aus der Vergangenheit zu uns hallen, ein Klang, der alles in Schwingung versetzt.«

Chris schaute mich begeistert an. »Ja, wie ein zarter Blütenstaub, der aus der Ferne zu uns herüberweht und sich auf alle Dinge legt. Und so kommt es, dass man, wenn man durch den dichten Wald läuft, immer das Gefühl hat, von etwas Unfassbarem, etwas Mystischem berührt zu werden. Etwas, das wie ein lieblicher Gesang an uns vorübergleitet und uns vom Lauf der Zeit erzählt.«

Ich starrte ihn fassungslos an. »Diese Vorstellung ist einfach zauberhaft.«

»Im wahrsten Sinne des Wortes«, antwortete er und lächelte bedeutsam.

»Wenn du mich damit in die richtige Stimmung für deine Bodenseesage versetzen wolltest, dann ist dir das mehr als gelungen.«

Er grinste und zuckte mit den Achseln. »Du hast gefragt«, konterte er.

»Stimmt«, gab ich zu. »Jetzt bin ich gespannt wie ein Flitzebogen.«

»Dann komm her«, sagte er wie selbstverständlich und winkte mich zu sich. »Lehn dich an mich, dann wirst du nicht von mir abgelenkt und kannst dich ganz auf meine Stimme konzentrieren.«

Ich erzitterte. Er hatte gut reden. *Von wegen nicht von ihm abgelenkt*, dachte ich skeptisch, folgte aber seiner Aufforderung nur zu gerne. Ich musste all meine Selbstbeherrschung aufbieten, um nicht auf die Wärme seines Körpers an meinem Rücken, seine Arme auf den meinen, seinen Kopf an meiner Wange und den dezenten Duft seines Aftershaves zu reagieren. Aber ich fühlte mich so wohl, so geborgen, so an meinem Platz, dass ich bald die alles verzehrende Spannung, die nahezu greifbar zwischen uns in der Luft hing, vergessen und mich nur noch auf den Klang seiner

Stimme konzentrieren konnte. Verträumt und von dieser einlullenden Wärme umgeben, schaute ich aus dem Fenster, vor dem die Schneeflocken wie kleine Nachrichten aus dem Jenseits auf die Erde taumelten, als wären auch sie die Boten aus einer anderen Welt. Ich spähte zum See, der friedlich dalag und das Geflocke stoisch über sich ergehen ließ. *Wie wunderschön es hier ist*, huschte es mir durch den Sinn. *Wie glücklich Ada hier gewesen sein muss.*

Chris küsste mich auf die Wange, und es war, als stünden wir vor einer Pforte, bereit, ins mystische Reich der Legenden einzutreten und von jenem sonderbaren Wesen der Vergangenheit durchdrungen zu werden, eins mit ihm zu werden …

Kapitel 13 –
Wie Spuren am See

Chris' Stimme war tief und rau, leicht kratzig, als er zu erzählen begann: »Es war einmal vor langer, langer Zeit, da gingen die Menschen in Lindau friedlich ihrem Alltag nach. Das Leben war nicht immer einfach. Oft wurde die Stadt von Krankheiten, Seuchen, Kriegen oder Stürmen heimgesucht, aber die Stadtbewohner überdauerten jeden Schrecken, jede Plage und jedes Unglück. Der See war ihr Zuhause, gab ihnen Arbeit und Nahrung und war ihnen heilig. Kaum einer ahnte auch nur, dass er ein tiefgründiges Geheimnis barg. Und die, die es taten, wollten es lieber nicht so genau wissen. Denn solange sie in Frieden leben konnten, gab es keinen Grund, daran zu rühren.«

Ich schaute zu Chris auf, schmunzelte. Es war einfach zu süß, wie er hinter mir saß, mich in den Armen hielt und völlig ins Erzählen vertieft war. Mit halb geschlossenen Lidern blickte er auf mich hinab und zwinkerte.

»Und unter ihnen lebte ein zehnjähriges Mädchen: Heti. Ihr Vater war ein armer Schuster und ihre Mutter hatte sie nie kennengelernt. Sie fühlte sich oft einsam, denn ihr Vater arbeitete bis spät in die Nacht hinein, hatte keine Zeit für sie. Und in der Schule war Heti eine Außenseiterin. Zu verträumt, sagten die einen, zu sonderbar, behaupteten die anderen. So flüchtete sie sich in ihre Bücher, erfand auch eigene Geschichten und schrieb sie nieder. Jeden Abend vorm Schlafengehen setzte sie sich auf ihr Bett und schaute durch das kleine Giebelfenster ihrer Dachkammer auf den weiten See, dessen Grenzen nur die hohen Berge im Hintergrund waren. Berge, die ihr die Sicht in eine andere, ihr unbekannte Welt versperrten. Und je öfter sie so dasaß und den im Mondlicht in den verschiedensten Nuancen glitzernden See bewunderte, umso tiefer bohrte sich die Frage, was wohl hinter diesen gigantischen Hügeln liegen mochte, in ihr Herz.«

Wie in einen Traum eingebettet sah ich abermals aus dem Fenster, vor dem das Wirbeln der Flocken immer heftiger zu werden schien. Im Kamin knackte es einmal laut.

»Ihre Fantasie kannte keine Grenzen und sie malte sich die wildesten Abenteuer aus, träumte von fernen Ländern, seltsamen Erdbewohnern und schaurigen Monstern. Und eines Nachts, als sie so dasaß und ihren Illusionen nachhing, meinte sie, auf einmal ein ungewöhnliches Blubbern aus den Tiefen des Sees zu hören. Gleich darauf bildete sich eine riesige Blase, die sich in welligen Wasserringen auslief. Wie gebannt blieb Heti stundenlang sitzen. Aber das Brodeln kam nicht wieder. Am nächsten Tag erzählte sie das Erlebnis ihrem Vater, der es aber nur als eine weitere Spinnerei seiner unverbesserlichen Tochter abtat. Deshalb zog sie sich noch mehr in sich zurück und blieb am Abend immer länger wach, den Kopf auf die verschränkten Ärmchen gestützt, und stierte sehnsüchtig aufs Wasser. So manches Mal schlief sie ein und ärgerte sich am nächsten Morgen darüber. Und dann geschah es wieder und schließlich noch einmal. Jedes Mal nur ein kurzes Blubbern, wie wenn ein riesiger Fisch an die Oberfläche kam, dann war es auch schon wieder vorbei. Am darauffolgenden Morgen, im grellen Licht des neuen Tages, schien das nächtliche Erlebnis ins Reich der Fantasie zurückgekehrt zu sein. In Hetis Herz wuchs die Gewissheit, dass es sich nicht nur um einen einfachen Fisch handeln konnte. Stets blieb jedoch ein leiser Zweifel zurück, wie ein Schatten, der mit dem Verstreichen der Nächte wuchs und wuchs und ihr Gemüt ganz allmählich verdüsterte.«

Chris legte eine kurze Pause ein, die die Spannung noch erhöhte.

»Und weiter?«, hauchte ich benommen. Die behagliche Stimmung, das Schneetreiben, das Knistern im Kamin, Chris' Stimme, die mir eine angenehme Gänsehaut verursachte – all das ließ mich in einen mir bislang unbekannten Dämmerzustand gleiten. Es war, als würde mich jedes seiner Worte sanft streicheln und mir die Härchen auf den Unterarmen aufstellen.

»Ein weiteres Mal richtete sie sich an ihren Vater, aber er wollte ihr kein Gehör schenken, und so behielt sie ihre Überzeugung für sich. Jedoch wollte sie es nicht dabei belassen. Ab sofort eilte sie jede Nacht an den See und versteckte sich im Schilf, in der Hoffnung, das Blubbern aus der Nähe sehen und herausfinden zu können, was es damit auf sich hatte. Nacht um Nacht saß sie dort, beobachtete das Wasser und wartete – halb bang, halb erwartungsvoll –, dass sich das Etwas zeigen würde. Als nichts geschah, wurde ihr das Warten irgendwann zu langweilig. So begann sie, sich Geschichten zu erzählen. Ihr silbernes Stimmchen hallte durch den Nebel über den spiegelglatten See hinweg, prallte von der düsteren Gebirgskette ab und kehrte als tausendfaches Echo zu ihr zurück. Tatsächlich dauerte es nicht lange, da war Heti das Glück endlich hold. Ein zweifelhaftes Glück … Zuerst spürte sie ein leichtes Beben unter den Füßen, dann schwappten kleine

Wellen an Land. Ein klagender Laut zerriss die nächtliche Stille – und dann geschah es: Im schummrigen Mondlicht erblickte sie etwas Erschütterndes ...«

Mich fröstelte auf einmal. Die Art, wie Chris die Geschichte hinauszögerte, wie er mit monotoner und doch vibrierender Stimme erzählte, hüllte mich in einen Kokon aus wohliger Benommenheit. Zugleich lechzte ich nach mehr. Ich traute mich kaum, mich zu rühren, aus Angst, auch nur ein Wort zu verpassen. Erwartungsvoll starrte ich Chris an. Er würde es doch nicht etwa wagen, jetzt wieder eine Pause einzulegen? Ich stieß die Luft aus, die ich zuvor unwillkürlich angehalten hatte. »Und?«, drängte ich. Was mich am meisten verwirrte, war die Tatsache, dass seine Brauen kein einziges Mal zuckten, ganz so, als handle es sich um eine wahre Begebenheit.

»Es war gewaltiger als das größte Fuhrwerk und glich einem Dinosaurier, einem Urtier, das der Ausrottung entkommen zu sein schien. Sein gedrungener Leib war vom Kopf bis zum Schwanzende mit gräulich-schwarzen Borsten bedeckt. Es warf den langen Hals zurück, öffnete das riesige Maul, und erneut hallte sein schauerliches Geheule über den See. In Hetis Ohren klang es weder angsteinflößend noch bedrohlich, sondern eher wie ein Schrei der verzweifelten Einsamkeit. Eine Art von Einsamkeit, die sie selbst so gut kannte. Das Merkwürdigste an dieser sonderbaren Begebenheit war, dass Heti keine Furcht empfand. Für sie war es das wunderbarste Geschöpf, das sie jemals zu Gesicht bekommen hatte. *Griaß Godd*, rief sie dem seltsamen Wesen zu. *Ich bin Heti und ich habe auf dich gewartet.* Das Urwesen fuhr herum, stierte sie aus glühenden Kulleraugen an. Aus seinen Nasenlöchern stieß es Wassermassen aus, als würde es verächtlich grunzen. *Ich bin deine*

Freundin, setzte Heti mutig hinzu, als sie sah, dass der gelbe Echsenblick vor Intelligenz strahlte. Der Wasserbewohner machte einen platschenden Schritt auf sie zu und legte den Kopf schief, um Heti zu mustern. Dabei wirkte er so neugierig, ja beinahe verspielt, dass sich das Mädchen an einen treuherzigen Welpen erinnert fühlte und ihr vor instinktiver Liebe das Herz erblühte. *Freundin*, grollte das Urtier mit sonorer Stimme. Heti nickte eifrig. *Ja, Freundin*, wiederholte sie mit klopfendem Herzen. *Was ist das?*, wollte das Wesen wissen. Heti überlegte kurz. *Das ist jemand, dem man sich anvertrauen kann. Jemand, der einen niemals im Stich lässt, der alles tut, um einen zu beschützen*, sprudelte es aus ihr heraus. Das Wesen legte den Kopf schief. *Es ist ungewöhnlich*, stieß es aus. Heti erschrak. *Was?*, fragte sie. Das Tier blubberte: *Dass du mich siehst. Für deinesgleichen bin ich sonst unsichtbar, außer …* Es schien zu überlegen. Heti hielt die Luft an. *Außer was?*, wisperte sie, wollte die Unterhaltung um jeden Preis aufrechterhalten. Laut schmatzend holte es zur Antwort aus: *Außer für diejenigen, die eine besondere Gabe des wachen Träumens besitzen. Hast du vielleicht einen starken Wunsch, der alle Grenzen des Möglichen überschreitet?* Heti brauchte nicht lange nachzudenken. *Ja, den habe ich*, hauchte sie berührt.«

Chris hielt erneut inne und schaute auf mich herab. Verwundert erwiderte ich seinen Blick. »Was ist?«, fragte ich ungeduldig.

»Ich wollte nur sichergehen, dass du nicht eingeschlafen bist«, frotzelte er.

Ich prustete empört. »Also wirklich, wie könnte ich bei so einer spannenden Geschichte?«

Zufrieden lächelnd setzte Chris die Erzählung fort: »Des Urtiers Züge erhellten sich plötzlich. *Ich bin Nenu,* sagte es. *Und ich will dein Freund sein, denn du erzählst schöne Geschichten.* Vor Freude traten Heti Tränen in die Augen. Nenu war ihr erster und einziger Freund. Und so kam es, dass sich die beiden ab sofort jede Nacht heimlich am Seeufer trafen. Heti gab ihre Erzählungen zum Besten, und auch wenn Nenu dabei jedes Mal bitterlich weinte, spürte das Mädchen doch, dass es ihrem schuppigen Freund guttat, ihr zuzuhören. Und als sie eng genug befreundet waren, dass Heti meinte, einen Vorstoß wagen zu können, da fasste sie sich ein Herz und fragte: *Sag, mein Freund, weißt du, was hinter den Alpen liegt?* Sie glaubte schon, einen Fehler begangen zu haben, denn Nenu wandte sich trotzig ab und stapfte zurück ins Wasser, was hohe Wellen verursachte, von denen Heti überspült wurde. Bis auf die Knochen durchnässt und todtraurig blieb sie am Ufer zurück. Es dauerte aber nicht lange, da überlegte Nenu es sich anders und kam zurück. Er schnaufte aufgebracht, hatte sichtlich Schwierigkeiten, seine Emotionen zu zügeln. *Die Alpen sind meine Schwestern und es ist eine verbotene Frage,* stieß er hervor. *Es ist ein Urgeheimnis …* Heti war erschüttert. Daran hatte sie nicht gedacht. *Aber,* erwiderte sie zögernd, *dann darf ich niemals erfahren, was sich dahinter verbirgt?* Wieder schnaubte Nenu. *Du bist meine Freundin. Vielleicht kann ich eine Ausnahme machen und es dir zeigen,* lenkte er überraschend ein. Hetis Wangen glühten. *Au ja, bitte,* stammelte sie. Nenu grummelte: *Aber es hat einen Preis!* Es brach Heti schier das Herz und sie rief: *Einen Preis? Aber wir sind sehr arm …* Also würde sie niemals erfahren dürfen, was sich hinter den Giganten verbarg? Erneut grunzte Nenu: *Arm? Aber nein. Ich möchte keine Münzen. Du musst mir etwas bringen, was ich noch nicht kenne.*

Etwas, das so schön ist, dass ich dich niemals vergessen kann.«

»Haha!«, wisperte ich. »Um was könnte es sich hierbei wohl handeln?«

Chris blieb stoisch und erzählte weiter: »So kam es, dass Heti angestrengt nachdachte, was sie Nenu als Geschenk anbieten könnte, damit er immer an sie denken würde. Lange fiel ihr nichts ein. Alles, was ihr in den Sinn kam, verwarf sie kurz darauf wieder. Was könnte auch kostbar genug sein, um ein Seewesen zu beeindrucken, und zugleich so erschwinglich, dass sie es sich würde leisten können? Da entsann sie sich plötzlich, wie sie einmal im tiefsten Herzen des Waldes einen Tümpel entdeckt hatte, auf dessen Oberfläche wunderschöne Seerosen blühten.«

Da sind sie also, dachte ich. *Diese faszinierenden Pflanzen, die in Adas Leben anscheinend solch eine große Bedeutung gehabt haben.* »Was für ein guter Einfall«, bemerkte ich.

Chris nickte. »Genau. Heti machte sich umgehend auf den Weg in den düsteren Wald, stieg durch Dickicht und Morast, hielt den stürmischen Winden stand und besiegte ihre Angst vor den bösen Waldgeistern, die stetig zunahm, je tiefer sie in ihr Reich eindrang. Alles, um einige dieser geheimnisvollen Gewächse zu pflücken und heil zurück an den See zu bringen. Schließlich hatte Heti es geschafft. Nenus Augen leuchteten, als er die Farbenpracht der herrlichen Blüten bestaunte. *Und ... die sind wirklich für mich?*, fragte er gerührt. Heti nickte. *Ja*, antwortete sie. *Für dich ganz allein. Niemand wird sie dir jemals wegnehmen.* Das Urtier war außer sich vor Freude. Und so kam es, dass Nenu Heti auf seinen borstigen Rücken hob, aus dem sich plötzlich breite Schwingen entfalteten, und mit ihr losflog. Heti konnte es kaum fassen, als sie in die Lüfte stiegen und den See überquerten. Der Magen rutschte ihr in die Kniekehlen und sie krallte sich an Nenus Schuppenkleid fest. Doch bald triumphierte die Schönheit dessen, was sich ihr darbot, über ihre Angst vorm Fliegen und sie entspannte sich. Die riesigen Schwingen trugen sie über das Gebirge hinweg, als wäre es nur ein Katzensprung. Unter ihr funkelte das Gestein in vielerlei Nuancen: Grau, Schwarz, Beige, Grün, Ockerfarben, Rot, Braun, Blau … Über die Spitzen stülpten sich weiße Häubchen wie Fingerhüte über die ungeheuren Pranken von Riesen. Und dann sah sie das Unglaubliche: Dort, wo sie eigentlich erwartet hatte, dass der Horizont hinter dem Gestein steil ins Nichts abfallen würde, erstreckte sich das endlos wirkende Meer, an dessen Ufern prächtige Städte angesiedelt waren. Sie schwebten über die Wiesen und Felder der Provence, überflogen Flüsse und Seen und viele kleine Dörfer. Heti war überglücklich. Sie fühlte sich frei, geliebt und unbesiegbar. Endlich hatte sie einen Freund gefunden, jemanden, der sie verstand und sie so liebte, wie sie war. Und sie durfte all diese schönen Dinge sehen, wenn auch nur bei Nacht.«

»Wie herrlich«, schwärmte ich.

»Von diesem Tag an holte Heti immer neue schillernde Seerosen aus dem Wald, bis Nenu ein wunderschönes buntes Wasserbeet besaß. Sie unternahmen weitere Reisen über die Alpen hinweg in ferne Länder, und Nenu hütete die Blumenpracht wie einen kostbaren Schatz.«

»Was für ein schönes Ende«, wisperte ich versonnen.

Chris schüttelte den Kopf. »Das ist noch nicht das Ende«, entgegnete er und es klang fast ein wenig traurig.

Erschrocken schaute ich ihn an. Mir schwante Böses. »Können wir es nicht dabei belassen?«

»Kommt gar nicht infrage«, antwortete er tadelnd. Resigniert seufzend ließ ich ihn fortfahren. »Nenu und Heti wurden zu unzertrennlichen Freunden. Nenu lauschte stets gebannt den Geschichten, die Heti für ihn erfand, und nahm sie auf seine Reisen mit. Die Seerosen wurden zum Symbol ihrer Gemeinsamkeiten und gediehen und wuchsen zu prächtigen Gewächsen heran, die sich immer weiter an den Ufern des Sees ausbreiteten und dem Betrachter ein wundervolles Schauspiel von graziler Schönheit, von verlockendem Glanz und fragiler Anmut darboten. Nenu war unglaublich stolz auf seine Blumen, und Heti liebte sie fast so sehr, wie sie Nenu vergötterte. Für einige Zeit ging alles gut. Bis …«

Wieder legte Chris eine Kunstpause ein. Ich ärgerte mich darüber, wollte endlich wissen, wie es weiterging. Vorwurfsvoll schaute ich zu ihm auf und musste wieder an die Art denken, wie er mich die Pizza hatte essen lassen. Und richtig! Um seinen Mund lag ein leicht spöttischer Zug, als ob er sich über meine Ungeduld amüsierte. Nein, als ob er sich geradezu an ihr labte!

»Bis was? Wie geht es weiter?«, forderte ich ihn unwirsch auf.

»Bis etwas Unvorhergesehenes geschah. Denn was die beiden leider nicht wissen konnten, war, dass die Seerosenblüten einen Saft aus ihren Poren ausstießen, der Nenus Unsichtbarkeit aufhob.«

Ich schlug mir die Hände vor die Augen. »Nein, bitte nicht«, stöhnte ich. Jetzt würde es unweigerlich kommen …

»Und damit nicht genug. Eines Abend geschah, was geschehen musste: Hetis Vater stieg, von Reue getrieben, weil er sich so wenig um seine Tochter kümmerte, nach getaner Arbeit in die kleine Dachkammer empor, um Heti einen Gutenachtkuss zu geben, und fand ihr Bett leer vor. Es traf ihn wie ein Schlag. Und als er aus dem Fenster blickte, bekam er gerade noch mit, wie Heti am Ufer des Sees auf den Rücken eines widerwärtigen, glitschigen Urtiers stieg und mit ihm über den See und die Alpen davonflog. Der Vater weinte bitterlich, wehklagte so laut, dass es die gesamte Nachbarschaft aufweckte. Jammernd erzählte er ihnen, was sich zugetragen hatte, auch wenn er glaubte, dass man ihn nur verhöhnen würde, aber das war ihm in diesem Moment völlig gleich. Seine kleine Heti war fort, von einem Ungeheuer entführt, und er, der schlechteste Vater aller Zeiten, hatte ihr nicht glauben wollen, als sie ihm davon berichtet hatte. Doch zu seiner großen Verwunderung reagierten die Nachbarn ganz anders als erwartet. Auch der ein oder andere Stadtbewohner wollte in letzter Zeit Ungewöhnliches bemerkt haben. Einer meinte, am nächtlichen Himmel einen Riesenadler gesichtet zu haben, seinen Augen aber nicht trauen zu können. Ein anderer behauptete, dass er eine Art Seeschlange gesehen habe. Und so verbreitete sich die Nachricht von einem kinderentführenden Monstrum wie ein Lauffeuer in der ganzen Stadt«, fuhr Chris fort, schien richtig in Fahrt zu kommen, denn seine Stimme wurde eindringlicher, beinahe beschwörend. »Die Bürger sammelten sich auf dem Marktplatz, bewaffneten sich, stiegen in Boote und Barken und fuhren darin hinaus auf den See, um im silbernen Mondlicht auf die Rückkehr des Urtiers zu warten.«

Anklagend schaute ich zu Chris auf. »Wie schrecklich«, stieß ich aus, um ihm meine Anteilnahme an seiner Geschichte zu zeigen. »Noch immer hege ich die Hoffnung, dass sich alles zum Guten wendet.«

Ein bedauerlicher Zug umspielte seinen Mund, als er fortfuhr. »Dann, bei Morgengrauen, sahen sie in der Ferne einen dunklen Tupfer am Horizont. Der Punkt wurde schnell größer und kam immer näher. Schon bald konnte man die Umrisse des Dinosauriers erkennen, auf dessen Rücken ein winziges Menschenwesen saß. Alle warteten sie auf das Kommando. Und als das Monstrum sich am Ufer niederließ und Heti abgestiegen war, da legten die Lauernden kaltblütig ihre Gewehre auf Nenu an und drückten ab. Laute Schüsse peitschten durch die Luft, und dann geschah alles so schnell, dass Hetis schockierte Sinne nur bruchstückhaft registrierten, was da vor sich ging. Sie hörte das Bollern, sah, wie Nenu sich mit einem gewaltigen Satz in die Tiefen des Sees stürzte, roch, wie sich die laue Nachtluft mit dem Gestank nach Schießpulver und Kupfer sättigte. Eine Wolke zog am Mond vorbei, und sein blasses Licht fiel auf dunkelrote Schlieren, die dort an die Wasseroberfläche stiegen, wo Nenu wenige Augenblicke zuvor verschwunden war ... Heti schrie entsetzt auf, versuchte, sich den aufgebrachten Bewohnern, die noch weitere Schüsse auf den See abgaben, mit Handzeichen verständlich zu machen, ihnen zu erklären, dass Nenu freundlich und gut war. Doch die Anwohner weigerten sich, sie anzuhören. Gewaltige Blasen stiegen plötzlich zwischen den Booten an die Oberfläche, wo sie zerplatzten und einen fürchterlichen Gestank nach Algen und verdorbenem Fisch verbreiteten. Kaum hatten sich die Männer von diesem miasmatischen Angriff erholt, da erscholl aus der dunklen Tiefe unter ihnen ein bedrohliches Tosen, das immer mehr anschwoll. Schon begannen die bislang sanft vor sich hin dümpelnden Boote zu schaukeln wie bei schwerem Seegang. Da bildete sich inmitten des Sees ein mächtiger Strudel, haushohe Wellen türmten sich auf, die ersten Boote kenterten und wurden erbarmungslos in den reißenden Mahlstrom gesogen. Immer mehr von den Seeleuten verloren die Kontrolle über ihre schwankenden Nussschalen, und nur mit knapper Not konnten sich einige der Männer, deren Boote am weitesten von dem aquatischen Aufruhr entfernt gewesen waren, schwimmend an Land retten.«

»Und dann?«, fragte ich bewegt.

»Ab diesem Tag blieb Nenu verschwunden. Niemand wusste, ob die Stadtbewohner das Urtier getötet hatten oder ob es noch lebte und sich irgendwo in der dunklen Tiefe des Sees verborgen hielt. Jede Nacht kam Heti ans Ufer und wartete. Jeden Morgen suchte sie den Uferschlamm nach Fußspuren ab. Jeden Abend betete sie inständig, dass Nenu zurückkehren möge. Sie war überzeugt, dass dies irgendwann geschähe – denn wäre Nenu tot, so würde sie es in ihrem Herzen spüren, dessen war sie sich sicher. So bereitete sie sich auf Nenus Wiederkehr vor, indem sie die schönsten und magischsten Seerosen zu züchten begann. Schon bald glitzerten die zauberhaften Gewächse am gesamten Lindauer Ufer und schillerten in den prächtigsten Farben im Sonnen- und Mondlicht: Rosa, Rot, Gelb, Orange, Lila …«

Abermals überlief mich eine Gänsehaut. Ich dachte an Ada, an ihren Teich, an ihr Gemälde, daran, wie nahe ihr diese Geschichte gegangen war, und fragte mich, was wohl in ihrem Leben vorgefallen war.

Chris fuhr fort: »Die Jahre vergingen, aber Nenu kehrte nicht mehr zurück. Das kleine Mädchen wuchs zur Frau heran. Zu einer Frau, die weiterhin wartete und hoffte. Es konnte kaum überraschen, dass sie den Beruf der Botanikerin wählte. Und selbst als sie verheiratet war und Kinder hatte, gab sie die Hoffnung auf ein Wiedersehen niemals auf. Immer wieder pflanzte sie neue Seerosen am Ufer an, die schönsten und prächtigsten, die man sich nur vorstellen kann, aber Nenu zeigte sich nicht. Heti wurde zur alten Frau und wartete und hoffte noch immer. Aber von Nenu gab es auch weiterhin kein Lebenszeichen … Und dann, eines Morgens, als sie sich wieder einmal gebeugt zum Seeufer geschleppt hatte, obwohl sie sich kaum noch auf den Beinen halten konnte und schon ihren baldigen Tod nahen fühlte, da entdeckte sie riesige Fußabdrücke im Schlick. Ihr Herz machte einen gewaltigen Satz, sofort hatte sie sie wiedererkannt. Was aber noch bemerkenswerter war: Einige ihrer schönsten Seerosen waren verschwunden. Und schlagartig wusste Heti, dass es ein Zeichen ihres allerbesten Freundes war, der ihr zu verstehen geben wollte, dass er noch immer lebte und an sie dachte, sich aber nicht traute, noch einmal in die Welt der Menschen zurückzukehren, jetzt, da er nicht mehr unsichtbar war.«

Betroffen starrte ich vor mich hin und tupfte mir die Augen mit meinem Ärmel trocken. »Herrje«, stammelte ich. »Wie furchtbar traurig das ist. Kein Wunder, dass Ada von dieser Geschichte so ergriffen war«, fügte ich leise hinzu, denn ich dachte an ihren Tagebucheintrag zurück: *Das Leben fließt dahin wie ein nimmer enden wollender Strom, aber das, worauf ich so sehnsüchtig warte, tritt nicht ein …*

Chris verzog bedauernd den Mund und nickte. »Es heißt, wer sehr früh aufsteht, kann an manchen Tagen mit ein bisschen Glück noch immer Nenus Gegenwart verspüren, gleich dem sanften Hauch von etwas Wunderbarem. Und die Ahnung um sein Leid gräbt sich so tief in die Herzen der Wissenden wie Spuren am See …«

Kapitel 14 –
Zwischenspiel

Zur gleichen Zeit

Da saßen sie. Da saßen sie und sprachen über *sie*. Saßen auf Adas Sofa und wirkten glücklich. Vereint. Offensichtlich. Unerträglich ...

Schmerzliche Erinnerungen schossen in ihm empor, quälten ihn, zerrten und rissen an seinem Herzen wie Piranhas an einem Fleischfetzen. Sollte er erneut dieser Qual ausgesetzt sein? Blieb ihm denn wirklich nichts erspart?

Er hatte gehofft, dass er auf seine alten Tage endlich von all dem befreit sein würde. Dass sich die Dämonen zur Ruhe gelegt hätten. Dass das elende Leid unter einer dicken Schicht von Knorpeln verborgen bliebe, wie die verwachsene Haut der Wunde unter einer Narbe.

Aber nein. Es wäre ja auch zu schön gewesen, wenn sich ein einziges Mal in seinem Leben etwas so abspielen würde, wie er es geplant, wie er es sich gewünscht hatte. Dabei war diesmal alles wie am Schnürchen gelaufen. Alles hatte seine Richtigkeit gehabt. Und dann musste diese Fremde kommen und alles wieder zunichtemachen. Diese Fremde, die so fremd gar nicht schien. Diese Frau, die in Adas Sachen herumschnüffelte, als wäre sie ein Detektiv auf der Suche nach dem Schuldigen. Die an Dinge rühren wollte, die er für immer in der Tiefe des Vergessens verscharrt geglaubt hatte.

Verschwinde! Verschwinde, du Miststück! Verschwinde dorthin, wo du hergekommen bist, und lass mich mit meinem Hab und Gut alleine. Mit meinen Erinnerungen, meinen Fehlern, meiner Reue. Das alles geht dich nichts an! Das alles ist Vergangenheit. Jawohl. Wir hatten einen Pakt. Den sollst du nicht brechen.

Es war, als ob sie meterhohe Berge an Schutt aufwühlen würde, nur um an einen Zipfel Wahrheit zu gelangen. Wahrheit, pah! Was war schon Wahrheit? Jeder besaß eine eigene und er die seine.

Er unterdrückte ein verächtliches Schnaufen.

Die raue Stimme des Schriftstellers drang aus dem Salon zu ihm herüber: »Schon bald glitzerten die zauberhaftesten Gewächse am gesamten Lindauer Ufer und schillerten in den prächtigsten Farben im Sonnen- und Mondlicht: Rosa, Rot, Gelb, Orange, Lila ...«

Er kochte innerlich.

»Herrje, wie furchtbar traurig das ist. Kein Wunder, dass Ada von dieser Geschichte so ergriffen war«, stammelte das Weibsbild gerade.

Einfach lächerlich.

Für wen hielten die sich eigentlich, verdammt noch mal? Kalte Wut schwappte in ihm hoch, die gleiche, die er schon so oft verspürt hatte; jedes Mal, wenn er Zeuge unerwünschter Szenen geworden war, die ihn aus dem von ihm erschaffenen Paradies herausgerissen hatten.

Er straffte die Schultern. Es kam nicht infrage, dass er diese Eindringlinge tolerierte. Und je mehr er darüber nachdachte, umso eindeutiger schien es und umso entschlossener wurde er: Selbst wenn es das Letzte war, was er in diesem verfluchten Dasein noch vollbringen würde, er musste handeln, um Adas Andenken zu wahren. Er musste etwas unternehmen, um dem ganzen Desaster ein für alle Mal Einhalt zu gebieten. Er würde einen Plan aushecken müssen, um sein Reich zu retten. Wie damals …

Kapitel 15 –
Zufälle

Eine Art unsichtbare Wand schien sich zwischen uns geschoben zu haben. Es wirkte fast, als wären wir beide auf der Hut. Aber vor was? Vor dem jeweils anderen? Oder vor uns selbst? Alles, was ich wusste, war, dass ich mich unwiderstehlich zu ihm hingezogen fühlte und es ihm nicht anders zu ergehen schien. Und trotzdem hielt uns etwas zurück.

»Kannte Ada die Sage nicht bereits aus ihrer Kindheit?«, fragte ich Chris, nachdem wir eine Weile jeder für sich unseren Gedanken nachgehangen waren.

»Du meinst, weil sie aus Lindau stammte?«

Ich nickte. »Ja, das wäre naheliegend, oder?«

»Ich denke schon. Warum fragst du?«

Unsere Hände berührten sich, spielten miteinander, was Feuerbälle in meinem Leib entfachte. Ich zuckte die Achseln. »Irgendwie werde ich das Gefühl nicht los, die Tatsache, dass sie mir das Ganze hier vermacht hat, könnte etwas mit der Sage zu tun haben.«

»Das ist gut möglich, denn die Bilder muss sie schon lange vor meiner Erzählung gemalt haben. Und auch der Teich im Garten stammt von anno dazumal.«

Ich musste über den Ausdruck lächeln. »Das heißt, sie hat auf etwas oder jemanden gewartet, sonst hätte deine Variante der Geschichte sie nicht so umgehauen.«

»Ja, das würde auch mit ihren Tagebucheinträgen über-einstimmen.«

»Ich tippe auf Marcel«, schlussfolgerte ich. »Was meinst du?«

Chris zuckte die Achseln. »Ich weiß nicht recht.«

»Na, das werden wir ja sehen.« Vorsichtig pellte ich mich aus seiner Umarmung, stand auf und holte das Mobiltele-fon aus meiner Handtasche. Der Akku war leer. Ich ver-drehte die Augen.

»Nimm meines«, schlug Chris vor, pulte sein Handy aus der Hosentasche, entsperrte es und hielt es mir hin.

Ich nahm es dankend entgegen und legte los. Auf Goo-gle gab ich den Namen »Ada Beranger« ein. Ein paar Fotos erschienen und sogar eine Wikipedia-Seite, die aber nur ein einziges Porträtbild enthielt, das Geburtsdatum und einige Filmtitel. Die Seite war nicht einmal aktuell, denn laut die-sen Angaben war sie noch am Leben.

»Ada Beranger, geborene Richter, ist eine deutsche Schauspielerin, die in Frankreich Karriere gemacht hat«, las ich vor. »1946 hat sie den Filmproduzenten Marcel Beranger geheiratet und ist mit ihm nach Frankreich gegan-gen. Sie hat in folgenden Filmen mitgespielt ...« Flüchtig überflog ich die Auflistung, bevor ich den Link zu Adas Ehemann anklickte. Auch hier war kaum Brauchbares zu finden, zumal es den Text nur auf Französisch gab. Eine deutsche Übersetzung stand nicht zur Verfügung.

»Und?«

»Bei Marcel wird auch kein Todestag angegeben«, ant-wortete ich.

»Was nichts heißen will.«

»Stimmt«, gab ich zu. »Hier steht, dass er Produzent der ›Studios de Boulogne‹ war und anfangs mehrere Erfolge feiern durfte. Dann soll es ein paar Flops gegeben haben, woraufhin er sich in den 50er-Jahren aus dem Filmgeschäft zurückgezogen hat«, übersetzte ich frei.

»Schade, das bringt uns leider auch nicht viel weiter«, sagte Chris bedauernd.

Mutlos ließ ich die Schultern hängen und schob die Unterlippe vor. »Nein«, stieß ich enttäuscht aus. Das Telefon musste auf Vibrationsmodus stehen, denn es bebte leicht in meiner Hand und eine Message von *Angi* erschien auf dem Display: *DU FEHLST MIR!* Sogleich verschwand sie wieder. Verlegen wollte ich Chris das Handy zurückgeben, da erschien die nächste Nachricht. Ohne es wirklich zu wollen, schielte ich darauf. *Melde dich schnell wieder, Bärchen.*

Es zwickte mich fürchterlich im Bauch. Genau dort, wo vorher noch Schmetterlinge geschwirrt hatten, schienen sich plötzlich Raupen mit spitzen kleinen Beißwerkzeugen in meine Magenwände zu graben. *Wie einfältig du bist,* dachte ich erbost über meine eigene Blauäugigkeit. *Hast du wirklich geglaubt, dass ein Mann wie Chris frei sein könnte?*

Seine Worte kamen mir wieder in den Sinn: *Ich bin ein Freigeist, der jede Art von Zwang und Einengung hasst. Ich glaube nicht an ewige Treue und solch einen Hokuspokus ...*

Verwirrt reichte ich ihm das Handy zurück. »Es war einen Versuch wert«, überspielte ich den Vorfall und sah noch, dass er schon wieder eine Nachricht erhielt. Ich tat, als hätte ich nichts bemerkt, nahm eines der Tagebücher, die wir vom Dachboden geholt hatten, und schlug es auf. »1956«, las ich und hob vielsagend die Augenbrauen.

Chris horchte auf und steckte das Handy wieder ein. Auch er schien allmählich vom Bann der Wahrheitsfindung aufgesogen zu werden.

»Lies vor«, bat er.

Ich setzte mich wieder zu ihm, lehnte mich zurück und begann: »Alles. Alles, solange ich bei dir sein darf. Ein neuer Anfang. Hand in Hand laufen wir am Ufer entlang. So klein sind die Schritte, die wir endlich zu gehen wagen. Du bist schön, und ich weiß nicht, ob ich dich überhaupt verdient habe. Du strahlst und glitzerst so hell wie eine Sternschnuppe. Alles wirkt irreal, verzaubert. Wir schmecken den Duft der Freiheit, tanzen das Lied der Träume, tasten behutsam nach der Magie, aus Angst, sie könne sich wieder in Luft auflösen.«

Ich schluckte. Unsere Blicke begegneten sich und wir schienen das Gleiche zu empfinden. Mit klopfendem Herzen las ich weiter: »Fühlen andere Menschen auch so? Ich kann es mir kaum vorstellen. Ich kann kaum glauben, dass es auf dieser Welt noch zwei andere Liebende geben soll, denen es genauso ergeht. Jetzt, hier, in dieser Stunde. Dieses Glück. Dieses unendliche Glück, dem einzigen Menschen, der einem wirklich wichtig ist, nahe sein zu dürfen. Am liebsten würde ich es wie ein Spatz von den Dächern pfeifen: M., M., M. … Ich liebe dich … Wir bewundern die Schönheit, die diese Uferidylle uns offenbart. Du liebst Seerosen genauso wie ich.« Bingo! »Es wundert mich nicht. Und so habe ich dir die alte Sage von dem Seeungeheuer erzählt. Wir haben geweint und gelacht. Und du hast gesagt, dass, sollte uns das Leben jemals trennen, du immer eine Seerose für mich bereithalten würdest. So haben wir es uns versprochen. Für die Ewigkeit. Für die Unendlichkeit. Für immer …«

Bei diesen berührenden Worten, die Ada im Jahr 1956 in ihr Tagebuch geschrieben hatte, überlief mich eine Gänsehaut. Ich war den Tränen nahe. Was war nur geschehen, dass Ada später so unglücklich gewesen war? Hatte Marcel sie für eine andere verlassen? Und was hatte das alles mit mir zu tun?

»Sonderbarer Zufall, dass du ausgerechnet auf diese Stelle gestoßen bist«, sagte Chris.

»Vielleicht kein Zufall«, behauptete ich geheimnisvoll.

Er schmunzelte. »Glaubst du, Ada ist noch hier?«, fragte er mich frei heraus.

Ich schämte mich ein wenig und nickte zaghaft. »Jedenfalls gibt es genügend Gründe, daran zu glauben.« Ich grinste verlegen.

»Welche denn?« Er schien sehr interessiert und es wirkte kein bisschen, als wollte er sich über mich lustig machen. Auch schienen ihn die Handy-Nachrichten überhaupt nicht aus dem Konzept gebracht zu haben. Ob es sich bei dieser Angi um eine auslaufende Beziehung handelte? Anscheinend meldete er sich nicht oft genug bei ihr, jedenfalls nicht so oft, wie sie das gerne hätte. Es war wie ein Lichtblick. Schließlich war ich selbst noch liiert, auch wenn wir eine Pause vereinbart hatten. Aber so einfach ging man eben nicht über eine Partnerschaft hinweg.

»Da ist zum einen die Atmosphäre im Haus«, antwortete ich. »Es ist, als wäre Adas Geist noch hier. Dann das Knacken in den Wänden, dieses ständige Gefühl, beobachtet zu werden, die Gänsehaut ...«

»Ja, so empfinde ich das auch«, gab Chris zu.

»Ehrlich?« Ich war ebenso erstaunt wie erleichtert. Auf der anderen Seite war es für einen Menschen, der sich intensiv mit alten Sagen befasste, kaum verwunderlich.

»Ja, ich fühle mich auch irgendwie ... gehemmt.«

Ist das der Grund, warum wir beide so zurückhal-

tend sind?, fuhr es mir durch den Sinn. Prompt musste ich an die Nachricht auf dem Display denken. Oder war es Angi, die ihn davon abhielt, fordernder zu agieren? Wir schauten uns in die Augen und es schien, als würden wir auch diesmal das Gleiche denken. Erneut stieg Hitze in mir auf.

Verlegen wandte ich mich wieder Adas Unterlagen zu und stolperte über einen losen Zettel, der anscheinend in Eile bekritzelt worden war. »Oh«, hauchte ich. »Schau mal hier.« Ich hielt ihn Chris vor die Nase. »Scheint ein Gedicht aus Adas Feder zu sein.«

»Ohne jeden Zweifel«, bestätigte Chris. »Lies bitte vor.«
»*Die Seerose –*
Im fahlen Glanz der Nacht,
Mein Wesen lichterloh brennt,
Die Flamme verzehrt mit solcher Macht,
Ab jetzt uns nichts mehr trennt.
Vom dunklen Abgrund fortgetragen,
Tief aus der Unendlichkeit,
Steigt zu mir empor Dein Klagen,
Durchtrennt peinvoll die Wogen der Zeit.
Du köstliche Blüte trotzt dem Getose,
Schenkst mir ewigen Trost
Ohne Stachel und doch eine Rose,
Ewig Dein Hauch mich liebkost.
Geheim bleibt der Zorn, wird verschmäht,
Begraben im Schleim, auf dem ich steh,
Das stumme Leid ins Herz sich gräbt,
So tief, so deutlich, wie Spuren am See …«

Sofort musste ich an die letzten Worte der Sage denken. Lange saßen wir gedankenversunken da und sagten nichts. Auch dieser Fund schien kein Zufall zu sein. Aber anstatt dass er uns zu verstehen half, war es, als würden wir tiefer und tiefer in einen Wald mit immer dichter stehenden Bäumen eindringen. Nichts, was uns weiterbrachte. Gleichzeitig steigerte sich das Knistern zwischen uns ins Unerträgliche.

»Wow«, sagte Chris leise. »Sehr packend.«

»Wie alles andere bestätigt es uns, dass ihre große Liebe zerstört wurde. Meinst du, da könnte noch mehr Sinn dahinterstecken?«

Chris schien unschlüssig. »Schau doch mal nach, ob es noch andere Gedichte gibt, oder vielleicht sogar eine Fortsetzung.«

Ich wendete das Blatt hin und her, schaute achselzuckend auf die Unterlagen vor mir und schüttelte den Kopf. »Anscheinend nicht«, antwortete ich verdrossen und seufzte. »Heute Nachmittag werde ich mich weiter durch die Tagebücher wühlen«, versuchte ich, von dem inneren Verlangen, das ich in Chris' Gegenwart spürte, abzulenken.

»Wirklich?«, fragte er mit warmer Stimme und es klang wie das Grollen eines Wolfes, der das Schäflein, das er sich zum Nachtisch aufgehoben hatte, aus dem Stall locken wollte.

Fragend schielte ich zu ihm hinüber. »Hast du einen besseren Vorschlag?«, wollte ich mit schwacher Stimme wissen.

»Einfach mal abschalten. Ada Ada sein lassen. Was meinst du?«

Mein Herz machte einen Satz, als hätte er mir etwas vollkommen Unanständiges vorgeschlagen. »Das hört sich ganz gut an. Denkst du da an etwas Bestimmtes?«, fragte ich, darum bemüht, gelassen zu wirken.

»Wie wäre es mit einem Spaziergang am See, gefolgt von einem Restaurantbesuch?«

»Ein Spaziergang im Schneegestöber? Das hört sich wunderbar an«, antwortete ich. Fast hätte ich *romantisch* gesagt, es aber im letzten Moment noch heruntergeschluckt. Prompt war ich von der Idee begeistert. »Sollten wir da nicht erst reservieren?« Oje, war das etwa Bernd, der da aus mir sprach?

»Reservieren? I wo«, erwiderte Chris belustigt und winkte ab. »Wir lassen uns heute einfach mal vom Leben verleiten, obwohl wir Schwaben ja eigentlich im Ruf stehen, keine Meister im *Laissez-faire* zu sein.«

Es hörte sich fantastisch an. Einfach loslaufen. Die Dinge auf uns zukommen lassen. Auf gut Glück …

»Einverstanden«, antwortete ich. »Ich werde mich vorher aber trotzdem noch umziehen.«

Er lächelte. »Ich mich natürlich auch. Möchte dir keine Schande bereiten.«

Du würdest mir auch noch im Müllsack gefallen, hätte ich am liebsten geantwortet, ließ es aber wie üblich bleiben. »Auf ins Abenteuer«, sagte ich stattdessen.

Ja, zeig mir Lindau. Alles! Alles, solange ich bei dir sein darf …

Kapitel 16 –
Im Angesicht des Löwen

Dick eingemummt liefen wir los. Um uns herum wirbelte es weiß auf grauem Hintergrund. Rex folgte uns mit großer Freude in den Schneetaumel hinein. Aus dem Augenwinkel meinte ich einen Schatten am Haus entlanghuschen zu sehen. Als ich jedoch genauer hinschaute, war da nichts als weißer Nebeldunst.

Langsam drehe ich durch, dachte ich benommen und der Ausflug kam mir gleich umso gelegener. Ich brauchte Abstand von dem Ganzen. Abstand, Abwechslung und einen klaren Kopf. Ich fragte mich sogar, ob es nicht besser wäre, den Rat des Notars zu befolgen und die Vergangenheit ruhen zu lassen. Was würde mir die Schnüffelei am Ende schon einbringen? Was würde es an meiner Entscheidung ändern? Nichts.

Es war erst Mittag, aber der Himmel mutete so dunkel an, als wäre es bereits später Nachmittag. Da, wo man am Vortag noch die Alpen hatte erkennen können, war nur noch eine tief hängende und kompakte graue Fülle aus dicken Wolken zu sehen.

Als wir am Garten vorbeiliefen, warf ich einen flüchtigen Blick zu Adas Teich hinüber. Auf den Seerosenblättern hatte sich flaumiges Weiß abgesetzt, wo es kleine Mosaike aus unzähligen Kristallen bildete. *Selbst im Winterkleid heben sie sich noch vom Rest ab*, dachte ich. Kein Wunder, dass Nenu sie so sehr geliebt hat. Ich lächelte wehmütig in mich hinein.

In den festlich beleuchteten Häusern und Geschäften brannten auch im Inneren bereits überall die Lichter. Im Schein der blinkenden und blitzenden Girlanden, die mit abertausend Lämpchen strahlten, entstand durch das Zwielicht eine ganz besondere Atmosphäre.

Wir folgten der Schachener Straße an gepflegten Gebäuden mit hübschen Giebeldächern vorbei bis zur großen Kreuzung und bogen in die Giebelbachstraße ein. Riesige alte Bäume vermittelten ein Gefühl von Geborgenheit und strahlten eine magische Stimmung aus. Nach rund 200 Metern erreichten wir die Strandpromenade, wo sich gleich zu Beginn ein hübscher Steg befand, der weit in den See hineinreichte und zu dieser Stunde verlassen dalag. Alles um uns strahlte einen romantisch-melancholischen Reiz aus.

Ich begann, diesen Ort wirklich zu lieben, fühlte mich, als würde ich hierhergehören. Er war weder zu groß noch zu klein, war keine Großstadt, aber auch kein Dorf. Einerseits schien er ein perfektes Touristenziel abzugeben, andererseits bot er den Anwohnern im Winter eine einmalig heimelige Atmosphäre. Auf nahezu mystische Weise fühlte ich mich mit ihm verbunden. Da war etwas, das ich noch nicht ganz begriffen zu haben schien. Es war da, ich spürte es deutlich, und trotzdem blieb es so schwer greifbar wie ein Wort, das einem auf der Zunge lag.

Der magische Flockentaumel lullte die Welt um uns in seine Stille ein, als müsste sie die Luft anhalten, um der Schönheit dieses Schauspiels würdig zu sein. Alles wirkte verwunschen, schien eine neue Gestalt annehmen zu wollen. Die andächtige Ruhe wirkte wie die Vorbereitung auf ein Ritual, das jedes Wesen, jede Pflanze, jeder Gegenstand der alles umfassenden Natur wie in stillem Einvernehmen zelebrierte.

Jedes Mäuerchen trug ein Hütchen, jede Bank ein Deckchen, jeder Baum ein Mäntelchen. Alles Harte und Hässliche blieb unter einer dicken Schneeschicht verborgen. Es war genau die Atmosphäre, die ich auch in Frankfurt so liebte, wann immer ich durch die abendlich verschneiten Straßen der Altstadt lief. Dann malte ich mir aus, wie die Welt früher ausgesehen haben musste, als es noch keine Autos, keine Reklametafeln und kein elektrisches Licht gegeben hatte; stellte mir vor, wie Kutschen durch die Gassen fuhren, Pferde wieherten und in weite Roben gehüllte Damen aus den Gründerzeithäusern traten, um in den Gefährten zu verschwinden. Dann meinte ich, das dumpfe Rattern und Knirschen der Räder im Neuschnee zu vernehmen, die noch dampfenden Pferdeäpfel riechen und die Laternenanzünder gleich huschenden Schatten durch die durchlässige weiße Wand ausmachen zu können.

Eine Böe peitschte uns mit klirrender Kälte entgegen. Meine Wangen fühlten sich genauso angenehm vitalisiert an, als hätte ich mir Kampfercreme aufgetragen. Ich liebte dieses Gefühl des Prickelns, fühlte mich dadurch lebendig, hellwach, stimuliert. Chris schien es ähnlich zu ergehen. Er holte tief Luft. »Ha«, stieß er aus und ein Wölkchen folgte dem Laut. »Das tut so verdammt gut. Ich liebe den Winter.«

»Ich auch«, stimmte ich zu. Wieder konnte ich den Vergleich mit Bernd nicht verhindern, der bei Schnee an Verkehrschaos und steigende Heizkosten dachte und den Weihnachtsurlaub am liebsten bei 30 Grad auf einer Südseeinsel verbrachte. »Ich dachte immer, dass ich damit alleine dastünde.«

Über den hochgezogenen Schal hinweg lächelten seine Augen. »Willst du die Tram nehmen oder lieber laufen?«

»Lass uns laufen. Wenn schon, denn schon«, sagte ich übermütig. »Ist es denn weit?« *Alles! Alles, solange ich bei dir sein darf …*

»Ein paar Kilometer«, antwortete er und reichte mir galant den Arm. Ich erwiderte sein Lächeln und hakte mich bei ihm unter. »Ich genieße es, um diese Jahreszeit hier zu sein«, sagte er. »Es ist jedes Mal, als würde die Stadt in einen Winterschlaf fallen.«

Wir schauten zu unserem vierbeinigen Begleiter, an dessen langem Fell sich Schneeklumpen gebildet hatten, die stetig zu wachsen schienen.

»Ist im Sommer hier viel los?«, fragte ich.

»Ja, Lindau ist ein beliebter Urlaubsort. Dann hupt und schimpft es an allen Ecken und Enden.« Sein Augenlid zuckte.

»Lügner«, schalt ich ihn.

»Gut, ich habe möglicherweise leicht übertrieben, aber es ist schon um einiges lebhafter.«

In einvernehmlichem Schweigen gingen wir weiter. Nur das dumpfe Stapfen unserer Boots durchbrach den Frieden um uns her, klang wie der monotone Rhythmus zur Beschwörung der Schneeobrigkeiten, auf dass sie mit ihrem Zauber bloß nicht innehielten.

So stiefelten wir durch die weißen Massen, glitten dahin wie zwei Wintergeister auf der Suche nach uns selbst. Meine Gedanken schweiften wieder zu Ada. Ada, die hier an diesen Ufern einst so glücklich gewesen war. Ada, deren Worte mich ins Herz getroffen hatten und von der ich noch immer nicht wusste, was sie mit mir zu tun hatte.

Wir überquerten den Bahnübergang und nahmen den Weg an den Gleisen entlang über den Damm, der das Festland mit der Insel verband. Chris erklärte mir, dass wir auch die Landtorbrücke hätten nehmen können, dass dieser Weg aber der kürzere wäre. Aus der Innenstadt leuchtete pulsierendes Leben zu uns herüber. Noch waren wir dem Trubel fern.

Ich ließ mich leiten. Ließ mich von der winterlichen Pracht einfangen. Zu unserer Linken ankerten noch ein paar vergessene Fischerboote an den Stegen. Sie schaukelten nicht, denn der See schien hier bereits zugefroren zu sein.

»Müssten die Boote im Winter denn nicht fortgebracht werden?«, fragte ich überrascht und zeigte auf die festsitzenden Barken.

»In der Regel schon«, antwortete Chris. »Aber es kommt auch vor, dass der eine oder andere Besitzer sie nicht rechtzeitig ins Winterlager bringt. Manche können unter dem Druck des Eises sogar kaputtgehen.«

»Obwohl sie wissen, dass der See zufrieren kann?«

»Ja. Es passiert so selten, dass sie einfach nicht damit rechnen. Vielleicht ist auch der eine oder andere unter ihnen, der zwischenzeitlich verstorben oder durch Krankheit verhindert ist.« Chris zuckte mit den Achseln.

Wir trotteten an riesigen schimmernden Weihnachtsbäumen vorbei durch die verträumte Innenstadt bis zum Marktplatz, gelangten von dort bis zum Hafen, an dessen Ausfahrt sich auf der rechten Hafenmole ein prächtiger Leuchtturm und auf der linken ein mächtiger Steinlöwe gegenüberstanden. Entlang des Hafenplatzes erstreckte sich ein zauberhafter Weihnachtsmarkt, der die Seepromenade, die an einem beeindruckenden Turm vorbeiführte, in eine Märchenwelt verwandelte. Das funkelnde Spektakel verschlug mir schier den Atem.

»Wow«, flüsterte ich.

»Das ist die Lindauer Hafenweihnacht«, sagte Chris nicht ohne Stolz. »In der Adventszeit findet sie an jedem Wochenende statt. Dann kommt hier alles zusammen, was in Lindau Beine hat.« Von einer Bühne drang Musik zu uns herüber und versetzte die Altstadt zusätzlich in eine besinnliche Stimmung. Paare tanzten eng umschlungen zu den sanften Klängen, obwohl es erst Mittag war. Kinder spielten Fangen oder vergnügten sich mit Schneeballschlachten. »Löwe oder Leuchtturm?«, fragte Chris und wies auf die beiden Molen am Ende des Hafenbeckens.

»Löwe«, entschied ich spontan und so bogen wir nach links ab und bummelten an den funkelnden Buden der Markthändler vorbei. Ich ließ das Ambiente auf mich wirken, kostete jeden Augenblick aus, hielt immer wieder an den Ständen an, betrachtete die bezaubernden, meist aus Holz geschnitzten Gegenstände, Puppen und Spielzeuge, sog die Aromen von gerösteten Mandeln, heißen Maroni, Lebkuchen, Weihnachtsgebäck und Glühwein ein. Etwas weiter kamen wir auch an Bratwurstbuden vorbei.

Schließlich passierten wir die beeindruckenden Bootsanlegestellen, liefen über die Mole bis zu dem majestätischen Löwen, wo wir wieder unter uns waren. Rex setzte sich vor das Monument und schaute zu dem imposanten Tier hoch, was uns zum Lächeln brachte. Das ganze Gebilde musste einschließlich dem Fundament an die zehn Meter hoch sein. Im Sockel aus Nagelfluh war ein steinernes Wappen eingebettet worden: zwei auf den Hinterläufen stehende

Löwen, die das arg verwitterte Herzwappen mit bayerischem Rautenmuster hielten.

Beeindruckt schaute ich zu der auf dem Unterbau thronenden Großkatze, die in Richtung Österreich zu blicken schien, empor. Wie alles andere ringsum war auch sie bereits von einem weißen Schleier bedeckt. Am besten gefielen mir die bauschige Mähne, die bewehrten Tatzen und die übergroßen Hauer, die selbst aus der Entfernung deutlich zu erkennen waren. Jetzt bereute ich, meinen Fotoapparat nicht mitgenommen zu haben.

»Einfach gigantisch«, sagte ich.

»Er beschützt jeden, der darum bittet«, erklärte Chris und legte von hinten die Arme um mich.

Erneut wurde mir innerlich warm und ich lehnte meinen Kopf gegen ihn.

»Meinst du, dass ich Schutz gebrauchen könnte?«, fragte ich, von seiner plötzlichen Nähe benommen.

»Wenn du weiter ins Geisterreich vordringst, vielleicht«, spielte er auf meine vorherigen Eröffnungen an.

»Damit könntest du recht haben«, gab ich zu und musste wieder an das sonderbare Gefühl denken, das mich jedes Mal befiel, wenn ich in Adas Haus verweilte. Als würde mich jemand beobachten.

Eine Weile blieben wir andächtig stehen, schauten auf den See hinaus, der im Gegensatz zu sonst düster und unheimlich wirkte. *Ob Nenu auch Winterschlaf hält?*, fragte ich mich und schmunzelte in mich hinein.

Genauso abrupt, wie er mich umarmt hatte, ließ Chris wieder von mir ab und fasste mich bei der Hand.

»So«, sagte er in unerwartet feierlichem Ton. »Im Angesicht des Löwen frage ich dich, Bella, die ihren Namen so gut trägt, willst du mir in eine gemütliche Stube folgen, bevor wir hier vollends zu Eisblöcken erstarren und auf Lebzeiten dem König der Tiere Gesellschaft leisten müssen?«

Ich lachte und schaute mitleidig auf den armen Struffel hinab, der, in seine Kugelpracht eingekleidet, artig wartete.

»Ja, ich glaube, das ist eine hervorragende Idee.«

Auch Chris musste über Rex' Aufmachung grinsen. »Dieses neue Outfit verleiht ihm eine gewisse Gewichtigkeit, mit der er bei den Hundedamen durchaus Eindruck schinden könnte …«

Wie zur Antwort schüttelte Rex sich prompt und die zahlreichen Schneeklümpchen flogen wie Lotteriekugeln durcheinander. Wir lachten schallend über den ulkigen Anblick.

Das Schneetreiben wurde stärker, mein Widerstand schwächer. Ich spürte, dass auch der von Chris bröckelte, obwohl er sich noch immer zurückhaltend gab. Hier eine Anspielung, da ein Blick, dort ein Späßchen … Es knisterte so heftig zwischen uns, dass es eigentlich keine Zweifel mehr geben konnte. Es prickelte und kribbelte in mir vor innerer Vorfreude auf etwas, wovon ich nicht einmal sicher wusste, ob es eintreten würde.

Chris zog mich weiter. Flüchtig warf ich einen letzten Blick zum Löwen hinauf und kam nicht umhin, mich zu fragen, ob Ada ebenfalls hier gestanden hatte. Ob sie ihn um seinen Schutz oder um die Erfüllung eines Wunsches gebeten hatte …

Kapitel 17 –
Zwischenspiel Ada

Lindau, Bodensee – 1946

Der Platz unter dem Wahrzeichen war zu ihrem heimlichen Treffpunkt geworden. Jedes Mal, wenn Ada unter dem Vorwand, ein paar Einkäufe erledigen zu müssen, das Haus verließ, achtete sie darauf, dass ihr niemand folgte. Besonders Georg war in den letzten Wochen schrecklich anhänglich geworden. Immer wieder schien er einen Vorwand zu suchen, um sie begleiten zu können. Mal wollte er sowieso gerade in die Stadt, mal waren die Witterungsbedingungen zu gefährlich, um sie alleine gehen zu lassen, mal erschien er plötzlich wie zufällig an einer Ecke und sie konnte ihn nicht mehr abwimmeln.

Aus diesem Grund – und auch, damit ihre Eltern keinen Wind von der Geschichte bekamen – teilte sie ihre Intentionen niemandem mehr mit, wenn sie ausgehen wollte. Nur Erna war eingeweiht. Anders wäre es auch gar nicht möglich gewesen, denn Ada hatte das Verliebtsein aus dem Gesicht geleuchtet, als sie nach dem Frühlingsfest vor einer Woche nach Hause gekommen war.

»Du ahnst ja nicht, was mir heute passiert ist«, hatte Ada geschwärmt, während sie aus dem Kleid geschlüpft war.

»Hast du dich verliebt?« Es hatte bange geklungen.

»Ja«, hatte Ada gehaucht, war zu ihrer Freundin gegangen, hatte deren Hände in die ihren genommen und sie angestrahlt. »Und du wirst es mir nicht glauben, Erna. Es handelt sich um einen Franzosen, der in Paris lebt. Und jetzt rate mal, womit er sein Geld verdient.«

Erna hatte nachgedacht. »Ein Soldat?«

»Nein.«

»Ein Lehrer vielleicht?«

Belustigt hatte Ada gegluckst. »Nein.«

»Ein Finanzboss?«

Ada hatte aufgeregt in die Hände geklatscht. »Nein, ein Filmproduzent, meine Liebe.«

»Oh«, hatte ihre Freundin verblüfft ausgestoßen.

»Und er sagt, dass sie Schauspielerinnen suchen und dass es eine Schande wäre, wenn eine Frau wie ich unbekannt bliebe.« Erna hatte ein besorgtes Gesicht gemacht. »Sag schon, was ist los? Warum schaust du so miesepetrig drein?«

Erna hatte herumgedruckst. »Na ja ... Ich hoffe nur, dass es nicht eine Finte ist, um ... wie soll ich sagen ... etwas von dir zu bekommen, was alle Männer so heiß begehren ...«

»Ach, Erna! Du bist eine Spielverderberin«, hatte Ada gemault. »Es ist nicht so, wie du denkst. Zwischen uns verhält es sich anders ... Wir sind ... wir sind wie füreinander geschaffen.« Es war sehr schwierig zu erklären, was in ihr vorging. Wie ein plötzliches Gewitter war es über sie hereingebrochen, ein Sturm, der sie mit sich gerissen hatte. Unaufhaltsam, mächtig, unwiderstehlich. Plötzlich war es da gewesen, dieses Gefühl der Eindeutigkeit.

»Pass trotzdem auf dich auf und gib ihm nicht, was er will, sonst lässt er dich womöglich noch fallen.«

Ada wusste, dass Erna es nur gut mit ihr meinte. Geschichten von Frauen, die von den stationierten Soldaten verführt und dann mit einem Anhängsel sitzen gelassen wurden, gab es unzählige. Aber so dumm war Ada nicht. Außerdem schien Marcel ganz anders zu sein. Er machte ihr formvollendet den Hof und bedrängte sie nie. Jedenfalls nicht, um ihre fleischliche Gunst zu erlangen. Sein Drängen war ein ganz anderes. Aber auch diese Forderungen wusste sie im Zaum zu halten, um sein Verlangen noch zu steigern.

Denn was Erna nicht begriff, war die Tatsache, dass nicht Ada die Beute war und Marcel der Jäger, sondern dass es sich umgekehrt verhielt. Ihr blieben nur noch ein paar Tage. Kostbare Momente, die es nicht zu vergeuden galt. Und sie stand kurz vor dem Ziel, das zu erlangen, was sie sich am meisten wünschte: den Ausbruch. Den Ausbruch aus der Enge des Elternhauses. Den Ausbruch aus Georgs Bedrängungen, die sie zuvor nie wahrgenommen hatte, die aber immer unangenehmer wurden. Sie wusste auch nicht so recht, was sie davon halten sollte. Sicher, sie waren Freunde seit Kindertagen – oder vielmehr fast wie Geschwister. Was fiel ihm ein, sich plötzlich so besitzergreifend aufzuspielen, sich wie ein despotischer Bruder zu gebärden, der seine Schwester daran hindern wollte, als gefallenes Mädchen zu enden? Glaubten sie denn alle, sie sei auf den Kopf gefallen?

Ja, Marcel gefiel ihr. Und in seiner Gegenwart fühlte sie sich unbändig und frei. Fühlte sich wie sie selbst. Fühlte sich so geliebt, wie sie war. Ja, er flirtete heftig mit ihr und sie ließ es zu. Sie liebte seinen Charme, seine Schmeicheleien, seine Liebesbekundungen, seine nach mehr schmachtenden Blicke. Aber niemals übertrat er die Grenze des

Schicklichen, bestimmt auch, weil Ada ihm stets zu verstehen gab, dass sie das nicht zulassen würde. Sie wusste also durchaus auf sich aufzupassen.

Jetzt stand sie unter dem mächtigen Leu, dem Wahrzeichen Bayerns, und wartete auf ihn. Sie schaute zu dem Löwen empor und lächelte zuversichtlich, denn sie wusste, dass er ihr den innigsten Wunsch erfüllen würde.

Da! Marcel eilte den Hafenplatz entlang und kam wie im Flug über die Mole auf sie zu. Sein Gesicht wirkte besorgt. Wo war sein Lächeln, wo das Leuchten seiner Augen?

»*Ma chérie, ma chérie*«, keuchte er und breitete bedauernd die Arme aus. »Es tut mir leid, verzeih die Verspätung.«

»Ob ich das kann, das weiß ich noch nicht«, antwortete Ada kess und warf sich ihm entgegen. Sie küssten sich innig. Und wie immer packte sie dieses innere Vibrieren, das ihr sagte, dass er der Richtige war, der Einzige.

»Oh, Ada, meine Blume, mein Herz«, seufzte er und wirbelte sie herum. »Du bist so schön, so anmutig. Manchmal frage ich mich, ob ich dich überhaupt verdient habe.«

»Ach du«, wiegelte sie ab. »Du übertreibst mal wieder.« Sie liebte sein französisches Temperament, seinen Charme, seinen Hang zum Drama. In seiner Gegenwart fühlte sie sich elektrisiert, als würden Champagnerbläschen durch ihre Adern prickeln, als würde ihr die Welt zu Füßen liegen, als bräuchte sie nur zuzugreifen, um die Ekstase des Seins erfahren zu dürfen.

»Warum ist das Leben so grausam?«, jammerte Marcel und übersäte sie gleich darauf mit Küssen.

»Warum sagst du das? Wir leben, wir lieben, wir hoffen. Ist das nicht wunderbar?«

Sein Gesicht wurde ernst, er seufzte. »Ada«, sagte er und hielt sie plötzlich ein wenig von sich ab, um ihr besser in die Augen sehen zu können. »Du weißt, wie sehr ich dich liebe und verehre, nicht wahr?«

»Herrgott, Marcel. Du machst mir Angst. Was ist denn los?«

»Ich habe heute Morgen einen Anruf erhalten«, sagte er und wirkte zerknirscht. »Es gibt Probleme im Studio. Sie verlangen, dass ich meinen Aufenthalt hier abbreche.«

Es traf Ada wie ein Schlag ins Gesicht. Ernüchtert starrte sie ihn an. Sie hatte so sehr gehofft, dass sie genügend Zeit haben würde, um ihn so an sich zu binden, dass er gar nicht anders konnte, als sie mitzunehmen. Sie, für die der Gedanke, noch länger hierbleiben zu müssen, unerträglich war. Sie, die so sicher gewesen war, dass sich dieses Mal alles zum Guten wenden würde, dass ihre Stunde endlich geschlagen hätte. Ada wich erschrocken zurück. Es war, als würde eine Welt für sie zusammenbrechen, als hätte jemand brutal die Tür zugeschlagen, die sie in die Freiheit führen sollte.

»Liebling, ist dir nicht gut?«, fragte Marcel besorgt. »Sobald ich kann, komme ich zurück.«

Ada löste sich endgültig von ihm, ließ entmutigt die Arme hängen. Vorwurfsvoll schaute sie zu der Raubkatze empor, verwünschte sie für all die losen Versprechungen, die sie ihr gemacht hatte. Tränen brannten unter ihren Wimpern. Sie war sich sicher, dass Marcel es ernst meinte, aber auch, dass er, wenn er erst einmal wieder in seine Arbeit eingespannt sein würde, die kleine Ada vom Bodensee schnell vergäße. Tränen der Enttäuschung liefen ihr die Wangen hinab.

»Aber, *ma mignonne*, bitte nicht«, stammelte Marcel. »Sag mir, was ich tun soll, bitte«, flehte er.

»Nimm mich mit«, flüsterte sie.

»Wie bitte?« Es schien einige Sekunden zu dauern, bis die Nachricht in sein Bewusstsein durchgesickert war. »Ist das dein Ernst?«

Ada nickte.

Plötzlich erhellte sich sein Gesicht. »Du meinst, du … du wärst bereit, mir zu folgen?«

Ada nickte erneut.

»*Saperlipopette*, das hätte ich in meinen kühnsten Träumen nicht zu hoffen gewagt«, raunte er. Er nahm ihre Hände in die seinen und straffte die Schultern. »Ada«, fragte er mit belegter Stimme, »willst du wirklich mit mir kommen?«

Hoffnung keimte in ihr auf. »Ja, Marcel, wenn du mich willst, dann folge ich dir.«

»Ada! Ob ich dich will?«, stieß er entgeistert aus. »Ob ich dich will?! *Mon dieu.* Ich will dich nicht nur, *ma chérie*, nein, ich schwöre, ich werde aus dir eine Filmdiva machen, um die sich die Studios bald prügeln werden.«

Ada lächelte verzückt, konnte es nicht glauben. Träumte sie? War er wirklich bereit, sie mitzunehmen? War es endlich so weit? Frankreich, Paris, Freiheit, Film … All das hier hinter sich lassen, die Enge, die Beklemmung, den Zwang … In ihrem Inneren wollte die Euphorie überschwappen, doch sie zwang sich, einen kühlen Kopf zu bewahren. Und prompt durchzuckte sie ein Gedanke. Ein Versprechen, das sie gegeben hatte.

»Marcel?«

»Mein Herz?« Er zog sie an sich.

»Darf ich dich noch um etwas bitten?«

»Alles.«

»Ich habe meiner liebsten Herzensfreundin versprochen, sie mitzunehmen, sollte ich Lindau jemals verlassen. Zurzeit ist sie als Hausmädchen bei uns angestellt, aber ich kann mir einfach nicht vorstellen, sie alleine hier zurückzulassen. Wir sind wie ...«

»Seelenverwandte?«

»Ja, genau.« Es war das erste Mal, dass sie sich eingestand, wie sehr sie an Erna hing. Nicht an der Bediensteten, nein, sondern an dem Menschen, der ihr so nahe war wie sonst niemand.

Marcel lächelte. »Du könntest sie als deine Assistentin mitnehmen«, schlug er großmütig vor. »Du wirst dort sowieso eine brauchen.«

Vor Erleichterung wollte Ada weinen. »Oh, Marcel«, rief sie begeistert und warf sich ihm erneut an den Hals. »Du machst mich so glücklich.«

Sie küssten und umarmten sich stürmisch. Unauffällig schielte Ada zum König der Tiere und nahm alles zurück, was sie ihm zuvor in Gedanken an den Kopf geworfen hatte.

»Es gibt da nur eine Kleinigkeit ...«, gab Marcel bedrückt zu bedenken.

Ada stockte der Atem. Verdammt! Was würde er jetzt als Vorwand vorschieben? Dass sie noch warten mussten? Dass er sie nachholen würde? In ihr tobte ein Sturm. *Keine Minute länger. Nein, bitte ...*

»Was denn?«, fragte sie so gelassen wie möglich, obwohl ihr ganzes Wesen bebte.

»Frankreich ist ein katholisches Land«, stieß er aus, als würde es ihm schwerfallen, die Worte über die Lippen zu bringen. »Und eine alleinstehende Frau hat es dort nicht leicht. Von den Gerüchten, die deine Ankunft mit sich bringen wird, mal ganz abgesehen, würde es dich auch beruflich in ein schlechtes Licht rücken und die eine oder andere

Tür verschlossen halten.« Er nahm einen feierlichen Ton an. »Deshalb … und weil ich dich liebe und vergöttere, weil ich dich bis an mein Lebensende glücklich machen möchte, Ada … Willst du meine Frau werden?«

Kapitel 18 –
Reigschmeckte

Lindau, Bodensee – Dezember 2017

Wir liefen weiter die Uferpromenade entlang und erreichten nach ein paar Minuten eine dritte Mole. Direkt am Wasser thronte ein gewagtes Konstrukt aus Holz, Glas und Stahlstreben, das auf den ersten Blick nicht wie eine Gaststube, sondern eher wie das Vereinsheim eines Segelclubs anmutete. »Tino's Mole 3«, verkündete Chris nichtsdestoweniger und geleitete mich an der Außentreppe zum ersten Stock vorbei zur Terrasse, die dem rundum verglasten Innenbereich vorgelagert war. Im Sommer musste es herrlich sein, hier zu sitzen und sich den frischen Wind um die Nase wehen zu lassen. Jetzt aber war ich dankbar, als Chris mir die Tür aufhielt, sodass ich ins warme Innere schlüpfen konnte.

Ich wusste nicht, was mir besser gefiel: der großzügige Ausblick durch die ausladende Fensterfront oder die mediterran angehauchte Einrichtung, die mit ihren hellen Holzmöbeln und den cremefarbenen Sitzpolstern ein Flair ungezwungener Gemütlichkeit verbreitete. Auch hier fehlte es nicht an Weihnachtsschmuck. An den Fenstern hingen blinkende Sterne und Lichterregen, die Tische waren mit Kränzen, Kerzen und Girlanden verziert und in der Ecke stand ein reichlich beladener Christbaum. Leise Weihnachtsmusik spielte im Hintergrund.

Als der mit Schnee behangene Rex uns ins Innere folgte, befürchtete ich schon, dass es deshalb Schwierigkeiten geben könnte. Ich bewunderte Chris dafür, mit welcher Selbstverständlichkeit er unseren vierbeinigen Begleiter mit hereinbrachte. Meine Zweifel lösten sich in Luft auf, als der Hausherr – ein grau melierter Südländer – mit strahlendem Gesicht auf uns zukam.

»Herzlich willkommen«, trällerte er mit rollendem R.

»Griaß Goddle, Tino«, grüßte Chris zurück. Auch ich murmelte einen Gruß, beschämt, dass ich die Mundart nicht beherrschte. Rex schüttelte sich. Es hatte etwas Verzweifeltes.

»Christoph, was für ein Vergnügen, Sie mal wieder bei uns begrüßen zu dürfen. Für zwei Personen?« Tino musterte mich, als wollte er die neue Errungenschaft des Schriftstellers in Augenschein nehmen.

»Ja, gerne«, antwortete Chris ungerührt. »Wenn möglich, einen Fensterplatz, bitte.«

Der Wirt lächelte wissend. »Folgen Sie mir.« Er lotste uns durch das gut besuchte Restaurant bis zu einem Ecktisch mit Blick auf den See und nahm mit einem geschickten Handgriff das »Reserviert«-Schild fort. Es schien sich um einen Tisch zu handeln, den er für besondere Gäste bereithielt. Ich freute mich, denn trotz der Witterungsverhältnisse konnte ich noch die Umrisse des Löwen und des Leuchtturms erkennen. Es schien, als säßen wir unter einer Dunstglocke, die uns lediglich eine begrenzte Aussicht über den See gewährte. Das gegenüberliegende Ufer konnte man nur erahnen, denn das sonst so fantastisch anmutende Panorama verlief sich in der aufgewühlten grauen Masse.

Erst als ich mich im Warmen befand, bemerkte ich, wie kalt mir wirklich gewesen war. Während meine Finger anschwollen, als wollten sie gleich platzen, registrierte ich mit Erstaunen, wie Tino mit einer Decke zurückkam. »Hier, fürs Hondle.«

Rex kläffte zum Dank und rollte sich, soweit sein schmelzendes Gehänge es ihm erlaubte, darauf zusammen.

»Was darf ich den Herrschaften zu trinken bringen?«, erkundigte sich Tino und legte uns jeweils eine Speisekarte vor.

»Möchtest du Wein?«, fragte mich Chris. Ich bejahte. »Dann bringen Sie uns bitte einen Müller-Thurgau.«

»Aber gern«, antwortete unser Gastgeber, während er die zwei roten Kerzen auf unserem Tisch anzündete. »Man bemerkt sofort den Kenner.« Er zwinkerte, wodurch sich lustige Krähenfüßchen um seine Augenwinkel bildeten. »Auf dem Speiseplan steht diese Woche der Zwiebelrostbraten mit Käsespätzle ganz oben.«

Schon allein der Name des Gerichts ließ mir das Wasser im Mund zusammenlaufen und so nickte ich eifrig. »Ja, gerne.«

»Also bitte zweimal«, sagte Chris und reichte Tino die Karte zurück. Ich tat es ihm gleich.

»Wunderbar«, antwortete Tino. »Auf Urlaub?«, wandte er sich an mich.

»Ja«, bestätigte ich, auch wenn es nicht ganz der Wahrheit entsprach. »Ich komme aus Frankfurt und bin nur zu Besuch hier.«

»Oh, Frankfurt«, schwärmte Tino. »Eine schöne Stadt. Äppelwoi und Handkäs.« Sein Lachen war ansteckend.

»Genau«, sagte ich grinsend. »Und Grüne Soße«, fügte ich noch hinzu, als wäre es eine Schande, diese nicht erwähnt zu haben.

»Richtig, Goethes berühmte Lieblingsspeise.«

Anerkennend schaute ich zu ihm auf. »Sie scheinen auch ein Kenner zu sein?«

»Ich bin viel herumgekommen. Ursprünglich stamme ich aus Sardinien.« Es klang sehnsüchtig. »Ein Reigschmeckter, sozusagen.« Er lachte.

»Was heißt das?«, fragte ich.

»Das werden Sie auch sein, falls Sie sich in die Gegend verlieben«, antwortete Tino mit einem wissenden Leuchten in den Augen und einem schrägen Blick auf Chris. »Das ist ein Zugezogener.«

Wir lachten, doch ich fühlte einen Stich im Herzen. Leider würde ich das niemals sein. Frankfurt wartete auf mich: meine Arbeit, meine Familie, Bernd …

»Sardinien ist herrlich«, lenkte ich mich von der aufsteigenden Melancholie ab. »Ich war einmal dort, eine paradiesische Insel.«

Der sympathische Sarde nickte zustimmend. Gleich darauf war er verschwunden und wir hörten ihn etwas später an einem anderen Tisch in perfektem Französisch parlieren.

Köstliche Gerüche waberten aus der Küche zu uns herüber. Und es dauerte nicht lange, da kam der freundliche Wirt auch schon mit dem Wein und kurze Zeit später mit zwei reichlich beladenen Tellern zurück. Kaum hatte er die dampfenden Speisen vor uns abgestellt, sandten schlagartig die würzigen Aromen einen Appell an meine Geschmackszellen, die sich vor Vorfreude schmerzhaft zusammenzogen. Auf unseren Tellern prangten die großzügig mit Röstzwiebeln garnierten Zwischenrippenstücke wie saftige Inseln auf einem Meer aus Bratensoße. Daneben erhob sich ein riesiger Haufen Spätzle, der so herrlich duftete, dass ich mich kaum noch zurückhalten konnte. Mein Magen knurrte rebellisch. Auch der vor sich hin schmelzende Rex blieb nicht gleichgültig. Ohne den Kopf zu heben, schaute er treuherzig zu uns auf, sodass das Weiße seiner Augen sichtbar wurde und er fast wie der liebenswerte Cockerspaniel aus »Susi und Strolch« aussah. Seine Nasenlöcher bebten leicht.

»Bergkäse?«, fragte Chris und deutete auf die kleinen Teigwürmchen.

Tino nickte stolz. »Ja, aus der Schweiz.« Mit einer Kopfbewegung wies er in die Richtung, in der ich die Schweiz vermutete. »Und hier noch ein Boi fürs Hondle«, sagte er und zauberte einen Knochen unter seiner Schürze hervor. »Lassen Sie sich's schmecken. An Guada!«

»Danke«, antworteten wir wie aus einem Munde und grinsten uns an. Diesmal war es nicht die gegenseitige Zuneigung, die unsere Augen zum Glitzern brachte, sondern die Vorfreude auf den bevorstehenden Gaumenschmaus.

»Und komm mir bloß nicht mit deiner Pizza-Esser-Genießer-Theorie«, blaffte ich.

Chris schaute verschmitzt. »Nein, ich glaube, selbst ich werde der Versuchung diesmal nicht widerstehen können.«

Wie hungrige Wölfe machten wir uns über unsere Teller her. In meinem Gaumen explodierten die Aromen, schienen nach allen Seiten Lustpartikelchen zu verstieben.

»Und?«, fragte Chris und kaute genüsslich.

»Wahnsinn, wie köschtlisch«, schwärmte ich mampfend. »Die Käsespätzle sind deftig würzig und das Fleisch ist vollmundig und saftig. Unvergleichlich!«

»Darauf müssen wir mit einer weiteren kulinarischen Verlockung anstoßen.« Chris erhob sein Glas.

Ich nahm das meine auf und prostete ihm ebenfalls zu. »Auf die herrlichen einheimischen Spezialitäten.«

»Broschd«, erwiderte er und schmunzelte so frech, als zählte er sich selbst dazu.

Ich tat es jedenfalls.

Wir nahmen beide einen kräftigen Schluck. Süffig rann mir der milde Wein die Kehle hinab und entfaltete auf dem Weg nach unten sein blumiges, feinfruchtiges Muskataroma. Ich schmatzte anerkennend.

»Du hast putzige rote Wangen, das steht dir gut«, bemerkte Chris, nahm noch einen weiteren Schluck aus seinem Glas und schaute mich über den Rand hinweg aufmerksam an.

Mein Bauch rebellierte, wollte mehr. Es war wie Hunger, aber nicht nach Nahrung. Es war wie Durst, der nicht durch Trinken gelöscht werden konnte. Es war pure Sehnsucht, wie ich sie nie zuvor erlebt hatte.

»Und du hast eine rote Nase und siehst aus wie ein Clown«, stichelte ich zurück. »Steht dir aber auch ganz gut.«

Er lachte. »Das wird vielleicht noch schlimmer, wenn wir erst hiermit fertig sind.« Er zeigte auf die Weinflasche, die neben uns auf dem Tisch stand.

Über die Teller hinweg funkelten wir uns an. Nur ein Blinder hätte nicht bemerkt, was zwischen uns vorging. Obwohl … Vor allem der hätte sicher die Spannung überdeutlich wahrgenommen, die in der Luft lag.

Trotzdem blieben wir weiterhin standhaft. Hier mal ein Streicheln der Hände über der Tischplatte, da ein inniger Blick. Wir plauderten scheinbar unbefangen über Lindau, über die Sehenswürdigkeiten, über Frankfurt, über meinen Beruf. Mit keinem Wort schnitten wir das Thema an, das uns beide zu beschäftigen schien. Mit keinem Wort hinterfragten wir die Absichten, Gefühle oder Ängste des

anderen. Es war wie ein Pakt, der uns verbot, »es« auszusprechen. *Es*, dachte ich. Ich war nicht einmal in der Lage,
»dem« einen Namen zu geben. War Chris es?

Nachdem wir gezahlt hatten, traten wir den Heimweg
an. Es war zwischenzeitlich so dunkel geworden und die
fallenden Schneemassen so dicht, dass ich das Gefühl hatte,
es wäre bereits acht Uhr abends. Aber ein Blick auf mein
Handy belehrte mich eines Besseren: Es war erst vier Uhr
nachmittags.

»Woher stammt der Ausdruck ›Seegfrörne‹ eigentlich?«,
unterbrach ich das verlegene Schweigen.

Er grinste. »Aus dem Bodensee-Alemannisch. In der
Schweiz nennt man es Seegfrörni.«

»Ist denn auch schon einmal der gesamte See zugefroren?«

»Ja, durchaus. Das kommt aber bloß ein- bis zweimal
in einem Jahrhundert vor. Die letzte große Seegfrörne hat
es im Winter 1962/63 gegeben.«

»Dann ist es also etwas ganz Besonderes«, sagte ich
bewegt.

»Ja, und du wirst es – zumindest in abgeschwächter
Form – erleben dürfen … Ich meine … Es kommt natürlich darauf an, wie lange du bleibst.« Ich glaubte, so etwas
wie Bedauern in seiner Stimme mitschwingen zu hören.
Sein Blick war plötzlich in die Ferne gerichtet, auch wenn
es dort nur weißes Tosen und anthrazitfarbenes Nichts gab.

Der Gedanke an meine unweigerlich bevorstehende
Abreise versetzte mir einen Stich.

»Ich hatte vor, noch vor Weihnachten heimzufahren«,
antwortete ich leise auf die ungestellte Frage.

Er nickte. »Ja, Weihnachten muss man mit den Menschen
verbringen, die man liebt«, sagte er fast mehr zu sich selbst.

Stumm stapften wir weiter. Etwas Bedrückendes schien sich auf unsere Gemüter gelegt zu haben. Es war fast greifbar und es schmerzte jämmerlich. Ich hatte das Gefühl, dass es das Schöne zwischen uns zerstören könnte, wenn nicht endlich etwas passierte, fürchtete mich aber gleichzeitig, die Initiative zu ergreifen.

Abrupt blieb Chris stehen, drehte sich zu mir herum und packte mich bei den Schultern. Ich japste, so nahe waren sich unsere Gesichter auf einmal.

»Unnötig, weiter um den heißen Brei herumzuschleichen«, brach es aus ihm hervor. Es hörte sich so an, als redete er mit sich selbst. »Ja, verdammt, ich bin völlig vernarrt in dich.«

Im ersten Moment verschlug es mir die Sprache. »Okay«, war alles, was ich herausbrachte, so sehr lähmte mich sein unerwartetes Geständnis. Seine Gegenwart behinderte den Fluss meiner Gedanken wie fremde Wellenfrequenzen den sauberen Empfang eines Radiosenders.

»Und ich glaube, dass es dir nicht anders ergeht, oder täusche ich mich da?« Er suchte die Antwort in meinen Augen, schien sie gefunden zu haben, denn er sprach weiter. »Mein sehnlichster Wunsch ist es, dich in meinen Armen zu halten und zu küssen.« Mit seiner behandschuhten Rechten strich er mir sanft über die Wange und schaute mir dabei eindringlich in die Augen. Meine Knie wurden weich. Ich bebte und spürte sein Feuer, das mit jeder Sekunde höher zu lodern schien. »Aber ich befürchte«, flüsterte er, »dass es viel Kummer mit sich bringen könnte, verstehst du?«

Das sagt er, weil er eine Freundin hat, dachte ich. In mir löste sich etwas, platzte wie eine Seifenblase, barst wie ein übervoller Luftballon, den man zu lange aufgepumpt hatte.

»So ist eben das Leben«, wisperte ich zurück und mein Mund war plötzlich dem seinen ganz nahe. »Wollen wir wirklich darauf verzichten, nur weil es vielleicht später irgendwann einmal wehtun könnte?«

Er stöhnte leise. »Du guter Löwe«, murmelte er in Richtung des Denkmals, »steh mir bei.« Seine Hände legten sich um meinen Kopf, seine Lippen berührten sachte die meinen, rückten wieder etwas ab, als würde er mit ihnen spielen. Ich stand in Flammen.

»Willst du es wirklich?«, fragte er so leise, dass ich fast meinte, es wäre nur ein Seufzer, ein Keuchen oder gar eine Windböe gewesen.

Küss mich endlich, tu es ... Ich schloss die Augen, so sehr sehnte ich mich danach. »Ja«, kam meine Antwort genauso leise. »Ja, ich will es.«

Und dann geschah es. Sein Mund presste sich stürmisch auf den meinen. Leidenschaftlich umarmten wir uns und verschlangen einander. Um uns herum tobten die Flocken, aber wir merkten es nicht. Um uns herum bebte und knackte das Eis, aber wir hörten es nicht. Um uns herum wütete das Weiß, aber wir nahmen es nicht mehr wahr. Alles, was zählte, war nur noch dieser Brand, der in uns schwelte und wuchs. Alles, was zählte, war die Schwerelosigkeit, in der wir uns plötzlich befanden. Und die Wucht, mit der das Gefühl der Unumgänglichkeit über uns herfiel ...

Ja, ich wollte es, wie ich noch nie etwas gewollt hatte. *Alles! Alles, solange ich bei dir sein darf ...*

Kapitel 19 – Heißhunger

Wie auf Wolken schwebten wir dahin, als wir von diesem wundervollen, ereignisreichen Ausflug wieder zu Adas Villa zurückkehrten. Ich fühlte mich wie neugeboren. Nicht nur, dass der Spaziergang an sich etwas Regenerierendes gehabt hatte. Auch diese neue Vertraulichkeit, diese Nähe und die Vorfreude auf die gemeinsame Zeit, die wir noch miteinander verbringen würden – so kurz sie auch ausfallen mochte –, ließen mich förmlich abheben.

Als ich jedoch den Garten erblickte, schlug ich wie eine zerberstende Vase hart auf dem Boden der Tatsachen auf. Ich bemerkte es zuerst und stieß unwillkürlich einen Entsetzensschrei aus. Erst wollte ich meinen Augen nicht trauen. Jemand hatte in unserer Abwesenheit im Garten sein Unwesen getrieben, wie die zahlreichen kreuz und quer verlaufenden Fußabdrücke in der frischen Schneedecke bewiesen. Der Tümpel war verwüstet, das Schilf zertrampelt, und – was am schlimmsten war – die Seerosen waren brutal herausgerissen, auf dem Schnee verteilt und mutwillig zerstampft worden. An dem verheerenden Anblick konnte man den Hass desjenigen ablesen, der sich da ausgetobt hatte.

Warum?, fragte ich mich schockiert. Fast kam es einer Grabschändung gleich. Mir war zum Heulen zumute.

»So ein Mist«, fluchte Chris und ich sah ihm an, wie nahe es ihm ging. »Wer macht so etwas?«

Ich unterdrückte einen Schluchzer. *Ausgerechnet Adas Seerosen*, dachte ich. Es hätte nicht schlimmer kommen können. »Vielleicht Kinder, die eine Mutprobe veranstaltet haben?«

»Pft«, stieß Chris unzufrieden aus. Kopfschüttelnd ging er auf das Schlachtfeld zu und stemmte die Hände in die Seiten, während er den Boden absuchte. »Ich tippe eher auf Halbstarke, denn für Kinder sind die Stiefelabdrücke viel zu groß.«

Schwankend trat ich näher, obwohl ich am liebsten ins Haus geflüchtet wäre. Die Fußspuren waren noch klar umrissen, der Neuschnee hatte ihre Konturen nicht verwischt. Bei dem heftigen Schneefall des heutigen Abends musste das bedeuten, dass wir den oder die Vandalen nur ganz knapp verpasst hatten. Vielleicht trieb sich der Schuldige noch irgendwo in der Nähe herum, beobachtete uns …

»Gütiger Himmel«, hauchte ich mit bebenden Lippen.

»Es sieht schlimmer aus, als es ist«, versuchte Chris, mich zu beruhigen. »Ich denke, wir werden noch einiges davon retten können. Sobald das Schneetreiben nachlässt, werde ich mich darum kümmern.«

Dankbar nickte ich. Allmählich legten sich meine Wut und das Entsetzen wieder.

Wir gingen zum Haus. Als ich aufschloss, befiel mich auf einmal ein sonderbares Gefühl. Auch Rex reckte seine Schnauze in die Höhe und schien etwas Außergewöhnliches zu wittern. Misstrauisch schlüpfte ich ins Innere, schaute mich um. Alles wirkte friedlich und unberührt. Erleichtert atmete ich aus. Der Struffel hingegen schien eine Fährte aufgenommen zu haben, denn er ließ seine Schnauze wie einen Staubsauger schleifenziehend übers

Parkett gleiten. Dabei schlugen die Eisklumpen, die sich auf dem Heimweg aufs Neue an seinem Fell gebildet hatten, leise gegeneinander.

»War sicher nur ein dummer Streich«, beruhigte mich Chris ein weiteres Mal und gab mir einen Kuss auf die Stirn.

»Ein verdammt dummer Streich«, antwortete ich.

»Ein Feuerchen?«, schlug er mir vor, als könnte mich das von meinem Kummer ablenken.

Ich nickte und lief zur Garderobe, legte meinen Schlüssel auf der Kommode ab und pellte mich aus dem nassen Anorak. Plötzlich hielt ich inne und schaute verdutzt auf die Kommode. Dort, wo zuvor eine Schale mit Bonbons auf dem Spitzendeckchen gestanden hatte, befand sich nur noch gähnende Leere.

»Chris?«

»Hm?«, kam es vom Kamin, wo sich der schmelzende Klumpenhund niedergelassen hatte.

»Entweder drehe ich durch oder hier geht es wirklich nicht mit rechten Dingen zu.« Er schaute zu mir herüber. »Ich bin mir absolut sicher, dass hier ein Glasschälchen gestanden hat.«

»Hast du es vielleicht woanders hingeräumt?«, fragte er. »Das passiert mir manchmal, wenn ich telefoniere. Dann stelle ich aus irgendeinem unerfindlichen Grund einfach Gegenstände um.«

Zweifel kamen in mir auf. So gut kannte ich das Haus auch wieder nicht, als dass ich hundertprozentig sicher hätte sein können. »Ja, bestimmt hast du recht«, sagte ich. »Ich bin sicher etwas überspannt.«

»Dann komm ans Feuer und lass dich verwöhnen«, forderte er mich mit rauer Stimme auf.

Sofort überkam mich das wohlige Kribbeln, das mich immer packte, wenn er in diesem Tonfall zu mir sprach. Ergeben ließ ich die Schultern fallen. »Gerne«, erwiderte ich mit einem Blick ins »grüne Zimmer«. Wieder blieb ich wie angewurzelt stehen. Wo war mein Fotoapparat? Alarmiert wandte mich nach allen Richtungen um. Nichts. Ich stürmte in den Raum. Es gab keinen Zweifel: Er war fort.

»Ist etwas nicht in Ordnung, Bella?«, fragte Chris, als er in der Tür erschien.

Ich stöhnte. »Mein Fotoapparat ist weg«, stieß ich aus.

Im Nu war er bei mir. »Im Ernst?« Seine Miene verriet mir, dass auch ihn langsam eine böse Ahnung beschlich. »Vielleicht sollten wir doch die Polizei benachrichtigen«, schlug er vor, während ich bereits wie besessen eine Schranktür nach der anderen aufriss. »Aber dann solltest du besser nichts mehr anfassen.«

Mein Gehirn hatte vorübergehend ausgesetzt. Mein Fotoapparat war ein wahres Pixel-Monstrum mit blitzschnellem Autofokus – mein kostbarstes Arbeitsutensil, ohne das ich aufgeschmissen war. Und in der Aufregung meiner überstürzten Abreise hatte ich ganz vergessen, die Aufnahmen, die ich am Vortag für einen wichtigen Kunden gemacht hatte, auf dem Computer zu speichern. Ich stöhnte erneut, fasste mir an die Stirn. »Das gibt es doch nicht, so eine …«

»Steckt er in einem Etui?«, fragte Chris.

»Ja, in einer rechteckigen, schwarzen Kameratasche mit einer langen Schlaufe«, antwortete ich ohne innezuhalten. Schubladen, Bettkasten, Truhen: Alles musste dran glauben, auch wenn es völlig unsinnig war, denn ich war mir sicher, ihn neben dem Bett abgestellt zu haben.

Chris ließ sich von meiner Wühltollwut anstecken, ging durch alle Räume, suchte jeden Winkel im Haus ab. Die Minuten zogen sich hin wie zäher Kaugummi. Tausend Gedanken stürmten auf mich ein und ich wankte zwischen dem erstickenden Gefühl absoluter Panik und dem Wunsch, mich wieder einzukriegen, hin und her. Ja, es handelte sich um einen teuren Fotoapparat, aber es war auch nicht das Ende der Welt. Immerhin ging es nur um etwas Materielles, einen Gegenstand, der sich ersetzen ließ, und obendrein war ich versichert.

»Bella?«

Ich fuhr herum. »Ja?«

»Ist er das?«, fragte mich Chris, als er um die Ecke kam. In seiner Hand hielt er die Fototasche.

»Mein Gott«, stieß ich aus und fasste mir ans Herz.

Grinsend hob er die Augenbrauen. »Und du hast noch nicht mal alles gesehen …«

Erleichtert lachte ich über seine freche Bemerkung. »Du eingebildeter Lackaffe«, schimpfte ich und machte mich sofort daran, den Inhalt zu überprüfen. »Puh, mir fällt ein Stein vom Herzen.« Sofort prüfte ich den Inhalt. Alles war noch da.

Chris trat näher an mich heran, nahm mich in die Arme. »Ich glaube, ganz Lindau hat den Plumps gehört.«

Ich seufzte, lehnte mich an ihn und wir küssten uns innig. »Wo hast du ihn denn gefunden?«, fragte ich verwirrt.

»In Adas Badezimmer.«

»Wie bitte?« Ich trat einen Schritt zurück und kratzte mich am Kopf. Wurde ich jetzt verrückt?

»Was ist?«

»Chris, ich glaube, hier stimmt was nicht. Erst die Schale, dann der Fotoapparat …«

»Meinst du diese hier?« Er zeigte auf meinen Nachttisch.

Verdattert starrte ich auf das Glasgefäß mit dem Bonbon-mix und zog die Augenbrauen hoch. »Das ist doch …« Ich schnappte nach Luft. Seit zehn Minuten suchte ich das Zimmer ab und hatte sie nicht einmal bemerkt. »Ich schwöre dir, dass ich sie nicht dahin gestellt habe.«

»Vielleicht hast du nur geglaubt, sie auf der Kommode gesehen zu haben, aber in Wirklichkeit hat sie schon immer hier gestanden?«

Vehement schüttelte ich den Kopf. »Nein, ich sehe sie noch deutlich vor mir. Sie hat eindeutig auf der Kommode unter dem Bild gestanden. Da bin ich mir ganz sicher, weil ich mich noch genau entsinne, wie ich mir gesagt habe, dass die pastellfarbenen Bonbons hervorragend zum Gemälde passen.«

»Könntest du in der letzten Nacht Heißhunger nach etwas Süßem bekommen und sie zu dir geholt haben?«, fragte Chris skeptisch.

»Das würde mich wirklich wundern«, antwortete ich. »Ich mag keine Bonbons.«

»Deswegen die guten Zähne«, versuchte Chris, die Situation mit einem gewinnenden Lächeln zu entdramatisieren.

Halbherzig erwiderte ich es. »Sollten wir jetzt nicht die Polizei einschalten?« Bei dem Gedanken, dass noch mal jemand im Haus herumgeistern könnte, wurde mir mulmig.

Chris schürzte die Lippen. »Und was sagen wir denen? Dass du deine Kamera verlegt hast und dir nicht eingestehen willst, dass du nachts Heißhungerattacken bekommst?«

Resigniert ließ ich die Schultern hängen. Natürlich hatte er recht. Die Polizisten würden mir wahrscheinlich Baldriantee und ausreichend Schlaf empfehlen, und damit hätte es sich.

»Glaubst *du* mir wenigstens?«

Chris zögerte. »Wenn du darauf bestehst, ja«, sagte er ernst. »Aber wer sollte so etwas tun wollen und warum?«

»Irgendwer, dem ich gehörig im Weg stehe.«

Chris' Augen wurden zu Schlitzen. »Wegen der Erbschaft?«

Ich zuckte die Achseln. »Ja, das scheint auf der Hand zu liegen, oder was meinst du?«

»Aber was würde es demjenigen bringen, sich wie ein böses Heinzelmännchen zu verhalten und heimlich Gegenstände umzuräumen?«

»Vielleicht, mir Angst einzujagen und mich damit zum Weggehen zu bewegen.«

»Aber warum?« Skeptisch zog Chris die Stirn in Falten.

»Das ist eine gute Frage«, entgegnete ich. »Das ist wahrscheinlich sogar die Frage schlechthin.«

»Ich meine, ob du hier bist oder nicht, ändert nichts an der Tatsache, dass dir das Haus gehört, oder sehe ich das falsch?«

»Nein, das siehst du richtig«, musste ich eingestehen. Lange sagte ich nichts. »Vielleicht befürchtet diese Person, dass ich ein Geheimnis ans Licht bringen könnte«, mutmaßte ich und der Gedanke erschien mir gar nicht so abwegig. »Irgendetwas, das mit Adas Vergangenheit zusammenhängt.«

»Unmöglich ist es nicht«, sagte Chris abwägend. »Anscheinend bin ich nicht der Einzige, der über eine übersprudelnde Fantasie verfügt«, setzte er hinzu.

»Du hältst es für Spinnerei.«

»Nein«, erwiderte er und hob beschwichtigend die Hände. »Aber es klingt trotzdem an den Haaren herbeigezogen.«

»Auf der anderen Seite habe ich seit meiner Ankunft ständig das Gefühl, beobachtet zu werden«, verteidigte ich mich. »Und ich habe noch nie unter Verfolgungswahn gelitten«, fügte ich hastig hinzu.

»Wenn du dich hier nicht sicher fühlst, kannst du die Nacht gerne bei mir verbringen.«

Nur die eine?, schoss es mir durch den Kopf. *Ach ja, richtig: keine Bindung und so …*

»Ja, das wäre eine Lösung«, antwortete ich verhalten.

Sanft zog er mich zu sich heran. »Na, mit ein bisschen mehr Enthusiasmus hatte ich schon gerechnet.«

Ich lächelte entschuldigend. »Nein, nein. Es ist nur … Mir bleiben bloß zwei Wochen, um Ada ›kennenzulernen‹ und alles Erdenkliche über sie herauszufinden. Und ich habe das Gefühl, dass ich mir, sollte ich die Nacht bei dir verbringen, einen Teil der Möglichkeiten, ans Ziel zu gelangen, verbauen würde.«

»Verstehe.«

»Kannst du nicht … bei mir bleiben?«

Promptes Nicken. »Klar kann ich das, wenn du mich so lieb darum bittest. Dann muss ich aber meinen Schreibkram hier herüberbringen, denn die Muse küsst mich auch mal mitten in der Nacht.«

»Das soll sie besser nicht wagen«, konterte ich.

Wir lachten. Sofort fühlte ich mich wieder besser. »Komm«, flüsterte Chris mir ins Ohr. »Lass es uns machen wie unser Zottel und uns ein wenig am Kamin aufwärmen.«

Unser? Mir wurde warm ums Herz. Es klang wundervoll, auch wenn es nur eine trügerische Schimäre war …

Kapitel 20 –
Gesalzenes

Nach einer ersten gemeinsamen Nacht, von der ich wusste, dass ich mich noch lange an sie erinnern würde, sah das Leben wieder anders aus. Eigentlich hatte ich geglaubt, Reue zu empfinden oder zumindest ein schlechtes Gewissen zu haben. Aber dem war nicht so. Alles, was ich fühlte, war pures Glück und Ausgeglichenheit, obwohl ich wusste, dass es nicht von Dauer sein würde. Chris hatte seine Einstellung zu Beziehungen überdeutlich hervorgehoben. Und auch für mich kam es nicht infrage, mehr zu erhoffen, da es zu viele Gründe gab, nicht daran zu glauben. Deshalb versuchte ich, damit zu leben, es zu akzeptieren. Ich nahm mir eisern vor, nicht an den Abschied zu denken, sondern die wenige Zeit, die uns blieb, in vollen Zügen zu genießen.

Aus der Küche hörte ich Rex' Kläffen, das gleich darauf wieder verstummte. Sicher hatte er Hunger und wollte uns daran erinnern, dass nicht alle Lebewesen auf dieser Welt liebestolle Nächte verlebten und sich deshalb bis zu den unmöglichsten Uhrzeiten in den Federn tummelten.

Unschlüssig schaute ich zu Chris, der noch tief und fest schlief und dabei leise schnarchte. Selbst im Schlummer sah er toll aus. Ungeniert musterte ich ihn. Er lag, alle viere von sich gestreckt, auf dem Bauch, die Decke war bis zur Taille hinabgerutscht und mein Blick wanderte seine

Rückenmuskeln entlang nach unten, bis mir das Laken die Sicht verwehrte. Es hinderte mich nicht daran, die Erinnerungen an letzte Nacht heraufzubeschwören, um mich – unanständig, wie ich auf einmal geworden war – daran zu ergötzen. Ich kam nicht umhin, ihn wie ein alberner Teenager anzuschmachten, und das Gefühl seiner Nähe ließ mein Herz höher schlagen. Ich lächelte selig vor mich hin. Erinnerte mich daran, wie innig wir uns geliebt hatten. Wie anders es gewesen war als alles, was ich bisher erlebt hatte. Viele Vergleichsmöglichkeiten hatte ich zwar nicht, aber genug, um zu wissen, dass zwischen Chris und mir diese ganz besondere Chemie herrschte, von der ich bislang nur aus Filmen und Büchern gehört hatte. Ich rekelte mich wohlig, fragte mich, was wir heute Schönes aushecken könnten.

Schlagartig überfiel mich eine andere, wesentlich weniger erbauende Erinnerung und holte mich von Wolke sieben zurück in die Realität. Ada. Der Garten. Der Eindringling …

Ich seufzte leise. Auch wenn ich die Angelegenheit an diesem Morgen viel gelassener betrachtete als am Vorabend, so konnte ich nicht leugnen, dass mich der Vorfall mitnahm und ein Gefühl des Unwohlseins in mir hinterließ, fast so, als hätte ich etwas Wichtiges übersehen. Es schien, als wäre die Lösung zum Greifen nahe, ohne sich mir vollends zu erschließen. Als hätte ich einen Schleier vor den Augen, der mich daran hinderte, die Wahrheit zu sehen. Es war, als müsste es mir jeden Moment wie Schuppen von den Augen fallen. Aber je mehr ich nachdachte, umso weniger Sinn ergaben die Vorkommnisse.

Ich beschloss, den Tag ohne Chris zu beginnen und den armen, von unseren nächtlichen Eskapaden geschlauchten

Schreiberling ausschlafen zu lassen. Vorsichtig schlüpfte ich aus dem Bett, duschte und kleidete mich an.

Als ich auf leisen Sohlen aus dem Zimmer schlich, war mir ein bisschen mulmig zumute. Und wenn der Eindringling in der Nacht zurückgekommen wäre? Sofort schob ich diesen Gedanken als unsinnig beiseite. Wir hatten ja Rex. So einfach käme niemand an ihm vorbei. *Sicher hätte der Hirtenhund bei dem kleinsten Geräusch angeschlagen*, beruhigte ich mich.

Als hätte er meine Gedanken gelesen, saß Rex erwartungsvoll hechelnd an der Eingangstür und kratzte daran.

»Gleich«, vertröstete ich ihn. »Komm erst mal frühstücken.«

Verwundert stellte ich fest, dass er mich anscheinend verstanden hatte, denn er folgte mir prompt in die Küche. Ich setzte Kaffee auf und gab der hungrigen Fellnase etwas von dem Futter, das Chris am Vortag mitgebracht hatte. Beim Gedanken an diese Szene musste ich schmunzeln. Eigentlich hatte Chris »nur ein paar Kleinigkeiten« in seinem Haus holen wollen, war jedoch wie ein Packesel beladen zurückgekehrt. Es hatte eher einem »Umzug *en miniature*« geähnelt, was zumindest vermuten ließ, dass er sich auf mehr als einen One-Night-Stand einrichten wollte. Er hatte nicht nur seine Küche geplündert, sodass ich für die nächsten Tage nicht einzukaufen brauchte, sondern neben seinen Schreibsachen auch eine große Tragetasche mit Kleidung mitgebracht.

Die Vorstellung, wir könnten die Tage, die mir noch am Bodensee blieben, gemeinsam verbringen, erfüllte mich mit einem warmen Gefühl der Vorfreude, auch wenn mich im ersten Moment ein Schreck durchzuckt hatte. Was, wenn Bernd plötzlich hier auftauchen würde? Gleich darauf beruhigte ich mich wieder, denn zum einen war er viel zu stolz, um mir nachzureisen, zum anderen sah ihm eine so spontane Handlung einfach nicht ähnlich, und zuletzt hatte er auch gar keine Zeit, um durch die Gegend zu sausen und mal eben so an den Bodensee zu fahren. Wer hatte die schon? Ich lächelte vor mich hin. *Ich!*, dachte ich, nicht ohne einen Anflug von Stolz zu verspüren.

Während ich gemächlich meinen Wachmacher schlürfte, ließ ich im Salon die Rollläden hochfahren und beobachtete erwartungsvoll die Fensterfront. Je weiter die leise ratternde Jalousie emporglitt, umso mehr offenbarte sich mir die Sicht auf eine mir bislang unbekannte Darbietung des Sees. Strahlender Sonnenschein ließ ihn und die eingeschneite Landschaft wie tausend kleine Spiegel glitzern. Geblendet kniff ich die Augen zusammen, bemüht, sie nach und nach an das grelle Tageslicht zu gewöhnen. Beim genaueren Hinschauen sah ich einen riesigen Entenschwarm, der sich wie ein gefiederter Teppich auf dem ebenen Gewässer ausgebreitet hatte. Hunderte von Vögeln tummelten sich dicht an dicht, und wie durch eine Flugschneise kamen immer neue hinzugeflattert. Das fantastische Schauspiel zog mich in seinen Bann. Nichts erinnerte mehr an den Sturm, was für mich einer symbolischen Bedeutung gleichkam. Ich fasste Mut. Beschloss, mich nicht durch die Einschüchterungsversuche irgendeines verkorksten Menschen aus der Ruhe bringen zu lassen.

Ich atmete tief durch. Eine Welt voller noch nicht erlebter Abenteuer schien mich zu rufen. Mit einem Blick auf Rex, der mich genauso sehnsüchtig wie auffordernd anschaute, beschloss ich, mich im Garten nützlich zu machen, indem ich zumindest den Weg freischaufelte. Beschwingt von dieser Idee verschlang ich schnell noch eine Schnitte des von

Chris' mitgebrachten Schwarzbrotes mit Marmelade, um vor der körperlichen Anstrengung etwas im Magen zu haben. Anschließend packte ich mich warm ein und gab dem freudig wedelnden Vierbeiner ein Zeichen, dass es losgehen konnte.

Als ich die Tür öffnete, wäre ich beinahe über ein kleines Paket gestolpert, das auf dem Fußabtreter lag. Ich runzelte die Stirn, fragte mich, warum die Leute nicht den Briefkasten benutzten; dafür war er doch da. Ich schaute mich um. Das Ufer lag einsam und verlassen da. Im Garten waren die verheerenden Spuren der Missetat vom Neuschnee überdeckt worden. Nur zwei lange, gerade Linien aus frischen Abdrücken zogen sich von dem kleinen Törchen, das zur Seepromenade führte, bis zur Tür und wieder zurück, als wäre das Paket eben erst dort abgestellt worden.

Ich bückte mich und hob es auf, nicht sicher, ob ich wirklich wissen wollte, was es beinhaltete. In einer arg verschnörkelten, altmodischen Handschrift stand ein kaum leserliches *An Guada* darauf.

Zuerst war ich versucht, mit dem Auspacken auf Chris zu warten. Aber dann trug meine Neugier den Sieg davon. Eilig zog ich die Handschuhe aus, getrieben von der Befürchtung, ich könnte es mir anders überlegen. Während ich mit zittrigen Fingern das Packpapier abriss, klopfte mir das Herz bis zum Hals. Mit angehaltener Luft hob ich den Deckel leicht an und lugte hinein. Meine Riechzellen schlugen einen Purzelbaum. Verdattert wich ich zurück, meinte, eine Halluzination zu haben. Mit allem hatte ich gerechnet: einem hölzernen Miniatursarg, Hundekot, sogar einem abgeschnittenen Finger … Meine Fantasie ging mit mir durch. Nichts hatte mich darauf vorbereitet, was sich wirklich in der hübschen Pappschachtel befand: zwei kleine Gebäckstücke mit dicken Zucker-streuseln.

Oh, dachte ich, *wie lieb ist das denn?* Erleichtert schüttelte ich über mich selbst den Kopf, weil ich überall nur das Böse lauern sah. Ich suchte nach einer Karte, fand aber keine. Achselzuckend klappte ich die Schachtel wieder zu und nahm mir vor, mir später darüber den Kopf zu zerbrechen. Zu Rex' Bestürzung eilte ich zurück ins Haus und stellte die mysteriöse Gabe auf dem Küchentisch ab.

Dann konnte es endlich losgehen. Im Schuppen fand ich eine Schneeschaufel und machte mich ans Werk. Ächzend und schnaufend arbeitete ich mich Schritt für Schritt, Meter um Meter, von der Haustür bis zum Gartentor vor, grub eine etwa ein Meter breite Schneise. Zu beiden Seiten türmten sich weiße Massen auf, sichtbare Zeichen geleisteter Herkulesarbeit.

Meine Glieder schmerzten, meine Muskeln brannten. Aber es war eine angenehme Qual, eine, die einem ein gutes Gewissen zurückgab, wenn man sich am Vortag den Wanst mit schwäbischen Spezialitäten vollgestopft hatte – oder vorhatte, in Kürze leckeres Gebäck zu verzehren. Ich grinste.

Während ich eine Schippe Schnee nach der anderen auf die aufgetürmten Haufen warf, ließ ich meinen Gedanken freien Lauf. Ich dachte an Ada, an das Haus, an die Geheimnisse, die es zu bergen schien. Ich dachte an Chris, an unsere erste gemeinsame Nacht. Wohlige Hitze stieg in mir auf. Ich dachte an Bernd und wunderte mich darüber, dass ich ihn so einfach hatte vergessen können. Auch mein Vater kam mir in den Sinn und ich fragte mich, warum er mich noch nicht zurückgerufen hatte. Denn selbst wenn meiner Mutter nichts zur Klärung dieser sonderbaren Erbschaft eingefallen wäre, hätte er mich trotzdem darüber informiert.

Urplötzlich wurde mir klar, dass ich mein Handy noch gar nicht wieder aufgeladen hatte. In all der Aufregung war mir das völlig entschlüpft. Abermals schüttelte ich über mich selbst den Kopf. Es schien, als wäre mein altes Leben vollkommen in den Hintergrund gerückt. Auch mein Gehirn schien nicht mehr richtig zu arbeiten und nur noch bestimmte Informationen durchzulassen. Sicher warteten bereits ein Dutzend Nachrichten auf mich. Ich nahm mir vor, mich gleich darum zu kümmern, sobald ich mit dem Schaufeln fertig war.

Die körperliche Tätigkeit half mir nicht nur beim Nachdenken, sondern weckte auch meinen Kampfgeist. Aufgeben? Das kam gar nicht infrage! Und so tüftelte ich einen Schlachtplan aus. Als Erstes würde ich mir die anderen Nachbarn vorknöpfen, um ein wenig mehr vom Leddag'schwätz – wie Chris es genannt hatte – herauszubekommen. Denn Chris war vielleicht Adas nächster Nachbar gewesen, aber nicht zwingend derjenige, der am meisten die Ohren gespitzt hatte. Zum einen schien es nicht seiner Art zu entsprechen, jemanden auszuspionieren, zum anderen war er als Literat vielleicht zu sehr in seine eigene Welt versunken, um alles mitzubekommen, was sich um ihn herum in der Wirklichkeit abspielte. Und je mehr ich darüber nachdachte, desto plausibler fand ich meine Schlussfolgerung.

Als ich nach harter Knochenarbeit endlich am Tor angelangt war und auf das Ergebnis meiner Mühen zurückblickte, grunzte ich zufrieden über die Schneise, die ich mit eigener Hand geschaffen hatte. Jetzt brauchte ich nur noch Salz auszustreuen und schon hätten wir einen wunderbar begehbaren Weg. Die Plackerei hatte sich gelohnt.

Rex, auf dessen Schnauze sich vom Buddeln ein Schnee-
türmchen gebildet hatte, hielt inne und schaute mich neugierig an.

»Auf, lass uns wieder reingehen«, sagte ich zu ihm und er
schien auch diesmal zu begreifen, dann er legte den Strub-
belkopf schief und jaulte kurz zur Antwort. Grinsend warf
ich einen letzten Blick auf den See, dessen türkisfarbene
Wasseroberfläche sich spiegelglatt vor mir ausbreitete und
eine andächtige Ruhe ausstrahlte. Ein paar Krähen pick-
ten am Ufer im Schnee, in der Ferne tuckerte ein Schiffer-
kahn vorbei.

Gerade wollte ich mich abwenden, da fiel mein Blick
auf einen von Kopf bis Fuß in Schwarz gekleideten älteren Herrn, der in einiger Entfernung auf der Promenade
angehalten hatte und mich boshaft anzustarren schien. Er
wirkte auf mich wie ein heimtückischer Rabe.

Als ich in ihm denselben Mann zu erkennen meinte,
der schon am Tag meiner Ankunft so auffällig ums Haus
geschlichen war, presste ich wütend die Lippen aufeinander, lehnte die Schaufel gegen die aufgetürmten Schneemassen und machte Anstalten, auf ihn zuzugehen. Aber
sobald er begriff, dass ich zu ihm kommen wollte, wandte
er sich eilig ab und humpelte auf seinen Stock gestützt
davon.

Ich schnaufte unwillig. Auf der anderen Seite: Was hätte
ich dem alten Herrn auch sagen sollen? *Warum starren Sie
mich so an?* Ich hätte mich nur lächerlich gemacht. Vielleicht handelte es sich wirklich nur um einen heimlichen
Verehrer, der über Adas Tod nicht hinwegkam.

Erneut schnappte ich mir die Schaufel, froh, dass ich
meinen spontanen Entschluss letztendlich nicht in die Tat
umgesetzt hatte, und lief Rex voran zum Haus zurück.

Kaum hatte ich die Tür geöffnet, da trat Chris im Morgenmantel und mit abstehenden Haaren aus der Küche und strahlte mich an. In einer Hand hielt er das aufgeklappte Paket, in der anderen eines der Gebäckstücke. Aus einem mir unerfindlichen Grund spürte ich ein Ziehen im Bauch.

»Mein Zuckermäulchen«, begrüßte er mich. »Was für eine wundervolle Idee, uns zum Frühstück Flachswickel zu besorgen. Du weißt ja: Liebe geht durch den Magen.« Er lächelte breit. Hatte er wirklich *Liebe* gesagt?

Ehe ich etwas entgegnen konnte, biss Chris auch schon in das Gebäck hinein.

»Das ist nicht von mir, es wurde uns vor die Tür gelegt«, sagte ich leicht irritiert. Unwillkürlich spürte ich ein Unheil nahen.

»Ah, das ist lieb«, nuschelte er mit vollem Mund und kaute ausgiebig, während er die Schachtel nach einer Nachricht abzusuchen schien. »Von wem denn?«

Gerade wollte ich ihm antworten, da änderte sich Chris' Gesichtsausdruck schlagartig. Das Leuchten schwand aus seinem Blick, die Freude wich und machte einem Ausdruck schockierter Starre Platz, um schließlich in Ekel umzuschlagen.

Augenblicklich gefror mir das Blut in den Adern. Mein Gott! Es war so offensichtlich gewesen. Warum hatte ich es nicht erkannt?

»Was ist denn?«, keuchte ich erschüttert. Alle meine Befürchtungen waren wieder da: der Einbruch, die verrückten Gegenstände, die Zerstörung, der seltsame Voyeur, die Schachtel ohne Absender … Mit einem Satz war ich bei Chris, glaubte an das Schlimmste.

Anstatt einer Antwort verzerrte sich sein Antlitz zu einer hässlichen Grimasse. Aus seinem Mund quoll ein Klumpen halb gekauter Pampe, als handelte es sich um einen Haufen Kuhmist, in den er irrtümlich gebissen hatte. Der gequälte Laut, den er von sich gab, verstärkte diesen Eindruck noch.

»Bäh, Bella!«, spie er aus. »Wenn das ein Scherz sein soll, dann ist er nicht lustig.«

»Ein Scherz?«, fragte ich bestürzt. »Was ist denn damit?« Mir schwante Fürchterliches.

»Die sind so versalzen, als hätte jemand einen ganzen Salzstreuer darüber ausgeleert.«

»Ehrlich?«, rief ich entsetzt. »Dann geht es also weiter?«

Verwundert starrte Chris mich an. »Was meinst du damit?«

»Begreifst du denn nicht? Die Schachtel wurde von einem Unbekannten vor der Tür abgelegt.«

Allmählich schien die Erkenntnis bis zu ihm durchgesickert zu sein, auf seiner Miene zeichnete sich Panik ab. »Verdammt, warum hast du mir das denn nicht gleich gesagt?«, schimpfte er, eilte in die Küche ans Waschbecken und spülte sich mehrmals gründlich den Mund aus.

»Hab ich doch«, stammelte ich.

Er wandte sich um. »Verzeih«, murmelte er. »Du hast recht. Es war der Schreck. Natürlich kannst du nichts dafür, dass ich die Finger nicht vom Süßen lassen kann.« Er nahm mich in die Arme, drückte mich.

»Glaubst du mir jetzt, dass es hier nicht mit rechten Dingen zugeht?«

»Natürlich«, antwortete er nachdenklich. Sogar durch den Morgenmantel spürte ich seinen beschleunigten Puls hämmern. »Bella, es wirkt fast so, als wolle dich jemand warnen.«

»Meinst du nicht, er will mir eher drohen?«, fragte ich. Der Ausdruck »warnen« erschien mir für all das zu freundlich.

»Ja, du hast recht. Willst du zur Polizei gehen?«

Ich lachte bitter. »Und dann?«, schnaubte ich. »*Herr Wachtmeister, man hat mir versalzenes Gebäck vor die Tür gelegt*«, nahm ich sein Bespiel vom Vortag auf.

Chris verzog den Mund zu einem unwilligen Lächeln. »Da ist allerdings etwas dran.«

»Wir lassen uns einfach nicht einschüchtern«, sagte ich. Mein Kampfgeist war nicht gemindert. »Ich schlage vor, dass wir ein wenig vorsichtiger werden, aber ansonsten weiterleben wie bisher ...«

Chris nahm mich in die Arme und schaute mir bewundernd in die Augen. »Du bist die mutigste Frau, die ich kenne.«

Und sein Lid zuckte nicht einmal ...

Kapitel 21 –
Seegfrörne

Eine Woche später

Allmählich hatte sich mein erster Schock gelegt. Unser junges Glück half mir über all die Aufregung hinweg. Wir verbrachten die gemeinsame Zeit in einer Harmonie, die ich niemals für möglich gehalten hätte. Lag es daran, dass wir beide wussten, dass es nicht für die Ewigkeit sein würde? Oder waren wir so wesensgleich, dass wir uns ohne Worte verstanden, instinktiv spürten, wann der andere Freiraum brauchte, und immer im rechten Augenblick zueinander zurückfanden, wie die Plus- und Minuspole zweier entgegengesetzter, sich aber unweigerlich anziehender Magnete?

An den Abenden gingen wir aus oder kochten zusammen. So lernte ich, wie man schwäbische Gerichte wie »Herrgottsb'scheißerle« – schwäbische Maultaschen –, »Bölledünne« – Zwiebelkuchen – und die wundervoll klingenden »Nonnenfürzle« – leckere frittierte Teigbällchen – zubereitete. Die schwäbische Küche schien kaum noch Geheimnisse für mich zu bergen. Ich kam aus dem Staunen und Schlemmen nicht heraus. Und wenn es draußen ungemütlich wurde, erzählte Chris mir weitere Sagen über den Bodensee. Dann konnte ich mich ganz nah an ihn kuscheln und Geschichten wie »Das kühle Grab«, »Der kupferne Kessel«, »Der Spuk bei Ludwigshafen« oder »Der Geist von Überlingen« lauschen. Wir hörten Musik, tanzten, sangen, lachten. Und am dritten Adventswochenende besuchten wir noch einmal die Hafenweihnacht. Tagsüber wühlte ich weiter in den Tagebüchern, durchstöberte die vielen Fotos und Papiere nach Indizien, während Chris, der sich an Adas Schreibtisch eingerichtet hatte, in seine Arbeit vertieft war.

Mit keinem Wort schnitten wir die nahende Zukunft an, mit keiner Silbe sprachen wir über uns, als ob wir ein geheimes Abkommen getroffen hätten, um dem Unausweichlichen nicht die Kraft zu geben, uns die wenige Zeit, die noch blieb, zu verderben.

Je mehr Zeit verstrich, umso weiter rückte meine Hoffnung in die Ferne, eines Tages die ganze Wahrheit über Ada, Marcel und meine Beziehung zu ihnen aufdecken zu können. Sosehr ich auch grübelte, es gab einfach keinen Anhaltspunkt, an dem ich mich hätte festkrallen können. Manchmal dachte ich sogar, dass es sich vielleicht doch um einen Irrtum handeln musste. Dann stellte ich mir vor, dass der Notar jeden Augenblick an der Tür läuten könnte, um mir die schreckliche Nachricht zu überbringen, dass ich letztendlich nicht die Erbin war. Ja, schrecklich. Denn auch wenn es etwas Erlösendes hätte, hatte ich mich doch an Ada gewöhnt, sie lieben gelernt und mit ihr gelitten, sodass es einen immensen Verlust bedeuten würde – von dem wundervollen Anwesen mal ganz abgesehen. Aber solange dieses Schreckensszenario nicht eintrat, machte ich tapfer weiter; auch wenn wir das Haus bereits komplett auf den Kopf gestellt hatten und es sicher keinen Winkel, keine Nische und keine Ritze mehr gab, die wir nicht durchforstet hatten.

Schließlich wandte ich mich Adas Buchhaltung zu, die ich mir als eine Art letzten Strohhalm bis zum Schluss aufgehoben hatte. Allmählich begann ich in Erwägung zu ziehen, dass ich vielleicht nie hinter das Geheimnis kommen würde.

Trotzdem machte ich weiter, nicht zuletzt, weil ich vielleicht unbewusst das Gefühl hatte, eine Art Alibi für mein Verweilen am Bodensee zu brauchen. Mein Handy, das wieder einsatzfähig war, scheute sich nicht, mir die bittere Realität mit grellem Blinken, nervigem Vibrieren und schrillen Tönen in Erinnerung zu rufen. Einmal angeschaltet, waren all die Nachrichten über mich hergefallen und an mir haften geblieben wie das berühmte Pflaster von Kapitän Haddock in »Tim und Struppi«: ein lästiges Anhängsel, von dem man sich nicht mehr befreien konnte, egal, was man auch unternahm, um es loszuwerden. Mein Vater hatte – wie eigentlich nicht anders erwartet – nichts herausfinden können, meine beste Freundin wollte Neuigkeiten und die Kunden liefen Amok. Das, was ich von hier aus erledigen konnte, arbeitete ich lustlos ab. Alles andere verschob ich auf die Woche zwischen den Jahren. Ich brauchte diese Auszeit jetzt einfach.

Da! Abermals eine neue Nachricht, diesmal von Bernd. Es kniff mich ins Herz.

Wir müssen unbedingt miteinander …, stand auf dem Display und ich konnte mir den Rest zusammenreimen.

Ja, das müssen wir, dachte ich und schaute demonstrativ fort. Schaute fort, solange ich das noch konnte. Wollte keine Sekunde meines Aufenthalts mit nutzlosen Diskussionen und Rechtfertigungen vergeuden. Bernd und alle anderen würden eben bis zu meiner Rückkehr warten müssen.

Trotzig wandte ich mich wieder dem Papierstapel in meiner Hand zu, um mich von diesen unschönen Erinnerungspiksern abzulenken, und blätterte weiter. Rechnungen, Rechnungen, nichts als Rechnungen: von Restaurants, Caterern, Ausstellungen ...

Augenblicklich hielt ich inne und starrte auf den Beleg, den ich in meiner Hand hielt. Mein Herz tat einen gewaltigen Sprung und fing an zu rasen, wie ein Rennpferd, das das Ziel vor Augen hatte. Ich traute meinen Augen kaum und richtete mich auf dem Sofa auf, schielte zu Chris hinüber, der so konzentriert an seinem Laptop schrieb, dass ich ihn auf keinen Fall stören wollte. War dies endlich der Anhaltspunkt, nach dem ich so lange gesucht hatte?

Um bei Chris keinen Verdacht zu erregen, stand ich so gelassen wie möglich auf und streckte mich ausgiebig. Unauffällig schnappte ich mir das Handy und ging mit dem Blatt Papier in die Küche.

»Bella-Maus, machst du uns einen Kaffee?«

»Ja, genau«, antwortete ich scheinheilig.

»Klasse«, schwärmte Chris und schrieb weiter, wie ich dem Klappern der Tastatur entnahm.

Ich zögerte. Sollte ich ihn in meine Entdeckung einweihen? Prompt entschied ich mich dagegen, denn ich wollte ihm keine falschen Hoffnungen machen.

Behutsam schloss ich die Tür hinter mir, setzte Kaffee auf und gab schließlich die Nummer in mein Handy ein. Quälend langsam krochen die Sekunden dahin, während es monoton tutete. Dann erklang endlich das ersehnte Klicken.

»Walter, Detektei und Consulting, Grüß Gott«, grüßte eine Frauenstimme am anderen Ende der Leitung.

»Guten Tag«, erwiderte ich innerlich bebend. »Mein Name ist Isabella Lampert.« Mit wenigen Worten schilderte ich die Situation. »Bei meiner Suche bin ich auf eine Rechnung aus 2010 gestoßen, die belegt, dass Ada Beranger Ihre Dienste in Anspruch genommen hat.«

»Wir reden von der ehemaligen Schauspielerin, richtig?«

»Ja, genau.«

»Hören Sie, das ist schon sehr lange her und ich kann mich da zwar noch vage an etwas erinnern, aber leider gehört Diskretion zu unseren eisernen Prinzipien.«

Ich unterdrückte ein Fluchen. »Hatte es etwas mit ihrem Mann zu tun?«, überging ich die Absage.

»Davon weiß ich nichts. Das heißt … Nein, nein, darum ging es nicht.«

»Bitte helfen Sie mir, die Wahrheit aufzudecken«, flehte ich. »Sie ist doch verstorben und so wird es ihr nichts ausmachen. Im Gegenteil …«

Sie muss mich für eine Verrückte halten, dachte ich. Egal, vielleicht war ich das ja auch. Verrückt, weil ich nicht wusste, warum mir so ein schönes Geschenk gemacht worden war. Verrückt, weil ich bereits so tief in Adas Leben steckte, dass ich das Gefühl hatte, wirklich zu ihrer Familie zu gehören. Verrückt, weil ich glaubte, dass ihr Geist um mich herumschlich und mich zum Handeln zwang. Und verrückt vor Verzweiflung, ständig gegen Mauern anzurennen und vor verschlossenen Türen zu stehen.

»Selbst Verblichene haben bei uns ein Anrecht auf Diskretion«, antwortete die Dame leicht pikiert. »Da bräuchten Sie schon eine richterliche Verfügung.«

Richterliche Verfügung? Verdammt. Hinter mir knatterte die Kaffeemaschine wie ein Maschinengewehr. Kalter Schweiß brach mir aus. Ich wollte partout nicht aufgeben.

»Himmelherrgott noch mal«, rutschte es mir heraus. »Können Sie mir denn wirklich nicht den kleinsten Hinweis geben? Nur einen winzigen Anhaltspunkt, ich bitte Sie.«

Die Frau schnaufte. »Das Einzige, was ich Ihnen sagen kann, ist, dass es sich um eine Suche bezüglich des Nachlasses gehandelt hat.«

»Adas Nachlass?«, wiederholte ich betroffen. »Sie meinen … die Suche nach … mir?«

»Hmhm«, kam die Antwort. »Mehr kann ich aber wirklich nicht preisgeben. Ade.«

Verdattert stand ich da, starrte aufs Display, das nach ein paar Sekunden in den Ruhemodus überging und dann schwarz wurde. Mutlos ließ ich es sinken. Natürlich. Ada hatte nach mir suchen müssen. Das ergab Sinn. Aber was verband mich mit ihr? Welches Zahnrädchen im Wirrwarr ihres Lebens war abgebrochen und nach Frankfurt abgesplittert? Die wildesten Mutmaßungen schwirrten mir im Kopf herum: Hatten meine Großeltern vielleicht nicht die ganze Wahrheit über ihre Vergangenheit erzählt? Waren meine Mutter oder mein Vater adoptiert worden?

Anstatt sich zu lichten, schien der Nebel um Adas Vergangenheit immer dichter zu werden. Eines stand jedenfalls fest: Die Detektei würde mir auch nicht aus diesem Dilemma helfen.

Mechanisch stellte ich die Kaffeekanne und zwei Tassen auf ein Tablett und kehrte ins Wohnzimmer zurück, wo mich Chris strahlend empfing. »Ich habe endlich eins meiner schwierigsten Kapitel beendet«, verkündete er und umarmte mich stürmisch.

»Wunderbar«, antwortete ich lächelnd.

»Bella?«, fragte er lauernd und kniff die Augen zusammen.

»Hm?« Ich wich seinem Blick aus.

»Was ist los?«

Gegen Chris' sechsten Sinn konnte ich nichts ausrichten. Manchmal hatte ich das Gefühl, dass er einen direkten Draht zu meiner Gefühlswelt hatte, oder vielmehr lauter kleine Kabel, die mit jedem Winkel meiner Empfindungen verbunden waren. Es war schier unmöglich, ihm meinen Gemütszustand zu verheimlichen.

Während wir Kaffee tranken, erzählte ich ihm von dem Telefonat.

Chris hörte mir aufmerksam zu und seufzte schließlich. »Du solltest es dir nicht allzu sehr zu Herzen nehmen, Bella«, sagte er sanft. »Ich verstehe deinen Unmut und dein Bedürfnis, die Wahrheit zu ergründen. Aber manchmal muss man auch loslassen können.«

Unwillig stimmte ich ihm zu. »Ja, wie immer hast du recht. Ich hatte es ja auch eigentlich schon abgeschrieben und bin den Papierkram nur durchgegangen, um mir nicht sagen zu müssen, dass ich nicht alles unternommen habe.«

Chris beugte sich zu mir vor und küsste mich. Es tat gut, seine Nähe und seinen Trost zu spüren. Es erinnerte mich daran, was wirklich zählte. Die Zeit galoppierte uns davon. Ich schlang meine Arme um seinen Nacken und er wiegte mich einen langen Moment hin und her.

»Schau mal«, rief er plötzlich aus.

Ich erwachte wie aus einem Traum und mein Blick folgte seinem Zeigefinger, der auf die Fenstertüren gerichtet war. Die sonst eher einsame Strandpromenade hinter dem Haus schien ungewöhnlich belebt. Chris stand auf und zog mich hinter sich her bis zur Scheibe. Auch Rex merkte auf, spitzte die Ohren und schien zu spüren, dass etwas geschehen war.

Beim genaueren Hinsehen stellte ich fest, dass die Spaziergänger ungewohnt zügig voranschritten, als gäbe es irgendwo etwas umsonst. Ein ungewöhnliches Glitzern ging von ihnen aus. Sie funkelten im Sonnenschein, als trügen sie tausend Diamanten mit sich herum. Es dauerte eine Weile, bis ich begriff, dass es sich um Schlittschuhe handelte, die sie sich über die Schultern geworfen hatten.

Chris' Begeisterung sprang auf mich über.

»Seegfrörne?!«, flüsterte ich aufgeregt.

Chris nickte. Wir blitzten uns an, bereit, dem unausgesprochenen Aufruf zu folgen …

Kapitel 22 –
Vollkommenheit

Auf ein Neues zogen wir los. Über meinen Schultern trug ich Adas Schlittschuhe, die Chris bei der Suche nach meinem Fotoapparat aufgestöbert hatte. Diesmal hatte ich mein Pixel-Monster vorsichtshalber mitgenommen, zum einen, weil ich kein Risiko eingehen wollte, dass es wieder verschwinden könnte, zum anderen, um hin und wieder einen Schnappschuss zu machen. Dazu hatte ich den Apparat in einen kleinen Rucksack verfrachtet. Rex hatten wir zu Hause gelassen, denn Chris befürchtete, dass er bei dem Trubel von einer scharfen Kufe verletzt werden könnte.

Als der Kleine See in Sicht kam, verschlug mir der Anblick der aalglatten Eisbahn unter freiem Himmel die Sprache. Jung und Alt hatten sich zwischen Festland und Insel versammelt, um gemeinsam dem außergewöhnlichen Erlebnis beizuwohnen. Chris erklärte mir, dass es 15 Jahre zurücklag, dass der Kleine See das letzte Mal zugefroren war. Er selbst musste damals noch ein Jugendlicher gewesen sein. Und sofort rückte es die außergewöhnlich ausgelassene Atmosphäre in ein anderes Licht. Mir wurde klar, was für ein Glück mir zuteilwurde, diesen kostbaren Augenblick miterleben zu dürfen. Es war, als hätte mir jemand ein Juwel geschenkt und ich würde erst jetzt den wahren Wert erkennen.

Die Alten schauten dem munteren Treiben von den umstehenden Bänken aus zu, und es schien, als würden sie sich an ihre eigene Jugend erinnert fühlen. Kinder waren mit ihren Eltern unterwegs, manche zu Fuß, andere zogen Schlitten über die spiegelnde Fläche. Ein paar Teenager in sportlicher Aufmachung spielten Eishockey, was sicher eine willkommene Abwechslung zur künstlichen Lindauer Eissportarena darstellte. Junge Mädchen führten grazile Tänze auf, wie Ballerinen, die verträumt über die Bühne glitten. Andere liefen plaudernd nebeneinanderher. Verliebte schwebten dem gegenüberliegenden Ufer entgegen, als würden sie dort die gemeinsame Zukunft vermuten. Ich spürte den starken Zusammenhalt der Anwesenden, die sich alle in ihrer Liebe zum Bodensee zu vereinen schienen.

Wer aus Frankfurt stammt, kann Schlittschuhlaufen. Zumindest war das meine Überzeugung, weil ich als Kind und Jugendliche viele Winterwochenenden in der Eissporthalle in Bornheim verbracht hatte. Zu Chris' Belustigung dauerte es trotzdem ein Weilchen, bis ich mein leicht eingerostetes Können aufleben lassen und sogar ein paar Kunststücke wagen konnte. Dann glitten wir Hand in Hand den Alpen entgegen. Wir schwebten zwischen all den glücklichen Menschen dahin, hielten uns wie übermütige Kinder bei den Händen und wirbelten im Kreis. Wir lachten, sprühten Funken, tanzten, als wäre es das letzte Mal. Wir lebten wie Menschen, die deutlich erkannt hatten, dass das Leben einen Anfang und ein Ende hatte. Wie Menschen, die ihren Traum leise mit sich trugen, damit ihn niemand vorzeitig zerstören konnte, und die jede Sekunde ihres Daseins bewusst auskosten wollten, weil sie wussten, dass sich hinter dem Eisglitter, hinter dem Lachen, dem Tanz und der Freude ein tiefer Abgrund befand, der nur darauf wartete, sie mit Haut und Haaren zu verschlingen. Alles war intensiver, alles war heller, alles war vollkommener. Der Augenblick selbst war Vollkommenheit.

Während ich so frei wie ein Vogel übers Eis schlitterte, die Arme ausbreitete und die Augen schloss, den Kopf in den Nacken legte und tief einatmete, da wurde mir bewusst, dass ich mich in meinem bisherigen Leben selten so ausgelassen amüsiert hatte. Die ansteckende Stimmung um uns herum trug sicher auch ihren Teil dazu bei. Wir glitten und küssten uns, wir schlitterten und küssten uns, wir wirbelten und küssten uns wieder und wieder. Zwischendrin fragte ich mich trunken, ob man ein Quantum an Küssen aufbrauchen konnte. Wenn ja, dann mussten wir die Grenze des Möglichen erreicht haben.

Irgendwann zückte ich meinen Fotoapparat und ließ den Auslöser rattern. Eine steinalte Frau, die nachdenklich neben einem abgestellten Paar Schlittschuhe auf einer Parkbank saß, musste ebenso als Motiv herhalten wie zwei Kinder, ein kleiner Bub und ein Mädel, die wie Chris und ich zuvor Hand in Hand, aber in Straßenschuhen der bereits untergehenden Sonne entgegenliefen. Ich machte verträumte Aufnahmen vom See und den Bergen, die sich wie Scherenschnitte vom blau-orangefarbenen Abendhimmel abhoben. Wie nicht anders erwartet, war auch Chris so fotogen, dass es mir einmal mehr den Atem verschlug. Die Lust, diese wundervollen Momente einzufangen, vermischte sich mit dem Spiel des Lichts, die Begierde nach mehr Dauer mit der Sehnsucht nach Unsterblichkeit und die Wonne des Schaffens mit dem natürlichen Hang, alles Gute, das einem das Leben zu bieten hatte, wie ein Vielfraß verschlingen zu wollen. Mein Apparat ratterte und ratterte, als wollte ich mit ihm die Zeit einfangen und speichern, um sie irgendwann bei einer x-beliebigen Gelegenheit wieder ausrollen zu können wie einen roten Teppich auf dem »Festival de Cannes«.

Als die Sonne untergegangen war, verweilten wir am Rand der Eisfläche und labten uns an den weihnachtlichen Lichtern, dem winterlichen Ambiente, der Versunkenheit in Schönheit und Anmut.

»Bella, ich …«, unterbrach Chris die Stille und ich bekam ein flaues Gefühl im Magen. Es hörte sich so an, als wollte er das geheime Abkommen brechen. Uns blieben noch ein paar Tage und ich wollte einfach nicht daran denken müssen. Ans Danach. Allein das Wort kam für mich einem Schimpfwort gleich, einem Frevel, einem Sakrileg.

»Hm?«

»Sollten wir nicht allmählich mal darüber sprechen, was –«

Ich schüttelte vehement den Kopf und schaute ihn halb ängstlich, halb vorwurfsvoll an. *Bitte mach nicht alles kaputt*, flehte ich innerlich. In den letzten Tagen hatte er mehrere Nachrichten von dieser Angi erhalten und sich einige Male zurückgezogen, um mit ihr zu sprechen. Natürlich konnte ich ihm deswegen keinen Vorwurf machen, und ich wollte es gar nicht so genau wissen. Das war der Deal gewesen. Zwei Wochen Freiheit, zwei Wochen Ungezwungenheit, zwei Wochen jemand anders sein dürfen. Keine Versprechungen, keine Forderungen, keine Fragen …

»Da gibt es nicht viel zu sagen, Chris, oder?«, antwortete ich. »Wir haben beide unsere … Verantwortung, unser Leben, Dinge und Menschen, Gewohnheiten, Verpflichtungen, die wir nicht so einfach hinter uns lassen können«, sprudelte es aus mir heraus. »Darüber zu reden, macht es auch nicht besser. Im Gegenteil.«

Er nickte zögerlich. »Einverstanden«, sagte er und küsste mich auf die Stirn. »Ich werde das Thema nicht mehr anschneiden. Ich wollte nur auf Nummer sicher gehen ...« Er schien überrascht, dass ich es so gut wegsteckte. Wahrscheinlich hatte er Tränen und Drama erwartet, wie sonst, wenn er nach einem kurzen Abenteuer das Weite suchte. Fast war ich ein bisschen stolz, mich von den anderen Frauen abzuheben, kein Theater zu machen. Jedenfalls noch nicht ...

Wir küssten uns innig. Seine Zunge drängte sich sachte in meinen Mund und spielte mit der meinen. Die Art, wie er mich küsste, fühlte sich verletzlich an, anders als sonst. Aber ich tat es als Einbildung ab. Natürlich machte es ihm auch zu schaffen, mich so einfach gehen zu lassen. Wir hingen aneinander, daran gab es nicht den leisesten Zweifel. Und ich für meinen Teil würde ihn niemals vergessen können. Allein der Gedanke, ohne ihn sein zu müssen, bereitete mir jetzt schon nahezu körperliche Schmerzen, und es ärgerte mich, dass wir das Thema überhaupt angesprochen hatten.

»Es tut mir leid, ich wollte dich nicht verstimmen«, sagte er sanft.

»Das hast du nicht«, versicherte ich ihm. »Es tut mir nur einfach weh, mich bald von all dem hier verabschieden zu müssen.«

Er nickte, und wortlos traten wir, die noch eisnassen Schlittschuhe über den Schultern tragend, den Heimweg an. Jetzt, da die Wunde geplatzt war, klaffte sie auf und klagte mich an. Und ich musste mich zusammenreißen, um nicht jetzt schon in Tränen auszubrechen. *Kein Drama!*

Auch Chris blieb ungewöhnlich in sich gekehrt. Dachte er bereits an sie? Würde er Weihnachten mit ihr verbringen? Diese Vorstellung zerriss mich schier. *Hör auf mit diesen Gedanken, sonst tritt genau das ein, was du vermeiden wolltest: die letzten Augenblicke mit Fragen, Ängsten, Trauer und Abschiedsschmerz zu vergeuden …*

Als wir uns Adas Anwesen näherten, hörten wir Rex bereits aus einiger Entfernung wie verrückt bellen. Alarmiert schauten wir uns an und stürmten los. Vom Schlittschuhfahren fühlten sich meine Beine wie Blei an und so hatte ich das Gefühl, nur in Zeitlupe voranzukommen. Einige Minuten später stürzten wir endlich ins Haus. Rex stand kläffend auf den Hinterpfoten in unserem Schlafzimmer und kratzte wie besessen an der Tür, die in die Wäschekammer führte.

»Sicher nur eine Maus, die sich verirrt hat«, wiegelte Chris erleichtert ab und tätschelte das aufgebrachte Wollknäuel. »Komm, wir gehen Gassi.«

Wider Erwarten blieb Rex stur jaulend sitzen und kratzte weiter an der verschlossenen Tür. Stirnrunzelnd fasste ich mir ein Herz, drehte den Schlüssel um und öffnete sie. Wie ein Blitz flitzte Rex hinein und wuselte wild in der Kammer hin und her, die Schnauze auf eine unsichtbare Fährte geheftet. Ich folgte ihm und knipste das Licht an.

»Gehst du jetzt auf Mäusejagd?«, machte Chris sich über mich lustig. »Hattest du heute noch nicht genug Aufregung?«

Ich zwinkerte ihm zu. »Genau. Und ich zähle auf dich, mir nachher noch ein wenig mehr zu verschaffen.«

»Frechdachs.«

»Lümmel.«

Wir lachten.

In der Kammer konnte ich nichts Ungewöhnliches entdecken. Wie immer roch es intensiv nach Waschmittel mit einer feinen Nuance von Mottenkugeln. Rex war in Richtung der Außenwand gelaufen und hatte sich unter einen mobilen Kleiderständer mit Adas Nachthemden gezwängt, unter dem nur noch sein Hinterteil hervorragte. Er kratzte und kläffte aufs Neue. Kopfschüttelnd rollte ich mit den Augen. Sicher befand sich dort das Mauseloch.

»Na gut, du Quälgeist«, schimpfte ich und schob den Ständer beiseite. Zu meiner Verwunderung entpuppte sich das vermeintliche Mauseloch als verrostete Stahltür.

»Und?«, fragte Chris aus dem Zimmer. Ich hörte Schuhe plumpsen. »Hast du was gefunden?«

»Wenn es eine Maus ist, dann ist sie riesig«, scherzte ich und stemmte mich mit der Schulter gegen die Tür, die problemlos aufsprang. So einfach, dass ich in die Kälte hinausstolperte. Rex verschwand in der Nacht.

»Hey, Rex!«, rief ich.

»Was ist?«

»Er ist entwischt.«

»Entwischt?« Wenige Sekunden später stand Chris neben mir und starrte betroffen auf die Öffnung, durch die eisige Nachtluft hereinströmte. »Donnerwetter. Und die ließ sich einfach so öffnen?«

Ich nickte. »Willst du nicht hinter ihm her?«

Chris winkte ab. »Der wird sein Geschäft erledigen und zurückkommen, keine Angst. Was mir sehr viel mehr Sorgen bereitet, ist dieser unverschlossene Zugang zum Haus.«

Wieder nickte ich. »Es scheint keinen Schlüssel zu geben«, antwortete ich. Bei dem Gedanken, dass wir seit Tagen in einem Raum schliefen, der von außen so leicht zugänglich war, standen mir die Haare zu Berge. »Und sie hat nicht mal gequietscht.«

Chris beugte sich vor und begutachtete die Türangeln. »Das ist nicht weiter verwunderlich, denn die Scharniere scheinen erst vor Kurzem geölt worden zu sein.«

»Das wird ja immer schöner.«

»Mach lieber schnell wieder zu«, bat er mich. »Sonst kühlt das Zimmer zu sehr aus. Ich werde mir etwas einfallen lassen, um sie später zu blockieren.«

Etwas beruhigter schloss ich die Tür und suchte den Raum ab. »Was ich nicht verstehe, ist, dass eine Person zwar hier hereinkommen konnte, aber nicht ins Zimmer, denn die Tür des Wandschranks war verschlossen und das Schloss ist nicht aufgebrochen worden.«

Chris nahm selbige in Augenschein. »Hier sind ein paar Splitter«, sagte er und strich mit der Hand über das Holz. »Aber die scheinen alt zu sein.«

Tatsächlich, jetzt sah ich es auch. »Ja, die Tür scheint irgendwann einmal gewaltsam geöffnet worden zu sein. Frische Spuren gibt es jedoch nicht«, stimmte ich zu.

»Sonderbar«, murmelte Chris. »Vielleicht hat derjenige, der sich da eingenistet hat, darauf gehofft, dass wir irgendwann mal vergessen, sie abzusperren? Oder hat er den richtigen Augenblick abgewartet, um das Schloss zu knacken?«

Mir schauderte. »Oder womöglich ein Perverser, der uns belauschen wollte?«

»Hm. So viel Aufwand deswegen?«

»Du unterschätzt dich«, frotzelte ich.

Er lachte leise. »Schön, dass du es mit Humor nimmst«, antwortete er. »Andere würden jetzt lieber in ein Hotel ziehen.«

»Ich bin nicht wie andere.«

Er schaute mich einen Moment lang an. »Ich weiß.« Es klang so inbrünstig, dass mir ganz schwummrig wurde.

»Im Ernst: Was hätte derjenige hier sonst noch machen sollen?«, lenkte ich ab.

»Gespräche belauschen? Auf etwas warten?«

Ich nickte. Sonderbar war das Ganze allemal. Mein Blick schweifte über die Stapel von Laken, Kissen- und Bettbezügen. Auch die Patchworkdecke stach mir wieder ins Auge und ich fragte mich erneut, ob sie für Ada eine besondere Bedeutung gehabt haben könnte. Gerade wollte ich den Blick abwenden, da hielt ich inne. Ein Zipfel hing achtlos aus dem Packen heraus. Dabei war ich mir sicher, dass sie bei meiner Ankunft ganz ordentlich zusammengelegt gewesen war. Ich erinnerte mich, dass sie mir wie eben erst gekauft erschienen war, obwohl es sich eindeutig um feinste Handarbeit handelte.

»Chris?«

»Ja?«, kam es von der Stahltür, wo er anscheinend gerade nach einer Lösung suchte, um sie zu blockieren.

»Warst du die letzten Tage mal hier drinnen?«

Er überlegte. »Nein«, antwortete er. »Als wir deinen Fotoapparat gesucht haben, hattest du dir diesen Raum vorgenommen.«

»Stimmt«, gab ich zu. Ich näherte mich dem Stapel mit der Patchworkdecke und schob ihn leicht zur Seite. Nichts. So ein Unsinn, dachte ich, schob ihn vorsichtshalber trotzdem noch einmal zur anderen Seite. Meine Nackenhaare stellten sich schlagartig auf.

»Chris?« Meine Stimme bebte.

»Was denn, Bella?«

»Komm mal, bitte.«

Leise murrend ließ er von der Tür ab und folgte meinem Ruf. »Wenn du mich weiter unterbrichst, werde ich noch um Mitternacht an dem Ding herumbasteln.« Er schlang die Arme von hinten um mich und legte seinen Kopf auf meine Schulter. »Was ist denn?«

Ich zeigte auf das fingergroße Guckloch, das in der Wand klaffte und durch das man einen besonders guten Blick auf den Wohnraum hatte …

Kapitel 23 –
Zwischenspiel

Mit finsterem Gemüt lauerte er hinter der Hecke, die Adas Grundstück abgrenzte. Er hasste diese Eindringlinge. Jetzt hatten sie ihm auch noch den letzten Zugang zu ihr verschlossen. Warum? Verdammt! Konnte er denn nicht in Ruhe die wenigen Augenblicke, die ihm noch blieben, genießen? War es ihm nicht vergönnt, in Frieden noch ein wenig dort auszuharren?

Stundenlang hatte er es ertragen müssen, wie sie über Ada gesprochen hatten. Stundenlang hatte er es erduldet, dass sie wie selbstverständlich auf ihrem Sofa gesessen hatten. Und jetzt sollte er sich nicht mal mehr dieses kleine Zugeständnis machen dürfen? Blieb ihm denn wirklich nichts erspart?

Er hätte schreien mögen. Sollte er sich das wirklich gefallen lassen? Sollte er klein beigeben, wie ein räudiger Hund den Schwanz einziehen und sich geschlagen geben? Die Trauer schnürte ihm die Kehle zu. Melancholisch erinnerte er sich an all die schönen Stunden, die er in dieser Kammer hatte verbringen dürfen, und ließ den Anfang Revue passieren …

Es hatte im zarten Alter von acht Jahren mit einer Lebensnotwendigkeit begonnen. Als er damals um das Gebäude herumgeschlichen war, um Würste aus der Speisekammer zu stibitzen, war er auf diese mit Efeu und Gestrüpp bewachsene Tür im Garten der Richters gestoßen. Er war neugierig geworden, hatte wissen wollen, was es mit dieser geheimnisvollen Pforte auf sich hatte, sodass er kurzerhand eingebrochen war. Nicht nur, dass er sicher hatte sein können, sich wegen der zerrissenen Kleidung hinterher eine Tracht Prügel einzuhandeln; obendrein hatte er sich Hände, Arme und Gesicht zerschunden und aus mehreren tiefen Kratzwunden geblutet.

Aber das war ihm egal gewesen. Denn das, was er hinter dieser unscheinbaren Tür entdeckt hatte, war die Schmerzen wert gewesen. Statt Landjäger und Saitenwürstel vorzufinden, war er durch wolkenweiche Wäschebäusche in ein anderes Reich eingedrungen. Ein Reich aus Wohlgerüchen, aus Sanftheit und Lieblichkeit. Er, der in ärmlichen Verhältnissen gelebt hatte, nachdem sein Vater, der einst angesehener Bankier gewesen war, im Jahr zuvor beim Börsenkrach alles verloren hatte. Er, der seitdem stehlen musste, damit seine Familie überleben konnte. Denn sein alter Herr war seither dem Suff verfallen und hatte unentwegt auf ihn eingeprügelt, während seine Mutter kränkelnd daniederlag. »Asthma«, hatte die Diagnose der Mediziner gelautet. Heilung? Die Luft wäre hier am Bodensee zu feucht, hatten sie behauptet. Sie würde zur Kur in den Süden fahren müssen.

»Zur Kur?!«, hatte sein Vater gebrüllt. »Sehe ich etwa so aus, als könnte ich mir das noch leisten?«

Die Ärzte waren nie wiedergekommen.

Und inmitten dieses menschenunwürdigen Desasters, in das ihn das Leben gestürzt hatte, fand er sich plötzlich im Schrank der Herrlichkeiten wieder, der für den Rest seines Lebens sein wahres Zuhause werden sollte. Sein geheimes Reich, in dem er der einzige Herrscher war.

Nicht nur, dass es sein Zufluchtsort auf alle Ewigkeit geworden war. Es hatte nicht lange gedauert, da war ein lieblicher Gesang an seine Ohren gedrungen, so rein und klar, dass es etwas Göttliches hatte. Langsam hatte er sich durch das Land der Flaumweiche und der tausendundein Aromen bis zur gegenüberliegenden Wand hindurchgedrückt und ein paar Wäschestöße zur Seite geschoben. Und siehe da, welch ein Glücksfall, dort hatte er durch ein kleines, bröckelndes Loch im Putz – in dem einst ein dicker Nagel gesteckt haben musste – in einen vornehmen Salon schauen können. Ein Wohnraum, der dem in seinem ehemaligen Zuhause geähnelt hatte, damals, bevor ihnen alles genommen worden war und sie in ein anderes Viertel außerhalb Lindaus hatten ziehen müssen.

Bei diesem Anblick hatte er sich sofort geborgen gefühlt, in Sicherheit, und in all dem Glanz hatte er vergessen, weswegen er eigentlich gekommen war. Der liebliche Gesang hatte seine Ohren umschmeichelt, ihn im Magen gekitzelt, sodass er ein angenehmes Kribbeln verspürt hatte. Es war, als hätten die Worte und Klänge ihn küssen wollen. Und dann hatte er *sie* gesehen …

Da hatte Ada gesessen: wunderschön, anmutig, entzückend … In weiße Spitze gehüllt, wie ein Engel, der gesandt worden war, um ihn – den erbärmlichen Habenichts – aus seinem tristen Dasein zu befreien. Alles um sie herum strahlte wie ein übergroßer Heiligenschein, bei dem es sich in Wirklichkeit um ihre Aura gehandelt haben musste. Ja, da hatte sie gesessen und ihre kurzen Beinchen hatten vom Hocker gebaumelt, während sie dem Flügel ätherische Klänge entlockte. Klänge, die so gar nicht zu diesem düsteren schwarzen Instrument passen wollten. Der große Kasten mit der offen stehenden Klappe wirkte auf ihn wie ein gewaltiger Schlund, der sie – das zarte Feenwesen – mit Haut und Haar verschlingen wollte.

Sofort war seine Fantasie mit ihm durchgegangen und er hatte sich vorgestellt, wie er gleich eines altertümlichen Ritters aus dem Schrank stürmen würde, um sie vor dem schwarzen Monstrum zu retten. Und von diesem Augenblick an war er davon überzeugt gewesen, dass sie füreinander bestimmt waren.

Bei diesem Gedanken breitete sich ein Lächeln, so strahlend wie die aufgehende Sonne, auf seinem Gesicht aus. Ein Glückspilz war er gewesen. Diese Kammer war eine Entdeckung, die er nicht mehr hatte missen wollen. Er hatte es zu seinem Lebenssinn erkoren, so oft wie irgend möglich in dieses Zauberreich zurückzukehren. Aber das war noch nicht alles gewesen …

Denn kaum hatte er einen Fuß in den irdischen Zauber dieser flauschigen Kammer gesetzt und ein paar Momente im Paradies verweilt, da war er auch schon wieder daraus vertrieben worden. An den Ohren hatte man ihn hinausgezerrt. Aber anstatt zur Strafe im Höllenschlund ewiger Verdammnis schmoren zu müssen, war er wie ein Neugeborenes, das plötzlich von einem weichen Tuch umhüllt wurde, in die süße Geschmeidigkeit hineingezogen worden: Eine elegante Madonna hatte sich vor ihm aufgebaut und ihn halb tadelnd, halb belustigt angeschaut.

»Was, zum Kuckuck, sucht dieser junge Mann denn in unserer Wäschekammer?«, hatte sie gefragt und ihn von Kopf bis Fuß kritisch beäugt. »Oder handelt es sich gar um einen Kobold, der aus unterirdischen Gefilden mit einer Nachricht zu uns gesandt wurde?«

Als er daran zurückdachte, wollte sich ein Kichern aus seiner Kehle stehlen und er musste sich eilig die Hand vor den Mund halten, damit ihn die beiden Störenfriede nicht am Ende doch noch entdeckten. Es war eine seiner Lieblingserinnerungen. Obwohl ... Nein, da gab es noch ganz andere ...

Mehr denn je würde er seinen Besitz verteidigen müssen. Er würde drastischer durchgreifen, andere Mittel und Wege finden müssen, um sein Reich zu retten. Wie damals ...

Kapitel 24 –
An Lohkäs' schwätza

Am nächsten Tag in der Polizeiinspektion Lindau

»… und … ein … Päckchen … mit … zwei versalzenen … Gebäckstücken –«

»Flachswickeln«, berichtigte Chris den Polizeibeamten, der dabei war, die Anzeige in seinen Computer einzugeben.

»Ja, richtig … also ein Päckchen mit zwei versalzenen Flachswickeln … wurde … vor … der … Haustür … abgestellt.« Demonstrativ setzte der Beamte den Punkt dahinter und lehnte sich zurück. »War das alles?«

»Nein, da ist noch das Loch in der Wand«, fügte ich hinzu. Wie hatte er das vergessen können?

»Ach ja, natürlich, das famose Loch«, sagte er und zog die Augenbrauen hoch. Es wirkte fast so, als nähme er uns nicht ernst. »In … einem … Schrank«, diktierte er sich weiter, »ist … ein Loch … in der … Wand …, das einen Einblick ins … Wohnzimmer … gewährt.«

»Und in dem Schrank befindet sich auch eine Tür, die nach draußen führt und nicht abgeschlossen war«, erinnerte Chris ihn.

»Na, das ist eher Ihr Verdienst, nicht wahr?«

»Frau Lampert kennt das Haus noch nicht, sie hat es vor Kurzem geerbt und ist erst seit ein paar Tagen hier«, verteidigte Chris mich.

»Hm, ach so, ja. Trotzdem sollte man in einem Haus als Erstes alle Zugänge prüfen, wenn man darin zu leben gedenkt – und sei es auch nur für zwei Wochen«, brummte er und tippte weiter. »Deshalb kann ich es nicht mit in die Anzeige aufnehmen.«

Ich fühlte mich elend. Der Beamte mit dem dicken Schnauzer hatte unserem Bericht zwar aufmerksam zugehört und alles mitgeschrieben, aber ich war überzeugt, dass er uns für leicht überdreht hielt. Zum Glück hatten wir ihm nicht erzählt, dass ich mich seit meiner Ankunft beobachtet wähnte, was ja jetzt eigentlich auch Sinn machte. Aber wegen einer bloßen »Ahnung« konnte man keine Anzeige erstatten, das leuchtete mir durchaus ein. »Natürlich«, antwortete ich resigniert. »Ich glaube, das war dann alles.«

»Gut«, sagte er und trommelte ungeduldig mit den Fingern auf dem Schreibtisch herum.

»Was gedenken Sie zu tun?«, fragte Chris, der es anscheinend nicht dabei belassen wollte.

»Meine Herrschaften, es ist ja nicht so, dass ich Ihnen nicht glaube«, erwiderte der Polizist und schmatzte, als würde ihm etwas zwischen den Backenzähnen stecken. »Und ich gebe gern zu, dass dies alles ein wenig sonderbar erscheint …«

»Aber?«, setzte Chris frostig nach.

»Nun, es reicht nicht aus, um eine Untersuchung einzuleiten oder Ihnen gar einen Streifenwagen zur Bewachung zu schicken.«

»Verstehe«, sagte ich enttäuscht.

»Vielleicht ist es ja nur ein dummer Streich von Jugendlichen, die sich einen Spaß machen wollten«, fügte der Polizist hinzu, holte das in doppelter Ausführung ausgedruckte Dokument aus dem Drucker und legte uns die beiden Exemplare vor.

»Wenn Sie bitte beide das Formular unterzeichnen würden, hier und hier.« Mit dem ausgestreckten Zeigefinger tippte er auf die Linien. Wir folgten der Aufforderung. »Auf jeden Fall haben Sie gut daran getan, die Vorfälle zu melden. Zögern Sie auf keinen Fall, uns über eventuelle weitere Vorkommnisse zu informieren.« Er reichte mir mein Exemplar.

»Würden Sie in diesem Fall einschreiten können?«, fragte ich.

»Äh, das kann ich Ihnen jetzt so ad hoc leider nicht versprechen«, antwortete er mit bedauernder Miene. »Das kommt auf die Schwere des Vorfalls an.« Chris schnaubte. Ich nickte. »Bleiben Sie auf alle Fälle wachsam, aber nehmen Sie das Ganze nicht zu tragisch. Wenn es tatsächlich einen Witzbold geben sollte, der Ihnen absichtlich versalzenes Gebäck schickt und Ihre Blumen zertrampelt, so weiß ich aus Erfahrung, dass bellende Hunde nicht beißen. Wenn er Ihnen wirklich etwas antun wollen würde, dann hätte er das sicherlich schon längst getan.«

Es klang plausibel. Und doch …

»Und was mache ich damit?«, fragte Chris unwirsch und deutete auf die Gebäckschachtel, die vor ihm auf dem Tisch stand.

»Die werfen Sie am besten draußen in die Tonne.«

»Könnten Sie sie denn nicht wenigstens auf Fingerabdrücke untersuchen?« Ich spürte, dass Chris sich beherrschen musste, um nicht laut zu werden.

»Jemand, der so etwas tut, trägt in den allermeisten Fällen Handschuhe, glauben Sie mir. Da lohnt sich der ganze Aufwand nicht. Bei den ganzen Polizeiserien, mit denen uns das Fernsehen geradezu zumüllt, weiß heute eigentlich jeder, was man vermeiden sollte.«

Chris schnaubte abfällig und nahm die Schachtel wieder an sich.

»Vielen Dank«, sagte ich hastig, bevor Chris eine Gelegenheit bekam, sich aufzuregen. Gerade wollte ich mich erheben, als mir noch eine Idee kam. »Sagen Sie, was wissen Sie über Ada Beranger? Liegt Ihnen irgendetwas über sie vor?«

»Ada wer?«

»Richter«, verbesserte mich Chris.

»Ah, Sie meinen die Richter-Tochter, die vor Kurzem das Zeitliche gesegnet hat?«

»Ja, genau die«, erwiderte ich.

Der Beamte schob die Unterlippe vor. »Also, tut mir leid, aber darüber darf ich Ihnen leider keine Auskunft erteilen«, antwortete er.

Frustriert verabschiedeten wir uns und verließen das Büro, vor dem bereits zwei weißhaarige Damen warteten. Beide waren in schicke Kostüme gekleidet und erinnerten in ihrer Aufmachung ein wenig an Queen Elisabeth II.

»Entschuldigen Sie«, sprach mich die kleinere der beiden plötzlich an.

Wir hielten inne. »Ja?«, antwortete ich höflich.

Die zwei musterten mich neugierig. »Sind Sie nicht Adas Erbin?«

Ich zuckte leicht zusammen. Sofort spürte ich Chris' warme Hand, die sich beruhigend auf meinen Rücken legte.

»Ja, in der Tat«, gestand ich überrumpelt. »Mit wem habe ich denn die Ehre?«

»Oh, verzeihen Sie, dass ich so mit der Tür ins Haus

gefallen bin«, entschuldigte sich die Dame. »Ich bin Käthe Kunze und das hier ist meine Schwester Johanna.«

Die Ähnlichkeit war unverkennbar. »Angenehm, ich bin Isabella Lampert und dies ist mein Nachbar, Christian Zellenhofer«, stellte ich uns vor.

»Wir kennen uns ja bereits«, antwortete Käthe Kunze und die Schwestern grüßten Chris mit einem Kopfnicken.

»Kannten Sie Ada denn?«, fragte ich aufgeregt.

»Also, na ja … *Kennen* wäre arg übertrieben«, meldete sich die andere Schwester das erste Mal zu Wort. »Sagen wir lieber, dass wir sie heimlich bewundert haben.«

»Genau, wir haben keine ihrer Ausstellungen verpasst«, behauptete Käthe. Johanna nickte bekräftigend.

»Ja, sie hat wunderschöne Bilder gemalt …« Ich seufzte verhalten, darum bemüht, die neuerliche Enttäuschung zu verbergen.

»Wir waren wirklich erschüttert, als wir erfuhren …«

Ich nickte. »Vielen Dank für Ihre Anteilnahme«, antwortete ich und fühlte mich ganz wie ein Familienmitglied der Verstorbenen.

»Oh, schau mal«, rief Käthe perplex und zeigte auf die Gebäckschachtel, die Chris noch immer in der Hand hielt. »Ich wusste ja gar nicht, dass diese Schrift noch benutzt wird.«

Mein Herz tat einen Satz.

»Es handelt sich um die Sütterlinschrift«, bestätigte Johanna und beugte sich neugierig über den Karton, den Chris ihr bereitwillig entgegenhielt. »Es ist eher selten, dass sie heute noch jemand beherrscht.«

»I wo, selten. Die wurde in den 40er-Jahren ganz verboten«, konterte Käthe besserwisserisch. »Das hast du mir selbst erzählt.«

»Von Hitler, ja. Um genau zu sein, führte er 1941 die Antiqua als deutsche Normalschrift ein.«

»Eben«, antwortete Käthe naseweis.

»Aber das heißt ja noch lange nicht, dass diejenigen, die sie zuvor in der Schule gelernt haben, sie nicht noch weiter verwenden könnten«, setzte Johanna nach.

Meine Gedanken rasten. Das hieße also, dass die Person, die die Schachtel beschriftet hat, vor den 40er-Jahren zur Welt gekommen sein musste …

Achselzuckend wandte sich Käthe uns zu. »Meine Schwester ist Lehrerin. Gegen ihr Fachwissen komme ich leider nicht an. Bitte verzeihen Sie diesen kleinen Disput.«

»Keine Sorge«, versicherte ich lächelnd.

»Haben Sie noch einen schönen Tag«, sagte Johanna und wollte ihre Schwester fortziehen.

»Verzeihung«, meldete sich Chris plötzlich zu Wort. »Aber könnten Sie uns vielleicht ein paar Fragen beantworten?«

Überrascht schauten sich die Schwestern an. »Fragen? Was denn für Fragen?«

Prompt erwachte ich aus meiner Starre. »Nun, ich kannte Ada Beranger nicht und würde gern ein wenig mehr über sie erfahren, auch um zu verstehen, warum sie mir das Anwesen vermacht hat.«

Erneut wechselten die beiden Frauen einen skeptischen Blick.

»Nun, auch wenn Ada unsere Lieblingskünstlerin war, wissen wir leider nicht sehr viel«, antwortete Johanna ausweichend. An der Art, wie die Schwestern sich plötzlich zu winden schienen, meinte ich deutlich zu erkennen, dass sie etwas zurückhielten.

»Bitte«, flehte ich. »Mir bleiben nur noch ein paar Tage,

um die Zusammenhänge zu begreifen. Ist es nicht verständlich, dass ich wissen möchte, wer mir so ein wunderschönes Anwesen vermacht hat und warum?«, fragte ich sanft, aber eindringlich. »Vielleicht haben Sie ja auch mitbekommen, dass ins Haus eingebrochen wurde und dass höchst sonderbare Dinge geschehen, die mich vermuten lassen, dass meine Anwesenheit von irgendwem als störend empfunden wird. Sie würden mir wirklich sehr helfen, wenn Sie uns sagen könnten, was Sie über Adas Vergangenheit wissen.«

Zweifelnd schauten sich die Schwestern an. »Hm, gut, wir können Ihnen vielleicht schon die ein oder andere Auskunft geben ...«, lenkte Johanna schließlich ein.

Ich holte tief Luft. »Das ist wahnsinnig lieb von Ihnen. Erinnern Sie sich denn an irgendetwas Ungewöhnliches, was in Adas Leben vorgefallen sein könnte? Etwas Sonderbares? Einen Skandal? Ein Gerücht? Egal was.« Es klang verzweifelt.

»Och, Gerüchte gab es da zuhauf«, antwortete Käthe und Johanna nickte vielsagend.

Ich wurde hellhörig. »Ach ja? Könnten Sie mir etwas mehr darüber erzählen?«

Während sich die Schwestern nach allen Seiten umwandten, wie um sicherzustellen, dass uns niemand belauschte, wechselten Chris und ich einen flüchtigen Blick. Wir hofften beide.

»Eigentlich mögen wir ja kein Leddag'schwätz«, gab Käthe sich zögerlich.

»Natürlich nicht«, antwortete ich verständnisvoll. »Aber es ist ja für einen guten Zweck. Und selbst Belanglosigkeiten könnten mir weiterhelfen.«

Johanna räusperte sich. »Nun, manche behaupten, die Gute hätte nicht mehr alle Tassen im Schrank gehabt«, eröffnete sie so leise, dass ich mich leicht vorbeugen musste, um überhaupt etwas verstehen zu können. »Hätte an irgendwelche Geistergeschichten geglaubt oder so. An Drachen und so 'nen Schmarrn ... Andere meinten, sie hätte keinem Herrn widerstehen können ... Solche Sachen halt.« Bei diesen Worten überzog eine leichte Röte Johannas Wangen. »Nicht, dass wir das je geglaubt hätten ...«

Ich nickte nachdenklich.

»Sie war Künstlerin«, meldete sich Käthe zu Wort. »Viele verehrten sie, andere platzten fast vor Neid. Böse Zungen haben kräftig gegen sie vom Leder gezogen und an Lohkäs' geschwätzd.«

Das konnte ich mir gut vorstellen. Eine Frau, die Ende der 40er-Jahre einfach ausgerissen war, um einen Franzosen zu heiraten und beim Film Karriere zu machen, musste damals gehöriges Aufsehen und auch Eifersucht erregt haben. »Wissen Sie vielleicht, warum sie damals aus Frankreich zurückgekehrt ist?«

Erneut tauschten die beiden Schwestern einen Blick. »War da nicht diese Geschichte mit dem Unfall der Eltern?«, fragte Johanna.

»Ach ja, stimmt ... Da meldet sich bei mir langsam der Alzheimer«, brummte Käthe. »Wie war das noch? Warten Sie ...«

»Wurde nicht gemunkelt, es sei gar kein Unfall gewesen?«, mutmaßte Johanna.

»Richtig«, bestätigte Käthe und zupfte nervös an ihrem Spitzenkragen herum. »Irgendwas soll mit den Bremsen nicht in Ordnung gewesen sein.«

Ich hielt die Luft an.

»Wie das?«, fragte Chris, der genauso überrascht wirkte wie ich.

»Angeblich soll da ein Arzt, ein Freund der Familie, die Finger mit im Spiel gehabt haben«, flüsterte Käthe. »Wie hieß der noch?«

»War das nicht der Wächter?«, fragte ihre Schwester.

Käthe schnipste mit den Fingern. »Ja, richtig, Doktor Wächter.« Sie nickte mehrmals. »Der ist jetzt auch schon seit gut 30 Jahren im Ruhestand.«

»Und?« Mein Herz raste.

»Letztendlich konnte ihm nichts nachgewiesen werden und der Fall wurde zu den Akten gelegt.«

»Und wissen Sie etwas über Adas Ehemann?«, ging ich aufs Ganze.

»Den Beranger?«

»Ja, Marcel Beranger, ein französischer Filmproduzent«, antwortete ich hoffnungsvoll.

»Ja«, rief Johanna und stieß ihre Schwester leicht mit dem Ellenbogen an. »Das war so ein ganz Hübscher.« Sie zwinkerte.

Käthe kicherte. »Das stimmt. Hinter dem war halb Lindau her.« Das Flackern in ihren Augen ließ mich erahnen, dass sie auch dazugezählt hatte. »Über ihn wurde ebenfalls so manches gemunkelt. Angeblich soll er spurlos verschwunden sein«, fügte sie hinzu.

Ich erstarrte. Erst ein fragwürdiger Unfall, jetzt sogar ein spurloses Verschwinden … Ob der Doktor auch mit Letzterem etwas zu tun haben könnte? Es traf mich wie ein Schlag mitten ins Gesicht. Prompt kam mir die Mahnung des Notars wieder in den Sinn: *Aber graben Sie lieber nicht zu tief …* Seine Worte rückten plötzlich in ein anderes Licht. Das wurde ja immer schöner.

»Wurde denn keine Anzeige erstattet?«, fragte ich betroffen.

»I wo«, wiegelte Käthe ab, deren Erinnerungsfetzen in Schüben zu kommen schienen. »Da soll irgendein Eifersuchtsdrama dahintergesteckt haben. Als der Franzmann nicht wiederaufgetaucht ist, haben sich die Leute dann halt das Maul zerrissen.«

Vollkommen verdattert stand ich da. »Und hat es diesbezüglich keine Untersuchung gegeben?«

»Nein, ich glaube nicht. Soviel ich weiß, hat niemand den Mann als vermisst gemeldet«, antwortete Johanna und ihre Schwester bestätigte die Aussage mit einem gewichtigen Nicken.

»Nicht einmal Ada?«, fragte Chris, der genauso bestürzt zu sein schien wie ich.

»Nein, nein. Und wie gesagt, höchstwahrscheinlich ist das alles bloß Gerede«, sagte Käthe. »Wir kennen diese Geschichte ja auch nur vom Hörensagen. Das Ganze soll sich Ende der 50er-Jahre zugetragen haben.«

»Wir glauben eher, dass sie sich entzweit haben und der gute Mann einfach in seiner Heimat untergetaucht ist«, setzte Johanna hinzu. »Sie wissen ja, wie das mit Gerüchten so ist: Der Nachbar lässt einen fahren und dann soll es in seinem Haus gleich eine Gasexplosion gegeben haben …«

Die Schwestern glucksten über den Witz. Mir war nicht wirklich zum Lachen zumute, aber aus Höflichkeit verzog ich den Mund zu einem halbherzigen Lächeln. Ich war bitter enttäuscht. »Sonst nichts weiter?«

»Nein, junge Frau. Leider nicht.«

Wirre Gedanken schossen mir durch den Sinn. »Hatten die beiden Kinder?«

Verwundert schaute Chris mich an.

Auch die Schwestern zogen die Brauen hoch. »Nicht,

dass ich wüsste«, antwortete Käthe und wirkte verunsichert.

Natürlich nicht, dachte ich verdrießlich. Bei all den neuen Eröffnungen ging da wieder mal die Fantasie mit mir durch.

»Vielleicht hat sie in Frankreich ein Kind zur Welt gebracht und die Eheleute haben sich wegen des Sorgerechts zerstritten?«, mutmaßte ich ins Blaue hinein und hatte im gleichen Moment selbst das Gefühl, dass die Haare, an denen ich meine Vermutung herbeigezogen hatte, so lang wie Rapunzels Mähne waren.

»Nach ihrem Freitod wäre das sicher ans Licht gekommen«, entgegnete Johanna. Käthe nickte bekräftigend.

»Freitod?«, fragte ich aufs Neue erschüttert. Es war, als hätte man mir eine weitere schallende Ohrfeige versetzt. Die Hiobsbotschaften schienen kein Ende nehmen zu wollen.

Selbst dran schuld!, wisperte meine innere Stimme. *Du wolltest es ja so genau wissen.*

»Ach, das wussten Sie nicht?«

»Nein«, flüsterte ich wie vom Donner gerührt.

»Sie soll sich mit Tabletten das Leben genommen haben«, raunte Käthe.

Es traf mich so hart, dass es mir die Sprache verschlug. Plötzlich sah ich vor meinem inneren Auge ganz deutlich die leere Tablettenpackung, die noch immer auf ihrem Nachttisch lag. Hilfesuchend schaute ich zu Chris, der den Blick senkte.

»Du hast es gewusst?«

»Ich … also … ich dachte, du wüsstest es auch«, stammelte er.

»Käthe und Johanna Kunze?«, rief der Beamte die Schwestern auf.

»Ja, natürlich, wir kommen«, antwortete Käthe eilfertig. »Entschuldigen Sie uns bitte. Wir müssen mal wieder wegen der Katze unseres Nachbarn Anzeige erstatten. Dieses kleine Biest bereitet wirklich nichts als Ärger.«

»Vielen Dank für Ihre Hilfe«, presste ich hervor.

»Nichts zu danken«, antwortete Käthe. »Adele.«

Wir nickten einander zu. »Ade«, antwortete Chris.

»Ade«, wiederholte auch ich den einheimischen Gruß.

Fürs Erste war bei mir das Maß des Erträglichen erreicht. Wie in Trance verließ ich das Präsidium.

Chris eilte mir hinterher. »Es tut mir wirklich leid, Bella. Wie hätte ich denn ahnen können, dass es dir niemand mitgeteilt hat? Tun Notare das denn nicht für gewöhnlich?«

Ich schüttelte den Kopf. »Die kümmern sich ums Erbe, nicht um die Todesursache«, blaffte ich.

»Es tut mir wirklich aufrichtig leid«, versicherte er abermals inbrünstig. »Verzeihst du mir?«

»Ja, natürlich, entschuldige«, lenkte ich ein. »Die letzten Eröffnungen über Ada haben mich einfach umgehauen.«

»Das kann ich verstehen.« Er legte mir den Arm um die Schultern. Erschöpft lehnte ich meinen Kopf an die seine. »Scheu dich nicht, mir Fragen zu stellen, ja?«

»Sicher? Du gehst ein Risiko ein«, witzelte ich unglücklich.

Chris lächelte. »Frag mir so viele Löcher in den Bauch, wie du magst. Ich hoffe, dass ich dir als Emmentaler dann immer noch gefalle.«

Ich knuffte ihn in die Seite. *Zum Glück bist du da*, dachte ich.

Wir liefen zum Wagen. An einem städtischen Abfalleimer blieb Chris abrupt stehen, zögerte einen Augenblick und warf schließlich die Schachtel mit dem Gebäck hinein.

Beim Auto angelangt, hielt ich ihm den Schlüssel hin. »Kannst du bitte fahren? Ich fühle mich gerade nicht danach.«

»Klar«, antwortete er, nahm ihn entgegen und ging zur Fahrerseite hinüber.

»Und?«, fragte ich, nachdem wir eingestiegen waren. »Was kannst du mir über Adas Selbstmord mitteilen?« Es auszusprechen, tat weh.

Chris ließ den Motor an und räusperte sich. »Ich war es, der sie gefunden hat«, antwortete er mit belegter Stimme. »Oder vielmehr: Rex hat sie gewittert.«

»Oh«, stieß ich aus. *Auch das noch …*

»Eines Morgens kratzte er wie verrückt an ihrer Verandatür und wollte sich partout nicht davon abbringen lassen«, erzählte Chris mit ernster Miene, während wir über die vom Schnee befreiten Straßen fuhren. »Sofort habe ich geahnt, dass etwas passiert sein musste. Ich hatte aber eher an einen Einbruch oder einen Sturz gedacht. Bei älteren Menschen kommt so etwas ja schon mal vor … Aber als ich den zugezogenen Vorhang an ihrem Fenster bemerkt habe, da wusste ich es.«

»Warum?«, fragte ich verwirrt.

»Weil sie den Vorhang niemals zuvor zugezogen hatte.«

Ein Gedanke jagte den nächsten. Mir schwirrten tausend Fragen durch den Kopf und ich hatte Schwierigkeiten, Ordnung in den Wust zu bekommen.

»Und es kam dir nicht seltsam vor, dass sie sich das Leben genommen hat? Ich meine … ausgerechnet Ada? Einfach so?«

»Doch, natürlich«, gab er zu. »Aber auch sehr lebenslustige Menschen können von einer Art Melancholie befallen werden.«

»Stimmt«, sagte ich nachdenklich. »Grund genug dazu schien sie ja auf der anderen Seite gehabt zu haben.«

Chris nickte. »Sie liebte die Malerei, das kann man nicht abstreiten. Es füllte sie aus. Aber ich glaube, dass sie den Rest der Zeit nur nach außen hin immer so fröhlich tat. Die Feste, die Abendgesellschaften … Das war alles nur Fassade. Vielleicht ihre Art, mit dem Verlust umzugehen, wer weiß. In Wahrheit schien sie auf etwas zu warten.«

»Auf Marcels Rückkehr …«, hauchte ich. Immerhin stand es so gut wie fest, dass ihr geliebter Mann spurlos verschwunden war. Wie sehr sie darunter gelitten haben musste …

»Langsam fange ich auch an, daran zu glauben«, gestand Chris.

»Mir schaudert bei dem Gedanken, dass dieser Doktor Wächter wirklich etwas mit seinem Verschwinden zu tun gehabt haben könnte. Ist er es vielleicht auch, der ständig um das Haus herumgeistert und für all die grässlichen Vorkommnisse verantwortlich ist?« Eine Gänsehaut überlief mich.

Chris nickte. »Jetzt haben wir zumindest einen Anhaltspunkt.«

»Und du kennst ihn nicht? Ich meine, wo du doch hier aus der Gegend stammst.« Es hörte sich vorwurfsvoller an, als es gemeint war. »Wenn ich das richtig verstanden habe, lebt er nur ein paar Häuser weiter.«

»Ich bin selbst erst vor ein paar Jahren nach Lindau gezogen. Aber wenn es der ist, an den ich denke, dann handelt es sich um einen alten Mann, der äußerst zurückgezogen lebt. Ich könnte dir nicht einmal sein Gesicht beschreiben. Und um ehrlich zu sein, bin ich zu sehr mit mir und meinen Recherchen beschäftigt, um mich um meine Nachbarn zu kümmern.«

»Ada ausgenommen«, erwiderte ich.

»Ja, Ada ausgenommen …« Es klang zärtlich. »Wie gesagt, wirklich kennen tue ich diesen Herrn nicht. Und du hast ja die Schwestern gehört: Er muss ungefähr in Adas Alter sein. Ich war noch ein Kind, als er sich zur Ruhe gesetzt hat.«

»Auch wieder wahr.« Ich seufzte. »Ich hoffe nur, dass wir bei unserer Rückkehr nicht wieder eine Überraschung vorfinden. Vielleicht hat er uns ja diesmal eine tote Katze an die Tür genagelt?«

Chris verzog den Mund. »Rex bewacht das Haus.«

»Ja, das ist der einzige Lichtblick in dieser scheußlichen Geschichte«, sagte ich und seufzte erneut in mich hinein. »Meinst du, wir sollten diesem Arzt mal einen Besuch abstatten?«

Chris schürzte nachdenklich die Lippen, wiegte den Kopf hin und her. »Schaden kann es wohl nicht, oder?«

»Im schlimmsten Fall knallt er uns die Tür vor der Nase zu«, sagte ich abwägend.

»Und im besten ist er redselig und kann uns mit der ein oder anderen Erinnerung dienen«, stimmte Chris mir zu.

Wir schwiegen eine Weile. Ich fühlte mich völlig fertig und hatte nicht einmal mehr Augen für die Schönheit, die an mir vorüberzog. Die vorweihnachtliche Stimmung, die uns zu locken schien, hatte null Effekt auf mich. An diesem Tag war der See so aufgeraut, dass seine Tiefen gefährlich in sattem Türkis strudelten und die aufgewühlte Gischt auf den sich ballenden Wellenkämmen schäumte. Darüber kreisten zahlreiche Möwen, als verspräche die Beute, bei dieser Witterung besonders fett zu werden. Sie wirkten wie weiße Kleckse auf den dunkelblauen Nuancen des bewölkten Himmels, der einen harmonischen Farbkontrast zu den

Wogen bot. *Wie auf einem von Adas Gemälden*, dachte ich betrübt. Die Wellen türmten sich im Schrei nach Gerechtigkeit, die Farben vermischten sich, als würden sie sich zu einer mächtigen Faust zusammenballen wollen, das weißliche Gemisch aus Wasser und Luftblasen peitschte wie von wütender Götterhand geworfen hernieder. Es passte perfekt zu meiner Stimmung.

Ich versuchte, mich wieder zu fassen, obwohl ich gleich drei überwältigende Neuigkeiten verarbeiten musste. Drei Nachrichten, die das Bild, das ich mir von Ada gemacht hatte, völlig verzerrten. Zuerst die Eltern, die tödlich verunglückt sein sollten, dann ihr Mann, der plötzlich spurlos verschwunden war. Hatte sie ihn gesucht? Oder hatte sie nur auf ihn gewartet? Wenn man ihren Tagebucheinträgen Glauben schenken wollte, dann hatte sie ihr Leben lang sehnsüchtig auf seine Rückkehr gehofft. Oder waren die Gerüchte nur Rauch ohne Feuer gewesen? Hässliche Vermutungen ohne wirkliche Grundlage? Vielleicht hatten die Leute damals mehr gewusst, als die Schwestern hatten zugeben wollen? Und dann der Selbstmord. Was hatte Ada dazu getrieben? Eine Krankheit? Eine Nachricht? Plötzliches Erkennen der Aussichtslosigkeit? Aber wie es sich damit auch verhalten mochte, mir war klar, dass es mich in meiner eigenen Suche nach der Antwort auf die Frage *Warum ich?* kein Stück weitergebracht hatte.

»Chris?«, fragte ich in die Stille hinein.

»Hm?«

»Warum hat Ada den Vorhang zuvor niemals zugezogen?«

Chris räusperte sich umständlich. Ich schaute ihn von der Seite an. Seine Augen schimmerten verdächtig und er schien sich seine Antwort gründlich zu überlegen. Als wir an einer Ampel zum Stehen kamen, wandte er mir das Gesicht zu und lächelte mich mit wässrigen Augen gequält an.

»Sie sagte immer, sie würde die roten Vorhänge nicht zuziehen, solange sie noch auf die Rückkehr des Seeungeheuers hoffte …«

Kapitel 25 –
Arztbesuch

Ein paar Tage vor Heiligabend

Ein leichter Wind wehte vom See herüber und ließ mich frösteln. Während wir vor der Tür des Arztes standen, klopfte mein Herz so heftig, dass meine Ohren rauschten. Auf dem Namensschild stand *Dr. med. Georg Wächter*. Letztendlich hatte sich herausgestellt, dass er tatsächlich nur ein paar Häuser weiter lebte und ich sogar während meiner wenig erfolgreichen Suche nach Antworten schon einmal bei ihm geklingelt hatte. Allerdings hatte mir damals niemand geöffnet. Auch erinnerte ich mich daran, dass ich bereits beim ersten Besuch versucht hatte, mir auszumalen, welchen Charakterzug der Mensch haben mochte, der hier lebte. Es handelte sich um ein vornehmes, modernes Einfamilienhaus, das nüchtern und fantasielos wirkte. Die Hecken waren fein säuberlich gestutzt, schienen keinen Millimeter zu hoch oder zu breit zu sein, der Rasen war einheitlich. Kein Halm ragte über die anderen hinaus, alles schien genauestens berechnet zu sein. Es war in nichts mit Adas verträumter Villa – diese gemütliche, etwas chaotische Bude mit all den Winkeln, Gemälden und Relikten – zu vergleichen. Würde er auch diesmal nicht öffnen?

Nervös nestelte ich an meinem Parka herum, warf Chris

einen fragenden Blick zu. *Sollen wir das wirklich durchziehen?*, wollte ich wortlos wissen.

Ja, antwortete Chris genauso stumm.

Ich war hin- und hergerissen zwischen dem Wunsch kehrtzumachen und dem, mehr zu erfahren. Als sich am Vortag der erste Schock gelegt hatte, war ich mir auf einmal nicht mehr sicher gewesen, ob ich wirklich diesen Schritt gehen wollte. War es nicht völliger Blödsinn, etwas von diesem Menschen zu erwarten? Wenn er wirklich so durchtrieben war, wie die Leute behaupteten, dann würde er es sicherlich nicht zugeben. So klammerte ich mich an die Hoffnung, dass das Gegenteil der Fall sein würde.

Quälend langsam verstrichen die Minuten, bis endlich die schwere Tür aufgezogen wurde. Mit Erleichterung stellte ich fest, dass der Mann, der uns gegenüberstand, nichts mit dem Typen gemein hatte, den ich des Öfteren ums Haus hatte herumlungern sehen. Denn vor uns stand ein zerbrechlich wirkender Greis um die 90 in einem seidenen Morgenrock mit blau-rotem Rautenmuster. Aus seinem faltigen Gesicht, auf dessen Stirn ein pfirsichgroßes Feuermal prangte, schauten uns zwei müde graue Augen entgegen. Ich konnte ihn mir schlecht vorstellen, wie er stundenlang in der Kälte um das Haus schlich oder gar mutwillig einen Garten zertrampelte.

»Ja, bitte?«

»Guten Tag. Wir möchten zu Doktor Wächter.«

»Grissgodd. Das bin ich. Was kann ich für Sie tun?«, fragte er mit rauer Stimme. Seine Hand zitterte stark und sein erst so müder Blick schien aufzuklaren, während er mein Gesicht musterte. Seltsam eindringlich ruhten seine Augen auf mir.

»Wir … Ich …« Ich kam ins Stocken.

»Wir wollten Ihnen ein paar Fragen über Ada Richter stellen«, half Chris mir aus der Verlegenheit.

Ich glaubte, ein Flackern in den Augen des Arztes zu erkennen. »Und wer sind Sie bitte?«

Falls es sich bei ihm um den Eindringling handeln sollte, dann ist er ein verdammt guter Schauspieler, schoss es mir durch den Kopf.

»Ich bin Isabella Lampert, Adas Erbin, und das ist Christian Zellenhofer, ihr ehemaliger Nachbar.«

»Hmhm«, brummte der Mann und mahlte mit den Kiefern, als säße sein Gebiss schief. »Der mit der hübschen Villa mit der riesigen Fensterfront?«, fragte er und zeigte zu Chris' Haus hinüber.

»Ja, genau«, bestätigte Chris.

»Na, dann herein, wenn's kein Schneider ist«, scherzte er.

Wir warfen uns einen überraschten Blick zu und folgten der Aufforderung.

»Gehen Sie nur voran«, sagte er. Als wir an ihm vorbeigingen, stach mir der penetrante Geruch seines Aftershaves in die Nase. Er war so intensiv, als hätte der alte Herr eine ganze Flasche über sich ausgekippt. »Am Ende des Flurs rechts.«

»Vielen Dank«, antwortete ich.

»Nehmen Sie bitte auf dem Sofa Platz«, lud er uns höflich ein. Er deutete auf eine nagelneu wirkende Ledercouch. Sehr schnell stellte ich fest, dass auch das Innere des Hauses pedantisch aufgeräumt und sauber war. Es glich eher einem Museum als einem bewohnten Heim.

»Darf ich Ihnen etwas zu trinken anbieten?«, säuselte unser Gastgeber.

»Nein, danke«, wiegelte ich ab. »Machen Sie sich bitte

keine Umstände.« Chris schüttelte ebenfalls den Kopf. Ein wenig steif nahmen wir auf dem angebotenen Exponat Platz.

»Aber i wo«, wehrte Dr. Wächter ab. »Ich habe so selten Besuch, dass es mich freut, Ihnen etwas anbieten zu können. Was halten Sie denn von einem Glas Fruchtsaft?«

Abermals schüttelte Chris den Kopf. »Nein, wirklich, vielen Dank.«

»Des isch fei ned schee«, sagte unser Gastgeber und schnalzte mit der Zunge. Es klang beleidigt.

»Gerne«, lenkte ich hingegen ein. Wenn es ihm doch Spaß machte? Womöglich würde es die Atmosphäre ein wenig auflockern.

»Na, wunderbar«, sagte der Doktor erfreut und war schon in der Küche verschwunden. So schwächlich, wie er auf den ersten Blick gewirkt hatte, schien er gar nicht zu sein.

Weiterhin blieb ich skeptisch, ob es sich bei ihm um unseren Eindringling – oder zumindest den Herumlungerer – handeln könnte. Außerdem war das Mal auf seiner Stirn so auffällig, dass ich es, selbst aus der Entfernung, bestimmt bemerkt hätte.

»Alles klar?«, flüsterte Chris mir zu.

Ich zuckte die Achseln. »Schon ein bisschen unheimlich, oder?«, wisperte ich und lächelte unsicher.

Chris nickte. »Das kommt bestimmt von dem sterilen Umfeld«, raunte er. Seine Hand hielt die meine.

Dem konnte ich nur zustimmen. Die weißen Wände, der anthrazitfarbene Fliesenboden, die lackierten Möbel: Man glaubte sich fast in einem Krankenhaus – oder eher in einem Operationssaal. Jetzt meinte ich sogar, eine leichte Brise von Äther wahrzunehmen. Ich richtete mein

Augenmerk auf den pompösen Mahagoni-Schreibtisch, der so leer war, als hätte der ehemalige Arzt ihn sich gerade erst angeschafft. Ringsum an den Wänden standen Schaukästen, in denen medizinische Instrumente ausgestellt waren. Sauber blitzende Skalpelle, Pinzetten, Klemmen, Haken, Nadelhalter, Redonspieße, Scheren und Spritzen. Es schien, als würde er sie täglich blank wienern. War das vielleicht die einzige Tätigkeit, die ihm noch blieb, um seine langen Tage auszufüllen? Mein Blick fiel auf ein großes schwarzes Kreuz an der Wand, wanderte weiter und blieb an ein paar eingerahmten und auf Leinen gestickten Sprüchen hängen. Es schien das einzige menschliche in diesen vier Wänden zu sein. Mit meiner Schulter stupste ich Chris leicht an und machte ihn mit einer Kopfbewegung auf die sonderbaren Wandbehänge aufmerksam.

Er grinste. »Passt hier nicht so richtig hin«, bestätigte er meine Gedanken.

Ich kniff die Augen zusammen und las leise vor mich hin: »*Was schee isch, braucht mr ned lang butza.*« Wir schmunzelten uns an. »*Die kloine Lomba sperrt mr ei, vor de große lupft mr dr Hut.* Oder hier: *Wenn a alte Scheuer brennt, hilft koi Löscha.*«

»Das sind alles uralte schwäbische Sprüche, die kaum noch jemand verwendet«, raunte Chris.

»Sie scheinen hier geradezu einen Ehrenplatz innezuhaben«, bemerkte ich und an seinem Gesichtsausdruck konnte ich ablesen, dass er ähnlich dachte. Mein Augenmerk fiel auf einen längeren Text.

»*Den Schwaben, den Schwaben,*
den möcht ich gerne haben,
Kommen Sie, Fräulein,

Kommen Sie, Fräulein,
Wir wollen zusammen lustig sein,
den Schwaben, den Schwaben,
den möcht ich gerne haben ...«
Ich schaute ihn fragend an.

»Das ist ein Kinderlied von anno dazumal«, flüsterte Chris und hob belustigt die Augenbrauen. »So eine Art singender Kreis. Am Ende heißt es dann eigentlich noch *Scheren Sie sich hinaus ...*«

Der Kontrast zwischen dem pedantischen Umfeld und den kitschigen Sprüchen bestätigte und verstärkte den ersten Eindruck, den ich mir von diesem sonderbaren Arzt gemacht hatte.

Als dieser zurückkam, stellte er einen Untersetzer, gefolgt von einem Glas Saft, vor mir auf dem Sofatisch ab.

Dann nahm er uns gegenüber in einem pompösen Ledersessel Platz und verschränkte die Beine, die in schwarzen Flanellhosen mit Bügelknick steckten. Seine Arme lagen flach auf den Lehnen. Er zeigte keinerlei Anzeichen von Unruhe.

»Nun, dann legen Sie mal los. Was möchten Sie über meine liebe Freundin Ada wissen?« Es klang hingebungsvoll.

»Standen Sie sich sehr nahe?«

»Ja, ich kannte sie seit vielen Jahrzehnten. Ich war ein Freund der Familie.« Er räusperte sich.

»Gut«, sagte ich. »Dann möchte ich nicht drum herumreden. Ich bin hier, um herauszufinden, warum sie mir das Anwesen vermacht hat. Und auch wenn ich bislang schon einiges aufklären konnte, gibt es da noch Lücken.«

»Und da haben Sie sich gedacht: Gehen wir mal zum guten alten Doktor Wächter und horchen ihn aus?«

»Ja, genau«, gab ich unumwunden zu. »Ich möchte nichts unversucht lassen.«

»Es waren die geschwätzigen Tanten, nicht wahr?«

»Wie bitte?«, stellte ich mich dumm.

»Die Kunzes. Die haben ihre Nasen schon immer in alles Mögliche gesteckt, was sie nichts angeht.«

»Seien Sie ihnen bitte nicht böse«, versuchte ich, ihn zu beschwichtigen. »Ich bin ziemlich aufdringlich gewesen.«

»Des isch fei ned schee«, sagte er erneut und machte abermals den Schnalzlaut. Sein Gesichtsausdruck ließ keine Regung erkennen. »Nun gut. Was genau wollen Sie denn wissen?«

»Alles, was Ihnen zu Ada einfällt«, antwortete ich, bevor Chris eine zu direkte Frage stellen konnte.

»Ach, du liebe Güte«, sagte der Arzt und lachte leise vor sich hin. »Da gäbe es viel zu berichten.« Sein Blick schweifte in die Ferne. »Als ich ihr das erste Mal begegnet bin, dachte ich, sie sei ein Engel«, schwärmte er. »Sie war so ein hübsches und quirliges Wesen, immer zu einem Schabernack aufgelegt.« Ich lächelte, stellte mir Ada als junge Frau vor. »Es hat einmal eine Zeit gegeben, da waren wir wie die fünf Finger einer Hand: unzertrennlich.« Erneut räusperte er sich.

»Wissen Sie etwas darüber, warum sie aus Frankreich zurückgekommen ist?«

Abermals meinte ich, ein Flackern im Blick des Doktors wahrzunehmen. »Sie wollte sich einfach nur erholen. Hatte sich beim Film verausgabt. Zwischen den Dreharbeiten, den ständigen Festivals und all den anderen Anforderungen, die man an Schauspieler stellt.« Mit spitzen Fingern zupfte er einen Fussel von der Lehne.

»Glauben Sie denn, dass sie vorhatte, wieder nach Frankreich zurückzugehen?«, fragte ich überrascht.

»Das mag sein«, antwortete er. »Allerdings kann ich

Ihnen darüber keine genaue Auskunft geben. Zu dieser Zeit hatten wir uns ... na ja, wie soll ich sagen ... etwas auseinandergelebt. Aber falls sie das vorgehabt haben sollte, dann hat sie ihre Meinung sicher rasch geändert, denn es hat nicht lange gedauert, bis sie hier ihre ersten Gemälde ausgestellt hat.«

»Wie meinen Sie das mit dem Sich-auseinander-Leben?«, hakte ich nach.

Erneutes Räuspern, gefolgt von einem Seufzer. »Wie das im Leben eben so geht: Sie war verheiratet, ich auch. Meine Frau hatte außerdem gesundheitliche Probleme ...«

»Ach so, ja, natürlich«, antwortete ich rasch.

»Und was wissen Sie über Adas Mann?«, warf Chris ein.

»Marcel?«

»Hmhm.«

»Ein feiner Kerl. War ihr mit Haut und Haaren verfallen.«

»Wie erklären Sie es sich dann, dass er sich nie wieder hat blicken lassen?«, fragte ich.

»Wenn mich nicht alles täuscht, soll er spurlos verschwunden sein«, setzte Chris noch eins drauf.

Der Doktor schmunzelte. »Jaja. Das Gerücht ist mir auch zu Ohren gekommen. Aber meiner Ansicht nach ist das kompletter Unfug.« Unruhig rutschte er auf dem Sessel herum.

»Warum?«

»Weil ich weiß, dass Ada ihn verlassen hat.«

Chris und ich wechselten einen überraschten Blick.

»Was lässt Sie da so sicher sein?«, hakte ich abermals nach. Es wunderte mich, mit welcher Seelenruhe der Doktor die vielen Fragen einfach so hinnahm.

»Weil sie bis zuletzt meine Geliebte gewesen ist«, brachte er plötzlich heraus.

Wie vom Donner gerührt saßen wir da und starrten ihn verwirrt an.

»Sagten Sie eben nicht, Sie hätten sich auseinandergelebt?«, fragte ich überrumpelt.

»Als sie aus Frankreich zurückgekommen ist, ja.«

Auch Chris brauchte einen Augenblick, um sich wieder zu fangen. Er runzelte die Stirn. »Bis zum Schluss, sagen Sie?«

»Ja, und jetzt fragen Sie sich sicher, wie Ihnen das hat entgehen können, wo Sie doch Ihr direkter Nachbar waren, richtig?«

Chris blinzelte und nickte. »Ja, genau.«

»Da weder Ada noch ich geschieden waren, haben wir uns stets sehr diskret verhalten. Als wir jung waren, stand man außerehelichen Beziehungen nicht so tolerant gegenüber wie heutzutage. Und wir waren eben noch vom alten Schlag.«

Das wollte ich ihm gerne glauben. »Und Ihre Frau?«, rutschte es mir heraus. Ich schielte zu den eingerahmten Stick-Sprüchen an der Wand und verstand sie nun besser. Es schien der einzige feminine Touch im ganzen Haus zu sein. »Verzeihung, das geht mich nichts an …«

»Nichts von alldem geht Sie etwas an«, bestätigte er mit einem Lächeln, das mir eine Gänsehaut über den Rücken jagte. Seine Augen blieben ausdruckslos. Ich schluckte. »Und trotzdem werde ich Ihnen die Frage beantworten: Meine Frau leidet unter schweren psychischen Störungen und musste eingewiesen werden.«

Augenblicklich fühlte ich mich elend, ihn nach etwas so Privatem gefragt zu haben, aber auch erleichtert, dass er es mir nicht übel zu nehmen schien. Verlegen griff ich nach dem Glas und nahm ein paar kräftige Schlucke von dem dunkelorangefarbenen Multivitaminsaft. Es tat gut, wie er mir kühl und samtig die Kehle hinunterlief. Dann meinte ich, einen sonderbaren Nachgeschmack wahrzunehmen.

Ich musste das Gesicht verzogen haben, denn prompt fragte Dr. Wächter: »Ist mit dem Saft etwas nicht in Ordnung?« Er schien ehrlich besorgt. »Dabei habe ich extra aufs Haltbarkeitsdatum geachtet.«

Es war mir unangenehm, den Eindruck erweckt zu haben, der Saft würde mir nicht schmecken. Entschuldigend lächelte ich ihn an. »Nein, nein. Es liegt sicher daran, dass ich mir vorhin die Zähne geputzt habe.« Ganz gelogen war es nicht, obwohl es schon mindestens eine Stunde zurücklag.

Ich versuchte, mich wieder auf den Grund unseres Besuchs zu konzentrieren. »Und kannten Sie vielleicht auch Adas Haushälterin, eine Frau namens Erna?«

Sein Antlitz schien sich mit einem Mal zu verdüstern. Ob es an der Frage selbst lag oder daran, dass er das Ganze langsam leid wurde, vermochte ich nicht zu sagen.

»Erna?«, krächzte er heiser. »Natürlich habe ich sie gekannt.«

Ich wurde hellhörig. »*Gekannt*? Ist sie denn auch verstorben?«

»Das nehme ich stark an«, antwortete er und eine seltsame Befriedigung schien in seiner Stimme mitzuschwingen. »Dieses undankbare Geschöpf hat sich irgendwann einfach aus dem Staub gemacht. Nach allem, was die Richters – und vor allem Ada – für sie getan haben. Pfui Teufel! Des isch fei ned schee«, ereiferte er sich. Ohne Verzögerung folgte daraufhin auch gleich das Zungenschnalzen, als würde es sich um ein ungeschriebenes Gesetz handeln, dass beides zusammengehörte. »Wenn ich daran zurückdenke, kommt mir heute noch die Galle hoch.« Er verzog das Gesicht und wandte den Kopf ab.

»Wann war das?«

»Das weiß der Kuckuck«, spie er aus, stand schlagartig aus seinem Sessel auf und lief ziellos im Raum hin und her. Er wirkte nervös.

»Weiß jemand, dass Sie hier sind?«, fragte er plötzlich.

Verwundert schauten Chris und ich uns an, konnten uns diesen jähen Stimmungsumschwung nicht erklären.

»Äh, nein, warum?«

»Nur so, nur so …« Gedankenversunken ging er mit auf dem Rücken verschränkten Händen von einem Schaukasten zum nächsten, hielt inne und besah sich eines seiner zahlreichen medizinischen Utensilien, bevor er mit seiner unsteten Wanderung weitermachte. Nervös rutschte ich auf dem Sofa herum. Es quietschte leise.

»Nun«, nahm Chris den Faden wieder auf. Er schien resistenter als ich. »Und was wissen Sie über die Gerüchte, die über Adas Mann im Umlauf waren?«

»Meinen Sie die, in denen behauptet wird, dass ich ihn getötet, zerkleinert und im Garten verscharrt haben soll?«, fragte der Arzt süffisant.

Mir fehlten die Worte. Schockiert starrte ich ihn an.

»Äh, nein«, sagte Chris verlegen. »Ich meinte eher die Tatsache, dass er spurlos verschwunden sein soll. Denn selbst in Frankreich scheint niemand mehr etwas von ihm gehört zu haben.«

Unser Gegenüber bekam einen glasigen Blick. »Theoretisch hätte ich es tun können, wissen Sie?«, sagte er, und seine Augen glitzerten. »Bestens ausgestattet bin ich ja dafür.«

Mir wurde mulmig. Ich spürte, dass auch Chris sich nicht sehr wohlzufühlen schien, und schielte hilfesuchend zu ihm hinüber. Meine Hände wurden feucht. »Ach ja?«, brachte ich mit schwacher Stimmer heraus.

»Ja«, antwortete Doktor Wächter schlicht, öffnete einen Schaukasten und nahm eine Spritze heraus. Seine Finger spielten fast zärtlich damit. »Manche Leute behaupten, dass ich unter Altersdemenz leide, habe ich Ihnen das schon gesagt?«

»Äh, nein«, stammelte ich. Mein Unwohlsein wuchs. Ich starrte auf den Fruchtsaft, fühlte mich plötzlich wie betäubt. Einbildung?

»Falls ich also etwas sagen oder tun sollte, was Ihnen sonderbar erscheint, dann lassen Sie sich davon nicht beirren …«

»Wäre es dann für Sie nicht besser, in einem Heim unterzukommen?«, fragte Chris sachlich. Er schien die Ruhe selbst.

»In einem Heim? I wo, ich bin todkrank. Die letzten Wochen meines Lebens will ich hier verbringen, bei ihr.«

»Bei … Ada?«

»Ja.«

»Wissen Sie, warum sie ihrem Leben ein Ende bereiten wollte?«, setzte ich alles auf eine Karte. Instinktiv befürchtete ich, dass er bald nicht mehr ansprechbar sein könnte. Außerdem war ich nicht sicher, wie lange ich selbst es noch in diesem Haus aushalten würde.

»Die Hoffnung. Es war die Hoffnung. Ohne die ist der Mensch nichts.«

»Hoffnung auf was?«, bohrte ich weiter.

»Sie hatte erfahren, dass ich angeblich nur noch ein paar Tage zu leben habe. Das hat sie nicht ertragen …«

»Oh«, sagte ich betroffen. Wieder wechselten Chris und ich einen Blick. Warum hatte Ada dann nie auch nur ein Wort über ihn in ihr Tagebuch geschrieben? Von einem Georg Wächter war niemals die Rede gewesen. Oder faselte der Mann wirklich nur dummes Zeug?

»Er will einfach nicht kommen …«

»Wer?«

»Der Sensenmann.«

Mit der Spritze in der Hand ging er ein paar Schritte auf uns zu. Zähnefletschend schielte er darauf, als wäre sie eine Lösung. Mir lief es eiskalt den Rücken hinunter. Dann ging er zu seinem Sessel zurück. Zu meiner Erschütterung drückte er auf den Knopf einer Fernbedienung und alle Rollläden glitten wie auf Kommando herunter, versperrten allmählich die Sicht auf Garten und See. Gleichzeitig ging ein schummriges Licht an.

Über den Couchtisch hinweg trafen meine Augen auf die seinen, und schlagartig wusste ich, dass er keineswegs unter Demenz litt. Das, was er hier abzog, tat er bei vollem Bewusstsein. Schweißperlen bildeten sich auf meiner Stirn. Mein Gott, was hatte er vor?

Der Arzt grinste nur, als würde ihn das alles köstlich amüsieren. Der Mann wurde mir immer unheimlicher.

»Wir gehen jetzt«, sagte Chris und stand entschlossen auf. »Vielen Dank für Ihre Gastfreundschaft.«

»Nichts zu danken«, antwortete Georg Wächter und richtete seinen Blick sofort wieder auf mich.

Chris zog mich hoch und wandte sich zum Gehen.

»Auf Wiedersehen«, sagte ich hastig. Mit Entsetzen erkannte ich, wie seine buschigen grauen Brauen sich zusammenzogen, sich wie bösartige Wildkatzen mit buckeligem Rücken aufzuplustern und mich fauchend zu bedrohen schienen. Seine Augen durchbohrten mich, als wäre ich eine Erzfeindin – oder als wollte er die Seele aus mir heraussaugen. Ich meinte, seinen Spruch und das nervige Schnalzen zu hören, doch es war nur in meiner Vorstellung. Wie ein leiser Fluch erfüllte der sonderbare Tick des Arztes die Luft, waberte um mich herum und hallte in meinem Kopf wider, als hätte er ihn mir ins Hirn gepflanzt.

Meine Lippen und Fingerspitzen kribbelten plötzlich und ich fragte mich, ob es am Saft lag oder ob ich dabei war, die Nerven zu verlieren. Meine Knie waren butterweich. Ich schüttelte mich innerlich. Warum hatte ich so seltsame Gedanken? All die eigenartigen Vorkommnisse schienen mir allmählich an die Substanz zu gehen.

»Kommst du?«, fragte Chris und zog mich hinter sich her bis zur Haustür. Hastig stürmten wir ins Freie. Als wir uns außer Hörweite wähnten, hielt ich inne und holte tief Atem.

»Alles in Ordnung?«, fragte Chris.

»Jaja«, winkte ich ab. »Es liegt sicher nur an all den komischen Ereignissen der letzten Tage, dass ich so überreagiere.«

Chris nahm mich in die Arme. Es tat gut. Langsam spürte ich, wie der Stress von mir abfiel.

»Das wundert mich nicht.« Liebevoll strich er mir eine Strähne aus dem Gesicht.

»Glaubst du ihm?«, fragte ich.

Chris hob die Schultern. »Dass er mit Ada ein Verhältnis hatte? Nein, das würde mich arg wundern …«

»Das stinkt zum Himmel«, stimmte ich ihm energisch zu. »Warum hätte Ada ihrem Mann jahrelang nachgetrauert, wenn sie mit diesem Doktor Wächter angeblich so glücklich gewesen sein soll?«

Chris runzelte die Stirn. »Ja, das ergibt keinen Sinn.«

»Irgendwie ist der Typ recht seltsam, oder bin ich es, die zu empfindlich reagiert?« Ich dachte an den Fruchtsaft. Einen Augenblick hatte ich wirklich geglaubt … Wie peinlich.

»Seltsam?«, fragte Chris und schaute mich ungläubig an. »Der Mann ist nicht seltsam, Bella. Der ist völlig durchgeknallt …«

Kapitel 26 –
Zwischenspiel Georg

Frohlockend lehnte er sich im Sessel zurück. Schon lange war er nicht mehr so guter Laune gewesen. Was für eine Wohltat! Was für eine Genugtuung. Während er aufs Neue den Knopf betätigte, lachte er leise vor sich hin. *Und es werde Licht*, witzelte er in Gedanken und schaute dem Rollladen zu, wie er gemächlich in der Mauer verschwand.

Ein unglaubliches Triumphgefühl flutete jede einzelne Faser seines siechen Körpers. Er hatte nicht nur eine Schlacht gewonnen, sondern den ganzen Krieg. Er hatte den Fehler endgültig behoben, hatte für Gerechtigkeit gesorgt.

Ada, was hast du denn geglaubt?, ging es ihm durch den Sinn. *Dass ich das einfach zulassen würde? Dass ich unter einer weiteren Bürde, die du mir aufhalst, zerbrechen würde? Du weißt doch, dass ich bislang noch mit jedem fertiggeworden bin, oder? Bist du nicht der beste Beweis dafür? Ja, dieser Denkzettel war nötig, hörst du? Sie tut dir leid? Och, na, na ... Ist sie nicht heil geblieben? Es hätte schlimmer kommen können. Und was nicht ist ...*

Er grunzte zufrieden. Vorsichtig nahm er die Spritze auf und hielt sie sich vors Gesicht, drehte und wendete sie, als könnte sie ein wichtiges Geheimnis lüften.

Du solltest dich schämen, meine Liebe, mir diese Schmach auferlegt zu haben, zürnte er in Gedanken. *Du solltest dich*

schämen, mich ein weiteres Mal unterschätzt zu haben. Ich
musste handeln, das siehst du hoffentlich ein? Ich musste
das Abartige bekämpfen. Das Abartige, das sicher auch in
ihren Venen fließt. Das Abartige, das dich in die Tiefen des
Irrtums hinabgerissen hat.

Ja, ja, ja, ich höre dich. Ja, du hast recht. Vielleicht ist
sie anders. Warst du das nicht auch? Wer kann sicher sein,
dass es ihr nicht auch passiert? Na, siehst du, selbst du hast
dem nichts entgegenzusetzen. Ich sage dir, es ist das Ein-
zige, was ich tun konnte … Obwohl, nein. Es hätte noch
einen anderen, sichereren Weg gegeben, um uns von die-
ser Plage zu befreien. Diesem Fluch, der alles Natürliche
ausrotten will, damit sich das Krankhafte ausbreiten kann.
Du hast ja gesehen, was es aus dir gemacht hat. Du hast
gesehen, wie schlecht es dir bekommen ist …

Er schnaufte. Alles hätte anders kommen sollen. Alles
war anders geplant gewesen. Das Leben hatte gegeben. Die
Natur hatte gegeben. Und was die Natur gab, das sollte
der Mensch nicht ändern wollen.

»Vergib ihnen, denn sie wissen nicht, was sie tun«, murmelte er vor sich hin.

Ja, Ada, ich vergebe dir. Jetzt …

Wie so oft schweiften seine Gedanken an diesen besonderen Tag zurück, an dem er sie das erste Mal erblickt hatte. Er
erinnerte sich an die schönsten Tage seines Lebens. An das
Land der tausend Wohldüfte. Daran, wie er sich gewünscht
hatte, nie wieder dort hervorkommen zu müssen. Daran,
wie sich sein Leben schlagartig gewandelte hatte. Daran,
wie er, kaum, dass er das Zauberland entdeckt hatte, auch
schon wieder daraus vertrieben worden war.

»Was, zum Kuckuck, sucht dieser junge Mann denn in
unserer Wäschekammer?«, hatte sie gefragt und ihn von

Kopf bis Fuß kritisch beäugt. »Oder handelt es sich gar um einen Kobold, der aus unterirdischen Gefilden mit einer Nachricht zu uns gesandt wurde?«

Zaghaft hatte er den Kopf geschüttelt.

»Wie heißt du?«, hatte die Hausherrin ihn weiter ausgefragt, nachdem sie sich versichert hatte, dass er nicht der Feenwelt entsprungen war.

»Georg«, hatte er geflüstert, während seine Knie wie Espenlaub geschlottert hatten.

»Georg?« Ihre hübsch geschwungenen Augenbrauen hatten sich gehoben. »Bist du nicht der Sohn von … von Georg Wächter senior, dem unglücklichen Bankier?«

Beschämt hatte er den Kopf gesenkt. *Jetzt,* hatte er gedacht, *jetzt wird sie mich in hohem Bogen aus dem Haus werfen – oder mich gar bei der Polizei abliefern.*

Zu seiner grenzenlosen Verwunderung hatte sie ihn nicht nach draußen, sondern in die Küche geführt. Und statt Tadel hatte es Plätzchen geregnet, waren Ströme von cremigem Kakao in seiner Kehle zerflossen. Und dann war Ada in den Raum gewirbelt. Das quirlige Wesen voller Leben und Tatendrang, voller verrückter Ideen und Träume. Sie hatte sich wie selbstverständlich zu ihm gesetzt, als wären sie schon immer Freunde gewesen.

Er spürte die Träne erst, als sie seine Wange hinunterrann. Ja, so war es gewesen. Ihre Eltern hatten einen Narren an ihm gefressen, ihm, dem armen Bettelbuben, dem Opfer der »Krise«, wie es alle genannt hatten. Als seine Mutter eines Nachts elendig an einem Anfall erstickt war, hatte er laut geweint und über den See gerufen, dass er Arzt werden wollte, damit nie wieder ein Mensch auf solche Art sterben müsse.

Und als ob man seine Wünsche nur über den See zu

posaunen bräuchte, als ob der Löwe ihn tatsächlich erhört hätte, hatte die Familie Richter ihn bei sich aufgenommen, ihn zur Schule geschickt und ihm später sogar das Medizinstudium finanziert. Adas Vater hatte in ihn »investiert«, und Georg hatte gewusst, dass dieser in ihm den idealen Ehemann für die lebenstolle Tochter sah.

»Ein überaus gewitzter Bursche, genau wie einst sein Vater«, hatte er ihn seinen Gästen immer vorgestellt. Und Ada? Es tat weh, daran zu denken.

»Wer ist das?«, war sie oft gefragt worden.

»Das ist Georg«, hatte sie dann geantwortet, als würde das alles sagen. Georg, der Kamerad, Georg, der Schlaue, Georg, der Außenseiter, Georg, das Anhängsel, Georg, das Schoßhündchen, Georg, der einfach da war. Niedlich, süß, manchmal ein wenig lästig …

Aber er hatte durchgehalten. Denn er hatte es besser gewusst, hatte des Vaters Pläne gekannt. Sie nicht. Aber sie hätte es schon noch erfahren. Wäre sie nicht …

Er wollte den peinigenden Gedanken nicht zu Ende denken. Nach all den Jahren zerriss es sein Innerstes noch immer in unzählige Stücke. Eines Morgens war er zum Frühstück hinuntergekommen und hatte gesehen, wie sie mit einem Koffer in der Hand die Tür hinter sich zugezogen hatte. Er hatte ihr nachsetzen wollen. Aber der Vater hatte ihn mit einer einzigen bestimmten Handbewegung zum Einhalten gezwungen, wie ein Zauberer, der mit seinem Stab alles zu Eis erstarren ließ. Mit dieser einen Geste hatte der Mann Georgs Leben zerstört.

»Keine Sorge, sie wird früh genug wie eine reuige Sünderin angekrochen kommen und um Verzeihung winseln«, hatte der Hausherr gespien. »Dann werden wir sie gnädigst wieder bei uns aufnehmen … Vielleicht …«

Danach waren die Monate ins Land gezogen und sie war nicht zurückgekehrt. Kein Wort, kein Anruf, keine Karte. Nichts. Er hatte sein gesamtes Taschengeld für Kinobesuche ausgegeben, sich zigmal die gleichen Filme angeschaut, nur um einen kurzen Moment den Anblick ihrer Schönheit erhaschen zu können. So bezaubernd, so reizend, so betörend … Sein Schatz. Und als sie nach Jahren endlich heimgekehrt war, als er bereits als angesehener Arzt praktiziert und sein eigenes Haus unweit ihrer Villa bewohnt hatte, da war das Universum mit solch einer Wucht über ihm zusammengebrochen, dass es einem Wunder glich, dass er es überlebt hatte.

Und in all den Jahren hatte er niemals aufgehört, sich in sein heimeliges Tücherreich zu flüchten, um diese wundervolle Sensation der Sinne, diese Ekstase wieder und wieder erleben zu dürfen … Diesen Duft, das Nasekitzeln, das Flauschige …

Feindselig stierte er den beiden nach, wie sie sich eng umschlungen von seinem Grundstück entfernten. Die Liebe stand ihnen so offensichtlich ins Gesicht geschrieben, dass einem bei dem Anblick übel werden konnte. Sie erlebten, was ihm niemals vergönnt gewesen war. Und er hasste sie auch dafür …

Kapitel 27 –
Countdown

Zwei Tage vor Heiligabend

»Bella, hey, Bella …« Jemand rüttelte mich am Arm. »Wach auf!«

Schweißnass schreckte ich hoch. Wo war ich? Im Mondlicht, das durch die Ritzen die Fensterläden schien, machte ich Chris' Konturen aus. Sein Geruch nach warmer Männlichkeit beruhigte mich.

»Ich hatte einen furchtbaren Traum«, flüsterte ich ins Dunkel. Erschöpft lehnte ich meinen Kopf an seine Schulter. »Von Spritzen, die auf mich einstachen.« Ich schüttelte mich.

Chris schlang den Arm um meine Schulter, drückte mich an sich und küsste mich auf die Stirn. »Das ist ja auch kein Wunder«, raunte er.

Oh, Chris, zum Glück bist du bei mir, dachte ich. »Und du? Konntest du schlafen?«

Er schüttelte den Kopf. »Nein, ich habe kein Auge zubekommen.«

»Wegen des komischen Kauzes?«

»Nein. Wegen meiner Wut im Bauch.«

»Ich werde dieses sonderbare Gefühl nicht los«, sagte ich leise.

»Dann musst du darüber reden«, riet er mir.

»Das haben wir doch gestern schon«, sagte ich.

»Nicht wirklich.«

Es stimmte. Als wir nach dem merkwürdigen Erlebnis nach Hause gekommen waren, hatten wir das Thema nur halbherzig angesprochen und beschlossen, ein wenig Abstand von der Sache zu gewinnen.

»Würde es denn etwas ändern?« Der Gedanke, meine letzten Tage am Bodensee damit zu verbringen, mich über diesen schrägen Vogel zu unterhalten, war mir zuwider.

»Ändern? Nein. Es würde dir aber helfen, es zu entdramatisieren.«

»Hm«, brummte ich und gähnte. »Was macht dich denn so wütend?«

Chris schnaufte. »Alles. Dass wir überhaupt dorthin gegangen sind. Nach dem, was man sich von ihm erzählt, hätten wir uns eigentlich zusammenreimen können, dass er nicht ganz richtig im Kopf ist.«

»Das ist meine Schuld«, antwortete ich kleinlaut.

»Ganz und gar nicht«, erwiderte Chris. »Ich war genauso erpicht darauf.«

»Ich bin doch diejenige, die unbedingt die Wahrheit herausfinden will, oder?«

»Meinst du denn, ich möchte das nicht? Auch ich habe an Ada gehangen. Und je mehr wir aufdecken, desto größer wird mein Verlangen, alles zu verstehen. Also nein, du trägst keine Schuld!«

»Und was macht dich noch wütend?«

»Dass er eindeutig gelogen hat.«

Ich nickte. »Ja, der Gedanke macht mich auch ganz kirre. Da gibt es jemanden, der Ada sehr gut gekannt zu haben scheint – und wenn man ihm Glauben schenken will, sogar mit ihr intim war –, und dann erzählt er nur Schwachsinn.«

»Das macht ihn verdächtig.«

»Wie meinst du das?«

»Warum sollte er lügen, wenn er keinen Dreck am Stecken hat?«

Ich grübelte. »Dann sollten wir vielleicht zur Polizei gehen und verlangen, dass sie ihn mal unter die Lupe nehmen, oder?«

»Wir haben nichts gegen ihn in der Hand«, antwortete Chris bedauernd.

»Wir könnten es wenigstens versuchen. Immerhin könnte es die These des Selbstmordes infrage stellen.«

Chris schien nachzudenken und schüttelte schließlich den Kopf. »Ich sehe die Szene schon vor mir«, erwiderte er und ahmte die Stimme des Polizisten nach: »*Fassen wir zusammen: Ein steinalter, todkranker Mann hat Sie zu sich hereingebeten und Ihnen etwas zu trinken angeboten, ja? Dann hat er Ihnen aus seinem Leben erzählt und schließlich eine Spritze gezückt. Durch sein sonderbares Verhalten gewannen Sie den Eindruck, Ihr Getränk sei vergiftet worden, aber das war es nicht. Und dann hat er Ihnen mehr oder weniger zu verstehen gegeben, wie einfach es sei, jemanden verschwinden zu lassen. Und zu guter Letzt hat er ein wenig mit den Rollläden gespielt und Sie so bösartig angestarrt, als wollte er Ihnen ans Schlafittchen, ja? Aus alledem schließen Sie nun, dass er etwas mit dem Suizid der guten Frau Richter zu tun haben könnte ...*«

Die Art, wie Chris es darstellte, brachte mich gegen meinen Willen zum Schmunzeln. »Du hast recht, es klingt lächerlich, und das scheint er gewusst zu haben. Ich frage mich vor allem nach dem Warum«, gab ich zu bedenken.

»Liegt das nicht auf der Hand?«

»Wie meinst du das?«, fragte ich verwirrt.

»Es scheint sich um einen frustrierten alten Griesgram zu handeln, dem es nicht gefällt, dass das Andenken seiner Angebeteten durch Fragen und Herumschnüffelei gestört wird.«

»Ja. Und womöglich ist er es auch leid, dass man ihn für Dinge beschuldigt, die er vielleicht gar nicht getan hat.«

Chris nickte. »Kein dummer Gedanke. Damit könntest du richtigliegen.«

»Dann glaubst du, dass er unser Eindringling sein könnte?«

»Alles spricht dafür«, antwortete Chris. »Das Alter, die Schrift auf der Schachtel, das Motiv, sein seltsames Verhalten«, zählte Chris auf. »Glaubst du es etwa nicht?«

»Theoretisch schon. Aber er wirkte ... zu zerbrechlich auf mich, als dass er im Garten hätte herumstampfen können ... Ach, ich weiß nicht.«

»Auch wieder wahr.« Chris seufzte. »Vielleicht hat er auch einfach nur seinen lange angestauten Hass an uns auslassen wollen.«

»Und da er sowieso im Sterben liegt – falls das überhaupt der Wahrheit entspricht –, hat er nichts mehr zu verlieren.«

»Das würde einiges erklären. Und so hat er sich einen kleinen ›Spaß‹ mit uns erlaubt«, schlussfolgerte Chris und es klang schon entspannter.

Auch mich beruhigte der Gedanke irgendwie. »Vielleicht hat er es auch nicht verkraftet, dass Ada das Haus nicht ihm vermacht hat.«

Er nickte wieder. »Das würde erklären, warum er dich von hier wegekeln will. Er erträgt es nicht, dass eine Fremde in diesem Haus lebt.«

»Das würde passen. Hundertprozentig überzeugt bin ich zwar noch nicht, aber auf der anderen Seite werden wir wahrscheinlich eh nie die ganze Wahrheit erfahren.« *Außerdem werde ich ja in zwei Tagen abreisen*, hätte ich beinahe hinzugefügt, schluckte es aber noch rechtzeitig hinunter. Warum unnötig in der Wunde herumstochern?

»Genau, mein Liebling«, sagte Chris sanft. »Sagen wir uns einfach, dass er ein armer, unglücklicher und todkranker Greis ist.«

»Du meinst, wir sollten ihn sogar noch bemitleiden?«

»So ist es.« Ich spürte sein Lächeln an meiner Wange.

»Nicht mal im Traum.«

»Na gut. Aber zumindest kannst du dir sagen, dass er uns nicht ernsthaft schaden will. Davon bin ich überzeugt.«

Ich nickte. »Ja, möglich.« Mit einem Mal sah alles viel weniger dramatisch aus.

»Dieser Georg Wächter scheint in seinen Hirngespinsten gefangen zu sein, mehr aber auch nicht. Wie hat der Beamte das noch so schön ausgedrückt? Hunde, die bellen, beißen nicht.«

»Vermutlich ist da etwas dran«, stimmte ich ihm zu.

»Geht es dir jetzt besser?«, fragte Chris und gab mir mit dem Zeigefinger einen Stupser auf die Nasenspitze.

»Ja, unbedingt.« Ich lächelte.

»Dann versuch noch ein bisschen zu schlafen.« Er küsste mich auf Stirn, Augen und Wangen, machte Anstalten aufzustehen.

»Und du?«, fragte ich und hielt ihn zurück.

»Ich mache mir einen starken Kaffee.«

»Mitten in der Nacht?«

»Der Morgen graut bereits«, sagte er mit einem Blick zum Fenster.

Ich fuhr herum. Was ich für Mondschein gehalten hatte, war in Wahrheit das Zwielicht der Morgendämmerung. Ich seufzte. »Dann stehe ich auch auf«, antwortete ich.

Gemeinsam schlüpften wir aus dem Bett und zogen unsere Morgenmäntel über. Beim Verlassen des Zimmers schielte ich zum Wandschrank hinüber und widerstand dem Impuls, nachzuschauen, ob sich jemand darin verbarg. Chris hatte die Stahltür mit Brettern vernagelt, sodass es keinen Grund gab, anzunehmen, dass jemand dort drinsteckte.

Während Chris den Kaffee aufsetzte, begab ich mich ins Wohnzimmer, ließ die Rollläden hochfahren und versuchte mich am Feuermachen. Zwar stellte ich mich dabei am Anfang etwas ungeschickt an, aber – oh Wunder! – nach ein paar Minuten loderte eine kleine Flamme empor. Als ich Holz nachlegte, wurde sie noch größer, und nach wenigen Minuten griff das Feuer auf die dickeren Scheite über. Dem Ständer mit dem Kaminbesteck entnahm ich eine Zange und schob das Ganze etwas auseinander. Dann schloss ich die Glastür, setzte mich aufs Sofa und lauschte dem behaglichen Knistern. Melancholisch schaute ich auf den morgendlichen See, der düster und schwarz dalag, beinahe gefährlich anmutete, als wäre Nenu gerade erst untergetaucht. Wohlige Wärme lullte mich ein. *Das alles wird mir unheimlich fehlen*, dachte ich wehmütig und spürte den Schmerz in mir emporkriechen. Hatte ich mir nicht vorgenommen, mich nicht von solchen Gedanken einholen zu lassen? Ich seufzte leise.

Seit unserer Beinahe-Aussprache auf dem Eis hatte sich etwas kaum Merkliches zwischen uns verändert. Es war nicht wirklich greifbar, aber doch vorhanden. Es hing zwischen uns. Es war geschmacksneutral, geruchlos, unsichtbar. Und doch war es da. Nicht dass es etwas zerstört hätte, denn wir standen uns noch immer genauso nahe wie zuvor, wenn nicht sogar noch näher. Wir klebten wie Kletten aneinander, als könnten wir nicht mal eine Zehntelsekunde voneinander getrennt sein. Immer musste eine Hand auf einem Knie, ein Kopf an einer Schulter oder ein Fuß bei einem anderen liegen. Fast wunderte es mich, dass Chris mir nicht wie Rex sogar zum WC folgte. Ich grinste.

Es war, als hätten wir den Bann des Unendlichen gebrochen und wären wachgerüttelt worden. Als ob wir zuvor zu großzügig und unbekümmert mit etwas umgegangen wären, das wir nicht hatten: Zeit! Nicht, weil wir es insgeheim nicht gewusst hätten, sondern eher, weil wir vielleicht geglaubt hatten, ihr Verlauf könnte durch schlichtes Ignorieren aufgehalten werden.

Jetzt erkannten wir den Irrtum. Jede Sekunde jagte uns die peinvolle Gewissheit durch die Adern, jeder Atemzug schien uns beißend daran erinnern zu wollen: *Nur noch zwei Tage, drei Stunden, sechs Minuten und 20 Sekunden ... Nur noch zwei Tage, drei Stunden, sechs Minuten und 19 Sekunden ...* Der Countdown hatte begonnen. Verzweifelt hielten wir uns am einzig Konkreten unserer Wirklichkeit fest, dem, was uns nach außen hin so offensichtlich vereinte: Adas Schicksal.

So kam es, dass wir auch an diesem Tag die Dinge gemeinsam angingen. Nachdem wir gefrühstückt hatten, blieben wir im Morgenmantel und sortierten Adas Tagebücher nach Datum, um uns jedes noch einmal einzeln vorzunehmen. Diesmal las ich laut vor und wir notierten uns jeden Namen, den sie erwähnt hatte. Der Einzige, der ständig vorkam, war Marcel. Anfangs schrieb sie den

Namen aus und später wurde er zu M., als wollte sie seine Identität verbergen. Oder gar schützen?

Ansonsten erwähnte sie kaum jemanden öfter. Wenn überhaupt, dann schrieb sie in den ersten Jahren ein paarmal mit sehr viel Zärtlichkeit über ihre Freundin Erna, die als Dienstmädchen für die Familie gearbeitet zu haben schien, aber auch das ließ mit der Zeit nach. Was wohl aus dem Mädchen geworden war? Bestimmt weilte auch sie nicht mehr unter den Lebenden. Ich hatte sogar versucht, in den Unterlagen des Hauses etwas über diese Angestellte herauszufinden, aber es war, als hätte Ada alles Vergangene ausmerzen wollen. Und was mich komplett stutzig machte: Ada schrieb kein einziges Wort über einen gewissen Georg.

Wir stöberten bis spät in die Nacht hinein, liebten uns noch intensiver und inniger als zuvor. Wir schliefen kaum, denn Schlaf schien Vergeudung der Kostbarkeit, von der uns nur noch so wenig blieb. Stattdessen nutzten wir die Zeit, um weiterzusuchen. Aber wir fanden nichts. Keinen Anhaltspunkt. Nicht die geringste Spur. Es war zum Haareraufen. Hatte Ada wirklich gewollt, dass ich die Wahrheit aufdeckte?

Denn über eines waren Chris und ich uns einig: Es musste ein dunkles Geheimnis geben, das Ada mit sich herumgeschleppt und mit ins Grab genommen hatte. Hatte es etwas mit dem mysteriösen Lauscher an der Wand oder dem sonderbaren Rabenmann zu tun? Vielleicht auch nicht. So gab ich mich geschlagen. Was hätte es auch geändert, wenn ich herausbekommen hätte, welcher Bezug zwischen Ada und mir bestand? Hätte ich das Haus deshalb behalten können? Nein.

Spontan musste ich an Bernd denken. Wie immer versetzte es mir einen heftigen Stich. Nach wie vor wusste ich nicht, wie ich mit alldem umgehen sollte, hin- und hergerissen zwischen trotziger Unvernunft und Reue. Keine Reue für das, was ich mit Chris erlebt hatte, aber dafür, dass ich deshalb kein schlechtes Gewissen empfand.

Chris und ich waren wie eine Familie vereint, waren uns so nahe in dieser Suche, so nahe in unserer Wesensart. Gleich Seelenverwandten klammerten wir uns an den letzten Satz, an den letzten Blick, an die letzte Gemeinsamkeit, die es zu erforschen galt.

Ja, der Countdown hatte begonnen und war nicht mehr aufzuhalten …

Kapitel 28 –
Ade, Bodensee

Am Nachmittag des 24. Dezembers 2017

Obwohl es erst halb vier war, brach bereits die Dämmerung herein. Unter den grauen Wolkengebilden lag der See dunkel und unheimlich da, als hätte auch er sich in Weltuntergangsstimmung gehüllt. Es schien, als wäre alles Licht, alles Glitzern, alles Lebendige gewichen, als hätte sich das Zauberhafte von der Trübsinnigkeit verscheuchen lassen. Und doch blieb die Magie bestehen, tief und unheimlich, als hätte er noch viele düstere Geschichten zu erzählen. Geschichten von Abschied, von Verhängnis, von Schmerz. Geschichten, die kein Happy End kannten. Geschichten wie unsere, die schon morgen einer Vergangenheit angehörte. Einer Vergangenheit, die vom fordernden Jetzt verdrängt werden würde.

Mein Herz war schwer. Da standen wir. Wussten beide nicht so recht, was wir sagen sollten. Gab es denn noch etwas zu sagen? Von Anfang an hatten wir gewusst, wie es ausgehen würde. Von Anfang an hatten wir diese Tatsache in Kauf genommen. Wenn ich ganz ehrlich mit mir selbst war, dann hatte ich mir ein- oder zweimal heimlich ausgemalt, wie es sein könnte … Aber selbst wenn ich in der Lage gewesen wäre, alles hinter mir zu lassen, hätte es ein großes Risiko bedeutet, solch einen Schritt für einen Mann zu wagen, den ich kaum kannte.

Und auch wenn ich in vielen Belangen nicht mit Bernds Sicht der Dinge übereinstimmte und ihn zunehmend als unerträglich engstirnig und herrschsüchtig empfand, so musste ich ihm in einem Punkt recht geben: Ich würde dieses Anwesen, sosehr ich es auch liebte, nicht halten können. Ein paar Monate. Vielleicht auch ein oder zwei Jahre. Aber dann? Meine Einkünfte genügten nicht, um die hohen Ausgaben für den Unterhalt zu decken. Das Dach würde irgendwann erneuert, das Heizungssystem modernisiert, das Innere renoviert werden müssen. Wie mein Vater immer so schön sagte: Ein Haus ist niemals wirklich fertig. Wenn man meint, alles sei getan, geht es wieder von vorne los. Und auch wenn Ada mir einen ganzen Batzen Geld vermacht hatte, würde es sicherlich nicht ausreichen, um das Haus zusätzlich zu unterhalten.

Und was, wenn es zwischen Chris und mir auf Dauer nicht klappen würde? Was dann? Alles hier verband mich mit ihm. In jedem Winkel steckte eine Erinnerung an ihn, etwas, das wir gemeinsam erlebt hatten. Sollte ich wie Ada enden und bis zuletzt einer verlorenen Liebe nachtrauern? Die meine würde auch noch ausgerechnet nebenan leben, direkt vor meiner Nase …

Ich schüttelte mich. Dann würde ich mutterselenallein hier am Bodensee festsitzen oder vielleicht sogar kleinlaut nach Frankfurt zurückkehren. Dort würde man mich traurig belächeln, würde sich über die einfältige Ausreißerin lustig machen, die wie eine läufige Hündin dem Ruf eines Alphawolfs gefolgt war und tatsächlich geglaubt hatte, er würde bei ihr bleiben.

Mein Herz zerriss. Meine Seele stand in Flammen. Mein Geist war vom Kummer vernebelt.

»Kannst du mich einen Augenblick alleine lassen?«, bat

ich Chris leise. »Ich möchte mich von Ada und dem Haus verabschieden.«

Chris nickte. »Natürlich«, antwortete er genauso leise und wandte sich ab. »Du weißt ja, wo du mich findest, nicht wahr, Bella?«

Ich bejahte. Es klang, als bezöge er das nicht nur auf diesen Moment, als verstecke sich darin eine Nachricht für die Ewigkeit. Er trat ins Feie und seine Schritte entfernten sich knarzend im Schnee, wie das Echo einer traurigen Melodie, die dabei war, auszuklingen.

Der große Jammer kroch in mir empor. Ich streifte durch die Zimmer, strich mit den Fingern über Möbel, Wände und Gardinen, berührte Bilderrahmen, streichelte Häkeldeckchen.

»Adieu, Ada«, flüsterte ich. Es tat so verdammt weh. »Es tut mir leid, dass ich nicht hinter dein Geheimnis gekommen bin.« Eine Träne kullerte meine Wange hinab, dann noch eine.

In Adas Schlafzimmer trat ich zu dem Seerosenbild, ließ meine Finger behutsam über das zauberhafte Gemälde streifen, das so eine große Bedeutung in ihrem Leben gespielt zu haben schien. Es war einfach wundervoll. Einmalig. Es schnürte mir die Kehle zu, es hierlassen zu müssen, weil es zu groß für mein Auto war. Sollte ich Chris bitten, es mir nachzuschicken? Und dann? Würde es mich nicht stets zu diesen glücklichen Tagen zurückführen, zu dieser herrlichen Epoche, die ich hatte hinter mir lassen müssen? Wäre es nicht wie eine riesige Narbe, auf der getrocknete Tränen der Vergangenheit tanzen würden? Nein. Es würde auch ohne solche Andenken schwer genug werden, da musste ich mir nicht auch noch eine ständige Erinnerung in die Wohnung hängen.

Am liebsten hätte ich mich weiter in dieser Traumwelt vergraben. In einem Reich, in dem ich Königin gewesen, in dem alles einfach erschienen war. In einem Reich, in das man eines Tages einfach reinschneite, sich verliebte und wundervolle Dinge erlebte, ohne sich Fragen zu stellen. Noch ein Tanz, noch ein Lächeln, noch ein Kuss ...

Im Salon ließ ich meinen Blick schweifen, bis er an dem Gemälde mit den trauernden Mädchen haften blieb. Es passte zu meiner Stimmung und zog mich noch ein Stück weiter in die Tiefen meiner Qual hinab.

»Adieu, ihr beiden«, sagte ich schluchzend. Ich hasste den Gedanken, dies alles verlassen zu müssen. Für immer.

Immer ... Dieses Wort schien zu endgültig.

Dann gab ich mir einen Ruck, schnappte meine Sachen und verließ diese Gedenkstätte, ohne einen weiteren Blick zurückzuwerfen. Durch den Garten gelangte ich zu Chris' Villa. Plötzlich überkam mich das Gefühl, mein Leben würde rückwärtslaufen, wie ein Film, den man in die falsche Richtung abspulte. Ich würde auf die gleiche Weise gehen, wie ich gekommen war.

Vor Chris' Haustür sammelte ich mich wieder, wischte die Tränen fort und klopfte. Gleich darauf öffnete er mir. Ein grauer Schleier schien auch vor seinen Augen zu hängen.

»Alles klar?«, fragte er mich.

»Ja, ich habe alles abgeschlossen.«

»Der Spanner wird sich langweilen«, witzelte Chris.

Gegen meinen Willen musste ich schief grinsen. Er lächelte mit feuchten Augen zurück.

»Vielleicht werden ihm die neuen Besitzer mehr bieten«, stimmte ich in den Spaß mit ein.

Chris beugte sich leicht zu meinem Ohr vor. »Das würde mich sehr wundern.«

Unser Lächeln ging in ein gequältes Schmunzeln über. Wissend. Wissend, was wir hier beendeten. Wissend, was nicht mehr sein würde.

»Bist du okay?« Seine Stimme bebte leicht. Er stemmte die Hände in die Hüften, schaute kurz auf den See, als würde er meinen Anblick nicht mehr ertragen.

Ich folgte seinem Blick, schaute über die verschneiten Rhododendron- und Azaleenbüsche hinweg zu dem wundervollen Gewässer, das so viele Gesichter hatte. Unverändert schwarz lag es da, genau wie seine Geschwister, die Alpen, als hätte die Landschaft zum Anlass meiner Abreise Trauerkleidung angelegt. Bislang hatte der See sich noch nie geirrt, mich noch nie enttäuscht, als wäre er ein Lebewesen, das mit mir fühlte.

»Es ist so, wie es sein soll«, antwortete ich bewegt.

Chris nickte, schaute auf seine Schuhe, dann noch einmal zu mir. In seinen Augen schimmerten Tränen. »Adele«, flüsterte er auf Schwäbisch.

Es gab mir den Rest. »Adele, Chris«, schluchzte ich.

Wir fielen uns in die Arme, drückten uns, vermieden den Kuss. Den Kuss, der alles nur noch schwieriger gemacht hätte. Den Kuss, der den Zauber aufs Neue hätte heraufbeschwören können.

Um unsere Beine wuselte jemand herum, wollte an unserem Kummer teilhaben. Wir lachten verhalten, schauten durch verschwommene Augen auf den Missetäter.

Ich löste mich von Chris, ging in die Hocke und umarmte das »Hondle«, das ich so furchtbar lieb gewonnen hatte. »Leb wohl, Rex«, sagte ich. »Lass dich von den Schneeklümpchen nicht unterkriegen und pass auf dein Herrchen auf.«

Rex jaulte, schien unsere Schwingungen zu spüren und zu begreifen. Gequält schauten wir einander an. Abrupt stand ich auf, tätschelte noch einmal den Hundekopf, hauchte Chris einen Kuss auf die Wange und wandte mich hastig ab.

Als ich beim Wagen angelangt war, winkte Chris mir noch einmal zu. *Geh bitte rein*, flehte ich innerlich. Ihn so einsam und zerbrechlich dastehen zu sehen, so schön, so sanft, so geistreich und erfinderisch, so … so Chris … Es brach mir das Herz. Plötzlich fragte ich mich, warum ich ihn verließ. Sofort meldete sich die Realität: Weil. Weil viele Dinge. Weil es eben so sein musste. Weil es für etwas Dauerhaftes nicht reichte, weil, weil, weil …

Als ich im Auto saß und die Scheinwerfer anschaltete, fiel mein Blick auf den berüchtigten Schuppen, mit dem alles begonnen hatte. Und prompt quoll die Erinnerung in mir hoch, beengte mir den Hals und beschwerte mir das Atmen. Der Schuppen, der Regen, der Jogginganzug, der Tee, die Augenbraue, der Schabernack, die ersten gemeinsamen Momente …

Mit aufeinandergepressten Lippen legte ich den Rückwärtsgang ein und setzte mit laut aufheulendem Motor zurück bis zur Straße. Ein letzter Blick zu dem Licht in der Düsternis, das mich zu rufen schien. Oder leuchtete es mir nur den Rückweg?

Dann fuhr ich los. Der Kloß in meinem Hals schmerzte höllisch und löste sich plötzlich in einer platzenden Tränenflut auf. Ich weinte bitterlich. Wir hatten nicht einmal Telefonnummern ausgetauscht. *Wozu auch?*, dachte ich schluchzend. Sicher würde ich seinen ersten Roman kaufen und wie ein heimlicher Fan seine Karriere verfolgen. Er würde andere Frauen zu Tino ausführen, mit anderen Schlittschuh laufen. So war es von Anfang an geplant gewesen.

Nach ein paar Kilometern ließ der salzige Strom nach. Das Weinen hatte mich völlig ausgepumpt. Gleichzeitig fühlte ich mich etwas besser.

Ade, Ada.

Ade, Chris.

Ade, du herrlicher Bodensee mit deinem Ungeheuer.

Ade, mein Traum …

Kapitel 29 –
Schwabenmaul

Frankfurt am Main – Heiligabend 2017

»Hi«, sagte Bernd, als ich in die Wohnung trat. Ich zuckte leicht zusammen. Nicht, dass es außergewöhnlich war, ihn um diese Uhrzeit daheim anzutreffen. Nicht, dass ich nicht gewusst hätte, dass mir dieses Wiedersehen bevorstünde. Es war einfach ungewohnt, wieder seine Stimme zu hören. Eine Stimme, die ich so viele Jahre täglich vernommen hatte; die mir eigentlich vertraut war und doch plötzlich fremd.

»Hi«, antwortete ich und saugte unbewusst meine Lippen nach innen. Es war ein eigenartiges Gefühl, ihm gegenüberzustehen, und ich wusste nicht so recht, wie ich mich verhalten sollte.

»Da bist du ja«, sagte er in ungewohnt lockerem Tonfall.

Ich schaute ihn misstrauisch an. Eigentlich hatte ich mit Vorwürfen gerechnet und wahrscheinlich wäre mir das sogar lieber gewesen.

»Ja«, antwortete ich matt. »Geht's dir gut?«

»Na ja, so lala. Jetzt wird sich ja hoffentlich alles wieder einrenken.«

Ich schluckte. Bei seinen Worten zog sich etwas in mir zusammen. Ich hätte nicht zu sagen vermocht, welches

Organ von diesem Zustand betroffen war, aber ein drückender Klumpen bildete sich in meinem Bauchraum.

»Ich ziehe mich schnell um«, wich ich einer direkten Antwort aus.

»Gibt's keinen Kuss zur Begrüßung?«, fragte Bernd lachend und stellte sich mir in den Weg. Ich fasste mir ein Herz und drückte ihm einen flüchtigen Schmatzer auf die Wange. »Okay«, sagte er pikiert und zog die Augenbrauen hoch. Mein mangelnder Enthusiasmus schien ihn zu kränken. »Dann sollten wir vielleicht erst einmal miteinander reden, wie?« Es hörte sich so genervt an, als hätte er tatsächlich gehofft, dass wir die Angelegenheit ohne viel Aufhebens beiseitewischen und unsere Beziehung exakt da wiederaufnehmen würden, wo wir sie abgebrochen hatten.

Das Drängen und Drücken in meinem Bauch wurde intensiver. Auf der Fahrt hatte ich darüber nachgedacht, wie ich die Sache anpacken sollte, und mich schließlich dazu entschlossen, erst einmal die Feiertage vorübergehen zu lassen. Eine Aussprache würden nur alles durcheinanderbringen und mich noch mehr aufwühlen, als es ohnehin schon der Fall war. Und alles, was ich im Moment brauchte, war Ruhe, Ruhe und nochmals Ruhe. Ruhe zum Nachdenken, Ruhe zum Trauern, Ruhe, um in die Zukunft blicken zu können.

»Ich denke, das werden wir bis nach Weihnachten verschieben müssen«, antwortete ich und huschte ins Schlafzimmer.

»Warum können wir es denn nicht gleich hinter uns bringen?«, insistierte Bernd und kam mir nach.

»Weil wir in einer Viertelstunde bei meinen Eltern sein müssen.«

»Falsch!«, kam es wie aus der Pistole geschossen. »Wir sollten eigentlich schon seit einer Stunde bei ihnen sein«, berichtigte er mich auf typisch »berndische« Weise.

»Ja, *eigentlich*«, entgegnete ich. »Aber da ich wusste, dass ich es nicht rechtzeitig schaffen würde, habe ich sie von unterwegs aus angerufen und mit ihnen vereinbart, dass wir erst um neun kommen.«

»Ach! Hättest du mich dann nicht vielleicht auch benachrichtigen können?«

Ah, dachte ich. *Da sind sie ja, die Vorwürfe*. Sie hatten letztendlich nicht lange auf sich warten lassen. »Das hatte ich vor, aber dann hat Rita mich angerufen und einfach nicht mehr lockergelassen. Du weißt ja, wie sie sein kann.« Das war nicht gelogen. Es war anstrengend gewesen, ihren vielen Fragen standzuhalten, zumal ich gar keine Lust gehabt hatte, ihr etwas über Chris und mich zu erzählen. Deshalb war ich vage geblieben und hatte ihr hauptsächlich zugehört, als sie mir von ihrem neuen Liebhaber erzählt hatte. Das meiste war an mir vorübergegangen, denn mein Geist, mein Herz und gefühlt auch Teile meines Körpers waren in Lindau geblieben.

»Du hättest ja auch etwas früher losfahren können«, beschwerte sich Bernd.

»Das bin ich doch, aber es war viel los auf den Straßen«, log ich. Rasch zog ich mir die Bodensee-Klamotten aus und schlüpfte in eines meiner Abendkleider, das mit silbernen Pailletten bestickt war. Es fühlte sich an, als würde ich das eine Leben abstreifen und mir das andere überstülpen. Es tat mir in der Seele weh. Nur der Geruch auf meiner Haut blieb mir erhalten, wie ein Hauch von etwas, das es nicht mehr gab. Es war mir mehr als recht, dass mir für eine Dusche keine Zeit mehr blieb, so würde ich mir die sinnlichen Stigmata noch ein wenig bewahren können ...

Eilig puderte ich mir das Gesicht, schminkte mich und legte Strass-Ohrringe an. Im Flur hörte ich Bernd mit den Schlüsseln spielen. Mit Sicherheit stand er bereits mit lässig überkreuzten Beinen an der Tür, die Hand auf der Klinke, und blickte demonstrativ um Geduld bemüht an die Decke. Bei diesem Gedanken verdrehte ich die Augen. Nach einem letzten Blick in den Spiegel schnappte ich mir die Papiertüte mit den Mitbringseln, die ich beim zweiten Besuch der Lindauer Hafenweihnacht erstanden hatte, und stürmte in den Flur.

Und richtig: Bernd stand an der Tür, hatte eine Hand auf der Türklinke und die Beine gekreuzt. Ungeduldig blickte er an die Decke. Ich kannte ihn zu gut ... Etwas Saures schwappte mir plötzlich die Speiseröhre empor. Ich schluckte es hinunter, räusperte mich.

»Können wir?«, fragte Bernd genervt.

Ich nickte und folgte ihm nach draußen.

Im Wagen war die Stimmung eisig. Er schien es mir nachzutragen ... ja, was eigentlich? Dass ich zu spät dran war? Dass ich nicht zwischen Tür und Angel mit ihm hatte reden wollen? Dass ich ihm keinen richtigen Begrüßungskuss gegeben hatte oder ihm gar um den Hals gefallen war? Ich seufzte. Gründe dafür gab es eine ganze Menge. Aber den wahren Grund kannten wir beide ...

Die festlichen Lichter der Innenstadt sausten an mir vorbei. Weihnachtsstimmung wollte trotzdem nicht bei mir aufkommen. Ich fühlte mich zur falschen Zeit am falschen Ort, in der falschen Stadt, im falschen Wagen ... Ich hätte es noch endlos weiterspinnen können. Zwar liebte ich Frankfurt, aber es konnte nicht mehr mithalten. Vor meinem inneren Auge sah ich die blubbernde Bläue des Bodensees, fragte mich, wie er gerade aussehen mochte. Schwarz wie bei meiner Abreise? Grau? Hatten sich Enten darauf versammelt und ein unendliches Meer an Gefieder gebildet?

Mein Herz wurde schwer wie Blei.

Als wir die Auffahrt zum Haus meiner Eltern hochfuhren, war ich erleichtert, in Kürze nicht mehr mit Bernd allein sein zu müssen.

»Hallo, hallo!«, rief mein Vater freudig und kam uns mit einer roten Weihnachtsmütze und mehlbestäubten Wangen entgegen. Sicher waren er und meine Mutter wie üblich bis eben noch fleißig mit Backen und Kochen zugange gewesen.

»Hallo, Paps«, sagte ich und fiel ihm um den Hals. Wir schmatzten uns herzlich die Wangen ab, sodass mein Gesicht ebenfalls mehlig sein musste.

»Sieh an, sieh an. Da hat einer wohl mehr Glück als ich«, meckerte Bernd.

»Och, willst du auch in den Arm genommen werden?« Mein Vater ging auf Bernd zu und drückte ihn ausgiebig.

Während ich meine Tüte vom Rücksitz holte, gluckste ich in mich hinein. Mein Paps hatte immer eine ganz elegante Art, schlechte Schwingungen abzuwenden, und es dauerte auch diesmal keine zwei Sekunden, da hatte er Bernd schon in ein Gespräch über das Wetter verwickelt. Diesen Umstand machte ich mir zunutze und schlüpfte an ihnen vorbei nach drinnen. Wie immer empfing mich das festlich geschmückte Haus mit seinen Wohlgerüchen aus zimtigem Glühwein, knusprigem Truthahnbraten und frischen Bethmännchen, die mich unwillkürlich an Goethe und schließlich an Tino denken ließen. Wehmütig lächelte ich vor mich hin.

»Na, mein Schatz«, begrüßte mich meine Mutter, wischte sich die mehlverschmierten Hände an ihrer Schürze ab und schloss mich in die Arme. »Schön, dass du wieder da bist.«

»Ja«, antwortete ich und wünschte mir insgeheim, dass es überzeugender geklungen hätte.

»Komm, nimm das und das hier und bring es schon mal zum Tisch.« Sie drückte mir zwei Schüsseln in die Hand.

»Brennt es irgendwo?«, fragte ich belustigt.

»Nein, aber da wir so spät dran sind, lassen wir den Aperitif und die Vorspeise heute ausnahmsweise mal sausen.«

Alles meine Schuld, dachte ich. Weil ich es nicht übers Herz gebracht hatte, früher abzureisen.

Wir setzten uns an den festlich gedeckten Tisch. Es roch köstlich, aber mein Appetit wollte sich nicht einstellen. Waren etwa auch meine Geschmacksnerven in Lindau zurückgeblieben?

»Wollen wir nicht vielleicht auch gleich die Bescherung machen, um Zeit zu sparen?«, stänkerte ich. Mein Vater zwinkerte mir zu, er hatte meine sarkastische Anspielung sofort begriffen.

»Ach, Isabella«, mahnte meine Mutter. »Musst du denn gleich bissig werden?«

»Man könnte fast meinen, dass die Luft am Bodensee vielleicht doch nicht so erholsam ist, wie immer behauptet wird«, setzte Bernd noch eins drauf. Meine Mutter lachte verhalten.

Es tat mir weh. Was wussten sie schon vom Bodensee? Was wussten sie von dem, was ich dort erlebt hatte?

Während sich Bernd mit meiner Mutter über Belanglosigkeiten unterhielt und mein Vater den Truthahn tranchierte, glitten meine Gedanken in eine andere Welt ab. Ich stellte mir Adas Haus in festlichem Schmuck vor, mit tausend glitzernden Lämpchen, heiterer Musik und massenhaft Gästen, die mit Cocktailgläsern in den Händen beisammenstanden und kleine Häppchen naschten, die ihnen gereicht wurden. In Gedanken lief ich durch den Salon bis zu den offen stehenden Fenstertüren, trat in die frische Luft hinaus und schaute auf den romantisch schimmernden See, der die Lichter der Häuser, der funkelnden Sternennacht und des leuchtenden Mondes widerspiegelte. Im Hintergrund erahnte man die dunklen Schatten der majestätischen Bergkette, die im Trabantenschein wie schillerndes Granit wirkte. Plötzlich sah ich ihn. Er stand ein paar Meter weiter mit dem Rücken zu mir im Garten und blickte in die Ferne. Mein Herz zog sich zusammen. Chris, Chris! Er wandte sich um …

»Nicht wahr, Isabella?«, riss mich meine Mutter aus meiner Tagträumerei.

Ich zuckte zusammen. »Wie bitte?«, fragte ich verwirrt.

»Ich sagte gerade, dass wir die Bethmännchen extra für dich gebacken haben. Die liebst du doch so, gell?«

»Ja, Mama«, antwortete ich bedröppelt.

»Da ist jemand noch nicht ganz angekommen, habe ich das Gefühl«, neckte mein Vater.

Ich lächelte gequält. »Doch, doch, verzeiht«, wiegelte ich ab. Mein Paps schien die Wahrheit zu ahnen.

»Wie war es denn? Erzähl mal«, fragte er.

»Ich bin nicht sicher, ob das wirklich der richtige Zeitpunkt –«

»Nur zu«, ermutigte mich Bernd. »Wir sind ganz Ohr.« Es klang nicht wirklich aufrichtig.

Angestrengt suchte ich nach den richtigen Worten. »Da gäbe es viel zu erzählen. Das Haus ist einfach wunderschön«, begann ich. »Und der See ein Traum.«

»Ja, der Bodensee soll einmalig sein«, schwärmte mein Vater. »Da müssten wir mal hin, mein Liebling. Zum Ausspannen.«

»Ihr würdet es sicher nicht bereuen«, stimmte ich ihm zu. Seine Anteilnahme rührte mich.

»Ach, du bereust es also nicht?«, stichelte Bernd und setzte sein Glas lauter als nötig ab.

Ich starrte ihn an. Wollte er mir wirklich hier und jetzt eine Szene machen? »Nein, warum sollte ich?«, fragte ich ruhig.

»Lasst uns anstoßen«, ging meine Mutter hastig dazwischen.

Wir prosteten uns zu. Mein Vater warf mir über den Tisch hinweg einen verständnisvollen Blick zu, den ich dankbar erwiderte. Dann aßen wir.

»Jetzt erzähl doch endlich, mein Schatz, wie war denn das Haus?«, hakte Paps schließlich nach.

»Einfach traumhaft«, schwärmte ich. »Es sieht aus, als wäre es aus den wilden 30er-Jahren in unsere Zeit teleportiert worden. Jeden Augenblick rechnet man damit, dass ›der große Gatsby‹ auf der Bildfläche erscheint.«

»Hoffentlich hast du Fotos gemacht?«

»Klar, jede Menge. Auch vom See, von der Hafenweihnacht, vom Schlittschuhlaufen …« Jedes Mal, wenn ich dachte, dass der Klumpen nicht mehr schwerer werden könnte, bewies er mir das Gegenteil. Ich hatte schier das Gefühl, eine unsichtbare Macht wollte mich in die Tiefen ewigen Kummers hinabziehen.

»Richtig, gibt es dort nicht eine Eissportarena?«

»Ja, Paps, aber wir … ich bin auf dem Kleinen See Schlittschuh gefahren.« Meine Wangen wurden knallrot. Hastig schluckte ich den Bissen in meinem Mund herunter und trank einen Schluck Wein nach, was meinen Lapsus aber auch nicht fortschwemmte.

»Und willst du das Haus behalten?«, fragte meine Mutter, ohne zu merken, in welches Fettnäpfchen sie damit trat.

Verzweifelt schaute ich sie an. Manchmal war ich traurig, dass wir so grundverschieden waren und kaum eine Gemeinsamkeit hatten. Ich zuckte die Achseln. »Ich hätte zwar gerne herausgefunden, wer Ada ist und warum sie mich als Erbin eingesetzt hat, aber es wäre viel zu aufwendig, das Anwesen zu unterhalten«, sagte ich schwermütig.

»Das ist der erste vernünftige Satz, den ich heute Abend von dir gehört habe«, trumpfte Bernd auf. »Endlich siehst du ein, dass das alles großer Unsinn war.«

In meinem Bauch ballte sich ein Grollen zusammen. »So würde ich das nicht ausdrücken«, antwortete ich mühsam beherrscht. *Herrje, mach, dass ich nicht ausraste*, flehte ich innerlich.

»Isabella hat sicher ihre Gründe gehabt, ein paar Tage dort verbringen zu wollen«, verteidigte mich Paps und zwinkerte mir abermals zu. Zum Glück war er da.

»Ja, ja, ja«, sagte Bernd. »Aber Gott sei Dank ist das jetzt Schnee von gestern.«

Der Ausdruck versetzte mir erneut einen Stich, hatte er für mich doch eine tiefere Bedeutung. *Ja, Schnee von gestern*, dachte ich wehmütig. *Leider, denn bestimmt sind noch unsere Fußabdrücke darin sichtbar ... Wenn sie nicht schon vom Wind verweht worden sind ...* Unwillkürlich schossen mir Tränen in die Augen.

»Hör zu«, sagte Bernd und legte seine Hand auf die meine. Sogleich versteifte ich mich. Selbst seine Berührungen waren mir plötzlich zuwider. »Wenn wir uns erst einmal unsere Luxuswohnung gekauft haben, dann wirst dem alten Klapperkasten am Niemandssee keine Träne mehr nachweinen.«

Irgendetwas setzte bei mir aus. Ich sprang auf, warf meine Stoffserviette auf den Tisch und lief völlig außer mir in den Flur.

»Verdammt, Bernd, was ist denn los mit dir?«, hörte ich meinen Vater fragen.

»Es tut mir leid, ich werde das wieder einrenken«, stammelte Bernd.

Ich verschwand im Badezimmer und sperrte mich darin ein. Keuchend setzte ich mich auf den Wannenrand und schloss die Augen. Ohne dass ich es verhindern konnte, liefen mir Tränen die Wangen hinunter. *Wie habe ich mich nur je in Bernd verlieben können?*, fragte ich mich. *Wieso ist er mir nur so fremd? Und was mache ich hier? Verdammt. Ich will nicht hier sein.* Mein Herz blutete.

Es klopfte. »Isa?«

»Lass mich bitte in Ruhe.«

»Komm schon, Isa, lass uns reden«, säuselte Bernd durch die Tür.

»Lass mich bitte in Ruhe«, wiederholte ich.

»Ich wollte dich nicht zum Weinen bringen, wirklich. Ich weiß auch nicht, was mit mir los ist … Du hast mich so lange ohne Nachricht gelassen, bist plötzlich so anders. Das Haus hat dich verhext …«

Ich lachte kurz auf und schüttelte den Kopf. »So ein Blödsinn.«

»Komm schon, Isa. Mach auf. Oder willst du das Weihnachtsfest vermasseln, nur weil wir uns mal nicht einig sind?«

Plötzlich drückte ich den Rücken durch, reckte das Kinn. Mit den Handballen wischte ich mir die Augen trocken, stand auf, ging zur Tür und öffnete sie langsam.

»Na also«, sagte Bernd und es klang, als spräche er mit einem störrischen Kind. »Lass es gut sein, ja?« Er wandte sich ab und ging wieder in Richtung Wohnzimmer.

»Ja«, sagte ich bestimmt und nickte schniefend, lehnte mich an den Türrahmen, anstatt ihm zu folgen. »Du hast recht. Ich werde es gut sein lassen.«

Bernd hielt inne und kam mit zusammengezogenen Augenbrauen zurück. »Wie meinst du das?« Zum Zeichen seines Unverständnisses breitete er die Hände vor mir aus.

»Du hast richtig gehört«, antwortete ich. »Ich werde es zwischen uns gut sein lassen. Es ist aus, Bernd. Es tut mir leid, aber ich empfinde einfach nichts mehr für dich.«

Fassungslos starrte er mich an. »Sag ich's doch. Du bist verhext.« Seine Augen sprühten Funken.

»Zum Glück leben wir nicht mehr im Mittelalter«, konterte ich. »Sonst würdest du mich jetzt sicher gerne auf dem Scheiterhaufen sehen …«

»Sag mal, spinnst du? Warum willst du eine tadellos funktionierende Beziehung so ohne Weiteres über Bord werfen?«

»Das Problem ist, dass es immer nur *deine* Meinung gibt. Dass nur *du* bestimmst. Dass nur *du* die Weisheit mit Löffeln gefressen hast«, redete ich mich in Fahrt. Hatte er nicht unbedingt eine Aussprache gewollt? Die bekam er jetzt! »Und damit du es weißt: Es ist nicht so, dass wir uns ›nur heute mal nicht einig sind‹«, blaffte ich ihn an. »Es ist ständig so. Nur siehst du das nicht. Und weißt du, warum? Weil ich immer nachgebe. Aber diesmal nicht.«

Bernd wedelte aufgebracht mit den Händen in der Luft herum und zog eine Grimasse, als hätte er in eine Zitrone gebissen. »So ein Quatsch. Du musst unter einer Art Jetlag leiden. Wir reden besser ein anderes Mal, wenn du wieder zur Vernunft gekommen bist.«

»Da gibt es eigentlich nicht mehr viel zu sagen.«

»Und ob. Du wirst es schon sehr bald bereuen, wenn du –«

»Ich habe mich verliebt!«

Es war gesagt. Warum lügen? Es tat gut, Chris eine Existenzberechtigung zuzugestehen, ihn nicht totschweigen zu müssen.

»Was?« Bernd schaute mich an, als hätte ich nicht mehr alle Tassen im Schrank. Es war, als stünde ihm ein übergroßes Fragezeichen ins Gesicht geschrieben.

»Ich habe mich verliebt«, wiederholte ich mit fester Stimme. »Deshalb werde ich meine Meinung nicht ändern.«

»Ist das dein Ernst?«, zischte Bernd. »Du willst mich wegen irgendeinem Dahergelaufenen verlassen?«

»Nein, ich verlasse dich wegen *dir*. Und er ist kein Dahergelaufener.«

»Na, lange kannst du ihn ja noch nicht kennen.«

»Nein«, gab ich zu. »Aber das tut nichts zur Sache.«

»Du hast mich betrogen?« Er wurde bleich.

Kurz fragte ich mich, ob Abstreiten etwas nützen würde, entschied mich dann aber für die Wahrheit. »Technisch gesehen waren wir getrennt.«

»Wie praktisch! Da ist dir also gleich am ersten Tag so ein Schwabenmaul über den Weg gelaufen und dir ist nichts Besseres eingefallen, als sofort mit ihm in die Kiste zu hüpfen, ja?«

»Ganz so –«

»Und jetzt willst du mich für diesen Deppen auch noch verlassen? Die reden ja nicht mal richtiges Deutsch, verdammt.«

»So ist es«, sagte ich und versuchte gar nicht erst, mich zu rechtfertigen. »Ich verlasse dich für ein Schwabenmaul, ganz richtig. Aber wenn es dich beruhigt: Ich bin nicht mehr mit ihm zusammen.«

»Ha, und obendrein hat er dich auch noch sitzen lassen.« Bernd kratzte sich am Kopf. »Warum verlässt du mich dann?«

War er so begriffsstutzig oder tat er nur so? »Weil ich dich nicht mehr liebe, Bernd. Ich habe den Abstand gebraucht, um es zu begreifen. Mit ihm hat das nichts zu tun.«

»Das wirst du bereuen«, wiederholte er leise. Der Schmerz sprach aus ihm. Wutentbrannt stapfte er zum Eingang und riss seinen Mantel vom Kleiderhaken. Er verließ das Haus, ohne sich bei meinen Eltern zu verabschieden. Als die Tür ins Schloss krachte, zuckte ich zusammen. Es schmerzte. Ich tat ihm unrecht, das wusste ich.

Aber gegen schwindende Gefühle konnte man nicht angehen. Man musste es einfach akzeptieren. Es war niemandes Schuld. Es war die Zeit, die verging, die in der Stille Änderungen mit sich brachte, schleichend, unbemerkt. Und eines Tages wachte man auf und meinte, jemand anderes zu sein. Anders zu denken, anders zu empfinden, anders zu lieben … Der Gedanke machte mich traurig. Traurig darüber, dass ich Bernd hatte verletzen müssen.

Gleichzeitig packte mich aber auch eine immense Erleichterung, als hätte mir soeben jemand einen faulen Zahn gezogen. Noch tat die Wunde weh, obwohl ich deutlich die Befreiung von einer untragbar gewordenen Last spürte …

Kapitel 30 –
Edelweiß

Weinend ging ich zurück ins Badezimmer und verschanzte mich aufs Neue. Während ich vor mich hin schluchzte, nahm ich wieder meinen Platz auf der Wanne ein. Chris fehlte mir mehr, als ich es für möglich gehalten hätte. Ich war davon überzeugt, dass ich niemals über ihn hinwegkommen würde.

»Kleines?«, hörte ich die Stimme meiner Mutter leise durch die Tür.

»Bitte lass mich«, bat ich. »Ich komme gleich.«

»Solltest du Taschentücher brauchen, findest du welche im Schrank neben dem Waschbecken.«

»Danke.«

»Die zweite Schublade von oben.« Ich zog sie auf. Da lag nur Krimskrams. »Ach nein, verzeih. Es ist die zweite von unten.«

Gerade wollte ich die Lade wieder schließen, als mein Blick an etwas hängen blieb. Ungläubig griff ich danach, zog es vorsichtig heraus und hielt es in die Luft. Ich wollte meinen Augen nicht trauen. Vor mir baumelte eine filigrane Silberkette mit herzförmigem Anhänger. Eine Gänsehaut überlief mich so heftig, dass ich meinte zu fiebern.

»Hast du sie gefunden?«, drang die Stimme meiner Mutter wie durch Watte zu mir durch.

»Was?«, fragte ich betreten zurück.

»Die Taschentücher.«

»Mama ...?«

»Was ist denn, Isabella? Du hörst dich so komisch an. Mach doch bitte –«

Ich stürzte zur Tür und drehte hastig den Schlüssel im Schloss. Mit tränenverschmiertem Gesicht und irrem Blick stand ich vor meiner Mutter und hielt ihr das hin und her pendelnde Schmuckstück vor die Nase.

»Was ist das?«, flüsterte ich, als wäre es ein Sakrileg, in Gegenwart meines Fundes laut zu sprechen.

»Das? Och, das ist bloß ein altes Kettchen von deiner Großmutter«, antwortete sie. »Als ich ihre Sachen aussortiert habe, ist es mir aufgefallen und ich habe sofort an dich gedacht. Wenn es dir gefällt, kannst du es gerne behalten. Aber nun komm bitte. Dein Papa sitzt alleine am Tisch, der Ärmste. Was für ein Weihnachtsfest!« Aufgebracht rang sie die Hände.

Wie in Trance ging ich hinter ihr her zurück ins Wohnzimmer, setzte mich wieder zu ihr und meinem Vater an den Tisch. Mit Argusaugen verfolgte ich jede ihrer Bewegungen, musterte ihre Miene, versuchte, die kleinste Veränderung zu registrieren, als ich ihr die Frage stellte: »Was verschweigst du mir über Omi?«

Mein Blick durchbohrte den ihren. Und richtig: Da! Ihre Wimpern flatterten. Eine leichte Röte fegte über ihre Wangen wie das Aufleuchten eines Mohnblumenfeldes unter einem jäh einfallenden Sonnenstrahl.

»Wie bitte?«, fragte sie scheinheilig. »Was ist denn heute nur mit dir los?«

»Mama«, ermahnte ich sie streng, »lüg mich jetzt bitte nicht an. Ich habe ein Recht darauf, alles zu erfahren.«

Meine Mutter senkte den Blick, murmelte etwas Unverständliches.

»Wie bitte?«

Sie seufzte verzweifelt. »Lass die Vergangenheit ruhen, Schatz …«

»Mama, bitte«, flehte ich.

»Ich habe es doch versprochen.«

»Was hast du versprochen?«

»Dass ich nichts sagen werde«, wimmerte meine Mutter, holte ein Taschentusch hervor und hielt es sich unter die Nase. »Sie wollte nicht, dass ihr sie anders seht.«

»Anders?«

Meine Mutter nickte.

»Ich lass euch dann mal allein«, sagte Paps, lächelte mir aufmunternd zu und verließ den Raum.

»Wie meinst du das, Mama?«, fragte ich zärtlich. So aufgelöst hatte ich sie noch nie erlebt. Sie setzte sich zu mir, schniefte in ihr Taschentuch. »Erzähl mir bitte alles, was du weißt.«

Meine Mutter presste die Lippen aufeinander, seufzte abermals und nickte schließlich. »Die Familie deiner Großmutter ist damals furchtbar arm gewesen. Sie hatten sieben Mäuler zu stopfen und die Nachkriegszeit war sehr hart. Bei Kriegsende war deine Omi gerade 17. Sie sollte in Anstellung gehen. Und da ihre Eltern Bekannte in Bayern hatten, die wiederum Leute in Lindau kannten, die dringend eine Hausangestellte suchten, kam Omi auf Umwegen in das Haus von Adas Familie.«

Ich nickte. Wie einfach wäre alles gewesen, wenn ich das vorher gewusst hätte! »Da war Ada sicher noch sehr jung?«

»Blutjung, ja.«

»Warum hat sie niemals darüber gesprochen? Ich meine,

es ist ja keine Schande, als Dienstmädchen gearbeitet zu haben.«

»Ich nehme an, es liegt daran, dass sie diesen Abschnitt ihres Lebens totschweigen wollte.«

»Aber wieso?« Meine Mutter wich meinem Blick aus. Was verheimlichte sie mir? »Na gut«, sagte ich, während ich versuchte, meine Gedanken zu ordnen. »Schon sonderbar, dass Ada Omi in ihren Tagebüchern nie erwähnt hat. Aber gut, jetzt weiß ich wenigstens, was mich mit ihr verbindet. Obwohl … Warum hat sie *mir* das Haus vermacht? Warum nicht dir?«, fragte ich verwirrt.

»Weil du ihr so ähnlich siehst«, kam prompt die Antwort.

»Wem? Omi?«

»Ja. Als sie in deinem Alter war, war sie genauso hübsch wie du.«

Ich schluckte. »Hast du Bilder von ihr, als sie noch … jung war, meine ich?« Erneut wurden meine Augen feucht.

»Ja, die sind in einem alten Koffer im Schuppen«, antwortete meine Mutter und lächelte. »Willst du sie dir ansehen?«

Ich nickte wortlos. Es war, als würde uns plötzlich etwas Starkes verbinden, etwas, das wir nie zuvor füreinander empfunden hatten – auch wenn wir uns liebten.

Gemeinsam gingen wir in den Schuppen und holten besagten Koffer aus den Tiefen seiner Verbannung hervor. Auf dem verschlissenen Leder klebten diverse vergilbte Etiketten und Aufkleber mit französischer Aufschrift. Nun, da ich Ada so nahegekommen war, war der Gedanke, dass sie in gewissem Sinne zu meiner Familiengeschichte gehörte, eine freudige Eröffnung. Ja, mehr noch: Es war eine unglaubliche Ehre.

Mit wehmütigem Lächeln kramte meine Mutter in den

Überbleibseln, die das Leben meiner Großmutter exemplarisch nachzuzeichnen schienen, dann zog sie eine Fotomappe aus dem Wust hervor und reichte sie mir. Ich war vollkommen verblüfft. Jetzt meinte auch ich, eine gewisse Ähnlichkeit zu erkennen.

»Manchmal überspringt so was eine Generation«, sagte meine Mutter.

Erneut brannten Tränen in meinen Augen, diesmal vor Rührung. »Jetzt sehe ich es«, wisperte ich bewegt. »Aber ich verstehe immer noch nicht, warum sie nicht darüber reden wollte.« Stand ich etwa auf dem Schlauch? Ich erforschte das Gesicht meiner Mutter, die sofort wieder die Lider senkte. »Mama?«

Sie wand sich.

Was hatte Omi Maria zu verbergen gehabt, was so unaussprechlich war?

Plötzlich fiel es mir wie Schuppen von den Augen. Ich stöhnte leise. Alles drehte sich um mich. Dabei hatte es von Anfang an auf der Hand gelegen! Die Fotos, das Tagebuch, die Bilder ... Ja, das Gemälde! Die beiden Frauen ... ihre Pose ... Keine Schwestern, keine Cousinen, keine Freundinnen ... Eine Gänsehaut überlief mich so heftig, dass ich erschauderte. »Geliebte!«, rief ich. »Die beiden waren Geliebte!«

Meine Mutter schluchzte, hielt sich ihr Taschentuch vor den Mund. »Sie hat sich fürchterlich dafür geschämt und wollte nicht, dass es ein schlechtes Licht auf unsere Familie wirft. Du weißt ja, wie die Leute reden.«

»Aber Mama, wir leben im 21. Jahrhundert«, hauchte ich fassungslos. »So etwas ist heutzutage Gott sei Dank kein Problem mehr.«

»Sag das mal einer alten Dame von 90 Jahren.«

»Stimmt«, gab ich zu. Unglaublich. Omi war also »M.«
gewesen ...

Meine Mutter schaute nach oben und rang erneut die
Hände. »Verzeih mir, Mutter«, flüsterte sie. »An deinem
Sterbebett habe ich geschworen, dein Geheimnis nicht zu
verraten. Und schau, was ich getan habe.«

»Ach, Mama. Es ist ja nicht so, als hättest du es in die
Weltgeschichte hinausposaunt, oder?« Sie nickte reumütig.
»Es bleibt doch in der Familie.«

»Schon, aber trotzdem ... Man bricht kein Versprechen,
das man in einem solchen Moment gegeben hat.«

»Genau genommen hast du es ja auch gar nicht gebrochen«, erwiderte ich. »Ich habe mir das Ganze selbst
zusammengereimt.«

Meine Mutter schniefte und lächelte halbherzig. »Danke,
mein Schatz. Es ist lieb, dass du das sagst.«

»Aber verrate mir: Weißt du, wie es zu dem Bruch zwischen den beiden gekommen ist? Ich meine, warum ist
Omi so weit von Ada fortgezogen?«

»Du meinst, warum sie wieder in ihre Frankfurter Heimat zurückgekehrt ist?«

»Ja, genau.«

»Keine Ahnung. Macht man das nicht, wenn zwei Menschen auseinandergehen?«

»Ja, vielleicht ...«, antwortete ich.

»Aber es muss auch etwas zwischen ihnen vorgefallen
sein«, erinnerte sich meine Mutter auf einmal. »Denn sie
hat irgendetwas von einem Schwur genuschelt.«

»Von einem Schwur?« Ich setzte mich auf. »Weißt du
mehr darüber?«

Meine Mutter schien angestrengt nachzudenken. Mein
Herz hämmerte. Ich hatte das Gefühl, auf dem Gipfel der

Wahrheit zu stehen, die letzten Meter zur unerreichbar erscheinenden Spitze emporzuklettern und mit meinen ausgestreckten Fingerspitzen beinahe das ersehnte Edelweiß berühren zu können. Das Edelweiß, von dem ich so lange geträumt hatte. Das Edelweiß, für das ich all die Strapazen auf mich genommen hatte. Es fehlte nicht mehr viel ... Bloß ein paar Millimeter ... Ich spürte die zarte Blüte, wie sie im sanften Wind wippend meine Haut streifte ... Ich erzitterte.

»Ganz genau erinnere ich mich nicht mehr, Kleines. Aber ich meine, dass sie schwören musste, Ada nie wiederzusehen ... oder so etwas in der Art.«

Mir blieb der Mund offen stehen. Überwältigt schaute ich sie an. »Was weißt du noch?«

»Eine Zeit lang hat sie mit Ada in Paris gelebt, sie war ihre Assistentin.«

Ich stutzte. »Aber ... In Adas Tagebuch habe ich gelesen, dass ihr das Hausmädchen Erna nach Paris gefolgt ist, ihre liebste Freundin ... Von Maria ist nie die Rede gewesen ...«
Langsam dämmerte es mir. »Erna war ... Maria?«

Meine Mutter seufzte. »Deine Großmutter hieß eigentlich Erna Maria Magdalena Dorothea.«

Ich staunte. »Wenn Omi also M. war, dann hat Ada ihr ganzes Leben auf sie gewartet.« Vor Kummer wurde meine Kehle eng.

»Wie meinst du das?«

»Ada hat unter nahezu jedes Werk die Widmung *Für M.* gesetzt«, antwortete ich. Meine Gedanken tanzten wild durcheinander, versuchten, die ganzen Informationen mit meinen bisherigen Erkenntnissen zu verbinden. »Jeder muss gedacht haben, dass Marcel damit gemeint war. Vielleicht hatte sie das sogar beabsichtigt. Nur Ada und Omi kannten die Wahrheit.«

Und womöglich ein Mitwisser, setzte ich in Gedanken hinzu, denn ich wollte meine Mutter nicht beunruhigen. Wenn Chris bloß hier sein könnte … Wie immer, wenn ich an ihn dachte, versetzte es mir einen heftigen Stich.

»Dann weißt du über diese Geschichte ja sogar mehr als ich«, bemerkte meine Mutter.

»Und warum nannte sie sich später nur noch Maria? Ich meine, auf ihrer Post und auf dem Schild an der Haustür stand immer bloß dieser Name.«

»Sie hasste ihren ersten Vornamen. Also hat sie ihn später einfach weggelassen. Mit der Zeit haben sich selbst die Behörden danach gerichtet. Nur auf den Steuerbescheiden standen immer alle ihre Vornamen. Aber das ist eigentlich nichts Außergewöhnliches. Auch ich mag meinen richtigen Vornamen nicht und benutze deshalb nur den zweiten.«

»Ach ja?«, fragte ich neugierig. Mir wurde klar, wie wenig ich von meiner Mutter eigentlich wusste, und ich schämte mich. »Verrätst du ihn mir?«

Sie lief erneut rot an. »Isolde«, rückte sie zögerlich heraus.

Ich grinste. Meine Mutter grinste verlegen zurück.

Ohne weitere Worte beugte ich mich vor und nahm sie in die Arme. Sie erwiderte die Umarmung, erst zögerlich, dann fester. Nach einer Weile ließen wir schniefend voneinander ab.

»Sag, Mama, wie kam es, dass Omi … Ich meine, warum hat sie überhaupt geheiratet?«

Meine Mutter nickte und zuckte die Achseln. »Diese Frage habe ich ihr auch gestellt.«

»Und?«

»Es waren eben noch andere Zeiten. Als sie nach Frankfurt zurückgekehrt ist, bestand ihr Vater darauf. Und sie hat mehr oder weniger zugegeben, dass sie sich nach Sicherheit und Geborgenheit gesehnt hat.«

»Verstehe«, sagte ich, ohne dass es wirklich der Fall war. Ich spürte deutlich, dass mir noch wichtige Informationen fehlten. »Warum hat Ada ihren Mann denn nicht einfach verlassen, wenn sie doch Großmutter liebte?«, fragte ich freiheraus. »Das wäre doch auch Marcel gegenüber fairer gewesen, oder?«

Unversehens musste ich an mein eigenes Verhalten denken, daran, wie ich mich so Hals über Kopf in einen anderen Mann verliebt hatte. Ich fragte mich insgeheim, ob ich mich Bernd gegenüber fair verhalten hatte. Vielleicht nicht. Vielleicht war es in manchen Situationen einfach schwierig, dem anderen gerecht zu werden, ihn nicht zu verletzen.

Meine Mutter runzelte die Stirn, als würde sie meine Gedanken erahnen. »Wie gesagt, das war damals nicht so einfach.« Sie räusperte sich. »Wenn man bedenkt, dass man in Deutschland in den 60er-Jahren noch die Erlaubnis des Ehemannes brauchte, um arbeiten gehen zu dürfen …«

»Stimmt«, gab ich betroffen zu und biss mir auf die Unterlippe. »So etwas vergisst man heutzutage leicht.«

»Vor 1965 durften Frauen ja nicht einmal ein Bankkonto eröffnen. Und von Trennung, wie es sie heute gibt, kann auch keine Rede sein. Zwar gab es die Scheidung bereits, aber die kam eher den Herren zugute. Und Frankreich ist ein streng katholisches Land. Nach dem, was ich weiß, wurden dort bis Mitte der 70er-Jahre nur Scheidungen wegen eines ›schweren Fehlers‹ zugelassen. Und ich stelle es mir für eine Frau in dieser Epoche sehr schwierig vor, einen solchen zu beweisen.« Meine Mutter lehnte sich zu mir vor. »Und wer weiß, wie sich Marcel Ada gegenüber verhalten hat, dass sie ihn verlassen wollte …«

»Wie meinst du das?«

»Vielleicht hat er Ada geradezu in Großmutters Arme getrieben.«

»Aber Mama«, tadelte ich sie. »Es hört sich ja fast so an, als bräuchte es eine Rechtfertigung, warum eine Frau sich zu einer anderen hingezogen fühlen könnte.«

Die Wangen meiner Mutter färbten sich rötlich. »Verzeih.« Verlegen zog sie die Schultern hoch.

Plötzlich fiel der Groschen. »Damals galt in Deutschland und sicher auch in Frankreich die Homosexualität noch als strafbar«, sagte ich mehr zu mir selbst. »Darüber habe ich mal einen Artikel gelesen. Viele wurden verurteilt und kamen anschließend in spezielle Anstalten. Deshalb hatte Ada sicher weiter mit Marcel verheiratet bleiben wollen, um eine Tarnung zu haben.« Ich verstand sie immer besser. Und wer war ich denn, dass ich ihr Verhalten verurteilen wollte? *Wer unter euch ohne Sünde ist, werfe den ersten Stein …*

»Ja, so muss es sich verhalten haben«, antwortete meine Mutter. »Nun, wie dem auch sei, bei einer Scheidung hätte sie obendrein auch noch ihr ganzes Hab und Gut verloren.«

»Aber doch nicht das Haus, oder?«, fragte ich entsetzt. »Das war doch *ihr* Erbe?«

»Doch, auch das Haus. Nach der Hochzeit ging alles in den Besitz des Ehemanns über.«

Wie heftig, dachte ich.

»So, hier wird es langsam arg kalt«, wechselte meine Mutter das Thema und klopfte sich auf die Schenkel. »Lass uns mal nach deinem Paps schauen. Nimm den Koffer gerne mit auf dein Zimmer, wenn du willst. Ich sehe es doch richtig, dass du heute Nacht lieber hierbleiben möchtest, oder?«

»Unbedingt.«

»Meinst du damit den Koffer oder das Hierbleiben?«

»Beides.« Wir lachten und rappelten uns auf.

»Und morgen holen wir dann die verhunzte Weihnachtsfeier nach«, fügte sie noch hinzu.

So verhunzt fand ich sie gar nicht. »Ja«, stimmte ich trotzdem zu. »Dann kann ich euch auch meine Mitbringsel vom Bodensee überreichen, ohne mir dabei flapsige Bemerkungen anhören zu müssen.«

»Schade ist es schon«, murmelte meine Mutter. »Ich mochte ihn wirklich gerne.«

»Du musstest nicht mit ihm leben.«

»Auch wieder wahr ...«

Ich schnappte mir das Behältnis, das all das in sich zu bergen schien, was mir von Adas Leben bislang verborgen geblieben war, und folgte meiner Mutter zurück ins Haus. Es war, als hielte ich jetzt endlich die restlichen Teile eines großen Ganzen in den Händen, als könnte ich das Puzzle endlich vervollständigen.

Mit frischer Bettwäsche und einem warmen Nachthemd unter einem Arm, dem alten Koffer unter dem anderen, verabschiedete ich mich von meinen Eltern und verschwand in meinem ehemaligen Zimmer. Es war ein seltsames Gefühl, sich auf einmal wieder in seine Jugend zurückversetzt zu fühlen. Alles wirkte kleiner, enger, älter. Ich lächelte vor mich hin, denn es war mir allemal lieber, als Bernd an diesem Abend noch einmal unter die Augen treten zu müssen.

Nachdem ich das Bett gemacht und mich umgezogen hatte, legte ich das Kettchen neben mir aufs Laken, fuhr mit den Fingerspitzen sachte darüber und spielte mit dem kleinen Herzanhänger. Meine Großmutter und Ada … Wer hätte das gedacht? Wenn man doch nur in die Vergangenheit reisen könnte. Wie gerne hätte ich da Mäuschen gespielt, um endlich die ganze Wahrheit herauszubekommen. Ich hatte das Gefühl, je mehr ich aufdeckte, umso mehr neue Fragen taten sich auf. Warum hatten sich die beiden getrennt? Was hatte es mit dem geheimnisumwobenen Schwur auf sich? Und in welchem Zusammenhang stand dieser seltsame Arzt mit dem Ganzen? Ob er ihre Homosexualität entdeckt und sie damit erpresst hatte? Ein eisiger Schauer durchfuhr mich, als ich an seinen bösartigen Blick zurückdachte. Daran, dass er nur mich so angeschaut hatte. Als hätte ich ihm einen Edelstein gestohlen …

Abrupt hielt ich in meinem Gedankengang inne. Verdammt! Und wenn es etwas mit der Ähnlichkeit zu Omi Maria zu tun gehabt hatte? Schlagartig überkam mich das Gefühl, dass mich eine milde Ahnung streifte, wie der Dufthauch des so begehrten Edelweißes …

Kapitel 31 –
Zwischenspiel Ada

Paris – 1955

»Marcel?« Vorsichtig wagte Ada sich vor. Sie wusste nicht
so recht, wie sie es angehen sollte. Es musste einfach
etwas passieren. Die Dinge hatten sich anders entwickelt, als ursprünglich geplant. Gefühle erstarben, andere
erwachten. War es normal? Wer konnte das schon wissen. Aber ihr war auch klar, dass sie die Sache mit Samt-
handschuhen anpacken musste, um nicht alles kaputt-
zumachen.

»Hm?«, antwortete ihr Mann wortkarg, ohne den Blick
von der lokalen Tageszeitung zu heben. Es war schon
eine Weile her, dass er sie mit glitzernden Augen betrachtet hatte. Ihretwegen. Jetzt tat er es nur noch, wenn einer
ihrer Filme viel Geld in die Kassen spülte. Dann erkannte
sie sein Lächeln von früher wieder, seine bewundernden
Blicke. Aber auch das war dann immer nur von kurzer
Dauer. Andere ›Sternchen‹ erschienen am Himmel des
Produzenten, andere Schönheiten, die es zu ›fördern‹ galt.
Aber das war heute kaum noch von Bedeutung. Ihre Herzen waren wie entzweit und doch gezwungen, beieinan-
derzubleiben. Ja, etwas würde geschehen müssen.

»Meinst du, dass Lindau jemals wieder zu Bayern gehören wird?«

»Warum sollte es das, *ma chérie*? Bislang macht Zwisler seine Sache eher recht gut.«

»Findest du es nicht sonderbar, dass sich ein einzelner Mann ohne Wahlen so lange an der Macht halten kann?«

»Mein Täubchen, du solltest dir über solche Dinge nicht dein hübsches Köpfchen zerbrechen«, sagte er. »Überlass das lieber den Herren der Schöpfung.«

»Na, hör mal! *Du* warst es, der mir damals lang und breit erklärt hat, dass Lindau einen Sonderstatus innehätte. Weil die Franzosen den Landkreis nach der Besatzung am Kriegsende nicht wie das übrige Allgäu an die Amerikaner abgetreten, sondern als Landbrücke zwischen Württemberg und Vorarlberg behalten haben.«

»Ganz genau, *ma chérie*. Du hast gut aufgepasst. Und so wurde Lindau quasi zu einem eigenen Staat mit seinem eigenen Oberhaupt, dem Kreispräsidenten Zwisler.« Seufzend richtete er den Blick wieder auf die Zeitung.

»Du meinst wohl eher eine Art ›König‹«, insistierte Ada rebellisch. Es ärgerte sie jedes Mal, wenn er sie wie ein einfältiges Kind behandelte.

Marcel rollte mit den Augen. »Er wurde von Frankreich eingesetzt, um unser Recht geltend zu machen. Was ist daran so schlimm? Deutschland hat immerhin den Krieg verloren.« Es klang leicht gereizt, wobei Ada nicht sicher war, ob Marcels Unmut durch den Inhalt des Artikels ausgelöst worden war, den er gerade zu lesen versuchte, oder von ihrem Gespräch herrührte. Früher hatte sie noch versucht, ihn zu verstehen, seine Reaktionen einzuschätzen. Mittlerweile war er ihr so gleichgültig wie sie ihm.

Aber so schnell wollte sie nicht lockerlassen. »Ja, das

mag schon stimmen ... Aber stellt ihr Franzosen euch nicht immer als streng demokratisch dar? Deshalb finde ich es sonderbar, dass ihr so etwas überhaupt toleriert.«

»Ich glaube, die französische Regierung hat andere Sorgen, als sich darum zu kümmern. Solange dieser Zwisler nach ihrer Pfeife tanzt, sieht sie wahrscheinlich keinen Grund, etwas daran ändern zu wollen.«

»Ja, vielleicht«, murrte Ada.

»Immerhin wurde unter seiner Regierung Deutschlands erstes – und nunmehr weltberühmtes – Spielkasino eröffnet. Lindau wird seither sogar das ›Monte Carlo am Bodensee‹ genannt.«

»Schon ... aber ...«

»Sag mal, wie kommst du denn jetzt überhaupt darauf? Man könnte fast meinen, du hättest Heimweh.« Über die Zeitung hinweg schaute er sie prüfend an. Er war noch immer der gut aussehende Mann, in den sich Ada vor neun Jahren verliebt hatte. Aber seitdem hatte sich so vieles verändert. *Sie* hatte sich verändert ...

»Jetzt, da du es ansprichst, *mon chéri* ... Könnte sich diese Alleinherrschaft – oder wie immer man das auch nennen möchte – nicht womöglich negativ auf Grundbesitzer auswirken?«

»Du denkst an das Haus deiner Eltern?«

Ada nickte. »Ich würde dort gerne mal nach dem Rechten sehen.«

»Hattest du nach dem Unfall nicht jemanden beauftragt, sich um das Anwesen zu kümmern?«

»Gewiss, aber ... das ist nicht das Gleiche. Es ist so lange her –«

»Hör zu, *mon ange*«, unterbrach Marcel sie bestimmt. »Ich kann gut verstehen, dass es dich in deine Heimat zieht.

Allerdings ist unter den gegebenen Umständen an eine Reise nicht zu denken.«

»Was meinst du mit ›unter den gegebenen Umständen‹?«, fragte sie erschrocken. »Du machst mir richtig Angst. Ist etwas geschehen?«

»Hast du die Kritiken gelesen?«

»Meine?«

»Nein, meine.«

Ada schüttelte den Kopf. »So schlimm kann es nicht sein, oder?«

»Hättest du sie dir angeschaut, dann wüsstest du, dass diese verfluchten Banausen wieder mal kein gutes Haar an meinem letzten Film gelassen haben.« Wütend knüllte Marcel die Zeitung zusammen und warf sie in die Zimmerecke.

Ja, wärst du nicht so sehr damit beschäftigt, mit deinen neusten Entdeckungen ins Bett zu steigen, wären deine Filme vielleicht auch besser, dachte Ada schadenfroh, obwohl sie sich schon seit einer geraumen Zeit nicht mehr an seiner Untreue störte. Am Anfang ihrer Ehe war es furchtbar für sie gewesen, dass Marcel seine außerehelichen Verhältnisse nicht einmal vor der Öffentlichkeit geheim gehalten hatte. Fast so, als stünde er mit den anderen Filmbossen im Wettlauf, wer die meisten Errungenschaften erzielte. Das galt für die Filme ebenso wie fürs Bett. Sie hatte sich sofort scheiden lassen wollen, aber Marcel hatte ihr eindeutig zu verstehen gegeben, dass das nicht infrage kam. Und erst recht nicht, solange sie noch so gut verdiente. Mit der Zeit hatte sie sich an die Schmach gewöhnt und war ihrer eigenen Wege gegangen. Und es ließ sie nunmehr kalt, besonders seit …

»*Mon chéri,* beruhige dich bitte. Neidhammel und Stänkerer hat es schon immer gegeben, das sagst du doch selbst jedes Mal«, versuchte Ada, ihn zu beschwichtigen. Sie brauchte ihn bei guter Laune. Innerlich fluchte sie. Sie hatte inbrünstig gehofft, ihn mit ein bisschen Schläue und Liebenswürdigkeit überreden zu können. Ihr Vorhaben schien wie eine Seifenblase zu zerplatzen.

»Ja, schon. Aber diesmal ist es anders. Sie scheinen sich alle gegen mich verschworen zu haben«, stieß er aus. »Aber ich Hornochse bin ja selbst dran schuld. Das kommt davon, dass ich dich mit einem anderen Produzenten arbeiten lasse. Meine Filme sind nichts ohne dich.«

Ein Schrecken durchfuhr Ada. Um Himmels willen, das fehlte gerade noch … Es würde ihre Pläne völlig zunichtemachen, wenn er sie wieder zurückhaben wollte. Oder vielleicht auch nicht … Ihr kam eine Idee. *Schläue und Liebenswürdigkeit*, wiederholte sie in Gedanken. »Willst du, dass ich wieder mit dir arbeite, *chéri*?«, gurrte sie und stellte sich hinter ihn, um ihm die Schultern zu massieren.

»Das geht nicht. Du hast einen Vertrag unterschrieben«, erwiderte er mürrisch.

»Ach das …«, druckste sie herum. »Ich fühle mich in letzter Zeit so ausgelaugt und bin immer wie erschlagen …«

Er fuhr herum. »*Sapristi!* Fehlt dir etwas?« Es klang fast wie bei einem Börsenmakler, der den Wert seiner Aktie sinken sah.

Ada seufzte tief und setzte ein dramatisches Gesicht auf. Besonders schwer fiel ihr das nicht; so oft hatte sie es schon für ihre Rollen eingeübt. »Ich hoffe nicht«, blieb sie bewusst vage.

Marcel sprang auf, kam um den Sessel herum, nahm ihre beiden Hände in die seinen. »Es stimmt«, sagte er. »Jetzt sehe ich es erst. Du bist ganz blass um die Nasenspitze.«

»Ich glaube, ich brauche Erholung«, sagte sie schwach.

Marcel kniff die Lippen zusammen. »Das wird denen gar nicht gefallen, Ada.«

»Na, und wenn schon. Wenn sie wollen, dann sollen sie mich halt rauswerfen«, ließ sie die Bombe platzen. »Dann bin ich eben wieder frei …«

Marcels Gesicht verhieß nichts Gutes. Seine Augenbrauen zogen sich zusammen, als würde es jeden Augenblick ein Donnerwetter geben. Mitunter konnte er ziemlich unbeherrscht werden, wenn die Dinge nicht die von ihm erwünschte Richtung einschlugen. Auch daran hatte sie sich mit der Zeit gewöhnt. Alles wurde erträglicher, wenn einem selbst das Herz leicht war …

»… frei für dich«, fügte sie eilig hinzu.

Sein Antlitz hellte sich schlagartig auf. Er hatte begriffen. »Und … was schlägst du vor?«, fragte er skeptisch. Aber er zappelte bereits wie eine Forelle am Haken.

»Ich meine, dass mir ein kleiner Erholungsurlaub am Bodensee guttun würde.«

»Und weiter?«

»Seit dem Ableben meiner Eltern bin ich noch nicht wieder dort gewesen«, sagte sie bedachtsam. »Zugleich könnte ich wie gesagt mal nach dem Rechten sehen und den liegen gebliebenen Papierkram endlich aufarbeiten.«

»Und diesen blöden Lackaffen wiedersehen?«

Auch ihr stieß diese Möglichkeit übel auf. Es war das Einzige, was ihr an dem Gedanken keine Freude bereitete: wieder dieses Anhängsel am Hals zu haben. Nicht genug, dass er ihr auf alle Filmfestivals nachgereist war, er schrieb ihr auch heiß entflammte Briefe, die sie inzwischen gar nicht mehr öffnete, sondern gleich dem Ofen überantwortete.

»Ja, das wird sich nicht umgehen lassen«, sagte sie und seufzte tief. »Aber mit dem werde ich schon fertig. Außerdem soll er mittlerweile geheiratet haben.«

»In der Tat …«, antwortete Marcel, als hätte er gar nicht so genau hingehört. Der Gedanke an diese Reise schien ihm immer besser zu gefallen. »Ada, du bist ein Genie«, rief er plötzlich und klatschte in die Hände. »Genau so werden wir es halten: Du reist unter dem Vorwand, krank zu sein, an den Bodensee …«

»Es ist kein Vorwand«, protestierte Ada.

»Nein, natürlich nicht«, beschwichtigte er sie. »Damit meine ich, dass wir die Angelegenheit ein bisschen dramatischer darstellen sollten, als sie ist.« Mit den Händen malte er in die Luft, als würde er eine Anzeigetafel beschriften. »So nach dem Motto: *Ada Beranger ist zusammengebrochen und leidet unter einem äußerst bedenklichen Erschöpfungszustand. Ihr Arzt hat ihr zu einem längeren Aufenthalt an einem ruhigen Ort mit frischer Luft geraten.* Oder so ähnlich.«

Besser hätte es gar nicht laufen können, triumphierte Ada innerlich, blieb aber nach außen hin ruhig und gefasst. Nicht nur, dass Marcel einverstanden war, jetzt könnte man sogar meinen, das Ganze wäre auf seinem Mist gewachsen.

»So schlagen wir zwei Fliegen mit einer Klappe. Was meinst du?«

»Du wirst mir sehr fehlen«, flüsterte Ada und küsste ihn auf die Wange. »Bist du auch ganz sicher?«

»Ja, mein Täubchen, ich *bin* sicher. Du wirst mir natürlich auch fehlen«, setzte er schnell hinzu, aber Ada meinte, die Banknoten in seinen Augen flattern zu sehen. »Es dauert ja nur so lange, bis die sich entschließen, dich rauszuwerfen. Dann kommst du zurück und drehst wieder ausschließlich mit mir.«

Ada nickte eifrig. Sie würde später darüber nachdenken müssen, wie sie sich da wieder herausreden konnte.

Marcel schien wie ausgewechselt. Die Aussicht, bald wieder mit Ada drehen zu können, schien ihm neue Hoffnung einzuflößen. Als der Kollege damals auf ihn zugekommen war, um ihm Ada auszuspannen, hatte er eingewilligt, weil er sich dadurch ein gutes Einkommen erhofft hatte, aber auch weil er geglaubt hatte, ohne sie auszukommen, dass genug Anwärterinnen um ihn herumschwirrten, die nur auf ein Zeichen von ihm warteten, um an Adas Stelle zu treten. Ein Irrtum, wie sich leider mittlerweile herausgestellt hatte.

Voller Elan schnappte Marcel sich Weste und Hut und eilte zur Tür. »Ich sorge für die Meldung und den Artikel in der Presse und du packst deine Koffer.«

»Ich nehme Erna mit …«

»Alles, was du willst, mein Täubchen, alles, was du willst.«

Er warf die Tür hinter sich zu.

Adas Herz hüpfte vor Freude. Sie wirbelte herum und kicherte nervös in sich hinein. Es war noch viel einfacher gewesen, als sie gehofft hatte. Sie hatte sich gedanklich schon alle möglichen Ausreden ausgedacht, warum Erna unbedingt mitkommen sollte. Vor sich hin glucksend lief sie zu Ernas Zimmer, klopfte an die Tür.

»Herein?«, kam es leise von innen.

Ada trat ein und strahlte Erna an. Es brauchte einen Augenblick, bis ihre Freundin begriff.

»Nein?«

»Doch.«

Erna hielt sich die Hand vor den Mund. Tränen schimmerten in ihren Augen. »Im Ernst? Wann?«

»Noch heute«, antwortete Ada aufgekratzt. »Wir sollten flugs die Koffer packen, bevor er es sich noch anders überlegt.«

Die beiden fielen sich in die Arme.

»Ist das wahr? Was hat er denn gesagt?«

»Zu Beginn dachte ich schon, dass mein Plan ins Wasser fällt«, berichtete Ada. »Wegen der schlechten Kritiken war er völlig verstimmt.«

»Oje«, sagte Erna.

»Aber dann habe ich mir eben diesen Umstand zunutze gemacht«, gab Ada zu. »Jetzt sieht es sogar so aus, als wäre es seine Idee gewesen.«

»Du bist unglaublich, ein Genie.«

»Das hat Marcel auch gesagt«, antwortete Ada, und sie kicherten verschwörerisch.

»Ich kann es nicht glauben«, hauchte Erna.

»Das sollst du aber«, wisperte Ada. »Endlich werden wir ganz für uns sein dürfen.«

Erna nickte. »Endlich wieder heimatlichen Boden unter den Füßen spüren.«

»Fehlt dir Deutschland?«

»Ja, auch wenn ich überall glücklich bin, wo du bist.«

Sie lächelten sich an und küssten sich innig.

Erna wich mit einem Mal nervös zurück. »Es wäre fatal, wenn er uns im letzten Moment erwischt.«

»Du hast recht. Jetzt müssen wir aber schleunigst die Koffer packen, sonst wird Marcel noch wütend«, spaßte Ada und zwinkerte vergnügt. »Er will uns nämlich so schnell wie möglich loswerden. Je eher ich fahre, desto schneller kann er meinen Vertrag auflösen. Zumindest verspricht er sich das.«

»Sein Wunsch ist mir Befehl«, sagte Erna zwinkernd,

holte einen Koffer unterm Bett hervor und zog hastig die Schranktüren auf.

»Bald wird es nur noch dich und mich geben«, flüsterte Ada.

Zärtlich musterte sie ihre Geliebte, die bereits begonnen hatte, Kleidungsstücke einzupacken. Am Anfang hatte Ada sich für ihre Gefühle noch geschämt, hatte sie verleugnen wollen. Aber sie hatten sich kaum merklich angeschlichen, hatten sie überrumpelt und waren mit einem Mal einfach dagewesen. Eine Berührung beim Ankleiden, die sonderbare Wellen in ihr ausgelöst hatte. Blicke am Tisch, die so vielsagend geworden waren, dass es ihr jedes Mal fast den Atem geraubt hatte.

Und dann, eines Abends, als sie sich besonders einsam gefühlt hatte, war sie zu Ernas Zimmer geeilt, um mit ihr zu reden. Und als sie vor ihr gestanden hatte, da war die Eindeutigkeit ihrer Empfindungen plötzlich über sie hereingebrochen. Die ganzen Jahre hatte sie sich nur etwas vorgemacht, hatte es sich aus Scham nicht eingestehen wollen. Die ganze Zeit über war es so greifbar nahe gewesen, hatte auf der Hand gelegen. All die Anzeichen, die sie immer von sich gewiesen hatte, die sie im Verborgenen ihres Herzens hatte bewahren wollen, dort, wo niemand Zugriff hatte, waren mit einem Schlag aufgedeckt worden.

In dieser Nacht hatten sie kaum ein Wort gewechselt, sondern ihren Gefühlen auf viel sinnlichere Art Ausdruck verliehen. Und seither hegte Ada keine Zweifel mehr: Erna war die Liebe ihres Lebens. Erna war das Schönste, was ihr jemals passiert war. Und Erna war das einzige Wesen, das sie so akzeptierte, wie sie war, bei der sie völlig sie selbst sein durfte und keine Pailletten tragen oder Erfolge erzielen musste, um von ihr beachtet, geehrt und geliebt zu werden. Und das beruhte auf Gegenseitigkeit. Außer in Bezug auf eine winzige Kleinigkeit …

»Ach, und … *chérie*?«, fragte Ada.

»Ja?« Erwartungsvoll schaute Erna sie an.

»Ein neues Leben beginnt. Und ab heute möchte ich nicht mehr, dass du diesen altmodischen Dienstbotennamen trägst. Er erinnert mich zu sehr daran, wie meine Eltern dich behandelt haben.«

»Ich mag ihn auch nicht besonders«, gab Erna zu und verzog das Gesicht. »Aber wie willst du mich denn stattdessen nennen?«

»In deinen Papieren habe ich gesehen, dass du mehrere Vornamen hast.«

»Ja. Erna Maria Magdalena Dorothea.«

»Maria?«

»Gefällt er dir?«

Ada strahlte. »Und dir?«

Erna nickte. »Besser als Erna ist er auf alle Fälle.«

Sie lächelten sich wissend an.

»Dann ist es abgemacht, Maria, meine Blume, meine Liebste. Bald leben wir in Freiheit. Ada und Maria *pour toujours* …«

Kapitel 32 –
Fatale Post

Frankfurt am Main – Am Vormittag des 25. Dezembers 2017

Erschrocken hob ich den Kopf. Ein Briefbogen klebte an meiner Wange. Während meiner Nachforschungen musste ich eingeschlafen sein. Vorsichtig entfernte ich das Papier. Ich hatte bis spät in die Nacht hinein in den Briefen, Fotos und Andenken gestöbert, aber nicht viel mehr herausfinden können. Es schien fast so, als hätte das Leben mit Ada nie stattgefunden. Als hätte Maria es aus ihrem Gedächtnis ausradiert wie einen Rechtschreibfehler aus einem Schulheft.

Rasch schlüpfte ich in die Dusche. Als ich unter dem warmen Wasserstrahl stand und mir die Seife abwusch, wurde mir wehmütig zumute. Nun würden auch die letzten Andenken an Chris fortgespült werden. Der Geruch seiner Haut auf der meinen. All die Stunden der Liebe und Wonne. *Adieu, ihr letzten Partikelchen, die ihr mir noch von ihm geblieben seid. Adieu, ihr Spuren innigster Zuneigung, fließt dahin und lasst es euch gut gehen. Adieu, und vergesst uns nicht …* Betroffen stellte ich das Wasser ab und stieg, über mich selbst den Kopf schüttelnd, aus der Kabine.

In meinem ehemaligen Kleiderschrank fand ich einen Jogginganzug aus meiner Jugendzeit und zog ihn an. Trotz des Schlafmangels fühlte ich mich frisch und voller Tatendrang.

Zuallererst wollte ich in meine alte Wohnung fahren und dort meine Sachen packen, um vorläufig zu meinen Eltern zu ziehen, bis ich etwas Günstiges gefunden hatte. Denn gleich nach den Feiertagen würde ich am Startblock stehen und meine Versäumnisse aufarbeiten müssen.

Wehmütig räumte ich Omis Andenken zurück in den Koffer, nahm das Halskettchen auf und steckte es mir in die Hosentasche. Gerade wollte ich den Kofferdeckel schließen, als mir ein Papierschnipsel ins Auge fiel. Er ragte aus dem aufgerissenen Futter heraus, als wäre er versehentlich dort hineingerutscht. Ich fingerte daran herum, bekam den Zipfel zu fassen und zog einen Briefumschlag hervor.

An Erna Weihhäuser, Cranachstraße 17, Frankfurt am Main stand in altdeutscher Schnörkelschrift darauf. Inzwischen war ich fast zur Expertin im Entziffern dieser Federstriche geworden. Ich runzelte die Stirn. Hatte ich diese Handschrift nicht schon einmal gesehen? Prompt kam mir die Schachtel mit den Flachswickeln in den Sinn und ein Schreck fuhr mir in die Glieder. Ich sog scharf die Luft ein.

Dr. med. Georg Wächter stand dort ebenso schnörkelig. Mein Herz hämmerte plötzlich so heftig, dass ich das Gefühl hatte, es wollte meiner Brust entspringen. Mir schwante Böses. Vorsichtshalber ließ ich mich auf der Bettkannte nieder. Dann holte ich mit zittrigen Fingern den Briefbogen hervor, faltete ihn wie in Zeitlupe auseinander und las:

Sehr geehrte Erna,

leider muss ich Ihnen voller Schmerz mitteilen, dass Ada uns heute aus freiem Willen verlassen hat. Es ist äußerst betrüblich, dass sie irgendjemand fälschlicherweise darüber in Kenntnis gesetzt hat, Sie seien vor Kurzem von uns gegangen.

Die Nachricht hat sie schwer getroffen.

Mit eigenen Augen musste ich mitansehen, wie ihr sonst so überbordender Lebenswille in nur wenigen Stunden völlig versiegte. Natürlich habe ich alles darangesetzt, die Wahrheit zu ergründen. Leider, leider habe ich zu spät entdeckt, dass es sich dabei um eine Falschmeldung gehandelt hat.

Da es sicher Adas innigster Wunsch gewesen wäre, dass Sie, liebe Erna, von ihrem Ableben erfahren, schreibe ich Ihnen diese Zeilen.

Somit ist jedes Versprechen eingelöst. Dies soll mein Abschiedsgeschenk an Sie sein.

Übrigens hat Ada bis zuletzt auf die Rückkehr des infamen Monsters gehofft ... In dieser schweren Stunde sollte Ihnen das ein Trost sein. Wie man so schön sagt: Die Hoffnung stirbt zuletzt.

Leben Sie wohl.

Ihr ergebener Diener

Georg

An dem Brief hing ein Zeitungsausschnitt mit der Totenanzeige. Erschüttert ließ ich das Blatt sinken. Meine Gedanken wurden wie die Würfel in einem Knobelbecher durcheinandergeschüttelt. Es war schwierig, einen davon einzufangen. Ein sonderbarer Verdacht wollte sich einen Weg bis in mein Bewusstsein bahnen, drängelte und drückte, wollte erhört werden. Die Zeilen klangen fast so, als ob ... Ich schnappte nach Luft. Mir war gar nicht gut. Ich schaute auf das Datum: 20. September 2017.

Ein Klopfen an der Tür lenkte mich von dem unfassbaren Gedanken, der mich wie ein Pfeil durchbohrte, ab.

»Ja?«, piepste ich.

»Schatz, alles klar? Kommst du zum Mittagessen runter?«

War es schon Mittag? Ich hatte jegliches Zeitgefühl verloren. »Mama?«

Meine Mutter betrat das Zimmer. »Was ist denn, Liebes?«

»Wann ist Großmutter gestorben?«

»Im September, das weißt du doch. Warum?«

»Ich meine das genaue Datum.«

»Am zweiundzwanzigsten«, sagte sie mit erstickter Stimme. »Warum fragst du?«

Ich reichte ihr den Umschlag. »Sagt dir das hier etwas?«

Sie musterte das Kuvert, drehte es ein paarmal hin und her. »Ja, ich glaube, das ist ein Schreiben, das sie am Morgen ihres Todestages erhalten hat. Ich erinnere mich noch daran, weil es so penetrant nach Aftershave gerochen hat.« Sie schnupperte vorsichtig daran, wandte den Kopf angewidert ab und reichte mir das Kuvert zurück.

Ich schluckte. Jetzt roch ich es auch. Scheußliche Erinnerungen nisteten sich wie ungebetene Gäste in meinem Kopf ein. Eiskalte Wut stieg in mir auf. »Und dann?«

»Wenige Stunden später hat sie einen Schlaganfall erlitten und ist an den Folgen gestorben. Aber warum fragst du?«

»Ich fand nur den Zufall bemerkenswert«, erwiderte ich mit gepresster Stimme.

»Ja, stimmt. Es muss das Letzte gewesen sein, was deine Großmutter gelesen hat. Was steht denn drin?«

Ich zwang mich zu einem unbefangenen Lächeln. »Ach, nichts Wichtiges«, log ich. Ich wollte meiner Mutter den Schmerz ersparen, den ich gerade durchlitt.

»Nimm das alles nicht so tragisch, mein Liebes, ja?«, sagte sie sanft. »Kommst du jetzt zum Mittagessen?«

»Ja, gleich, lass mir bitte noch fünf Minuten Zeit, einverstanden?«

»Keine Sorge, die Kartoffeln sind ohnehin noch nicht ganz gar.« Mit diesen Worten ging sie aus dem Zimmer, ließ mich alleine mit meinem abgrundtiefen Hass.

Verzweifelt schlug ich mir die Hände vors Gesicht und weinte. Am liebsten wäre ich sofort zurück an den Bodensee gereist, um mit diesem abartigen Menschen abzurechnen. Jetzt sah ich klar. Jetzt begriff ich, wie es dazu gekommen war, dass eine lebenslustige Frau wie Ada ihrem Leben ein jähes Ende gesetzt hatte. Das Grauen war vollkommen …

Kapitel 33 –
Zwischenspiel

Zur gleichen Zeit in Lindau, Bodensee

Hustend und würgend übergab er sich in die Schüssel neben seinem Bett. Sein Kopf dröhnte. Er fühlte jeden einzelnen Knochen in seinem Körper, als wären es Rasiermesser, deren spitze Enden sich bei jeder Bewegung in sein Fleisch bohrten, um ihm zu sagen: *Hier, nimm, denn das ist die Strafe für alles Scheußliche, das du in deinem Leben getan hast.* Er stöhnte leise. Seit er die Behandlung über sich hatte ergehen lassen, wurde es immer schlimmer.

»Hören Sie«, hatte sein Arzt zu ihm gesagt. »Da Ihre Krankheit nur ganz langsam voranschreitet, können wir Sie so lange wie möglich ambulant behandeln. Wenn es dann dem Ende zugeht, sehen wir weiter.«

Es war ihm allemal lieber, zu Hause bleiben zu können. So konnte er *ihr* noch länger nahe sein. Wenn nur diese Schmerzen nicht wären. Und die langen Nächte, in denen er keinen Schlaf fand, weil seine Beine nicht zur Ruhe kamen und nach allen Seiten ausschlugen, als wären sie elektrisch geladen.

Ächzend erhob er sich aus dem Ledersessel und schleppte sich schwerfällig bis zur Küchenzeile. Mit zittrigen Händen holte er ein Glas aus dem Schrank über der Spüle und füllte es mit Wasser aus dem Hahn, trank es in einem Zug leer und knallte es auf den Tresen. Es wurde Zeit.

Er ging zum Schrank hinüber, um sich dort in sein Häs zu zwängen, wie er die Kleidung, die er für sein tägliches Ritual verwendete, nannte: ein schwarzer Rollkragenpulli, eine ebenso schwarze Hose und eine dazu passende Kopfbedeckung, die er sich weit ins Gesicht zog. Darüber warf er seinen anthrazitfarbenen Mantel, schnappte sich seinen Gehstock und fühlte sich bereit.

Vielleicht ist dieser immer wiederkehrende Vorgang das Einzige, was mich noch am Leben hält, dachte er. *Der einzige Grund, warum es bei mir länger zu dauern scheint als bei anderen. Das Einzige, was meinem verdammten Körper die Kraft gibt, nicht aufzugeben.*

»Wie viel Zeit bleibt mir noch?«, hatte er den Arzt gefragt. Zwar hatte er die Antwort gekannt, wollte jedoch sichergehen, dass auch der Spezialist die gleiche Prognose stellte. Dabei hatte er nicht unbedingt an sich selbst gedacht, sondern daran, wie viel Zeit ihm bleiben würde, um bestimmte Dinge in die richtigen Bahnen zu lenken. Dinge, die, hätte er sie so belassen, wie sie waren, ihm selbst im Grab keine Ruhe gelassen hätten.

»Ein paar Wochen, vielleicht zwei, maximal drei Monate.«

Die Worte hatten ihn damals wie ein Schlag getroffen. Er konnte sich noch genau an seinen ersten Gedanken erinnern: *Sie wird länger leben als ich!*

Die nackte Panik hatte ihn gepackt. Unvorstellbar. Das hatte einfach nicht sein dürfen. Eine Lösung hatte hergemusst, und zwar geschwind …

Seither war ein Jahr vergangen. Und in diesem Jahr war so viel geschehen. So viel Unvorhergesehenes. Und er war noch immer da. Gequält. Gemartert. Geschunden. Aber noch am Leben. Sie nicht mehr ... Weder die eine noch die andere ...

Da er wusste, dass er bald nachkommen würde, schmerzte ihn Adas Verlust nicht. Sicher, die Welt war etwas trostloser, seit sie nicht mehr unter den Lebenden weilte. Ihre Stimme fehlte ihm. Obwohl: In seinem Inneren hörte er noch immer ihr silberhelles Lachen, den einlullenden Singsang ihrer Worte. Sie hallten in ihm wider wie das Echo einer Zeit, die es nie wirklich gegeben hatte.

Aber die Erinnerung an ihr liebliches Antlitz verschwamm. Es wurde immer schwieriger, sich ihre Züge vor sein inneres Auge zu holen. Züge, die immer schemenhafter wurden und sich zu einem sonderbaren Gebilde verzerrten. Er schüttelte den Kopf. Für den Bruchteil einer Sekunde sah er sie vor sich und im nächsten Moment entwischte sie ihm, verweht wie alter Knochenstaub auf dem Friedhof seines unglücklichen Daseins.

Manchmal meinte er sogar, das unverkennbare Aroma ihres Duftes erhaschen zu können wie einen leichten, mit Blüten geschwängerten Lufthauch, der einem die Nasenhärchen kitzelte, um gleich darauf wieder zu entschwinden.

Wären da nicht die Verdammnis zum Müßiggang, diese Schmerzen, hätte er die letzten Momente auf dieser Welt sogar noch genießen können. Die Spaziergänge am See und den Anblick ihres Anwesens, das, wenn man es genau nahm, auch das seinige war, auskosten können.

Unzufrieden stieß er die Luft aus, begab sich zur Tür und verließ das Haus. Schritt für Schritt schob er sich vorwärts. Das Laufen war mittlerweile weniger schmerzhaft als das Liegen. Die eisige Luft umspielte sein Gesicht, ließ kleine Nadeln auf seinen Wangen tanzen. Er liebte es, sich lebendig zu fühlen.

»Laufen Sie viel«, hatte der Arzt gesagt. »Bewegung und gute Ernährung, das kann den Krankheitsverlauf hinauszögern.« Als ob er das nicht wüsste. *Vielleicht bin ich deshalb noch da?*

Eigentlich hätte er ihr gleich folgen können. Warum noch ausharren? Was erwartete ihn hier anderes als Schmerz und Trauer? *Noch einen Tag mehr*, hatte er sich gesagt. Dann noch einen. Letztendlich kamen dann die Schmerzen. Aber noch immer wollte er nicht gehen, obwohl alles dafürgesprochen hatte, dem Ganzen endlich ein Ende zu setzen. *Habe ich etwa Angst, meinem Schöpfer gegenüberzutreten?*, fragte er sich. Er schluckte, verwarf den Gedanken hastig wieder. Unfug.

Nein, das ist es nicht, ging es ihm durch den Sinn. *Ich hätte mich schon längst verabschiedet, hätte sie mir nicht noch aus dem Jenseits diese schallende Ohrfeige verpasst.* Er schnaubte und wollte wütend gegen einen Stein treten, verfehlte ihn aber.

Selbst aus den Gefilden der Seligen herab bestrafte sie ihn noch mit einer Entscheidung, die sie zu Lebzeiten getroffen hatte. Hinter seinem Rücken hatte sie diesen teuflischen Plan ausgeheckt. Hatte ihm diese zusätzliche Pein zugefügt, als ob er von ihr nicht schon genug Schmach hatte hinnehmen müssen.

Dabei ging es ihm nicht bloß um das Haus, auch wenn er seine letzten Stunden gerne ungestört darin verbracht hätte. Wie schön wäre es gewesen, durch ihren wunderschönen Garten wandeln und ungestört durch ihre Räume streifen zu können. Räume, durch die noch ihr Duft waberte. Wie gerne hätte er von ihrem Bett aus die Bucht betrachtet oder sich verzückt am Aroma ihrer Bettwäsche gelabt, wie ein Bär am Bienenstock, bereit, alle

Stiche in Kauf zu nehmen, um noch ein wenig vom Glück zu kosten.

Aber nein. Sie hatte anders entschieden. Er stellte sie sich vor, wie sie mit schadenfrohem Grinsen ihre Unterschrift unter das Dokument gesetzt haben musste. Wie sie sich seine Reaktion ausgemalt hatte, wenn er davon erfahren würde.

»Wann ist denn die Testamentsvollstreckung?«

»Die hat bereits stattgefunden«, wurde ihm am Telefon mitgeteilt.

»Wie bitte? Das kann ja wohl kaum sein«, hatte er protestiert. »Warum hat mich denn niemand benachrichtigt?«

Der Assistent wurde nervös. »Warten Sie bitte einen Augenblick ...« Ein Rascheln war am anderen Ende der Leitung zu hören gewesen, als ob eine Akte aufgeschlagen würde. »Ach ja, hier! Sie sind nicht auf der Liste der Erbberechtigten aufgeführt. Tut mir leid.«

Wie angewurzelt hatte er dagestanden, sich am Telefontischchen festgekrallt. Andere hätte in diesem Moment sicher der Schlag getroffen. Ihn nicht. Diesen Gefallen wollte er ihr auf keinen Fall tun. Diese Genugtuung verwehrte er ihr.

»Schauen Sie bitte ein weiteres Mal nach«, hatte er mit heiserer Stimme verlangt. »Es muss sich hier um einen fürchterlichen Irrtum handeln.«

»Ich versichere Ihnen, mein Herr, dass das Haus jemand anderem vermacht wurde.«

Das war die erste Zumutung gewesen, an der er lange zu knabbern gehabt hatte. Es hätte dabei bleiben können, wenn die neuen Besitzer das Anwesen einfach verkauft hätten. Aber nein, damit war es nicht genug gewesen. Oh, wie geschickt hatte sie es eingefädelt, ihm aus ihrer Ewigkeit heraus noch eins auszuwischen. Wahrscheinlich war es als bittersüße Krönung ihrer Rache gedacht, als sie ihm dieses Wesen vor die Nase gesetzt hatte. Dieses Wesen, das – ohne es im Geringsten zu ahnen – eine ätzende Erinnerung durch seine Adern fluten ließ. Dieses Wesen, dessen äußere Hülle so sehr der Vision aus seinen Albträumen glich, dass ihm bei seinem Anblick die Galle hochkam – als ob die Leiden, die er zu erdulden hatte, nicht schon schlimm genug wären. Dieses Wesen, dessen Antlitz seinem Verhängnis, seiner Verdammnis, ja seiner ewig währenden Hölle auf Erden wie aus dem Gesicht geschnitten war …

Er strauchelte. Ihm wurde schwummrig. Benommen blieb er stehen, stützte sich keuchend auf seinen Stock. Sein Puls raste … War es jetzt so weit?

Kapitel 34 –
Zoom

Frankfurt am Main – Am Nachmittag des 25. Dezembers 2017

Nachdem ich mit meinen Eltern zu Mittag gegessen hatte und ihnen endlich meine Mitbringsel – kleine Tüten mit Bodenseemotiven, die süße Bodensee-Kieselsteine beinhalteten – überreichen konnte, entschloss ich mich am frühen Nachmittag, in den sauren Apfel zu beißen und in meine und Bernds Wohnung zu fahren. Noch immer war ich von all dem Kummer, den die Aufdeckung der Wahrheit in mir ausgelöst hatte, wie benebelt. Auf der Fahrt machte ich einen kleinen Umweg über den Friedhof und ging zu Omis Grab.

»Es tut mir so leid, was du und Ada habt durchmachen müssen«, sagte ich nach einer Weile des Schweigens. »Das war so schrecklich ungerecht. Ich kenne zwar noch nicht die ganze Wahrheit, aber ich kann sie mir zusammenreimen.« Ich zog die Kette aus der Tasche und legte sie auf die noch relativ frische Erde zwischen den Blumen. »Hier. Ada hätte gewollt, dass du sie bei dir trägst. Sie hat nie aufgehört, dich zu lieben, weißt du?« Eine Träne rann über meine Wange. »Leb wohl, Omi«, schluchzte ich, grub das Schmuckstück ein und wandte mich ab.

Warum kümmerte man sich wo wenig um seine Eltern und Großeltern, wenn sie noch auf dieser Welt waren? Man nahm sie als etwas Selbstverständliches hin und merkte erst, wenn sie einen verließen, dass sie vergänglich waren. Und dann fehlten sie einem ganz fürchterlich und man stellte fest, wie wenig man eigentlich über sie wusste. Wer sie gewesen waren. Wen sie geliebt und was sie alles durchgemacht hatten.

Als ich die Wohnungstür aufschloss, trat Bernd nur wenige Sekunden später aus unserem Schlafzimmer. Er hatte dicke Ringe unter den Augen und sein Haar war zerzaust, als käme er gerade vom Windsurfen. Es sah ihm so gar nicht ähnlich. »Isa?«, fragte er heiser.

»Ich hätte vielleicht vorher anrufen sollen. Keine Sorge, ich will nur schnell meine Sachen holen. Ich denke, es ist besser, wenn ich ab sofort bei meinen Eltern wohne.«

Resigniert hob er die Schultern. »Wie du meinst.«

Ich lief schnell an ihm vorbei ins Schlafzimmer, versuchte mich darauf zu konzentrieren, was ich alles mitnehmen musste. Ich brauchte Kartons, Kleidung, Unterwäsche ... Als mein Blick auf meinen Fotoapparat fiel, der offen auf dem Bett lag, hielt ich abrupt inne. Ich konnte mich nicht daran erinnern, ihn bei meiner Rückkehr ausgepackt zu haben. Plötzlich begriff ich.

»Er sieht gut aus, gratuliere«, sagte Bernd hinter mir.

»Wie bitte?«

»Na, dein Bodensee-Heini.«

»Sag mal, spinnst du? Weißt du, wie teuer so ein Apparat ist, verdammt noch mal?« Es ärgerte mich, dass er Bilder betrachtet hatte, die ich mir selbst noch gar nicht hatte ansehen können; und eigentlich auch gar nicht hatte ansehen wollen. Zu schmerzlich, zu frisch, zu nahe ...

Ich stürzte zu meinem Fotoapparat, hob ihn auf. Sofort fiel mein Blick auf dunkle Locken und ein breites Grinsen. Es traf mich mitten ins Herz. Erschrocken schaute ich auf, schielte aber gleich wieder hin. *Chris. Oh, verdammt.* Der große Jammer wollte mich wieder packen, mich zwischen seine Krallen nehmen und mich damit zermalmen. Jetzt schaute ich direkt hin. Ein Bild, ein zweites, dann ein drittes. Schlittschuhfahren, Lachen, Rutschen ...

Ich wurde stutzig. Auf geradezu jedem Bild sah ich einen schwarzen Fleck im Hintergrund. Ich zoomte näher heran. Es ... es war der gleiche schwarz gekleidete Mann, der immer um das Haus herumgelungert hatte. Meine Nackenhärchen stellten sich auf. Ich spürte so etwas wie einen kalten Hauch an mir vorüberziehen. Es war, als würde mich etwas zurückrufen.

Ich schüttelte mich, zoomte noch näher und starrte gebannt auf den Bildschirm. Obwohl das Gesicht durch das viele Vergrößern zu unscharf wurde, hatte mein Pixel-Monster gute Arbeit geleistet: Unter dem schwarzen Hut schimmerte so etwas wie ein ... wie ein Feuermal hervor. Ich schnaufte laut.

»Alles in Ordnung mit der Kamera?«, fragte Bernd besorgt.

Wie von der Tarantel gestochen fuhr ich herum. »Tut mir leid, ich muss fort«, sagte ich aufgelöst und begann, wahllos Kleidungsstücke in eine Reisetasche zu werfen. Es war der Tropfen, der das Fass zum Überlaufen brachte. Plötzlich verstand ich nicht, warum ich nicht schon früher reagiert hatte.

»Ist etwas passiert?«

»Ich hab jetzt leider keine Zeit für Erklärungen. Wenn du willst, kannst du mir gerne helfen, das wäre nett. Ansonsten lass mich bitte in Ruhe, ich habe keine Minute zu verlieren, sorry.«

Bernd half mir. In Windeseile organisierte er ein paar Umzugskartons und stopfte meine Sachen hinein, sodass weniger als eine halbe Stunde verging, bis wir alles ins Auto verfrachtet hatten.

»Na ja, weit hast du es ja nicht«, bemerkte Bernd angestrengt, während er sich damit abmühte, den Kofferraumdeckel zuzubekommen.

»Ja, ist schon in Ordnung«, antwortete ich. »Danke für alles.« Ich meinte es so.

Dann fuhr ich los.

Am Frankfurter Kreuz zögerte ich kurz, reihte mich dann aber auf die Autobahn Richtung Darmstadt/Mannheim ein. Ich rief bei meinen Eltern an und erreichte meinen Vater, erklärte ihm alles. »Ich schulde es Omi und Ada … und mir selbst«, sagte ich.

»Pass auf dich auf«, antwortete mein Vater bewegt, dann legten wir auf.

Ja, ich tat es auch für mich. Denn mir war schlagartig klar geworden, dass ich ohne Chris nicht leben wollte, dass mein Leben ohne ihn keinen Sinn haben würde. Ich wollte nicht wie Ada und Maria enden. Ich wollte nicht mein restliches Leben lang einer Liebe nachtrauern müssen, einer Liebe, wie ich keine vergleichbare mehr finden würde. Warum es nicht einfach versuchen? Warum nicht einfach das Risiko eingehen, es wagen? In Lindau würde ich ein neues Leben beginnen können. Auch dort gab es Hochzeiten und Taufen und Unternehmen, die Fotografen brauchten. Vielleicht würde ich auch endlich eine Ausstellung auf die Beine stellen können …

Und Chris? Was, wenn er die Seite, auf der unsere gemeinsame Geschichte geschrieben stand, bereits umgeblättert hatte? Was, wenn ich ihn überrumpeln würde?

Egal, dachte ich entschlossen. *Wer nicht wagt, der nicht gewinnt.* Und zu gewinnen gab es so unendlich viel …

Vorher musste ich nur noch eine Kleinigkeit bereinigen, damit die beiden Liebenden wenigstens im Jenseits bis in alle Ewigkeit in Frieden ruhen konnten. Etwas, das mir am Herzen lag.

Exakt vier Stunden und 17 Minuten später fuhr ich vor Chris' Schuppen vor. Mit klopfendem Herzen lugte ich zu seinem Haus hinüber. Alles war dunkel. Fast hatte ich mir das schon gedacht, denn ich war davon ausgegangen, dass er Weihnachten sicher mit seiner Familie oder dieser Angi – oder mit allen zusammen – verbringen würde. *Ja, Weihnachten muss man mit den Menschen verbringen, die man liebt,* erinnerte ich mich plötzlich schmerzlich an seine Worte. Schlagartig wurde mir klar, dass wir beide herzlich wenig über den jeweils anderen wussten, weil wir dieses eiserne Abkommen, keine Fragen zu stellen, bis zuletzt stur eingehalten hatten. Das würden wir bald ändern können, dachte ich zuversichtlich.

Als ich aus dem Auto stieg, schaute ich mich instinktiv um, als würde ich erwarten, auf den Rabenmann zu treffen. Aber zu meiner Erleichterung war dem nicht so. Angespannt schnappte ich mir Handtasche und Fotoapparat und machte mich auf den Weg.

»Junge Frau?«, hielt mich plötzlich eine Passantin an. »Sie wollen bestimmt zu dem Schriftsteller, der hier wohnt. Sind Sie von einer Zeitung?« Sie zeigte auf meine Kamera.

»Ich, äh …«

»Da haben Sie leider Pech. Der ist heute früh abgereist.«

»Ach so …« Ich hatte es ja vermutet.

»Unter uns: Die junge Dame in seiner Begleitung war wieder so eine Bildhübsche.«

Es war, als hätte sie mir einen Dolch ins Herz gerammt.

»Schade, dass ich ihn verpasst habe«, sagte ich mit rauer Stimme. Der Kloß in meinem Hals schnürte mir die Luft ab.

»Wenn Sie möchten, kann ich Ihnen die junge Frau gerne beschreiben. Für Ihre Klatschspalte, meine ich.«

»Danke, aber das wird nicht nötig sein«, wiegelte ich hastig ab und ließ die Dame stehen.

So einfach wollte diese sich jedoch nicht abwimmeln lassen, sie setzte mir nach und lief neben mir her. »Wissen Sie, ich bin neu hier, aber so ein Schriftsteller in der Nachbarschaft, das ist ja schon etwas Aufregendes … Und dabei war er letzte Woche noch mit einer anderen Hübschen unterwegs. Ein ganz schöner Hallodri, wenn Sie mich fragen …«

»Ich habe es eilig«, sagte ich kurz angebunden. Innerlich brodelte ich. *Die Hübsche von letzter Woche, du dumme Gans, das bin ich*, hätte ich sie am liebsten angeschrien, denn sie schien mich nicht mehr zu erkennen.

»Wie er es nur immer schafft, so attraktive Frauen an Land zu ziehen«, plapperte meine Verfolgerin einfach weiter. »So gut sieht er ja nun auch wieder nicht aus …«

Abrupt blieb ich stehen und wandte mich ihr zu. »Ich bin an Ihrem Leddag'schwätz nicht interessiert, okay?«, blaffte ich sie an. »Also lassen Sie mich gefälligst in Frieden.« Rasch lief ich weiter.

»Na so was! Da will man bloß behilflich sein und wird so unhöflich abgefertigt«, schimpfte die Zurückgelassene empört. »Aber … warten Sie mal … Sind Sie nicht *die* von letzter Woche?«

Ich achtete nicht weiter auf sie und eilte verbissen meinem Ziel entgegen. Als ich nur noch knapp hundert Meter davon entfernt war, stachen mir die blinkenden Lichter eines Krankenwagens ins Auge. Ein Schrecken durchfuhr mich von Kopf bis Fuß. Nein, nein, nein … Nicht jetzt schon …

Ich rannte los, stolperte und fiel hin, rappelte mich wieder auf. Außer Atem kam ich am Wagen an, dessen Türen weit offen standen. Keuchend blickte ich ins Innere. Wie ein Häufchen Elend lag Georg auf der Liege, wirkte mit der Sauerstoffmaske, als könnte er kein Wässerchen trüben. Als er mich bemerkte, riss er entsetzt die Augen auf.

Ja, da staunst du, gab ich ihm mit meinem Blick zu verstehen. *Bist mich leider noch nicht losgeworden …*

»Was … was ist mit ihm?«, fragte ich den Krankenpfleger.

»Gehören Sie zur Familie?«, fragte er mich prompt zurück.

Ich zögerte einen Augenblick. »Ja«, antwortete ich, ohne Georg dabei anzuschauen. Ich merkte am leichten Strampeln seiner Beine, dass er protestieren wollte, aber ihm fehlte die Kraft. Besorgt sah der Pfleger ihn an.

»Das passiert ihm ständig«, log ich. »Nervöse Beine. Das kommt von der Krankheit.«

»Dann fahren Sie am besten mit …«

Ich stieg in den Krankenwagen.

»Ist es schlimm?«, fragte ich.

Der Pfleger schürzte die Lippen, beugte sich zu mir vor und flüsterte: »Es ist gut, dass Sie da sind. Der Ärmste befindet sich im Endstadium, er leidet Höllenqualen. Wir haben ihm eine Morphium-Pumpe angelegt, aber ich glaube, er wird die Nacht nicht überstehen …«

Dies soll mein Abschiedsgeschenk an Sie sein, hallte der letzte Satz von Georgs Brief an meine Omi in mir nach.

Na warte, auch du wirst eines bekommen …

Kapitel 35 –
Das Abschiedsgeschenk

**Asklepios Klinik Lindau – In der Nacht des
25. Dezembers 2017**

Es war schummrig im Zimmer und roch nach Medikamenten und Desinfektionsmitteln. Monoton hallte das Piepen der Gerätschaften durch den Raum. Überall waren Kabel, Messgeräte, Katheter. Durch das große Flurfenster konnte ich an der gegenüberliegenden Tür die spiegelverkehrte Aufschrift *Palliativstation* lesen.

Mit nahezu durchsichtiger, blasser Haut lag der ehemalige Arzt vor mir im Bett, atmete flach, aber gleichmäßig. Er schien völlig weggetreten.

Hier saß ich. Saß am Sterbebett des Mannes, der zwei wundervollen Frauen das Leben verleidet, ihre Liebe verhindert und sie zum Äußersten getrieben hatte. Hier saß ich und wartete – auf was eigentlich? Ich wusste es nicht. Wusste aber ebenso wenig, was ich anderes hätte tun sollen. Adas Haus stand leer. Chris war fort. Ich hatte Zeit. Zeit zum Nachdenken. Zeit zum Trauern. Zeit zum Warten.

Eine Krankenschwester kam herein, lächelte mir verständnisvoll zu. Auf ihrem Namensschild stand *Karin*.

»Entschuldigung«, sprach ich sie leise an. »Der Pfleger meinte, dass es vielleicht möglich wäre, sich noch von ihm zu verabschieden?«

»Ach so ... Ja, wir können versuchen, ihn aufzuwecken, indem wir die Dosis ein wenig verringern«, flüsterte sie. »Möchten Sie das?«

Ich nickte. »Ja, bitte.«

Karin ging zu der Morphium-Pumpe und regulierte den Zufluss. »So, das dürfte reichen. Allerdings hat die Nachtschicht begonnen und ich muss jetzt meine Runde drehen. Es wird sicher ein oder zwei Stunden dauern, bis ich wieder nach ihm sehen kann. Falls sich sein Zustand verschlechtern sollte, können Sie hiermit selbstverständlich jederzeit jemanden rufen.« Sie wies auf das Gerät mit der Ruftaste, das neben der Hand des Sterbenden auf dem Laken lag.

Ich nickte. »In Ordnung. Vielen Dank.«

»Wenn er zu starke Schmerzen haben sollte, lassen Sie einfach jemanden kommen. Bleiben Sie die ganze Nacht hier?«

»Das weiß ich noch nicht«, log ich.

Sie nickte. »Gut, bis später dann«, sagte sie und verließ das Zimmer, um ihre Runde fortzusetzen. Ihre quietschenden Schritte entfernten sich.

Ich wartete. Wartete, dass er aufwachte. Wartete, dass er mir schlussendlich die ganze Wahrheit offenbarte. Ich schloss die Augen, was sich eindeutig als Fehler herausstellte. Sofort mogelte sich Chris in meine Gedanken hinein, buddelte sich in mein Bewusstsein wie ein Maulwurf durch festen Grund, lockerte alles auf, um es zugänglicher zu machen. *Der ist heute Morgen mit einer bildhübschen Frau abgereist*, schossen mir die Worte der neugierigen Anwohnerin durch den Sinn. Erst jetzt gestattete ich es dem tiefen Schmerz, den diese Eröffnung in mir ausgelöst hatte, sich auszutoben.

Was hattest du denn erwartet, Dummerchen?, schalt ich mich selbst. *Es ist ja nicht so, als hättest du es nicht gewusst …* Nein, mein Ego hatte es nicht wahrhaben wollen. Hatte trotz allem daran glauben wollen, dass es anders hätte sein können. *Naive Träumerin …*

Neben mir vernahm ich ein leises Röcheln und öffnete prompt wieder die Augen.

Entsetzt starrte Georg mich an.

Ich richtete mich auf, räusperte mich.

»Grüß Gott, Georg«, sprach ich ihn absichtlich beim Vornamen an. »So sieht man sich wieder.«

Er schien noch etwas wirr im Kopf, was ihn nicht daran hinderte, das Laken mit seiner Hand nach dem kleinen Rufschalter abzutasten. In seinen Augen flackerte Panik. Blitzschnell schnappte ich das Kabel und zog es zu mir, sodass es unerreichbar für ihn blieb. »Erst werden Sie mit mir sprechen, dann können Sie die Schwester rufen«, sagte ich bestimmt. »Übrigens eine gute Freundin von mir.« Mit dem Kinn wies ich auf die Pumpe. »Ich weiß, ich weiß: Des isch fei ned schee«, kam ich ihm diesmal zuvor und schnalzte mit der Zunge. Fast empfand ich dabei so etwas wie Genugtuung.

Boshaft stierte Georg mich an. In seinen Augen flimmerte nackter Hass. »Was wollen Sie von mir?«, krächzte er. »Sehen Sie denn nicht, dass ich im Sterben liege?«

»Doch«, erwiderte ich. »Und es ist in der Tat kein schöner Anblick. Aber ich lasse Sie nicht gehen, bevor Sie mir nicht verraten haben, wie Sie die beiden auseinandergebracht haben.«

»Ich weiß nicht, wovon Sie da schwafeln«, stellte er sich stur. »Lassen Sie mich in Ruhe.«

Mit einem grimmigen Lächeln zog ich den Brief, den er an meine Großmutter gerichtet hatte, aus der Tasche, und wedelte damit in der Luft herum. »Ich weiß alles, Georg. Unnötig, es abzustreiten«, sagte ich um Gelassenheit bemüht. Ich gönnte ihm nicht, meines inneren Aufruhrs gewahr zu werden. »Ich weiß auch, dass Sie derjenige waren, der ins Haus eingebrochen ist. Sie haben meine Kamera unterschätzt. Also reden Sie endlich.«

Trotzig wandte Georg den Kopf ab. »Da gibt es nichts zu erzählen.«

»Was hat es mit dem Schwur auf sich?«

»Darüber weiß ich nichts.«

»Wie Sie wollen«, sagte ich. Mein Herz hämmerte und meine Hände wurden feucht, als ich nach dem Regler der Morphium-Pumpe griff.

»Halt!«, begehrte er entsetzt auf. »Was wollen Sie wissen?«

»Alles, und zwar schnell. Ich möchte nicht die ganze Nacht hier sitzen müssen.« Ich vermutete, dass es schon weit nach Mitternacht war.

Georg schmatzte unwillig mit seinen fahlen Lippen. »Na gut. Wenn Sie sich das unbedingt antun möchten«, sagte er in gehässigem Tonfall. Es klang, als würde es ihm letztendlich sogar Freude bereiten. »Ich war ein junger Knabe von acht Jahren, als ich von Adas Eltern aufgenommen wurde«, begann er. »Auf den ersten Blick habe ich mich in Ada verliebt. Sie war so ein hübsches, lebenshungriges Wesen. Einfach bezaubernd ...« Sein Blick schweifte ins Leere ab, dann schien er sich wieder zu sammeln. »Wir wurden Freunde. Unzertrennliche Freunde. Ihre Eltern, Gott hab sie selig, haben mich in ihr Herz geschlossen und hatten große Pläne mit mir. Sie finanzierten mir das Medizinstudium und Adas Vater hat mir zu verstehen gegeben, dass ich bei seiner Wahl für einen Schwiegersohn an oberster

Stelle stünde. Dementsprechend habe ich mich eben auch verhalten.« Er hustete röchelnd.

Es war, als würde sich langsam der Nebel heben. Ich begann zu begreifen. »Bloß, dass Ada Sie nicht wollte«, fügte ich hinzu.

»Unterbrechen Sie mich gefälligst nicht«, schnauzte er, dann glätteten sich seine Gesichtszüge und seine Stimme nahm erneut einen verklärten Tonfall an. »Wir wuchsen gemeinsam auf. Aber Ada hatte nur Flausen im Hirn. Träumte von der großen, weiten Welt. Aber auch das war noch erträglich, denn sie teilte ihre Gedanken mit mir, vertraute sich mir an. Und dann kam diese ... diese ... Erna.« Er spuckte den Namen regelrecht aus. Alles in mir zog sich zusammen. Ich kämpfte gegen die Tränen an. »Ada hatte einen Narren an dem Mädchen gefressen. Erna hier, Erna da ... Ständig steckten die beiden ihre Köpfe zusammen, teilten ihre Geheimnisse. Mir erzählte sie nichts mehr.«

»Das ist ja auch völlig normal in diesem Alter«, warf ich ein.

»Ach, was wissen Sie schon?! Nichts war normal.«

Ich zuckte die Schultern. »Gut, reden Sie weiter.«

»Eines Tages lernte Ada diesen Franzosen kennen. Es war auf dem Frühlingsfest ...«

»Marcel?«, fragte ich rasch nach, bevor seine Gedanken erneut abschweifen konnten.

»Ja, dieser Trottel. Auch er hat sich von den beiden ins Bockshorn jagen lassen.« Wütend verzog er den rechten Mundwinkel. »Schon zwei Wochen später ist sie mit ihm nach Frankreich durchgebrannt und hat ihn geheiratet.« Er schnaufte. »Ich war am Boden zerstört. Sie war *mir* versprochen worden. Mir!«, grölte er heiser.

»Weiter«, drängte ich, ohne seinem Ausbruch Beachtung zu schenken.

Hasserfüllt funkelte er mich im Halbdunkel an, fletschte die Zähne. Es war, als würde ihm der Zorn einen letzten Schub Kraft verleihen. »Ich hätte Sie und Ihren vermaledeiten Schreiberling bei Ihrem Besuch in meinem Haus gleich um die Ecke bringen sollen«, zischte er plötzlich. »Damit hätte ich der Nachwelt noch einen Dienst erwiesen, bevor ich abkratze. Auf einen mehr oder weniger kommt es ja auch nicht an, oder?«

»Ja, das hätten Sie sicher tun sollen«, sagte ich ohne jede Regung. »Es war nicht der einzige Fehler, den Sie in Ihrem Leben begangen haben. Aber jetzt sitze ich hier und habe das Kommando.« Ich schielte zur Pumpe. »Weiter!«

»Nachdem ihre Eltern diesen tragischen Unfall hatten, kam sie endlich zurück.«

»Dann haben Sie Adas Eltern also auch auf dem Gewissen?«, fragte ich geradeheraus und fixierte ihn.

»Was tut das zur Sache?«

Ich zuckte die Achseln. »Ich will die ganze Wahrheit hören.«

»Vielleicht habe ich ein bisschen nachgeholfen, kann schon sein«, antwortete er gehässig.

In meinem Inneren rebellierte es. Es juckte mich in den Fingern, den Regler der Pumpe ganz herunterzudrehen und ihn dann mit seinen Qualen allein zu lassen.

»Gut, weiter«, forderte ich stattdessen.

»Als sie zurückkam, hatte sie auch dieses ekelhafte Hausmädchen mit im Gepäck. Diese perverse kleine Hure mit ihrem Männerhass, die Ada zum Schlimmsten verleitet hat …«

Ich musste schlucken, atmete tief durch. »Ada war verliebt in sie«, antwortete ich stoisch.

»Verliebt?«, spie er aus. Es hörte sich an, als ob ihm der alleinige Gedanke unerträglich war. »Sie meinen: verhext! Ja, sie war völlig verhext. Konnte nicht mehr klar denken. Hat sich von diesem Luder zur Unzucht verführen lassen.«

»Und da haben Sie begonnen, den beiden nachzuspionieren?«

Er kicherte bösartig. »Das habe ich schon immer getan«, sagte er listig, schien sogar noch stolz darauf zu sein. »Es hatte mit einem Jungenstreich begonnen und sich zu einer Sucht entwickelt.«

Mir schauderte. »Und dann?«

»Ich bin müde …«

»Bald können Sie schlafen, so viel Sie möchten. Aber nicht, bevor Sie mir nicht alles erzählt haben. Los! Was hat es mit diesem Schwur auf sich?«

»Des isch fei ned …« Er brach ab und brummte unwillig. »Das möchten Sie wohl gern wissen, he?«

Meine Hand glitt sachte in Richtung des Reglers. »Ich frage mich, wie lange jemand, der sich wie Sie im Endstadium befindet, die Schmerzen so ganz ohne Morphium ertragen kann«, fragte ich betont beiläufig und schnalzte erneut mit der Zunge.

»Wie Sie wünschen«, zischte er. »Ich erzähle Ihnen alles. Und dann verschwinden Sie. Ich kann Ihren verfluchten Anblick nicht mehr ertragen …«

*

Lindau – 1957

Ungeachtet der umständlichen Haltung, in der er verweilen musste, und der daraus resultierenden Rückenschmerzen harrte Georg in seinem Versteck aus. Von den Wohlgerüchen stimuliert, überfluteten ihn Erinnerungen an vergangene Zeiten. Damals hatte er so gerne hier gestanden und jede Bewegung, jedes Wort, jedes Lächeln von ihr aufgesogen. Damals, als sie noch ihm allein gehört hatte. Damals, als ihr Vater sie noch für ihn bestimmt gehabt hatte. Danach hatte es eine lange Periode der Dürre gegeben. Jahre, die sie mit ihrem Mann in Frankreich verbracht hatte.

Ihrem Mann. Pah! Als er erfahren hatte, dass sie mit einem Franzosen durchgebrannt war, war er aus allen Wolken gefallen. Leise stieß er die Luft aus. Allein bei dem Gedanken daran krampfte sich etwas schmerzlich in ihm zusammen. Es hatte sich angefühlt, als hätte sie ihm das Herz bei lebendigem Leibe aus der Brust gerissen und vor seinen Augen die Fingernägel in den noch pumpenden Muskel gerammt. Als hätte sie ihm ätzende Säure zu trinken gegeben oder ihm Gift in die Venen gespritzt. Georg erinnerte sich daran, als wäre es gestern gewesen, so präsent war der Schmerz noch heute. Aber es war nichts im Vergleich zu dem, was er seit ihrer Rückkehr durchmachen musste.

Als er erfahren hatte, dass sie wieder da war, hatte er seinen Ohren kaum trauen wollen. Es war der schönste Tag seines Lebens gewesen – so hatte er zumindest geglaubt. Denn sehr schnell hatte er das Spiel durchschaut. Es hatte ihn schon früher überrascht, wie nahe sich die beiden Mädchen gestanden hatten. Und als er erfahren hatte, dass Ada das Hausmädchen mit nach Frankreich genommen hatte, war er vor Neid fast geplatzt. Aber niemals hätte er auch nur geahnt, was wirklich dahintersteckte.

So hatte ihn die Erkenntnis mit aller Wucht getroffen. Hatte ihn gebeutelt wie nichts zuvor in seinem Leben. Und was er seitdem mitansehen musste, diese abstoßende Widernatürlichkeit, diese perverse Durchtriebenheit, ekelte ihn bis ins tiefste Innere seiner malträtierten Seele. Zugleich erregte es ihn. Diese nackten Körper, diese sprühende Lust, das wollüstige Stöhnen, die wippenden Brüste. Er keuchte leise. Es war schier unerträglich, dem zuschauen zu müssen. Trotzdem brachte er es nicht über sich, den Blick abzuwenden. Er hatte alles versucht. Hatte versucht, mit Ada zu reden, versucht, dieses grässliche Wesen zu vertreiben. Sie war uneinsichtig geblieben, hatte ihn abblitzen lassen und ihn wie einen Irren behandelt. Mit dem guten alten Georg konnte sie es ja machen.

Aus lauter Verzweiflung hatte er sich schließlich nicht mehr anders zu helfen gewusst: Zwei Tage waren vergangen, seit er ein Telegramm nach Paris abgeschickt hatte, in dem er ihrem Mann in holprigem Französisch nahelegte, dass er gefälligst besser auf seine Frau achtgeben sollte. Sie mache ihn zum Gespött, so hatte er es ausgedrückt, und dass sich hinter den verschlossenen Türen ihres Elternhauses unreine Dinge abspielten. Orgien der liederlichsten Art. Ja, das war vor zwei Tagen gewesen. Hatte die Nachricht ihren Mann schon erreicht? Würde er bald eintreffen? Worauf wartete er noch, verdammt!

Kaum hatte er diesen Satz zu Ende gedacht, da meinte er ein Auto die Auffahrt hochfahren zu hören. Innerlich frohlockte er, als gleich darauf eine Wagentür zuschlug und knirschende Schritte sich dem Haus näherten. Endlich, das musste Marcel sein. Aufgeregt lugte Georg abermals durch das Loch in der Wand. Wunderbar, die Frauen waren noch immer mit ihrem Teufelswerk beschäftigt. Durch die sanfte Jazzmusik im Hintergrund hatten sie nicht bemerkt, dass sie Besuch bekamen. Georg überlief ein wohliger Schauer. Er bebte in Erwartung dessen, was gleich passieren würde.

Da! Marcel stand vor der Fensterfront, legte die Hände zum Schutz gegen das Licht an die Scheibe und spähte ins Innere. Als sein Blick auf das Geschehen auf dem Sofa fiel, wo sich ihm das Unvorstellbare im lodernden Feuerschein offenbarte, schien Adas Ehemann zu Stein zu erstarren. Doch gleich darauf fasste er sich. Wutentbrannt drückte er eine Fensterseite auf und trat in den Raum. Wie aufgescheuchte Hühner stoben die Frauen auseinander, versuchten ihre Nacktheit mit irgendetwas zu bedecken, was ihnen gerade unter die Finger geriet.

Eine Ohrfeige schallte. Georg zuckte zusammen.

Ja, züchtige sie, dachte er befriedigt und zitterte am ganzen Leib. Jetzt bekam sie, was ihr zustand. Inzwischen wäre es ihm sogar lieber, wenn sie mit ihrem Mann nach Frankreich zurückkehrte, nur um diesen Horror nicht weiter ertragen zu müssen. Aber nach diesem fürchterlichen Verrat würde Marcel sie nicht mehr haben wollen, davon war Georg überzeugt.

»Marcel!«, rief Ada erschrocken und hielt sich die Wange. »Was machst du denn hier?«

»Ha!«, brüllte Marcel aufgebracht. »Versuch nicht, den Spieß umzudrehen, du verdammte Schlampe.«

»Es ist …«

»Es ist nicht das, was ich denke, ja? Willst du mir das im Ernst weismachen, du liederliche Hure?«, redete er sich in Fahrt. »*Oh, Marcel, mir geht es nicht gut*«, äffte er sie nach.

»*Oh, Marcel, ich möchte mich ausruhen. Oh, Marcel, nein, ich kann noch nicht zurückkommen. Ich durchlebe gerade eine Krise, bin melancholisch und deprimiert …*«

Ada zupfte an der Decke herum, die sie sich vor den Leib hielt, rückte sie notdürftig zurecht. »Lass es mich dir in Ruhe erklären, bitte …«

Georg staunte. So kleinlaut hatte er Ada noch nie erlebt.

»Erklären? Dass du mich vor aller Welt zum Hahnrei gemacht hast? Dass du geglaubt hast, mich hintergehen zu können? Seit Monaten bete ich für deine Genesung, bete darum, dass du bald wieder nach Paris zurückkehren kannst. Und du, du …« Er schnaufte. »Du bist hier … mit dieser …« Marcel stierte Erna an. »Mit dieser undankbaren Verräterin …«

Ja!, jubilierte Georg. *Ja, los. Gib es ihr. Schmeiß sie raus, sie hat es nicht besser verdient. Komm schon, Marcel, lass dich nicht so lange bitten.*

So viele Jahre hatte er dem Moment entgegengefiebert, dass diese grauenvolle Person endlich aus ihrer aller Leben verschwinden würde. Dieses Hexenweib, von dem Ada so besessen war. Gefühlte Hunderte von Bildern hatte sie von ihr gemalt, als gäbe es nur dieses Miststück auf dieser Welt. Er würde sie alle verbrennen. Ja, alle …

»Verdammt, Ada. Als mich dieses verfluchte Telegramm erreicht hat, habe ich mit allem gerechnet. Allerdings bin ich anscheinend nicht verdorben genug, denn diesen Schmach hätte ich mir im ganzen Leben nicht ausmalen können.« Hasserfüllt blickte er auf Erna, die sich ein Kissen vor ihren nackten Körper hielt. »Du Flittchen«, schrie er und ging mit erhobener Faust auf sie zu.

»Bist du von Sinnen?«, kreischte Ada und stürzte sich auf Marcel. Stämmig, wie er war, schüttelte er sie ab wie einen lästigen Fussel, der einen auf dem Anzug störte. Ohne jegliche Vorwarnung sauste Marcels Faust auf Erna nieder. Für Georg hatte es etwas Erlösendes, als Erna gepeinigt aufschrie. So lange hatte er sich danach gesehnt, es Marcel gleichzutun. Er genoss die Vorstellung aus vollem Herzen.

Abermals schrie Ada entsetzt auf. »Hör auf! Bist du des Wahnsinns?«

»Aufhören? Ich werde ihr die Abartigkeit schon noch aus dem Leib prügeln«, brüllte Marcel wie ein Löwe und schlug erneut zu. Georg erzitterte vor Wonne. *Ja, mehr, mehr …*

Erneut versuchte Ada, ihren Mann von weiteren Schlägen abzuhalten. Sie sprang ihm auf den Rücken, krallte sich an seinen Arm, um ihn festzuhalten. Es klang fast, als fauchte sie wie eine Wildkatze, als sie ihm schnaubend ihre Fingernägel ins Fleisch rammte.

Wütend packte Marcel Ada und schleuderte sie mit solcher Wucht aufs Sofa, dass sie über die Armlehne hinwegflog und neben dem Kamin auf dem Boden aufschlug. Georg meinte, Panik in ihrem Blick aufflackern zu sehen. Entsetzt riss er die Augen auf, ahnte das Unheil nahen, noch bevor Ada nach dem Kaminbesteck griff. Dann geschah es. Als Marcel erneut auf die zusammengekauerte Erna losgehen wollte, rappelte Ada sich auf, bekam den Schürhaken zu fassen, ging auf Marcel zu und holte weit aus.

Georg wollte schreien, aber bevor er Marcel warnen konnte, war es bereits zu spät. Die Eisenstange sauste auf Marcels Schädel nieder. Plötzlich war es, als hätte jemand auf *Halt* gedrückt. Die Welt schien stillzustehen. Ernas ängstliches Wimmern und Marcels tobendes Gebrüll waren schlagartig verstummt. Georg wagte kaum noch zu atmen und Ada stand wie betäubt da. Selbst der Kamin schien nicht mehr zu knistern.

Marcel starrte verblüfft ins Leere. Sein erhobener Arm fiel herab, dann ging er röchelnd in die Knie, kippte vornüber und krachte neben Erna auf dem Boden zusammen.

Die Malträtierte erhob sich zitternd wie Espenlaub. »Mein Gott«, wimmerte sie. »Mein Gott …«

Ada eilte zu ihr. »Ist alles in Ordnung mit dir? Oh, verdammt. Wie das Schwein dich zugerichtet hat! Hast du starke Schmerzen?«

»Nein, nein, ist schon gut, Liebste«, antwortete Erna mit klappernden Zähnen. »Ruf einen Krankenwagen für Marcel, schnell!«

Ada ging neben Marcel in die Knie und tastete seinen Hals ab. Entsetzt wich sie zurück, hielt sich die Hand vor den Mund.

»Was ist?«, hauchte Erna, schien das Offensichtliche noch immer nicht wahrhaben zu wollen.

»Ich habe ihn getötet«, stieß Ada hervor. Und wie zur Bestätigung breitete sich unter Marcels Haupt allmählich eine Blutlache auf dem Teppich aus.

»Herr im Himmel, nein«, flüsterte Erna. Weinend fielen sich die beiden Frauen in die Arme.

»Dafür werde ich den Rest meines Lebens ins Gefängnis wandern.«

»Es war Notwehr«, schluchzte Erna. »Du wolltest mich doch nur beschützen.«

Ada schüttelte den Kopf. »Mir droht lebenslange Haft«, sagte sie schaudernd. »Und wenn man den Berichten über die Zustände, die in den Gefängnissen herrschen, Glauben schenkt, käme das einer Todesstrafe gleich.«

»Dann lass uns fliehen«, flüsterte Erna, die noch immer unter Schock zu stehen schien.

Georg riss die Augen auf. *Fliehen? Ausgeschlossen.*

»Fliehen?«, fragte Ada. »Und wovon sollen wir dann leben?« Dieses eine Mal schien sie die Vernünftigere von beiden zu sein.

»Ich könnte mich wieder als Hausmädchen verdingen und für uns beide aufkommen.«

Ada schluchzte. »Du bist so lieb, meine Seerose. Aber wo denkst du hin? Ich kann dich da nicht mit hineinziehen.«

»Aber ich stecke bereits bis zum Hals mit drin.« Ihr blutverschmiertes Gesicht war furchterregend anzusehen. »Sag mir, was zu tun ist. Ich bin zu allem bereit.«

Aufgebracht tigerte Ada im Raum hin und her, starrte immer wieder auf den blutigen Schürhaken in ihrer Hand und schien krampfhaft nachzudenken. Nach einer Weile fragte sie: »Wirklich zu allem?«

Erna nickte eifrig.

Ada traf eine Entscheidung. »Dann lass uns schnell handeln ...«

Und so hoben die beiden Frauen in Windeseile ein mannsgroßes Loch im hintersten Winkel des Gartens aus. Der Vollmond war hinter einer Wolke verschwunden und eine schaurige Atmosphäre lag über dem ohnehin schon makabren Geschehen.

Anschließend rollten sie Marcels leblosen Körper in den blutverschmierten Teppich ein und schleiften ihn – vor Anstrengung ächzend und stöhnend – bis zur Aushebung. Mit vereinten Kräften hievten sie Marcel in sein Grab. Wie zur Huldigung des Verblichenen lugte der Trabant aus seinem Versteck hervor und badete die Ruhestätte in seinem gespenstischen Schein.

Ada flossen die Tränen in Strömen über die Wangen. »Vergib mir, Marcel«, wimmerte sie und legte den Schürhaken auf seinen Leib, als wäre es das Zepter eines Königs. »Erna, was habe ich nur getan?«

»Hast du die Autoschlüssel?«, fragte Erna geistesgegenwärtig anstelle einer Antwort.

»So ein verdammter Mist«, fluchte Ada und erwachte aus ihrem Kummer. Behände kletterte sie zurück in die Grube, faltete den Teppich auseinander und zerrte den Schlüssel aus Marcels Hosentasche. Anschließend füllten sie das Loch wortlos mit Erde auf. Nur der Mond war ihr Zeuge; so glaubten sie …

Als das schaurige Werk vollbracht war und die Frauen zurück zum Haus liefen, straffte Georg die Schultern. Jetzt würde endlich einmal er am Zuge sein. Seine große Stunde war angebrochen. Er holte tief Luft, wappnete sich. Mit voller Wucht warf er sich gegen die verschlossene Schranktür. Das Holz splitterte und krachte. Georg stolperte aus dem Wandschrank, rückte hastig seinen Anzug zurecht und erschien ein paar Sekunden später im Wohnzimmer, wo die Frauen ihn wie vom Donner gerührt anstarrten.

»Georg?« Adas Stimme bebte.

»Ja, genau der.« Er zuckte nervös mit dem Kopf, als wäre ihm der Kragen zu eng.

»Was machst du denn hier?« Es klang entsetzt.

»Pfui, Ada-Liebling, was für ein Empfang. Du solltest dich über meine Anwesenheit freuen, denn ich bin deine Rettung.«

Die beiden Komplizinnen starrten ihn fassungslos an. »Was meinst du damit?«, fragte Ada betont harmlos.

Mit Genugtuung stellte Georg fest, dass Erna aufs Neue am ganzen Leib zu zittern begann.

»Du hast recht: Wenn du dich der Polizei stellst, dann werden sie dir nicht glauben. Und um ehrlich zu sein ...«, er warf einen vielsagenden Blick auf das Chaos im Raum, »... könnte man es ihnen kaum verdenken.«

»Und jetzt?«, zischte Ada. »Komm zur Sache.«

»Es gibt zwei Möglichkeiten«, sagte Georg gelassen und lächelte triumphierend.

»Und die wären?«

Wie immer gab sie sich überlegen, aber das würde ihr schon noch vergehen ...

»Entweder ihr beiden trennt euch auf der Stelle und schwört, euch nie wiederzusehen ... Soll heißen, Erna packt sofort ihre Siebensachen und schert sich zum Teufel.«

Instinktiv griffen Ada und Erna nacheinander wie Ertrinkende.

Wissen sie denn nicht, dass sich Ertrinkende, die sich aneinander festhalten, nur gegenseitig in die strudelnden Tiefen hinunterziehen?

»Oder?«, fragte Ada mit schwacher Stimme.

»Oder ich gehe zur Polizei und zeige euch wegen Mordes an.«

»Es war ein Unfall.«

»Nun, bestenfalls Totschlag. Aber ein guter Staatsanwalt könnte auch das in Zweifel ziehen. Er würde sicher hervorheben, dass es euch recht gelegen kommen muss, endlich frei zu sein. Außerdem ist da noch das Telegramm ...«

»Das Telegramm?«

»Ja. Rein zufällig hat der bedauernswerte Marcel ein Telegramm mit Hinweisen auf euer liederliches Treiben erhalten. Habt ihr denn nicht sein Portemonnaie durchsucht? Nein? Hach, ihr habt euch aber auch wirklich wie Anfängerinnen angestellt, das muss ich schon sagen.«

Ada starrte ihn fassungslos an. »Das ist nicht dein Ernst! *Du* hast ihn benachrichtigt?«

»Irgendwer musste dem armen Gehörnten ja endlich mal reinen Wein einschenken, findest du nicht?«, antwortete Georg gelassen. »Es könnte sogar ein vorsätzlicher Mord gewesen sein, den ihr teuflischen Weiber seit Langem geplant habt«, fügte er mit diabolischem Grinsen hinzu.

»Du mieses Schwein«, fauchte Ada und trat einen Schritt auf ihn zu.

»Oho«, rief Georg und wich zurück. »Willst du mich etwa ebenfalls beseitigen?«

»Das sollte ich vielleicht«, zischte sie erbost.

Erna griff nach Adas Arm. »Lass, er ist es nicht wert«, flüsterte sie kaum hörbar.

»Du bist verrückt, Georg«, sagte Ada etwas ruhiger. »Damit wirst du niemals durchkommen.«

»Das sehe ich anders. Am Ende steht Aussage gegen Aussage. Und die Tatsache, dass er bereits begraben wurde, spricht nicht gerade zu euren Gunsten. Dieses Höllenweib wird als Mitwisserin im Zuchthaus landen; mit ein wenig Glück vielleicht in einer Irrenanstalt. Bei ihrer Veranlagung wäre es durchaus denkbar, dass man ihr mildernde Umstände zugesteht.« Er schnalzte mit der Zunge.

Ada sog verzweifelt die Luft ein.

»Das ist Erpressung«, flüsterte Erna erschüttert.

»Ganz genau. Also entscheide dich schnell, Ada. Entweder ein Leben hinter Gittern für euch beide oder Erna erhält ihre Freiheit und kann gehen, wohin sie möchte.«

»Du machst dich damit ebenfalls zum Mitwisser«, spie Ada aus.

»Wem wird man deiner Meinung nach mehr glauben?

Zwei perversen Weibern, die kaltblütig einen Mann besei-
tigt haben, oder einem angesehenen Arzt?«

*

Wie erschlagen saß ich da. Mit vielem hatte ich gerechnet, aber nicht damit. Endlich ergab das Ganze einen Sinn.
Jetzt konnte ich auch besser nachvollziehen, warum meine
Großmutter in die vom Vater verlangte Hochzeit eingewilligt hatte. Nach all dem Grauen, der Angst und der
Gewalt musste ihr ein Leben als Ehefrau und Mutter wie
ein friedlicher Hafen erschienen sein, ein Ort, an dem sie
sich vor den Drohungen dieses abscheulichen Übeltäters
abgeschirmt gefühlt hatte.

»Und wo genau hatten sie Marcel begraben?«

»Können Sie es sich nicht denken?«, blaffte Georg und
röchelte.

»Unter dem Teich?«, fragte ich matt. *Wo sonst? Unter
den Seerosen!* Schlagartig kam mir Adas Gedicht in den
Sinn: *Geheim bleibt der Zorn, wird verschmäht, begraben im Schleim, auf dem ich steh ...* Oh Gott! Mir war
ganz elend zumute.

Georg funkelte mich grimmig an.

»Und was wurde aus Marcels Wagen?«, fragte ich weiter, als würde dieses belanglose Detail überhaupt noch
eine Rolle spielen. Für mich tat es das zumindest, denn
ich brauchte Gewissheit. Gewissheit, dass Georg mir kein
Märchen auftischte.

»Der ruht in den Tiefen des Bodensees«, röchelte er und
grinste.

Lügt er?, fragte ich mich. Es war kaum anzunehmen.
Und es erklärte alles. Marcels Verschwinden, den Schwur,

das jahrlange Hoffen und Bangen … Ja, Ada musste gehofft haben, dass Georg irgendwann das Zeitliche segnete. Sie musste sich seinen Tod mit aller Inbrunst herbeigesehnt haben. Er hingegen hatte durchgehalten. So lange, bis er die beiden Frauen buchstäblich unter die Erde bringen konnte … Verbittert musste ich ein weiteres Mal an die Worte des Notars zurückdenken. Worte, die er sicher aufgrund der Gerüchte nur so dahingesagt hatte. Ja, es stimmte, ich hatte tief gegraben. Aber bereuen tat ich es letztendlich nicht …

»Und Ada?«, platzte ich heraus. Jetzt wollte ich die ganze Wahrheit wissen.

»Was *Ada*?«, blaffte er zurück und hustete.

»Hatten Sie bei ihrem Selbstmord auch die Finger im Spiel?« Innerlich bebte ich. Es schien so eindeutig.

Er gaffte mich an, senkte plötzlich den Blick, als ob er tatsächlich so etwas wie Reue verspüren würde. »Ich hatte ihr mitgeteilt, dass ihre geliebte Erna von uns gegangen sei, und inbrünstig gehofft, dass es ihr den Rest geben würde«, murmelte er kaum hörbar.

»Und?«, insistierte ich angespannt.

»Es hat mir das Herz gebrochen, das dürfen Sie mir glauben … Aber mir ist die Zeit davongelaufen. Laut meinem Arzt hatte ich höchstens noch ein paar Wochen zu leben. Deswegen musste ich ein wenig nachhelfen, ja. Sagen wir mal, dass es mir ein Leichtes gewesen ist, ihre Bluthochdrucktabletten, die sie allmorgendlich einnahm, gegen ein speziell für den Zweck hergestelltes Präparat auszutauschen. Sie hat nicht gelitten …« Sein Blick verklärte sich. »Die leere Schlafmittelpackung habe ich dann etwas später auf ihren Nachttisch gelegt. So hat sich der Arzt keine weiteren Fragen mehr gestellt. Als ehemaliger Kollege wusste ich ja, dass bei einer 94-Jährigen kein großes Aufhebens gemacht werden würde.« Er räusperte sich mehrmals umständlich. »Aber Ada musste gespürt haben, dass es das Ende war. Denn als sie sich bereits am Vormittag zu ihrem letzten Nickerchen hinlegte, hat sie ganz gegen ihre Gewohnheit die Vorhänge zugezogen …« Er seufzte, als würde eine Tonne auf seinem Herzen lasten. »Es war besser so, wirklich.«

Fassungslos saß ich da und stierte ihn an. Ich fühlte mich hundeelend. Ein dicker Kloß bildete sich in meinem Hals. Langsam erhob ich mich vom Besucherstuhl.

»Und dann bin *ich* aufgetaucht und habe Ihre Pläne vereitelt«, zischelte ich wie eine Schlange kurz vorm Angriff.

»Ja, als Sie auf der Bildfläche erschienen sind«, wisperte Georg schwach, »als ich diese Fratze aufs Neue vor mir gesehen habe, da ist etwas mit mir durchgegangen. Es kam mir so vor, als würde mich diese Kröte von Erna noch aus dem Grab heraus verhöhnen.«

»Das tut sie auch«, sagte ich kalt. »Und wissen Sie was? Fast müsste ich Ihnen dankbar sein, denn ohne Sie stünde ich heute nicht hier.«

Er hustete abermals. »Genau.«

»Und im Namen Adas und meiner geliebten Omi könnte ich jetzt einfach diese Pumpe abstellen und Sie elendig und schmerzgepeinigt verrecken lassen«, raunte ich ihm zu. »Und die Schwester schaut erst im Morgengrauen wieder vorbei.«

Meine Worte verfehlten ihre Wirkung nicht. Georgs Atem ging stoßweise, der Piepton beschleunigte sich.

»Das würden Sie nicht wagen …«

»Wagen? Sie irren sich, Georg.« Ich beugte mich über ihn, blickte ihm fest in die Augen. »Ich bin nicht wie Sie. Sie werden mich nicht zur Mörderin machen.«

»Ich habe gesiegt«, spie er aus, als wollte er mich zum Äußersten provozieren. »Auf ganzer Linie habe ich euch alle besiegt.«

Wut flammte in mir auf. »Da wäre ich mir nicht so sicher«, sagte ich aus einem Impuls heraus. »Denn eine Genugtuung bleibt mir.«

Er lachte höhnisch. »Und die wäre?«

Erneut beugte ich mich leicht über ihn, bemüht, mein freundlichstes Lächeln aufzusetzen. Er sollte Omis Lächeln mit auf den Weg in die Verdammnis nehmen. »Jetzt, wo die beiden wieder im Himmelreich vereint sind und sich vor Ihnen nicht mehr zu fürchten brauchen, kann ich es Ihnen ja sagen: Ada und Maria – oder Erna, wenn Ihnen das lieber ist – haben sich ihr Leben lang weiter heimlich getroffen.«

Die Augen schienen ihm aus den Höhlen zu treten. »Sie lügen!«, keifte er.

»Nein, ganz und gar nicht. Sobald sie ein wenig Zeit hatten, haben sie sich auf halbem Wege in einem kleinen Ort namens Mühlacker getroffen«, erfand ich und kam jetzt richtig in Fahrt. »Sie haben sich dort ein Hotelzimmer genommen und sich darin geliebt, geliebt und wieder geliebt. Ihr ganzes Leben lang. Sie hingegen, Georg, haben alles verloren. Adas Achtung, ihre Zuneigung, ihre Seele und ihren Körper. Ada gehörte sich selbst und sie gehörte zu Maria. Die beiden gehörten zueinander. Und nichts und niemand hätte das jemals verhindern können.«

Sein Körper begann zu zucken. Er röchelte. »Das ist eine Lüge«, spie er mit erstickter Stimme aus, hustete und wand sich. »Eine Lüge …«

Ich sah ihm direkt in die Augen und lachte ihn strahlend an. In diesem Moment dachte ich an Ada, an ihr fröhliches

Wesen, an meine Omi, die immer so lieb gewesen war und der ich so ähnlich sah. Ich wusste, dass mein Anblick ihn quälte. »Es ist die reine Wahrheit«, beharrte ich eindringlich. »Im Namen meiner Großmutter und Adas ist das *mein* Abschiedsgeschenk für *Sie* ...«

Epilog

Stille. Es war eine alles umhüllende Stille. Die Stille, die einen umgab, wenn man mit allem durch war. Die, aus der es kein Zurück mehr geben konnte. Die Stille der Blume, die unwiderruflich dahinwelkte und die Erbarmungslosigkeit des Seins preisgab. Die Stille des Traumes, der nicht mehr war, von Hoffnungslosigkeit umhegt. Diese Stille des mit Tränen geschriebenen Szenarios, das wie ein betörendes Lied jäh verstummte. Einfach so. Die Stille nach wirbelndem Tanz durch Lichter, von erhitzter Sehnsucht umhüllt. Oder die Stille nach dem Verflüchtigen eines Duftes, dem man wie einem vielversprechenden Zauber gefolgt war. Aufgelöst in nichts.

Aber auch die Stille, die einsetzt, wenn sich euphorisches Lachen an Mauern bricht … *Nein*, hatte das Verhängnis entschieden, *du darfst nicht dauern. Ihr dürft nicht dauern. Nicht das Lachen, nicht die Blume, nicht der Duft, nicht der Tanz, nicht der Traum – nur die Stille.*

Es war keine unangenehme Stille. Keine Leere. Alles hat seinen Preis; das zu Wenige ebenso wie das zu Viele …

War es ein Irrtum gewesen zu hoffen, aufzubegehren und sich mehr zu ersehnen? Einen Tag mehr, eine Stunde mehr, eine Minute … oder Sekunde?

Es fehlte nur ein Schritt in den Traum zurück, dorthin,

wo alles schöner, heller, unglaublicher und wärmer war. Der Traum, der mich unwiderstehlich anzog.

Seufzend erhob ich mich von der Bettkante, ging zum Fenster und schaute noch einmal hinaus. Hinaus auf das idyllische Antlitz des Sees bei Sonnenuntergang, an dessen Ufern die Wellen wie hungrige Seelen verebbten, die immer wieder nach dem Unerreichbaren griffen, es flüchtig streiften, ohne es je festhalten zu können. Hinaus auf die rosaroten Wattewogen am Himmel, die wie tausend Schäfchen ins Reich des Morpheus einluden. Dahinter, stolz und majestätisch, die malerische Kulisse der Schweizer Alpen, die zu jeder Jahreszeit ihre weißen Mäntel trugen.

Paare lustwandelten eng umschlungen am Ufer entlang, frönten der milden Luft und der Abendröte. Gemächlich schipperte ein Kahn auf der spiegelglatten Wasseroberfläche dahin. So wie eh und je … Ein Boot, ein Traum. Eine Welle, ein Lachen. Ein Glitzern, ein Kuss, und dann ein Versprechen … das der Ewigkeit. Ich hatte ein Recht darauf gehabt, auf die Ewigkeit. Ja. All das würde mir fehlen.

Die Legende hatte sich nicht bewahrheitet, denn niemals war das Urtier aus dem Wasser aufgetaucht, um die Seerose abzuholen. Vielleicht hatte ich nicht lange genug gewartet? Vielleicht war ein einziges Leben zu kurz gewesen? Wie dem auch sei, es waren keine Flossenfüße dem See entstiegen, um platschend Pfützen auf dem Asphalt zu hinterlassen. Nichts. Nie. Nie mehr?

Entschlossen packte ich mit beiden Händen die Vorhänge und zog den schweren roten Stoff zu, verharrte einen Augenblick, ließ schließlich die Arme sinken. Rötliches Halbdunkel umgab mich. *So fühlt es sich also an, wenn der Vorhang fällt*, dachte ich, *der letzte*. Vorbei. Das alles würde ich verlassen.

Von einer unwiderstehlichen Müdigkeit erfasst, schleppte ich mich zum Bett zurück, legte mich darauf. Ein Blick auf den Nachttisch, auf dem die Tablettenpackung und das halb volle Wasserglas standen. Ja, halb voll. So hatte ich immer alles betrachtet. Auch jetzt, nach all den Jahren.

Mein Blick wanderte zu dem Gemälde an der Wand, dorthin, wo es mit der Mauer verankert schien wie die darauf abgebildeten grazilen Wasserblumen mit den Tiefen des Sees. Manche sagten, es sei zu verworren, zu abstrakt. Das hatte ich nie so empfunden. Darauf vermischte sich blaues Wirbeln mit weißen Klecksen und Strichen, mal kantig, mal sanft, mal verspielt, mal hart. Wie das Leben.

Und hier und da, im Strudel der Verschwommenheit aus Azur und Blattgrün niedergekommen, das lebendige Fuchsia mit seinem zartrosa Herzen, fragil, zerbrechlich, anmutig. Ich wusste es zu lesen, konnte die versteckte Botschaft darin entziffern. Musste man eingeweiht sein, um dies zu können? Wer es nicht verstand, der hatte nie geliebt, davon war ich überzeugt. Nie so leidenschaftlich wie die Malerin des Bildes ...

Wie ich ...

Was hätte ich darum gegeben, noch einmal von allem kosten, mich daran erbauen zu dürfen! Mich noch einmal zur Musik wiegen zu dürfen; zu vom Leben komponierten Klängen. Noch einmal das Blitzen lebenshungriger Augen zu sehen. Noch einmal das perlende Lachen zu vernehmen. Noch ein einziges Mal ...

Ich schloss die Augen, bereute nichts. Wie war er noch gewesen, dieser hauchzarte Duft? Nur noch einmal genießen, nur noch einmal durch die flammenden Lichter tanzen, nur noch einmal küssen, lieben, den süßen Schmerz empfinden. Nur einen kurzen Moment noch einmal in diesen Traum eintauchen und darin verweilen ... Für immer ...

Ein lautes Poltern riss mich aus dem Bann meiner Versunkenheit. Abrupt richtete ich mich im Bett auf. Es hatte sich so intensiv angefühlt, mich für einen Augenblick an Adas Stelle versetzen zu können. Mir vorzustellen, was sie empfunden haben musste, ihre Gedanken fließen zu spüren. Ich konnte ihr Leid geradezu körperlich nachempfinden, denn auch ich litt. Litt an dem gleichen Schmerz des Verlustes.

Ich hatte das Rätsel gelöst, aber die Liebe dabei verloren. Ich hatte die beiden ein wenig gerächt, war aber trotzdem machtlos geblieben. Den ganzen Tag über war ich wie das verlorene Fallschirmhärchen einer Pusteblume in Haus und Garten umhergeschwebt, hatte die Vergangenheit heraufbeschworen, Adas ebenso wie die meine. Ich hatte das wundervolle Gemälde der Mädchen mit neuen Augen betrachtet. Und plötzlich war mir die Ähnlichkeit geradezu ins Gesicht gesprungen. Wie hatte ich das nur übersehen können? Erst von diesem Augenblick an hatte sich mir die Bedeutung und die Schwere dieses Werkes wirklich erschlossen. Die beiden jungen Frauen in altmodischen Kleidern, die auf dem Diwan saßen, schienen plötzlich real zu werden und barfuß aus dem Rahmen zu mir herunterzusteigen, um mich anzulächeln und zu umarmen. Mir waren die Tränen gekommen, als ich an all die nutzlose Vergeudung dieses Glücks dachte. Es war ein kleiner Trost, dass das Silberkettchen, das nun auf Marias Grab ruhte, hier für immer verewigt war.

Wer wagte es also, diesen kostbaren Augenblick der Andacht zu unterbrechen? Es war beinahe wie eine Therapie für mich gewesen. Das Andenken, das Zimmer, der

See, die Sage, das Gemälde, das Bett, der Vorhang … und all die Erinnerungen. Adas und meine … Sie hatten sich zu einem Ganzen verflochten, als würde alles wiederkehren. Wie von der Natur gewollt.

Für den Bruchteil einer Sekunde fragte ich mich, ob Georg zurückgekehrt sei, tat es aber sofort als Hirngespinst ab. Als ich mich erhob, um nach dem ungebetenen Störenfried zu schauen, wurde die Tür zu Adas Schlafzimmer plötzlich energisch aufgerissen. Wie angewurzelt blieb ich stehen und starrte die Eindringlinge an. Keuchend standen wir uns gegenüber. Ich traute meinen Augen kaum.

»Chris?«, fragte ich völlig aufgelöst, während Rex auf mich zustürmte, um mich überschwänglich zu begrüßen. Ich beugte mich zu dem aufgeregt wedelnden Vierbeiner hinunter und tätschelte ihn herzlich.

»Heidaweldnei, Bella«, stieß Chris aus und starrte mich an. »Bist du von allen guten Geistern verlassen?« Mit einem Satz war er bei mir, schlang die Arme um mich und vergrub sein Gesicht in meiner Halsmulde.

»Was? Ich … Wieso?«, stotterte ich, von diesem Ansturm überrumpelt. »Ich verstehe nicht …«

Chris fing sich. »Der Vorhang, das Zimmer«, stammelte er und zeigte auf den Nachttisch mit der Medikamentenpackung. »Und der Rest …«

»Ach so …« Jetzt dämmerte mir langsam, wie das alles hier auf Chris wirken musste. Ich lachte auf. »Aber nein, da liegt ein Missverständnis vor«, beruhigte ich ihn hastig.

Chris schnaubte. »Ich habe eine Nachbarin getroffen, die mich auf ›das Auto der unfreundlichen Reporterin‹ vor dem Schuppen aufmerksam gemacht hat. Sie meinte, dass sie ihr gleich reinen Wein über meine Machenschaften eingeschenkt hätte.«

»Und dann hast du den zugezogenen Vorhang gesehen und geschlussfolgert, dass ich es Ada gleichtun wollte.«

Er stöhnte. »Jetzt, wo du es sagst, hört es sich lächerlich an«, gab er zu. »Ich weiß auch nicht, was da mit mir durchgegangen ist.«

»Aber nein, ich ... Es klingt sicher ein wenig sonderbar, aber ich wollte Ada nahe sein. Es war meine Art, mich von ihr zu verabschieden ... Indem ich mir vorgestellt habe, was sie empfunden haben muss.«

Chris stieß die angehaltene Luft aus und fasste sich an die Brust. »Ha no. Du hast mir vielleicht einen Schrecken eingejagt«, schnaubte er. »Hemml, Arsch ond Wolgabruch.«

Ich musste kichern.

»Und warum ... Ich meine, warum bist du denn schon wieder zurück?«, fragte ich erstaunt.

»Wie meinst du das?« Er schaute mich verblüfft an.

»Warst du denn nicht verreist?«

»Verreist? I wo. Meine Schwester hat Heiligabend bei mir verbracht und ich habe sie bloß wieder heimgefahren, weil ich mit der Nervensäge im Haus nicht arbeiten kann.«

»Deine ... Schwester?« Zum Glück tauchte der Vorhang das Zimmer in rotes Licht, sodass Chris nicht sehen konnte, wie ich knallrot anlief.

»Ja, Angi. Um genau zu sein, ist sie meine Adoptivschwester, das leibliche Kind meiner Adoptiveltern.«

»Oh, du wurdest adoptiert?«, fragte ich betroffen. Nicht über die Tatsache selbst, aber darüber, dass ich so wenig von ihm wusste. »Das musst du mir mal alles in Ruhe erzählen.«

»Gerne. Und wie schade, dass ihr euch verpasst habt. Sie lebt eineinhalb Stunden von hier entfernt. Ich bin einen Tag bei ihr geblieben und eben erst zurückgekommen. Und du?«

»Ich?«, fragte ich völlig überrumpelt zurück. Meine Gedanken wirbelten umher. *Seine Schwester ... Ich Idiotin ...*

»Ja. Was hat dich dazu bewogen, nach Lindau zurückzukehren?«

»Das ist eine sehr lange Geschichte«, antwortete ich geheimnisvoll.

Er rückte leicht von mir ab und schaute mir tief in die Augen. »Ich liebe lange Geschichten, das solltest du inzwischen wissen ...«

»Stimmt«, erwiderte ich. Mein Herz flatterte. Ich konnte mein Glück kaum fassen. »Also gut: Es war einmal eine junge Frau«, begann ich. Er schmunzelte. »Die hatte sich unsterblich in den jungen Mann vom See verliebt.«

»Soll vorkommen.« Das schiefe Grinsen schien nicht mehr aus seinem Gesicht weichen zu wollen. »Dem jungen Mann ging es sicher nicht anders.«

»Das konnte sie aber nicht wissen«, behauptete ich.

»Konnte sie wohl«, konterte er.

»Wie dem auch sei, sie hatte sich ganz schön unbeholfen angestellt, denn sie war abgereist, ohne dem jungen Mann ihre Liebe zu gestehen.«

Chris' Augen glitzerten verdächtig. »Dabei hatte der junge Mann mehrmals verzweifelt versucht, das Thema anzuschneiden, aber sie hatte seinen Elan jedes Mal regelrecht abgewürgt.«

Ich schnappte nach Luft. »Und ich habe gedacht ... Ich meine, die junge Frau hat gedacht, der junge Mann würde ihr nur klarmachen wollen, wie aussichtslos alles sei. Wie dumm von ihr ...«

»Nicht dumm«, wandte Chris ein. »Vielleicht nicht selbstbewusst genug.«

»Vielleicht …«

»Und? Ab sofort leben sie glücklich und zufrieden bis an ihr Lebensende und bekommen viele Kinder?«, fragte er mit spitzbübischem Grinsen. Wie zur Bestätigung stupste mich eine feuchte Schnauze an.

»Vielleicht«, wiederholte ich und lächelte auf die gleiche Art zurück. »Aber wäre das nicht ein zu schnulziges Ende?« Ich schnitt eine Grimasse.

Er lachte leise. »Ich liebe schnulzige Enden«, raunte er.

»Ich auch«, gestand ich.

Wie ein Blitz durchfuhr es mich, als Chris sich zu mir vorbeugte und mich wölfisch anschaute. Meine Knie wurden weich. Sein Gesicht näherte sich dem meinen.

»Willst du das wirklich?«, fragte er heiser, genau wie vor ein paar Tagen.

»Ja«, kam prompt meine Antwort. »Ja, ich will es.«

Sein Mund presste sich stürmisch auf den meinen. Leidenschaftlich verschlangen wir einander, als gelte es, verlorene Zeit aufzuholen. Diesmal wussten wir, dass wir zusammengehörten. Es gab weder Zweifel noch offene Fragen. Alles war eindeutig und glasklar.

Ich schmeckte Tränen. Seine? Meine? Was machte das schon für einen Unterschied?

Schließlich ließ Chris von mir ab, ging zu den Vorhängen hinüber und zog sie wieder auf. Das Bergpanorama lag unter einer abendlichen Dunstdecke, wirkte mystisch und geheimnisvoll. Das tiefdunkle Wasser bildete einen magischen Kontrast zu der noch unberührten Schicht Neuschnee. Und direkt vor dem Haus schwamm ein Schwanenpaar vorbei, putzte sich gegenseitig das Gefieder, als wollte es dieser ohnehin schon atemberaubenden Pracht noch das i-Tüpfelchen verleihen.

Arm in Arm traten wir auf die Terrasse und bestaunten gemeinsam diese Herrlichkeit, an der ich mich mit Sicherheit niemals würde sattsehen können. Rex tollte durch den Garten, fand ein Stöckchen und machte sich daran zu schaffen.

»Jetzt bist du auch eine Reigschmeckte«, neckte mich Chris.

»Und sehr stolz darauf«, erwiderte ich begeistert.

Wir strahlten uns an, küssten uns, lächelten, bis die Wangen schmerzten. Mein Herz erblühte wie eine welke Rose, der man endlich wieder Licht und Wasser gegeben hatte. So fühlte es sich also an, wenn man rundherum glücklich war. Nichts und niemand würde uns mehr etwas anhaben können. Kein Sturm, kein Eindringling und auch die Vergangenheit nicht. Ich seufzte hochzufrieden. Alles hatte letztendlich einen tieferen Sinn gehabt.

Im Dämmerlicht bildete ich mir ein, so etwas wie Fußabdrücke am Ufer ausmachen zu können. Sehr große Fußabdrücke. In mich hineinschmunzelnd beschloss ich, am nächsten Morgen vorsichtshalber mal nachschauen zu gehen. Und selbst wenn sie dann bereits verschwunden wären, könnte ich vielleicht noch den Hauch einer gewissen Gegenwart verspüren, gleich der sanften Ahnung von etwas Wunderbarem …

Danksagung

Liebe Leserin, lieber Leser,

es hat riesengroßen Spaß gemacht, diesen Roman zu schreiben. Ich hoffe, dass ich dem Bodensee im Allgemeinen und Lindau im Besonderen gerecht werden konnte.

Ich habe mir alle erdenkliche Mühe gegeben, die Orte, Denkmäler, Straßen, Festlichkeiten und Trachten so genau wie möglich wiederzugeben. Auch an der Sprache habe ich mich hier und da versucht ...

Dennoch musste ich mir an manchen Stellen eine gewisse künstlerische Freiheit herausnehmen. Zum Beispiel gibt es am Ufer des Oeschländerwegs keine Strandpromenade. Für diesen kleinen »Schnitzer« bitte ich um Ihr Verständnis. Auch wurde die Seerosen-Sage frei von mir erfunden.

Ich möchte mich an dieser Stelle ganz herzlich bei Tino vom »Tino's Mole 3« in Lindau für seine tollen kulinarischen Hinweise bedanken und dafür, dass meine Protagonisten bei ihm einkehren durften und so überschwänglich empfangen und verwöhnt wurden. Seine Herzlichkeit ist übrigens keine Fiktion ...

Ferner bedanke ich mich von ganzem Herzen bei meiner lieben Schriftstellerfreundin Isabell Hemmrich – die Namensgeberin der Hauptfigur – für die zahlreichen Anregungen und Verbesserungsvorschläge. Das Gleiche gilt für meine Mutter und die liebe Arlette, die mir ebenfalls mit sehr hilfreichen Tipps zur Seite gestanden haben.

Ein ganz besonderer Dank geht aber an Sie, liebe Leserin, lieber Leser. Weil Sie sich die Zeit genommen haben, vielleicht zum ersten Mal eines meiner Bücher zu lesen. Oder weil Sie bereits zu meiner treuen Stammleserschaft gehören und mir oft so herzensliebe Rezensionen hinterlassen, dass es mir ein manches Mal Tränen in die Augen treibt, und mir damit täglich neuen Mut geben, weiterzuschreiben. Vielleicht können wir ja in Bälde gemeinsam zu Bella und Chris an den Bodensee zurückkehren …

Herzlichst
Ihre Sibylle Baillon

DIE NEUEN
Lieblingsplätze

ISBN 978-3-8392-0370-5
Lieblingsplätze BAYERISCHEN WALD

ISBN 978-3-8392-0373-6
Lieblingsplätze im EMSLAND

ISBN 978-3-8392-0371-2
Lieblingsplätze BERCHTESGADENER LAND

ISBN 978-3-8392-0158-9
Lieblingsplätze im HARZ

ISBN 978-3-8392-0372-9
Lieblingsplätze BODENSEE

ISBN 978-3-8392-0376-7
Lieblingsplätze im HOHENLOHE

ISBN 978-3-8392-0378-1
Lieblingsplätze im KÄRNTEN

ISBN 978-3-8392-0386-6
Lieblingsplätze im SALZBURGER LAND

ISBN 978-3-8392-0375-0
Lieblingsplätze für Wanderer SCHWÄBISCHE ALB

ISBN 978-3-8392-0380-4
Lieblingsplätze NORDSEE NIEDERSACHSEN

ISBN 978-3-8392-0381-1
Lieblingsplätze NORDSEE SCHLESWIG-HOLSTEIN

ISBN 978-3-8392-0382-8
Lieblingsplätze OBERÖSTERREICH

ISBN 978-3-8392-0383-5
Lieblingsplätze im OSNABRÜCKER LAND

ISBN 978-3-8392-0374-3
Lieblingsplätze in FRANKEN

ISBN 978-3-8392-0377-4
Lieblingsplätze in und um MÜNCHEN NACHHALTIG

ISBN 978-3-8392-0385-9
Lieblingsplätze in und um BERLIN

GMEINER KULTUR

WWW.GMEINER-VERLAG.DE
Mensch, Kultur, Region